中国古典文学名著丛书

鼓掌绝尘

[明] 金木散人 著

华夏出版社
HUAXIA PUBLISHING HOUSE

图书在版编目（CIP）数据

鼓掌绝尘／（明）金木散人著. —北京：华夏出版
社，2012.07（2024.09重印）
（中国古典文学名著丛书）
ISBN 978 - 7 - 5080 - 6441 - 3

Ⅰ. ①鼓… Ⅱ. ①金… Ⅲ. ①话本小说 - 小说集 - 中
国 - 明代Ⅳ. ①I242.3

中国版本图书馆 CIP 数据核字（2011）第 065378 号

出版发行：华夏出版社
　　　　　（北京市东直门外香河园北里 4 号　　邮编 100028）
经　　销：新华书店
印　　制：永清县晔盛亚胶印有限公司
版　　次：2012 年 07 月北京第 1 版
　　　　　2024 年 09 月北京第 2 次印刷
开　　本：670×970　1/16 开
印　　张：20
字　　数：300.8 千字
定　　价：40.00 元

前　言

　　《鼓掌绝尘》，全称《新镌出像批评通俗小说鼓掌绝尘》，是明末金木散人所编撰的一部话本小说集。作者的生平事迹不详。全书分为风、花、雪、月四集，共四十回，每集十回，各讲述一个完整的故事。明宗祯四年刊行时，就成为了市井坊间流传的白话小说。

　　《鼓掌绝尘》中的风集，写的是巴陵才子杜蓉，因家变故，流落异乡，为翰林社灼收养。杜蓉在与好友康汝平游说中，路遇相府歌妓玉姿。二人吟诗相和，相互倾心。元宵灯会时，杜蓉混入相府再会玉姿。后二人恩爱热恋，于是出走私奔。途中杜蓉遇到生父，随父改姓为舒。相国闻知歌妓玉姿出逃后，以玉姿之姐蕙姿赠与康汝平。四人相会于北京。后来舒开元（杜蓉）中状元，康汝平亦中进士，二对才子佳人满面春风，同归故里，衣锦还乡。

　　《鼓掌绝尘》中的花集，讲述的是汴京娄祝，父亲亡故后把巨万家资视为粪土一般，四处施舍，挥金如土，人称"哈哈公子"。后娄公子在四处游走途中，一路上散财行善。虽然不断遇到各类骗子和歹人的坑害谋算，但却总是好运不断。最终反而因获宝献于朝廷而大发迹，由总兵升为定西侯，加封太子少保，一门富贵。

　　《鼓掌绝尘》中的雪集，写的是杭州书生文荆卿与刺史小姐李若兰的爱情故事。文荆卿自幼父母双亡，寄养在叔父家，因少年时贪杯恋酒，不爱读书，学业无长进，遭叔父斥责后离家出走。偶见李若兰后，互生爱慕。若兰相思成疾，荆卿假扮医生探视，二人私订终身。李若兰的叔父为人恶毒，告官府二人私通，欲置荆卿于死罪。后文荆卿脱险后进京赴试应考，得中探花，接若兰同返姑苏故里。

　　《鼓掌绝尘》中的月集，情节较为简单，主要描写了金陵财主张秀家道败落后，四处漂泊，既遇善人帮忙，又有恶人相害，最终为救恩公而命丧歹人之手。

《鼓掌绝尘》，反映了明末的社会现实，对当时社会黑暗面进行了广泛而深刻的揭露，抨击了当时社会的种种弊病。并且，小说由于取材植根于社会现实，因而真实地表现了当时普通百姓的日常生活面貌。加上叙事简练，语言鲜活，描写生动，使得小说中的人物形象富有表现力，结构设计形式别具一格，尤其是它结集白话的创作，更是此前明代小说所从未有过的。但美中不足的是，由于当时社会不良风气的影响和作者思想认识领域的局限，该小说中也掺入了不少荒诞的情节和淫秽的描写。读者在阅读中要注意去粗取精，去伪存真，正确看待这些封建糟粕，抵制低级趣味的侵袭。

　　本次再版《鼓掌绝尘》，由专业人员对原著中大量的疑难字词，错订疏缺进行补正和校勘，对原书原来缺字的地方用□表示了出来，以更适用于读者阅读。其中难免有不足之处，恳请专家和读者予以指正。

编　者

2011 年 3 月

《鼓掌绝尘》叙

余主人龚君,延选经文诗画,嗣后房稿行世,因海内共赏选叙,索《鼓掌绝尘》小引一篇。

余素沉酣经史,咀嚼贤臣,风流荡宕,靡不爱焉。于花前月下之趣,摒而不录久矣。归鞭当速,马蹄厥疾,无暇览焉。主人取将竣之帙于手中,一展卷皆天地间花柳也。花红柳绿,飘拂牵游,即老成端重之儒,无不快睹而欣焉。乃知老成端重,其貌尤假,风花雪月,其情最真也。

人心一天地。春夏秋冬,天地之时也,则首春,非春不足以宰发育收藏之妙;喜怒哀乐,人心之情,则鼎喜,非喜无以胚悲愤欢畅之根。天地和调,则万物昭苏,人心悦恺,则四体睟盎。风光艳丽,不独千古同情,天地人心所不可死之性理也。夫小道可观,职此故耳。况《秋波传》、《诗媒记》、《红梅》、《桃花》,梨园盛传,幽香喷人,字内融融,兹帙可媲而美焉者。倘谓淫邪贼正,视为污蠹之物,桑间濮上,宣尼父何不一笔削去之,其中盖有说焉。不惟淫欲炽而情态丑,足堤千秋之邪窦,即合卺野而白发贞,亦足愧万古之负心。嗣有穴隙钻而龙门跃,阳台为飞腾之基矣;逾墙从而六翩凌,超越成鹏持之遥矣。或一念幽情,开箕裘冠冕,片时佳会,结绝代芳声,舍此一途而不赏者谁?此余草书慕孙娘之舞,遐文欣苏小之歌也耶。

兹吴君纂其篇,开帙则满幅香浮,掩卷而余香勾引,入手不能释者什九,遂名之《鼓掌绝尘》云。虽然,经目者以之适情则可,以之留情则不可。

赤城临海逸叟题

《鼓掌绝尘》题辞

方今一人当头，万民鼓掌，逆珰传首，叛焕划肠。乐哉，化日光天，无事听闲人说鬼；嗟矣，北窗南面，有时向知己征歌。歌何所云乎？世事短如春梦，人情薄似秋云。淡哉斯言！无过向此滚滚红尘中，叹翻掌之狂缘，笑轩渠之变态耳。好事家因于酒酣耳热之际，掀我之髯，按君之剑，弄笔墨而谱风流，写官商而翻情致。传觞啜茗之余，色飞流艳；倾耳醉目之下，魂动异情，无意撩人，有心嘲世。漫说三千粉黛，无过此一片骚酸；休言百二山河，总是他万般痴蠹。奸内奸而盗内盗，诈内诈而伪内伪兮，臣实于今一中之；酒上酒而色上色，财上财而气上气乎，君特未知其趣耳。

馋涎饿虎，油额花狐，嚼残红骨，而呼尽白脂，痴心汉耽为极乐国。南粪熏熏，北风泼泼，嗅干尿袋，而歧碎糟囊，知心哥躲在骷髅家。钱神顶尖似绣花针，直钻空三十三天；醋瓶口大比洞庭湖，真浸透九十九地。管取精奇古怪，装成一世话吧下场头。何妨周吴郑王，借作千古风流俊俏眼。热如火，艳似花，他爱我，我爱他，不觉永走而铅飞；喉似管，眼如箕，尔为尔，我为我，就是张三而李四。掀翻面糊盆，洁洁净净，云在青天水在瓶；打破酸鳖瓮，燥燥干，桃花能红李能白。看到心花开绽处，笔歌墨舞，世上如今半是君；想来泪血迸流时，玉悴香消，此曲只应天上有。开襟大笑，梁尘落尽砚他香；岸帻豪吟，尘尾敲残茶灶冷。吾为鼓掌，香韵金瓶之梅；君试拂尘，味共梁山之水。

崇祯辛未岁之元旦，闲户先生书于咫园之烹天馆

《鼓掌绝尘》分集题辞

风集

　　风来水面，宛绣搬之盈眸；风度谷心，恍笙簧之聒耳。二十四番花信，妃子开颜；一百八日寒思，幽人破驾。顾安得猛士，慰我雄威；且喜共佳人，同吾把酒。兰膏桂馥，偏从此处过来香；柳暗榆阴，不意如何吹出冷。秋风瑟瑟，肠断佳人为玉萧，晓风离离，只恐夜深花睡去。哪知风起水涌，蓝桥倒，淹影里之情郎；何意风送歌声，阳台畔，想画中之爱宠。流酸溅齿，狮子吼出杨梅干；虚溺沾唇，猱儿惊坠芙蓉帐。风伯多情首肯，风流不坠斯编。是为鼓掌风集。

花集

　　花当春暖，醉陌上之流莺；花遇秋深，飘月中之飞兔。香梦沉沉未晓，银烛高烧；芳魂寂寂无言，蜂纱低护。顾封家众妹，偏惜惺惺；若阆苑群仙，独怜楚楚。隋宫汉圃，逞不了富贵娇姿；金谷梁园，谁并若芳菲丽质。花浓酒酽，莫厌伤多酒入唇；莺老花残，且看欲尽花经眼。试问花飞水面，我将乘桃浪快击三千；且喜花压帽檐，吾欲驾鲸波雄飞九万，贪之不满，无如生死伴花眠；惜而早起，只为流连作花癖，花神不必叹声，花前共观兹录。是为鼓掌花集。

雪集

　　雪意催诗，清瘦桥边驴子；雪情付酒，把蒸帐底羔儿。林下美人徐来，暗香袭我；山中高士政卧，清气逼人。顾党家炉畔，腹负将军；而谢氏闺中，絮飞儿女。随风夜半，到窗纸动数声清；映日晓来，射牖帘通何处洁？雪斜梅整，光摇梅海炫生花；雪暮诗成，冻合玉楼寒起粟。宁知雪魂非另，嫁向孤山之疏影横斜;定交雪友成双,好伴逋仙之暗香浮动。争春不已,红英欺我树搓牙;阁笔多时,绿萼让他香扑鼻。雪儿故自可人,雪案且须开卷。是为鼓掌雪集。

月集

月明似昼,女郎结珮游仙;月满如围,侠客携樽访友。大地山河微影,共到清虚;九天风露无声,坐来碧落。顾霓裳曲奏,羽衣翩翩;乃灵药悔偷,姮娥夜夜。尘心未断,伫看雾气湿瑶台;俗缘尚牵,且敛霞踪临洛浦。月满杯中,今人不见古时月;杯空月落,今月曾经照古人。看取月光如水,照年年不了捣素流黄;何期月驭如飞,送人人无数鬓丝眉锁。春复秋分,为问我此生此夜;圆还缺也,那管他明月明年。月娥不惜金樽,月夜且终残帙。是为鼓掌月集。

闲户先生题

佳会绝句

情似胶漆味正好，风吹纸窗忌人俏。
两人绸缪不可言，又恐丫环高声叫。

欲吐深情兴转浓，匆匆钝了舌边锋。
梦想魂灵飞不迭，一世光风在眼中。

秋波对着不瞑眸，红桃含吞鱼上钩。
形骸化作一块儿，灵犀融结上眉头。

不知此景是何景，惊跃壁间银钉影。
欢了方觉从前苦，愁极今宵梦未醒。

临海逸叟醉笔

目　　录

第　一　回

小儿童题咏梅花观　老道士指引凤皇山

词：

　　　　香脸初匀，黛眉巧画宫妆浅。风流天付与精神，全在秋波转。早是萦心可惯，那更堪频频顾盼。几回得见，见了还休，争如不见。烛影摇红，夜来筵散春宵短。当时谁解两情传？对面天涯远。无奈云稀雨断，凭栏下东风吹眼。海棠开后，燕子来时，黄昏庭院。

　　这一首词，名唤《烛影摇红》，说道世间男女姻缘，却是强求不得的。虽然偶尔奇逢，俱由天意，岂在人谋。但看眼前多少佳人才子，两相瞥见之时，彼此垂盼，未免俱各钟情，非以吟哦自借，即以眉目暗传。既而两情期许，缔结私盟，不知情了多少蝶使蜂媒，挨了几个黄昏白昼。故常有意想不到的，而反得之邂逅①。又或有垂成不就的，而反得之无心。及至联姻二姓，伉俪百年，一段奇异姻缘，不假人为，实由天意。所以古人两句说得好："姻缘本是前生定，曾向蟠桃会里来。"正说"姻缘"二字，大非偶然矣。

　　如今听说巴陵城中，有一个小小儿童，却不识他姓名。在怀抱时就丧了母，其父因遭地方有变，把他抛撇在城外梅花圃里，竟自弃家远窜。后来亏了那一个管圃的苍头②，收在身边，把他待如亲子，渐渐长大。到了七岁，此儿天资迥异，识见非凡，晓得自己原有亲生父母，不肯冒姓外氏，遂自指梅为姓，指花为名，乃取名为梅萼③。

　　那圃旁有一座道院，名为梅花观，并适才那所梅花圃，却是巴陵城中一个杜灼翰林所建，思量解组归来，做个林下优游之所。观中有个道士，

---

①　邂逅（xiè hòu）——不期而遇。

②　苍头——家奴。

③　梅萼——指梅花，萼指环列在花的最外面一轮的叶状薄片，一般呈绿色，现指人名。

姓许名淳,号为叔清,尽通文墨,大有道行,原与杜翰林至交。

这许叔清见梅萼幼年聪慧,出口成章,大加骇异,时常对管圃的苍头道:"此儿日后必登台鼎之位,汝当具别眼视之。"苍头因此愈加优待,凡百事务,都依着他的性子。那许叔清每见一面,便相嘉奖,遂留他在观中习些书史。

这梅萼虽是有些儿童气质,见了书史,便欣欣然日夕乐与圣贤对面。一夜,徐步西廊,适见月光惨淡,遂援笔偶题一律于壁上道:

> 疏钟隐隐送残霞,烟锁楼台十二家。
>
> 宝鼎每时焚柏子①,石坛何日种桃花。
>
> 松关寂寂无鸡犬,檜树森森集鹊鸦。
>
> 月到建章②凉似水,蕊珠宫③内放光华。

越旬日,杜翰林因到圃中看梅,便过观中与许叔清坐谈半晌,遂起身行至西廊,见壁上所题诗句,顿然称羡。又见后边写着"七岁顽童梅萼题",愈加惊异,叹赏不已,便问许叔清道:"这梅萼系是谁氏儿童,而今安在,可令他来一见吗?"许叔清道:"杜君,此儿因两岁上不知谁人把他撇在梅花圃里,倒亏了那一个管圃的老苍头收养到今。杜君若亟欲一见,待我着人唤来就是。"杜翰林十分喜悦,只因自己无子,便有留心于他了。

许叔清便把梅萼唤到跟前,杜翰林仔细觑了两眼,高声称赞道:"好一个小儿! 目秀眉清,口方耳大,风姿俊雅,气度幽闲。将来不在我下,决非尘埃中人也。"便问道:"汝既善于吟咏,就把阶前这落梅为题,面试一首何如?"梅萼不敢推却,便恭身站在厅前,遂朗吟一绝云:

> 不逐群芳斗丽华,凌寒独自雪中夸。
>
> 留将一味堪调鼎,先向春前见落花。

杜翰林听罢,心中惊异,便对许叔清道:"我看此儿年纪虽小,志气不凡,天生如此捷才,真是世间一神童也。"许叔清见他满心欢喜,便欲把梅萼引进,遂说道:"今日若非杜君对面,此儿岂肯轻易一吟。若只吟一首,

---

① 柏子——柏树果实。

② 建章——汉宫名。亦泛指宫阙。

③ 蕊珠宫——道教所称神仙居所。旧时传科举放榜于道教所称最高天大罗天蕊珠宫,视得第为登仙,称进士榜为"蕊榜"。

恐不足以尽其才思,必当再吟,何如?"梅嶤道:"公相是天朝贵客,小童乳臭未干,焉敢擅向大人跟前再撰只字?"杜翰林与许叔清同笑道:"不必过谦,仍以原题再咏。"梅嶤再不敢辞,低头想了一想,又口占一绝云:

　　玉奴素性爱清奇,一片冰心谨自持。

　　唯恐蝶蜂交乱谑,肯将铅粉剩残枝。

杜翰林拍掌大笑道:"许道长,此儿不可觑觑①。开口成诗,一字不容笔削。即李、杜诸君,无出其右。岂非天才也?"许叔清道:"杜君所言极是。只因淹滞泥途,恐燕山剑老,沧海珠沉,哪得个出头日子。"杜翰林暗想道:"我想此儿有此大才,异日必当大用。今我又无子嗣,他既无父母,便着他到我府中,延师教诲,长大成人,倘得书香一脉,也好接我蝉联,真不枉识英雄的一双慧眼。"便对梅嶤道:"我欲留你到我府中读书,你意下如何?"梅嶤道:"梅嶤一介顽童,无知小蠢,得蒙公相垂怜,诚恐福薄,不足以副②厚望。"

杜翰林便着人去唤那管圃的苍头来吩咐:"你明日可到我府中领赏,白米五石,白银五两,以酬数年抚养之劳。"苍头虽是口中勉强应承,心里实难割舍,只得掩泪汪汪,相看流涕,叩谢而去。

杜翰林把梅嶤带到府中,遂与夫人商议。那夫人原是识相的,一见梅嶤,便大喜道:"此儿相貌非凡,他日当大过人者。吾家喜得有子矣。"遂劝杜翰林替他改名杜嶤,纳为己子。即便浑身罗绮,呼奴使婢,一旦富贵,非复昔日之梅嶤矣。随又延师讲读,且杜嶤毕竟是个成器的人,在杜翰林府中,整整读了三年,十岁时,果然垂髫入泮③。杜夫人满心欢喜,爱如珍宝,胜似亲生。一日,与杜翰林商量,就要替他求亲。杜翰林止住道:"夫人,吾家只他一子,小小游庠④,岂无门当户对的宦家作配。依我意思,只教他潜心经史,万一早登甲第,求亲未迟。"杜夫人见翰林公说得有理,不敢执拗,只得依从。

---

① 觑(qù)——窥伺、细看。此处用为"视"。

② 副(fù)——符合、相称。

③ 垂髫(tiáo)入泮(pàn)——年龄小而进入学堂。髫,未成年男子下垂的头发,泮,学宫前半月形水池,代称学校。

④ 游庠(xiáng)——学生。庠,古代学校之名。此为痒生,府、州、县学的学生。

又过了几年，忽一日，来到梅花圃中看梅，便寻昔日那个老苍头。俱回说，两年前已身故了。杜莩听罢，暗自掩泪道："我想，自襁褓时失了父母，若非此人收留在身，抚养几载，何能到得今日。古人云，为人不可忘本。"

便又问道："那苍头的棺木，如今却埋在哪里？"那人回答道："就过圃后三里高土堆中。"杜莩就着人去买一副小三牲，酒一樽，香烛纸马，随即走到高土堆前，殷勤祭奠，以报数年抚养之恩。

祭奠已毕，只见一个道童①，向圃后远远走来，道："杜相公，我们梅花观许师父相请。"杜莩问道："你许师父就是许叔清老师吗？"道童道："恰就是当初留相公在观里读书的。"杜莩道："这正是许叔清老师了，我与他阔别多年，未能一会，正欲即来奉拜。"就同道童竟到梅花观里。

许叔清连忙迎迓道："杜公子，一别数年，阶前落梅又经几番矣。犹幸今日得赐光临，何胜欣跃。万望再赐留题，庶使老朽茅塞一开，真足大快三生也。"杜莩笑道："向年造次落梅之咏，提起令人羞涩，至今安敢再向尊前乱道？"许叔清道："杜公子说哪里话，昔年所咏落梅，今日重来相对，如见故人，正宜题咏。我当薄治小酌，盘桓片时，万勿责人轻亵。"即便吩咐道童，整治酒肴，两人尽兴畅饮，欲为竟日之欢。

饮至半酣，杜莩道："老师，今岁观中梅花，比往年开得如何？"许叔清道："今年虽是开得十分茂盛，却被去冬几番大雪都压坏了。杜公子若肯尽兴方归，即当携樽梅下，畅饮一回，意下如何？"杜莩欣然起身，携手同行。着道童先去取了锁钥，把园门开了，然后再撒酒席。

二人慢慢蹀到园中，果见那些梅花，都被冬雪损了大半。道童就把酒肴摆列在一株老梅树下，两人席地而坐，畅饮了一会。忽见那老梅梢上，扑地坠下一块东西，仔细一看，却是腊里积下的一团雪块。许叔清笑道："杜公子岂不闻古诗云：'有梅无雪不精神，有雪无诗俗了人。'今既有梅有雪，安可不赋一诗，以辜负此佳景乎？谨当敬以巨觥，便以雪梅为题，乞赐佳咏。老朽虽然不敏，且当依韵一和。"便满斟一巨觥②，送与杜莩。杜莩也不推辞，接过手来，一饮而尽，遂口占一绝云：

---

①　道童——为修道者执役的童子。亦作"道僮"。

②　觥(shāng)——古代盛酒器。

老梅偏向雪中开,有雪还从枝上来。

今日此中寻乐地,好将佳醴①泛金杯。

许叔清拍掌大笑道:"妙,妙! 数载不聆佳咏,有幸今日复赐教言,真令老朽一旦心目豁然矣。"杜荨道:"但恐鄙俚之语,有污清耳,献笑,献笑。"就把巨觞依旧满斟一杯,送与许叔清道:"敢求老师一和。"许叔清连忙把手接过酒来,遂谦逊道:"公子若要饮酒,决不敢辞。说起作诗,但是老朽腹中无物,安敢胡言乱道? 实难从命。"杜荨道:"老师说哪里话,适才见许,安可固谦?"

许叔清也不再辞,把酒饮一口,想一想,连饮了三四口,想了三四想,遂说道:"有了,有了。只是杜撰,不堪听的,恐班门弄斧,益增惭愧耳。"杜荨道:"老师精通道教,自然出口珠玑,何太谦乃尔。请教,请教。"许叔清拿起巨觞,都的一口饮尽,便朗和云:

雪里梅花雪里开,还留溶雪坠将来。

惭予性拙无才思,强赋俚词送酒杯。

杜荨称赞道:"妙得紧,妙得紧。若非老师匠心九转,焉得珠玉琳琅?"许叔清大笑一声道:"惶愧,惶愧。"

说不了,那道童折了一枝半开半绽的梅花走来。杜荨接在手中,嗅了一嗅,果然清香扑鼻,便问道:"敢问老师,缘何这一枝梅花,与梢头所开的颜色大不相似,却是怎么缘故?"许叔清道:"杜公子,你却不知道,这梅花原有五种,也有颜色不同的,也有花瓣各样的,也有香味浓淡的,也有开花迟早的,也有结子不结子的。方才折来的,与梢头的原是两种,所以这颜色、花瓣各不相同。"

杜荨道:"敢问老师,梅花既有五种,必有五样名色,何不请讲一讲。"许叔清道:"公子,你果然不晓得那五种的名色,我试讲与你听。"杜荨道:"我实不晓得,正要请教老师。"许叔清道:"五种的名色:一种赤金梅,一种绿萼梅,一种青霞叠梅,一种层梅,一种仙山玉洞梅。"

杜荨道:"敢问老师,梅花虽分五种,还是哪一种为佳?"许叔清道:"种种都美,若论清香多韵,还要数那绿萼梅了。"杜荨便又把手中梅花向鼻边嗅了几嗅,道:"老师,果然是这一种香得有韵。"

---

① 醴(lǐ)——甜酒。

　　许叔清笑道:"杜公子今日幸得到这梅花观,适才又承教了梅花诗,便向这梅花园内畅饮一番梅花酒,也是对景怡情,大家称赏,岂非快事。"杜莘大笑道:"老师见教,极是有理。就把折来这一枝梅花侑酒,何如?"许叔清道:"妙,妙。"就唤道童把壶中冷酒去换一壶热些的来。

　　那道童见他两人说得有兴,笑得不了,连忙去掇了一个小小火炉,放在那梅树旁边,加上炭,迎着风,一霎时把酒烫得翻滚起来。

　　许叔清便将热酒斟上一觞,送与杜莘,道:"杜公子,当此良辰,诗酒之兴正浓,固宜痛饮千觞,博一大醉。只是杯盘狼藉,别无一肴以供佳客,如之奈何?"杜莘道:"老师何出此言,我自幼感承青眼,原非一日相知,今日复蒙过爱,兼以厚扰,不胜愧赧。嗣此倘得寸进,决不相忘。"许叔清道:"我与公子父子交往,全仗垂青,今日之酌,不过当茶而已,安足挂齿,敢问公子,今岁藏修,还在何处?"

　　杜莘道:"正欲相恳此事。敢问老师这里,有甚幽静书房,借我一间,暂栖旬月,不识可有吗?"许叔清道:"杜公子,我这观中,你岂不知,并无一间幽静空房可读得书的。你若肯离得家,出得外,奋志攻书,我指引你一个好所在,甚是精洁,必中你的意思。"杜莘道:"请问老师,还在何处?"

　　许叔清道:"此去渡过西水滩,一直进五六里路,有一座凤皇山,山中有一座清霞观,甚是宽绰,前前后后约有数十间精致书房。观中有一个道士,姓李名乾,原是我最契的相知。一应薪水蔬菜之类,甚得其便。杜公子回去与令尊翁计议停妥,待老夫先写封书去与他,要他把书房收拾齐整,然后拣个好日再去,如何?"杜莘道:"既有这个所在,况又老师指引,家尊自然允诺的了。"

　　正说间,只见夕阳西下,杜莘便起身作别。许叔清道:"本当再谈半晌,怎奈天寒日晡,不敢相留。"便携手送出观门。

　　杜莘遂辞谢而去,回家就与父亲商量清霞观读书一事。杜翰林满心欢喜,便允道:"莘儿既然立志读书,异日必得簪缨继世。明日是个出行日子,何不买舟竟往凤皇山?先去拜望了那清霞观中道长,然后回来收拾书箱,再去未迟。"

　　杜莘谨遵严命,随即着人到梅花观里约了许叔清,次日买舟一同来到凤皇山。两人逍遥徐步,四下徘徊观看。果然好一座高山,只见:

　　　　奇峰巍峎,秀石横堆。山冈上全没些兔迹狐踪,草丛中唯见些野花残雪。云影天光,描不出四围图画;鸟啼莺唤,送将来一派弦歌。

这正是:山深路僻无人到,意静心闲好读书。

杜莘看了一会道:"老师,果然好一座山。正是眼前仙境,令人到此,尘念尽皆消释矣。"许叔清便站住,在高冈上,又四下指点道:"杜官人,你看此山,形如立凤,前后来龙,两相回护,正荫在我巴陵,所以城中那些读书的,科科不脱,甲第俱从这一派真龙荫来。"

杜莘道:"原来如此。敢问老师,这里去到清霞观还有多少路?"许叔清道:"杜官人,你看远远的密树林中,那一层高高的楼阁,便是清霞观了。"

两人说说笑笑,缓步行来,早到清霞观里。道童连忙通报,那李道士随即出来迎迓,引入中堂。

三人揖罢,李道士问许叔清道:"师兄,此位相公何处,高姓大名?"许叔清道:"道兄,这是城中杜翰林的公子。"李道士道:"原来就是杜老爷的公子,失敬了。"便又仔细觑了两眼,暗对许叔清道:"师兄,我记得杜相公未垂韶的时节,曾在哪里相会过。"许叔清笑道:"道兄,你果然还记得起。数年前,曾在我观中西廊板壁上,题那'疏钟隐隐送残霞'的诗句,你见是七岁顽童,便请来相见的,就是这位公子。"

李道士欠身道:"久慕相公诗名,渴欲一晤,今幸光临,实出望外。敢乞留题一首,以志清霞,不识肯赐教否?"杜莘笑道:"今到宝山,固宜留咏,但恐当场献丑,有玷上院清真。"李道士道:"杜相公何乃太谦。"便唤道童取了一幅罗纹笺,磨了一砚青麟髓。杜莘竟也没甚推辞,蘸着笔,遂信手挥下一律,云:

> 百尺楼台接太清,琉璃千载倍光明。
>
> 真经诵处天花坠,法鼓鸣时鬼魅惊。
>
> 世界红尘应不到,胸襟俗念岂能生?
>
> 森森桧柏长如此,历尽人间几变更。

杜莘写罢,许叔清与李道士连忙接了,展开仔细从头念了一遍。李道士高声喝彩道:"妙极,妙极!杜相公,只恨小道无缘,相见之晚,不得早聆大教。几时落得清诲一番,真胜读书十年矣。"许叔清道:"道兄,这有何难,杜相公今岁正欲寻个清静所在藏修,你观中既有空房,何不收拾一两间,与杜相公做个书室,就可早晚求教,却不是两便。"李道士道:"杜相公若肯光降,我这里书房尽多,莫说是一两间,便是十数间也有,亦当打扫相迎。"杜莘道:"老师既肯见纳,足感盛情,谢金依数奉上。"李道士道:"书房左则空的,敢论房金,只待相公高中,另眼相看足矣。"许叔清笑道:"今日也要房金,明日也要清目,两件都不可少。"三人大笑一场。

李道士先唤道童把前后书房门尽皆开了,然后起身,引了他二人,连看三四间,果然精致异常。李道士道:"杜相公,这几间看得如何?"杜莘道:"这几间虽然精雅,只是逼近中堂,早晚钟磬之声不绝耳畔,如之奈何?"

李道士道:"杜相公讲得有理。这轩后还有一间小小斗室,原是小道早晚间在内做真实工夫的。杜相公若不见弃,请进一看,庶几或可容膝。"杜莘道:"既是老师净居,岂敢斗胆便为书室。"李道士道:"这也不是这等说,只是相公不嫌蜗窄,稍可安身,就此相让,不必踌躇。"杜莘道:"既然如此,也借赏鉴一赏鉴。"李道士便向袖中汗巾里,取出一个小钥匙,把房门开了。

许叔清与杜莘进去看时,果然比那几间更幽雅,更精致。李道士道:"杜相公,这间看得书吗?"杜莘道:"恰好做一间书房,未必老师果肯相假。"道士道:"一言既出,驷马难追。但凭杜相公随时收拾行李到来就是。"

杜莘便躬身致谢,即欲起身作别,李道士一把扯住道:"难得杜相公光降,请再在此盘桓①片时,用了午饭,待小道亲送到那凤凰山上,还有一事相烦。"许叔清道:"杜相公,既是道兄相留,便在此过了午,慢慢起身进城,到家里尚早。"杜莘道:"但不知老师有何见谕?"李道士道:"再无别事相恳,小道两月前在那凤凰山高峰上,新构得一椽茅屋②,要求杜相公赐一对联,匾额上赐题两字,以为小道光彩。"杜莘满口应承。

不多时,那道童走进房来,道:"请相公与二位师父后轩午饭。"大家同走起身。李道士依旧把房门锁了,三人同到后轩。午饭完毕,李道士吩咐道童,打点纸笔,随取山泉煮茗,快到凤凰山来。道童答应一声,转身便去打点。

---

① 盘桓(huán)——徘徊,逗留,此为逗留。
② 茅屋——屋顶用茅草,稻草等盖的房子,大多简陋矮小。

　　三人慢慢蹉出观门，只见松风盈耳，鸟韵撩人。杜蓥称赞道："果然好一座清霞观，此非老师道行高真，何能享此清虚乐境。"李道士道："惶恐，惶恐。"

　　须臾之间，就到了凤凰山下。杜蓥道："这峰峦崄峻，请二位老师先行，待我缓缓随后，附葛攀藤，摄衣而上就是。"许叔清笑道："道兄，杜相公自来不曾登此山路，想是足倦行不上了。我们同向这石崖上坐一坐儿，待相公养一养力再走。"李道士道："这里冷风四面逼来，怎么坐得？杜相公，你再强行几步。那前头密松林里，就是小道新构的茅屋了。"

　　杜蓥仔细射了一眼，果然不上半里之路，只得又站起身来，与许叔清挽手同行。慢慢地左观右望，后视前瞻，说一回，笑一回，霎时间便到了那密松林内，真个有间小小幽轩，四下净几明窗，花阑石凳，中间挂着一幅单条古画，供着一个清致瓶花。杜蓥极口喝彩道："果然好一所幽轩。苟非老师，胡能致此极乐？"李道士笑道："不过寄蜉蝣①于天地耳，何劳相公过奖。"

　　正说话间，那道童一只手擎了笔砚，一只手提了茶壶，连忙送来。许叔清在旁着实帮衬，便把笔砚摆列齐整。李道士就捧了一杯茶，送与杜蓥，道："请杜相公见教一联。"杜蓥连忙接过茶，道："二位老师在此，岂敢斗胆。"许叔清道："日色过午，杜相公不必谦辞，到信笔挥洒一联，便可起身回去。"杜蓥就举起笔来，向许叔清、李道士拱手道："二位老师，献丑了。"两个欠身道："不敢。"你看杜蓥也不用思想，把笔蘸墨直写道：

　　千峰万峰云鸟没，十洲芳草参差。

　　五月六月松风寒，三岛碧桃上下。

　　李道士大喜道："妙，妙，妙！莫说题这对联，便是这两行大字，就替小道增了多少光辉。"杜蓥道："老师休得取笑。"李道士道："杜相公，有心相恩，一发把这匾额上再赐两字。"杜蓥便又提起笔来，向那匾额上大书三字云：

　　悟真轩

　　李道士道："杜相公，这三个字愈加题得有趣。"许叔清笑道："道兄，这有何难，少不得杜相公明日到观中看书的时节，慢慢酬谢罢了。"李道

---

① 蜉蝣(fú yóu)——小飞虫。

士道:"师兄,今日就陪杜相公依旧转到观中,盘桓一夜,明早起身,却不是好?"杜尊道:"今日家尊在家等候,不敢久留。不过两三日内,复来趋教矣。"李道士道:"杜相公请还转敝观去,清茶再奉一杯如何?"杜尊道:"多谢厚情,恐再耽搁,却进城不及了。"李道士便相送下山,三人致谢而别,各自分手回去不提。

　　不知杜尊回家见了父亲,有何计议?几时才得到馆?且听下回分解。

第　二　回

杨柳岸奇逢丽女　玉凫舟巧和新诗

诗：

> 少年欲遂青云志，黄卷青灯用及时。
> 辞父研穷贤圣理，偕朋砥砺古今疑。
> 滩头邻舫逢殊色，月下同情赋丽词。
> 不意相思心绪乱，何尝一日展愁眉。

说这杜莩别了李乾道士，离了凤皇山，同着许叔清，依旧返棹归来。到得梅花观前，此时还有半竿日色，许叔清便要留进观里待茶，杜莩再三辞谢。只得送到城门首，然后作别，分路回去。

这杜莩回到府中，恰好翰林又早出门，到一士夫家去饮酒未回。他就见了夫人，把清霞观幽雅并山中景致、李道士相待殷勤、让房的话，一一说知。那夫人大喜道："莩儿，既有这样一个好所在，又遇这般一个好道士，此是天赐汝①的好机会，何愁读书不成。只是一件，想汝自幼不曾行路惯的，今朝行了这一日，身子决然有些劳倦，可早早吃些晚饭，先去睡罢。待你爹爹回来，我与他商议就是。"

你道世间哪有这样贤惠的夫人？况且杜开先又不是他亲生的儿子，论将起来，何必如此十分爱护？人却不晓得内中一个委曲，这杜莩却常有着实倾心的所在，正是俗语云"两好合一好"的缘故。

你看这杜莩，遂躬身应诺，夫人便唤丫环整治晚饭，与他吃了，早去安寝。次日清晨起来，梳洗完备，连忙走到堂前，与翰林相见。

翰林问道："莩儿，我昨晚回来得夜深了，不曾见你。却是汝母对我说得几句，不曾唤你问个详细。你去看那清霞观，果然还好读书吗？"杜莩道："启上爹爹，那清霞观果是个好去处，四围俱是凤皇山高峰环绕，并没一个人家，寂静异常，正是个读书的美地。"

---

① 汝——人称代词。

　　翰林道:"那观中可还有空闲的书房吗?"杜莩道:"书房虽有几间,可意者绝少,孩儿多承那观中李老师一片好情,情愿肯把自己一间幽雅净室,让与孩儿看书。"翰林道:"莩儿,果是那李道士真心肯让便好,不可去占据他的,日后恐招别人谈论。况且读书人讨了出家人便宜,叫做佛面上刮金,后来再不能有个发达日子。这是指望读书里做事业的人所最忌的。"杜莩道:"爹爹有所不知,孩儿一到观中,原来李老师向年与孩儿曾在梅花观中会过,未曾坐下,就取出纸笔来,便要留题。那许叔清在旁再三撺掇,勉强吟了一首。李老师看了,老大称羡,后来便指引孩儿,连看了几间书房,见孩儿心下都不遂意,所以就肯欣然把净房相让,实非强要他的。"

　　翰林点头笑道:"莩儿,原来如此。却把什么为题?"杜莩道:"孩儿就把清霞观题几句。"翰林道:"题得如何?"杜莩便把前题清霞观诗句,从头至尾念了一遍。翰林道:"莩儿这首诗,足称老健,不落寻常套中,大似法家的格局。固虽题得好,如今出家人,也有几个通得的,况又结交甚广,善于诗赋者尽多。以后若到观中,再不可信手轻吟。倘遇识者,从中看出破绽来,到惹人议论,不如缄默为妙。戒之,戒之!"杜莩躬身道:"谨遵爹爹严训。"

　　翰林道:"莩儿,我有一事与你商量。昨晚在康司牧府中饮酒,席上说起你往清霞观读书一事,他第二个公子满心要与你同去,你道如何?"杜莩笑逐颜开道:"爹爹,孩儿曾闻古人有云:'择一贤师,不如得一良友。'既康公子果肯同去,早晚讲习问互相砥砺,不怕学业无成矣。"翰林道:"同去虽好,你不知道那康公子为人,顽性极重,专务虚名。倘与他同去,明日倒妨你的工夫。"杜莩道:"爹爹所言极是。只是各人自求个精微田地便了。"翰林道:"莩儿,既然如此,今日便可着人去约了康公子,明早打点书囊,一齐便与他同去罢了。"

　　杜莩道:"爹爹,此去清霞观,足有三十余里,恐日逐饮食之类,不堪担送,还要唤一个家童随去,早晚服侍便好。"翰林道:"莩儿讲甚有理,这件事倒是要紧的。终不然馆中没人服侍,可是个久长之计。但是家中这几个小厮,只好跟随出入,哪里晓得支持饮食。我想起来,倒是那管门的聋子,他自幼在我书房中服侍,一应事务,却还理会得来。明日何不就着他同去?"

　　杜莘道："爹爹，既然服侍有人，孩儿久住在家，诚恐荒芜学业。适才已看历日，明日日辰不利，今日就着人去约了康公子，于十一日一同进馆罢了。"这翰林见杜莘择定十一日起身进馆，便欣然应允。

　　杜莘又说道："爹爹，孩儿还有一言启上。如今与康公子同馆，相与尚久，彼此不便称呼，望爹爹与孩儿取一个表字。"翰林道："莘儿，我蓄意多时，又是你讲起，我却省得。昨晚饮酒回来，一觉睡去，忽梦与你同玩花园，只见百花俱未开放，唯有梅花独盛。你问道：'爹爹，这梅花年年开在百花之前，却有甚说？'我回道：'莘儿，可晓得梅占百花魁之语吗？'如今我想起来，那梅花正应着你幼时的名姓，今日就取做杜开先便了。"

　　杜莘便深深唱喏，应声而退，一壁厢就着人去约康公子，一壁厢①就唤那个管门的聋子，吩咐着他打点书箱铺盖并供给灯油之类，先往清霞观去。

　　到了十一日，那康公子带领家童，挑了行李，叫下船只，早向西水滩头等候。等了一会，看看日色将晡，哪里见个杜开先来。殊不知他到梅花观中，却被许叔清留住钱饮。

　　康公子等了许多时候，等得十分焦躁。忽见前头杨柳岸边泊着一只小小画船，里面有几个精致女子，穿红着绿，都在那里品竹弹丝②，未免又打动他少年耍性，便纵起身来，站在船顶上，觑③了好几时，就问梢子道："你可晓得前面那只画船是哪一家的？"

　　这梢子一时回复不来，也走到船头上看了一看，道："康相公，你适间问的，可是那泊在杨柳岸边的吗？"康公子点头道："正是，正是。"梢子道："那只船唤名玉兔舟，就是城中韩相国老爷家的。"

　　康公子道："那船中饮酒的是什么人？"梢子道："康相公，这上面坐的正是韩相国老爷，今日在凤凰山祭祖回来，因此泊船在这里游耍。"康公子道："那几个女子，却是那里送将他承应的乐工？"梢子笑道："康相公，你还不知，这是相国老爷去年新选的梨园女子，一班共有十人，演得戏，会得歌，会得舞，一个个风流俊丽，旖旎娉婷，标致异常哩！"

---

①　一壁厢……一壁厢——一边……一边。

②　丝——琴的代称。

③　觑——把眼睛合成一条缝，指注意地看。

康公子摇头道:"这老头儿好快活,好受用。梢子,你说得这样标致,又打动了我康相公往常间的风流逸兴。趁杜相公此时还未到来,你快把船儿撑近那边几步,待我饱看一会儿去。"梢子便提起竹篙,慢慢地一篙一篙撑向前去,与画船相近,也傍在杨柳岸边。

康公子不好船窗大开,只得半开半掩,着实瞧了半晌。原来那几个女子,都朝着韩相国站的,只看得背后,哪里看得明白。他却一霎时心猿难系,意马难拴,魂灵儿俱吊在那几个女子身上,拼着个色胆如天,故意把那一扇船窗呀的推将开去。那几个女子听见这边一声响亮,个个都回转头来,康公子又乘机轻轻嗽了一声。

恰好那内中有一个女子,手拨着琵琶,却是韩相国日常间最欢喜得宠的,唤做韩蕙姿。他听得间壁船中嗽了一声,便觉有心,连忙回睛偷看。原来天色昏黄,两边船里俱未上灯。这边看到那边,两下都是黑洞洞的,哪里看得明白? 就把手中琵琶,弹了一曲《昭君怨》词儿。你看这康公子,坐在这边船中,听得间壁船里弹着词儿,就如掉了魂的一般,只是凝眸俯首,倚栏静听了一会。

曲未罢,只听得岸上远远有人厉声问道:"前面可是康相公的船么?"这康公子晓得是杜开先来,恰才"嘿嘿"长叹一声,走到船头上,应问道:"来者莫非是杜相公吗?"杜尊道:"小弟正是杜开先。"

原来杜开先在梅花观中饮了半晌,不觉醉眼模糊。又遇天色昏暮,哪里看得些儿仔细? 虽是听得康公子应声,也不知船泊在哪一边。康公子道:"杜兄,请上这边船来。"杜开先正待要走,忽听得那边船中笙歌盈耳,只道是康公子船里作乐,便叫道:"康兄,读书人如此作乐,不亦过奢了吗?"康公子道:"杜兄请噤声,有话上船来见教。"杜开先便扶住竹篙,一脚跳上船去。

康公子见他有些醉意,恐怕失足坠落水中,遂一把扶住,迎到船里,连忙作揖。杜开先问道:"康兄,适才敢是什么人在舟中作乐?"康公子道:"杜兄,你却错听了。奏乐的不是小弟船中,却是间壁那画船里面。"杜开先道:"这是小弟耳欠聪了。那只画船是哪一家的?"康公子道:"杜兄,那只船名为玉凫舟,是城中韩相国家的。今日相国安排酒筵,在内有两个奏乐的女子,生得天姿绝世,国色倾城,小弟却从来不曾见的。适才等候杜兄不到,也是无意中偶然瞥见,略得偷瞧几眼儿。"

　　杜开先道:"康兄,既有这样一个好机会,何不携带小弟看一看。"康公子道:"杜兄还且从容,我想那韩相国今夜决然赶不进城,料来我们也到清霞观去不及了。今夜就把船泊在这里,少刻待到东山月上,悄悄地把船儿撑将拢去,连了他的船,再把窗门四下开了,我和你玩月为名,那时饱看一回,却不是好。"杜开先道:"康兄见教,其实有理。只恨小弟无缘,来得太迟了些。"康公子跌足笑道:"小弟来得早的,也不见有缘在这里。"

　　杜开先道:"康兄,只是一件,我和你静坐舟中,如何消遣得这般良夜?"康公子道:"这有何难。小弟带得有两瓶三白,几味蔬菜。杜兄不嫌,就取出来,慢慢畅饮一杯,却不是好。"杜开先拍手笑道:"这也说不得,今夜决然要陪康兄了。"康公子便唤家童,向后面船梢里拿过酒肴来。

　　你看这梢子倒也知趣,便来问道:"二位相公,既有酒肴,安可闷酌,把我的船再撑过去些,何如?"杜开先道:"说得妙,说得妙。我且问你,那只船上的梢子,你可认得他吗?"梢子道:"杜相公,这些撑船的,总是我的弟兄们,每日早晨聚会滩头,大家都是唱喏的,如何有个不认得的? 杜相公敢是有甚吩咐?"杜开先道:"我却没甚说话,只恐你不认得的,把船拢将过去,他便倚着官势,难为着你。既是同伙的,拢去不妨。"

　　梢子便去提起竹篙,一篙撑到那只画船边傍着。康公子就跳起身来,把两扇窗子扑地推开。抬头一看,只见皓月当空,刚在垂杨顶上,便对杜开先道:"小弟久仰杜兄诗才,渴欲求教,今日幸会舟中,何不就把明月为题,见教一首?"杜开先笑道:"恐拙句遗哂①大方。"康公子道:"言重,言重。"杜开先便倚着栏杆,对着月光,朗吟一绝云:

　　　　中天皎月未曾盈,偏向人间照不平。

　　　　此际莫嫌微欠缺,应须指日倍光明。

　　康公子道:"承教,承教。杜兄,小弟往常在书房中独坐无聊的时节,也常好胡诌几句,只是吟来全没一毫诗气。朋友中有春秋我的,都道是笺经。"杜开先道:"康兄不必太谦,决然是妙的。小弟正要请教。"康公子道:"小弟赋性愚直,凡遇同袍②之中,再没一些谦逊,是不是常要乱道一

---

①　遗哂(shěn)——遗笑。

②　同袍——指极有交情的友人。语出《诗·秦风·无衣》:"岂曰无衣,与子同袍。"

番，其实不怕人笑。杜兄果不见笑，我就把原题也和一首。若不合题，烦劳改正，切不可容隐在心，背地笑人草包也。"杜开先道："不敢，不敢。"

康公子道："杜兄，又有一说。小弟吟将出来，虽不成诗，也要带几分酒兴，诗肠自然陡发。若是不饮些酒，便心忙意乱，一字也诌不出来。杜兄且从容多饮一杯，小弟先告罪了，就干了这一瓶罢。"杜开先道："这一瓶酒，哪里就得尽兴，还把这几瓶酒一饮而尽方妙。"康公子摇头道："这个使不得，小弟酒量有限，一瓶足矣。若多饮至醉，一字也读不出了。"

杜开先道："小弟忝在初交，不知尊量深浅，只是慢慢饮干这一杯，奉陪康兄这一瓶罢。"康公子把两只手捧起酒瓶，不上几口，呷得瓶中罄尽，便道："杜兄，小弟献丑了。"杜开先道："不敢。"康公子把酒瓶往船窗外一丢，只见水面上扑扑①一响，然后放开喉咙，大嗽一声，朗吟云：

誰将这面新磨镜，缘何挂在个中间？

康公子恰才吟得这两句，又向口中咿唔了一会，把腰伸一伸，扑的一跤跌倒，便呼呼地竟睡熟在船板上。杜开先把手推一推道："康兄，难道只吟这两句吗？"这康公子哪里做声得出。杜开先道："康兄，你想是饮了这瓶急酒，把诗肠都打断了。"康公子又不答应。

杜开先见他真个睡熟，便着他家童先把杯盘收拾去了，就向船中把铺陈展开，扶他和衣睡着。杜开先便靠着栏杆，两只眼睛不住地向那边船里瞧个不了。

原来那只船中另有一个女子，就是恰才拨琵琶的韩蕙姿嫡亲妹子，唤名韩玉姿，仪容态度，与姐姐韩蕙姿一般。总是那眼尖利的，见了他姐妹二人，一时辨别不出，若是那眼钝的，毕竟认不出哪一个是蕙姿，哪一个是玉姿。这韩玉姿年纪只得一十六岁，凡技艺中，到比姐姐还伶俐几分，虽然坠迹朱门，选伎征歌，随行逐队，每至闲暇工夫，便去习些文翰，所以那诗词歌赋，十分深奥者固不能通晓，倘若文理浅近，意思不甚含蓄的，便解得来。

原来适才杜开先所咏诗句，虽然把月为题，却是寓意于间壁船中那几个女子身上。这韩玉姿听见他诗中意思，别有一种深情，知他定是个人中豪杰，口里虽不说出，心下觉有几分顾盼之意。直待到了二更时分，方才

---

① 扑扑——象声词。

伺候得韩相国睡着。恰好那些女子承直了一日,个个神疲意倦,巴不得一觉安眠,等得相国睡倒,各自就寝不提。

这韩玉姿见众姐妹们睡得悄静,忽闻得间壁船中长叹一声,他便轻轻赚将出来,乘着这月光惨淡,把窗儿推开半扇,假以看月为名,伸出纤纤玉手,扣舷而歌云:

隔画船兮如渺茫,对明月兮几断肠。

伤情满眼兮泪汪汪,相思不见兮在何方。

原来这杜开先坐等多时,不觉睡魔障眼,正低头靠在那交椅上。蓦听得那边船里打着这个歌儿,猛然醒悟,连忙站起身来,把眼睛睁了几眼,哪里看得明白,便又把手来揉了几揉,方才见那边船窗里,却是一个少年女子:

碧水双盈,玉搔半軃①。翠点峨痕,分就双眉石黛;云堆蝉鬓,写来两颊胭脂。无语独徘徊,仿佛仙姝三岛内;凭栏闲伫立,分明西子五满中。伤情处,几句幽歌,堪对孤舟传寂寞;断肠时,一联巧合,全凭明月寄相思。

杜开先看了,暗自喝彩道:“果然好一个标致女子! 料他年纪多只在盈盈左右,可惜把这青春断送在歌行队里。倘天见怜,假借一阵好风,把他吹到我这船中,杂效一宵鸾凤,也不枉了女貌郎才。”说不了,便要走来推醒康公子,唤他起来一看。心中又忖道:“我想他是个酒醉的人,倘或走将起来,大呼小喊,把那韩相国老头儿惊醒了,莫说我空坐了这半夜工夫,连那女子适才那几句歌儿,都做了一场虚话。我如今趁此四下无人,那女子还未进去,不免将几句情诗,便暗暗挑逗她。倘她果然有心到我杜开先身上,决然自有回报。只是我便做得个操琴的司马,她却不能得如私奔文君。也罢,待我做个无意而吟,看她怎么回我。”

你看那杜开先便叹了一声,斜倚栏杆,紧紧把韩玉姿觑定,遂低低吟道:

画舫同依岸,关情两处看。

无缘通片语,通叹倚栏杆。

韩玉姿听罢,暗自道:“这分明是一首情诗,字字钟情,言言属意,敢

---

① 軃(duǒ)——亦作“軃”。下垂。

是那个书生有意为我而吟？这果然是对面关情，无计可通一语。我若不酬和几句，何以慰彼情怀？"因和云：

　　草木知春意，谁人不解情。

　　心中无别念，只虑此舟行。

杜开先听他所和诗中，竟有十分好意，便把两只手双双扑在栏杆上面。正待要道姓通名，说几句知心话儿，叵耐韩相国那老头儿忒不着趣，刚一觉睡醒转来，厉声叫道："女侍们都睡着了吗？快起来烹茶伺候。"这韩玉姿吓得魂不附体，香汗淋漓，只恐事情败露，没奈何把杜开先觑了几眼，轻轻掩上窗儿，转身进去不提。

杜开先见韩玉姿闭窗进去，暗自道："原来我杜开先如此缘悭分浅，正欲与那女子接谈几句，问个姓名，不想又被那老头儿叫声搅散。我想她既有心，决不把我奚落。但是侯门似海，音问难通。自今以后，不知何时再有相会的日子？罢，罢，今夜且待我和衣睡，到天明早早起来，看她上岸的时节，还有心回顾我这船中否？"说罢，便把窗儿轻轻掩上，就坐倒和衣睡在康公子旁边。你看这杜开先，熬了这几个更次，精神着实怠倦，才睡得到，一觉睡去，直到东方日上。

原来这康公子虽然睡着，此事也是经心的，故那杜开先与韩玉姿隔船酬和，都被他听在耳中。次日，老早先走起来，却好杜开先还未睡醒，只见那岸上闹哄哄的，簇拥着几乘女轿，恰正是来接那几个女子的。他便急忙梳洗齐整，穿了艳服，站在船头上看了一会。

不多时，先走出一个女子来，却是昨日拨琵琶唱《昭君怨》词儿的韩蕙姿。他便回转头来，见康公子站在船头上，便把秋波频觑几眼，方才动身上轿。又走出一个韩玉姿来，看见康公子，只道就是夜来吟诗的那个书生，不住睛看了又看，想她心中觉有几分疑惑。

这康公子见后去的这一个，与前去的那一个面貌一般，暗自猜疑道："好古怪，世间面庞相似者虽多，哪里有这样生得一般。便是嫡亲姐妹，也没有这等相像。连我竟认不出哪一个是昨日拨琵琶唱《昭君怨》的。"

你看这康公子，便走入船中，把杜开先推了一推，向耳边低低叫道："杜兄，快些醒起来，那韩相国的玉凫舟已开去了。"这杜开先还在梦中，听见了这一句，连忙带着睡魔，一骨碌爬将起来，道："康兄何不早叫一声？"康公子笑道："杜兄且莫着忙，船便不曾开去，只是那几个女子先起身去了。"杜开先惊问道："康兄，果然去了？"康公子又笑道："杜兄，小弟仔细想来，只是辜负了昨夜那首诗儿。"

杜开先见他说话有心，便支吾道："康兄，这有何难，再作后面两句续上去罢。"康公子笑道："杜兄，俗语说得好，'既来雕栏下，都是赏花人。'如今你的心事却瞒不得我，我的心事也瞒不得你。只要明日有些好处，大家挈带一挈带，不可学那些掩耳盗铃就是。"杜开先晓得被他识破，却便不敢隐瞒，就把夜来情景一一备说。

康公子道："杜兄，既有这样一个好机会，切不可错过。我们快早开船，且到清霞观去，少不得十五日元宵灯夜，我和你进城看灯，慢慢画一好计策，再去访他便了。"杜开先道："康兄言之有理。"便叫梢子开船。

不多时，望见凤凰山。康公子道："闻杜兄到处题咏，今见凤凰山，安可缺典？"杜开先知康公子来煞不得的，况诗兴勃发，也不推辞，也不谦逊，便朗吟云：

> 凤凰山是凤凰形，草木纷然似羽翎。
>
> 两翼拍开飞不起，一身俯伏睡难醒。
>
> 清霞已接真龙脉，巴邑多钟列宿星。
>
> 云雾腾腾笼瑞气，无穷秀丽起山灵。

吟毕，康公子赞美道："杜兄，昨夜与丽人酬和，意兴甚豪。今日凤凰山之吟，豪兴尚在。故言言逼古，非人所及也。"杜开先道："一时应酬，惶愧，惶愧。"

说话之间，不觉船已到岸。凑巧李道士在外接着，邀进观中，因问道："杜相公，此位相公不曾会面，请问尊姓。"杜开先道："这位相公姓康，名泰，字汝平，乃城中康司牧老爷第二位公子。今来与我同学，幸乞见留。"李道士道："书房尽多，任凭选择，小道岂敢推托！"杜开先着家童安顿行李不提。

毕竟不知他两人有甚妙计得访韩玉姿？且听下回分解。

第 三 回

两书生乘戏访娇姿　两姐妹观诗送纨扇

诗：

　　悲欢离合总由天，不必求谋听自然。

　　顺理行来魂梦稳，随缘做去世情圆。

　　坐怀柳下心无欠①，闭户鲁男操亦坚。

　　年少莫教血气使，当思色戒古人言。

　　说这杜开先与康汝平，虽是来到清霞观里，一心只把那玉凫舟系在心上，一个想的是那韩蕙姿，一个想的是那韩玉姿，竟把读书两字丢在一边。

　　你看这杜开先，虽然做得个诗魔，还又带了几分色鬼，从到清霞观中，并无吟哦诵读之声，恰有如痴如醉之态，没一刻不把那女子和的几句诗儿，口中念了又念，心中想了又想，竟没一个了期。康汝平见他十分着意，便假意把几句说话劝慰道："杜兄，我与你是男子汉，襟怀海样，度量廓如，喜怒哀乐，发皆中节。你可晓得那妇人家水性杨花，漂流无准，何曾有一点真心实意向人。今日遇着这一个，便把身子倒在这一个人身上。明日见了那一个，就把身子又倒在那一个人身上。你仔细想一想着，世间女子可还有几个如得卓文君的？我和你如今得这幽静所在，正要把尘念撇开，精心奋发，两个做些窗下工夫，习些正经事业，怎么到把这儿女私情牵肠挂肚？"两个唧唧哝哝，无休无歇。

　　杜开先道："康兄，小弟岂不晓得，只是那个女子，既肯以诗酬和，虽不十分着意在小弟身上，想来实有几分意思。怎得浑身插翅，飞到韩府与他再会一面，也不枉了那夜杨柳岸边相会一番。"康汝平大笑道："杜兄，

---

① 坐怀柳下心无欠——即"坐怀不乱"。形容男子在两性关系上品德高尚。《荀子·大略》载，柳下惠怕一个女子受冷，就用衣服把她裹在怀里。由于他为人正派，没有人怀疑他有淫乱行为。柳下惠，春秋时鲁国大夫展禽，曾被封食邑柳下。

美色人人好,这也难怪你。我适才说那几句,虽只是强勉相劝,又何尝不想着那几个女子来?每日间硬着心肠,挨过日子,实不比杜兄心心念念得紧。"杜开先道:"康兄,明日已是元宵佳节,我想,韩相国府中,必然张灯排宴,庆赏元宵,那些女子定在筵前承应。我和你便假看灯为由,倘天从人愿,遇着那些女子,也未见得。"

康汝平道:"杜兄,世间凑巧的事往往有之,偏生我们终不然这等烦难。只是明日灯夜,这府中来往人多,我和你虽得见那女子,那女子哪里便认得我们,可不枉费了一番心机。小弟有个计较①,我这巴陵城中,年年灯夜,大作兴的是跳舞那大头和尚,不免将计就计,明日午后进城去,做五分银子不着,弄下一副大头和尚,待到上灯时候,央他几个人,敲锣的,敲鼓的。上灯时候,我和你换了些旧衣服儿,混在那人丛里,一齐簇拥到那韩相国府中去。料他那一班女子,都近前来瞧看,我两人各把眼睛放些乖巧出来,认得是哪一个,然后挨向前去,乘机取便,只把两三个要紧字儿暗暗打动她,自然解意,想起前情,决然有一个分晓。倘然天就良缘,佳期可必。杜兄,你道我这一个计较,也行得通吗?"

杜开先道:"康兄,你这个计较,其实妙得紧,便是诸葛军师再世,也是想不到的。小弟还有一句请教,那乱纷纷多人的时节,还把两三个什么字儿,可打动得她?"康汝平笑道:"杜兄,你是个极聪明的人,那没头的文字,都要做将出来,难道这两三个字儿,便是这等想不起了?"

杜开先顿然醒悟,笑了一声,道:"康兄,承教了。"便转身走了几步,低头想了一想,暗自道:"我杜开先果然也叫得一个聪明的人,难道除了那两三个字儿,就再想不出一个好计较?我记得柬匣中前日带得一把纨扇在此,不免就把他舟中酬和诗句,将来写在上面,明日带到韩相国府中,倘得个空闲机会,就可乘便相投,却不是好。"思想停妥,连忙撇了康汝平,走进书房,开了柬匣,就把纨扇取将出来,提起霜毫,果然把那一首酬和的诗儿写上道:

　　　　草木知春意,谁人不解情。

　　　　心中无别念,只虑此舟行。

正要把笔放下,又想得起道:"呀,我杜开先险些儿又没了主意。终

---

　　①　计较——办法、主意。

不然只把这一首诗儿写在上面，纵然那女子见了，到底不知我的姓名，却不是两下里转相耽误。待我就向旁边写了名字，那女子若果有心，后来必致访着我的踪迹。"这杜开先又提起笔来，果向那诗的后边，又添上五个字："巴陵杜尊题。"写完又念一遍，大叹一声道："纵扇，我杜开先明日若仗得你做一个引进的良媒，久后倘得再与你有个会面的日子，决不学那负心薄幸之徒，一旦就将你冥落。"

　　说不了，只见那书房门呀的推将进来。杜开先疑是康汝平走到，恐他看见不当稳便，连忙笼在衣袖中。转身看时，恰是那服侍的聋子，点了一支安息香，走进房来。

　　杜开先笑道："你这聋子，果然会得承值书房。明日待我回去府中，与老爷、夫人说，另眼看顾你几分。"聋子回头笑道："大相公，小人自幼在书房中服侍老爷，煮茶做饭，扫地烧香，并无一毫疏失。多蒙老爷另加只眼，果与别的看待不同。只是明日大相公高中了，就把老爷看顾小人做了样子，抬举做得管家头目罢了。"杜开先道："这也容易。只怕你明日多了年纪，耳又聋，眼又瞆①，却怎么好？"聋子道："大相公，小人也是这样想。若还到得那个时节，就坐在书房里，照管些事儿，吃几年安乐茶饭，也尽够了。"

　　杜开先道："且到这个时节，自然不亏负你。我还有句话与你说。明日是元宵佳节，城中遍挂花灯，我欲与康相公同去看玩一番，你明日可早早打点午饭伺候。"聋子道："大相公，这个却不劝你去。那闹元宵夜，人家女眷专要出去看灯。你们读书人倚着后生性子，故意走去，挨挨挤挤，闯出些祸来，明日老爷得知，却不说大相公，倒罪在我小人身上。"

　　杜开先道："聋子，我听你这几句话儿，着实讲得有理。谅来我与康相公两个，具是守分的人，决不去那边惹祸。明日便进城去，也不回府中，只在大街左右看玩片时，少不得依旧出城，到梅花观中歇了，后日早早便好转来。只是你在书房中，夜来灯火谨慎几分，强如把我相公挂在心上。"聋子道："大相公，小人虽是方才说那几句闲话，一半为着大相公，一半却为着小人自己。明日去不去，凭你主意。只要凡事小心，早去早来，省得小人放心不下，明日又赶进城来。"杜开先道："你快去打点晚饭，再

---

　　① 瞆（guì）——此作"瞎"。

不要絮烦了。"

聋子转身竟走,不多时,便把晚饭拿出来。杜开先就同康汝平便把酒来吃了几钟,然后吃饭吃茶,又坐一会,各人进房收拾安寝不提。

次日,两人早早吃了午饭。杜开先吩咐聋子,小心看管书房。康汝平带了家童,一齐起身。离了清霞观,过了凤皇山,行了三四里,哪里得个便船?你看他两个,原是贵公子,从来娇养,出门不是船,就是轿马,哪里有行路的时节?这日有事关心,又恐迟了,就如追风逐电一般。有诗为证:

心中无限私情事,两足谁怜跋涉劳。

不趁此时施巧计,焉能海底获金鳌。

看看行了半个日子,还到不得西水滩头。这正是:心急步偏迟。直到天色将晚,方才到得梅花观中。

许叔清忙出迎迓,见了康汝平,便对杜开先道:"老朽前日却听不明白杜相公说,原来同馆的就是康二相公,好难得。"康汝平欠身道:"不敢。"

许叔清笑道:"二位相公,今日匆匆回来,敢是要进城看灯吗?"杜开先也笑道:"不瞒老师,原是这个意思。"许叔清道:"二位相公,既要看灯,何不早来些?"杜开先道:"起初原不曾有此意,吃午饭后,两人一时高兴,说起就来,又没有船,只得步行,所以这时才到。老师在此,实不相瞒说,我两人都不回家去了,且在这里闲坐片时,待等上灯时候,换些旧衣服穿了,慢慢踱进城去看一看,不过略尽意兴,即便转来,就要老师处借宿一宵,明早就到清霞观去。"

许叔清满口应允道:"这个自然领教。今日元宵佳节,二位在此,却不曾打点得些什么好酒肴,老朽甚不过意。也罢,二位相公若不见罪,还有野菜一味,淡酒一壶,慢慢畅饮一回,然后进城。不识尊意如何?"杜开先与康汝平齐答道:"我二人到此,借宿足矣,又要叨扰老师,甚是不通得紧的。"许叔清道:"相与之中,理上当得的,说哪里话。"就吩咐道童,整治酒饭款待。

你看这杜开先把这件事牢牢在心记着,就对康汝平道:"康兄,我与你今日之来,单单只为得这件事,到这里好几时,却把那件事情反忘怀了。"康汝平会意道:"杜兄,正是那件要紧的东西,这时节却打点不及。古人说得好,'有缘哪怕隔重山'。只要有缘,自有凑巧的所在。但是那两三个字儿,到底要打叠得停当。"

正说得高兴,那许叔清走来问道:"二位相公,还是吃了酒去看灯,还是只吃饭,看过灯来吃酒?"杜开先道:"康兄,想是这时城中火炮喧阗,花灯必然张挂齐整,若吃了酒饭去,恐怕迟了,我们不如看了转来。"康汝平道:"讲得有理。"便起身换了衣服。许叔清道:"二位相公既然先去看灯,老朽却得罪了。今日乃三官①大帝降生之辰,晚间还要做些功课,却不得奉陪,只在这里殷勤恭候终究便了。"杜开先道:"这个不敢劳动老师,只留康相公家这位尊价在此等候一会就是。"

两人别了许叔清,遂起身走进城来。恰可皓月东升,正是上灯时候,但见那:

焰腾腾一路辉煌,光皎皎满天星斗。六街喧闹,争看火树银花;万井笙歌,尽祝民安国泰。叠叠层层,彩结的鳌山十二;来来往往,闲步的珠履三千。这正是:金吾不禁,玉漏停催,谁家见月能闲坐,何处闻灯不看来?

两人看了一会,渐渐走到十字街头。只见簇拥着两行的人,拉下两个宽大场子,一边正在那里跳着大头和尚度柳翠,一边却在那里舞着狮子滚绣球,筛锣击鼓,好不热闹。两人看得有兴,各自站在一边。

不多时,那后面一条小巷里,又拥出一伙人来。杜开先回头看时,恰又是一起跳大头和尚的。忽听得中间有两个人说道:"我们先到韩府中去。"杜开先听了韩府二字,着实关心,便唤了康汝平,随着那个人一齐径到韩府中。

只见那大门上直至中堂,处处花灯遍挂,银烛辉煌,就如白昼。他两个便混在人队里,挨身直到堂前。正是韩相国庆元宵的家宴。上面凛凛然坐着一位,你道是谁?原来就是韩相国。左右两旁,还有几个恭恭敬敬坐着的,就是他的弟男子侄。笙歌鼎沸,鼓乐齐鸣,流星满空,火爆震地。又是这一班跳大头和尚的,敲锣击鼓,满城人都来逢场作戏。杜开先与康汝平两人到此,一心一念,只为这两个女子身上,左顾右盼,前望后瞻,徘徊许久,并无踪迹。心中顿觉愁闷,暗想道:"今日千筹万算,得到这里,也非容易。倘若不得些影响,快快空回,必然害起病来,如何是好?"

---

① 三官——亦儿"三元"。道教所奉的神。即,天官、地官、水官。传说天官赐福,地官赦罪,水官解厄。

正思虑间,见那围屏后闪出两个女子来,一个就是韩蕙姿,一个就是韩玉姿。这康汝平不住睛偷觑几眼,端的认不出哪一个是前日拨琵琶的。杜开先痴痴呆呆,看了一会,暗自道:"世间有这样一对女子,就是嫡亲姐妹,面庞也没有这等相像得紧,不知哪一个是前夜舟中酬和的?"你看,到把个杜开先疑疑惑惑起来。

原来那韩玉姿那夜隔船酬和的时节,便是有些月色,朦胧之间,两下里面貌都不曾看得仔细,所以怪不得这一个全不识认,也怪不得那一个心下猜疑。就是那韩蕙姿,前日瞥见康汝平的时节,天色尚未昏暝,她却看得几分明白在眼睛里。蓦然间在人丛里见了,便觉兜上心来,连忙站出屏前,把秋波偷觑几番。

杜开先回转头来,见她有些情景,只道就是在舟中酬和的这一个,满心欢喜,便又近前几步,把袖中纨扇悄悄撇在韩蕙姿身边。有诗为证:

> 侯门深似海,不与外人通。
>
> 昔日留情密,今宵用计穷。
>
> 昆仑难再见,红绡岂重逢。
>
> 纨扇传消息,姻缘巧妙中。

回转身来,携了康汝平的手,向人队里看这些人跳的跳、舞的舞,站了好一会,方才与众人同散出门。此时将及半夜,灯阑人静,两个说说笑笑,徐步跶出城来,竟到梅花观中。许叔清还在这里等候,见杜开先与康汝平走到,忙唤道童摆出看馔来,三人畅饮不提。

说那韩蕙姿见人散了,刚欲转身进去,只见屏前遗下一柄纨扇,便蹲身拾起,藏在袖中,连忙走进房里,正向灯下展开观看。恰好那妹子韩玉姿推门进房,看见姐姐手中执着一把纨扇,便迎着笑脸道:"姐姐,好一把纨扇,却是哪里来的?"韩蕙姿道:"妹子,你却不知道这把扇子,休轻觑了它,却来得有些凑巧。"

韩玉姿笑道:"姐姐,我晓得了,这敢是老爷私自与你的吗?"韩蕙姿道:"妹子,人人说你聪明,缘何这些也不甚聪明。若是别家的老爷,内中或有些私曲。我家老爷待我姐妹二人,一般相似,并无厚薄。难道私自与得我,到没得与你不成? 不是这等说。这柄纨扇,恰是适才多人之际,不知是哪一个掉下在围屏后边,偶然看见拾得的。"

韩玉姿笑道:"你却有这样好造化,何不待妹子赠你几句诗儿?"韩蕙姿道："这个却好，只是上面已题着诗了。"玉姿道："姐姐，可借与妹子一看吗？"韩蕙姿便递将过来。

韩玉姿展开，把前诗看了一遍，只见诗后写着杜莘名姓，蓦然惊讶起来，心中想道："好奇怪，上面这一首诗，分明是前日在玉凫舟对那生酬和的，我想这一联诗句，并没人晓得，不知什么人将来写在这把纨扇上。看将起来，莫非那生就是杜莘，适才混入进来，探访我的消息，也未可知。"便对韩蕙姿道："姐姐，你可晓得这扇上诗句是什么人题的？"韩蕙姿道："我却不知是谁。"韩玉姿道："这就是杜莘题的。"韩蕙姿想一想道："妹子，杜莘莫非就是老爷时常口口声声慕他七岁能诗的吗？"韩玉姿道："姐姐，我想决是此人。终不然我巴陵城中，还有一个杜莘不成？"

韩蕙姿道："妹子，这有何难，我和你明日就拿了这把扇子，送与老爷一看，便知分晓。"韩玉姿道："姐姐所言，甚是有理。只恐这时老爷睡了，若再早些，就同送去一看，却不是好。"韩蕙姿道："妹子，他老人家眼目不甚便当，就是灯下，也十分不甚明白。只是明早去见他罢。"韩玉姿便不回答，遂与姐姐作别，归房安寝不提。

次日早晨起来，她姐妹两人执了纨扇，殷殷勤勤走到后堂，送上韩相国道："启上老爷，昨晚在围屏前，不知什么人掉下一把纨扇，是我姐妹二人拾得。上面写有诗句，不敢隐匿，送上老爷观看。"

韩相国接在手中，仔细一看，道："果然好一把扇子，看来决不是个寻常俗子掉下的。"遂展开，把那上面诗句从头念了一遍，便正色道："哫①，好胡说！这扇上分明是一首情诗，句句来得跷蹊。你这两个妮子，敢到我跟前指东道西，如此大胆，却怎么说？"

吓得她姐妹二人心惊胆战，连忙跪倒，说道："老爷，这样讲来，倒教我姐妹二人反洗不干净了。今日若是有了些什么不好勾当，难道肯向老爷跟前自招其祸？请老爷三思，狐疑便决。"韩相国便回嗔作喜道："这也讲得有理。你两个可快站起来，这果然是我一时之见，错怪你们了。"姐妹二人起身，站立两旁。

韩相国道："玉姿，你可晓得扇上题诗的这个人吗？"韩玉姿道："我是无知女子，况在老爷潭潭府中，并不干预外事，哪里晓得扇上题诗这人。"

---

① 哫（dōu）——怒斥声。

韩相国道："我方才说这把扇子，却不是寻常人掉下，你道是谁？乃是杜翰林老爷的公子，唤名杜莘。他七岁的时节，便出口成章，如今不过十六七岁。城中大小乡绅，没一个不羡慕他。我亦久闻其名，不见其人。目下就是袁少伯的生辰，正欲接他来题一幅长春四景的寿轴。今既得他这把纨扇，就如见面一般。你可收去，用白绫一方，好好包固，封锁在拜匣里。待我明日写一个请帖，就将他送到那杜府中去，权为聘请之礼。"

韩玉姿听说了这几句，正中机谋，便伸出纤纤玉指，接了过来。韩相国还待吩咐两句，只见那门上人进来禀道："京中有下书人在外，候老爷相见。"韩相国便走起身出去不提。

却说这韩玉姿收了纨扇，别了姐姐，竟到自己房中，慢慢展开，仔细从头看个不了，遂叹一声道："杜公子，杜公子，你既存心于我，却不知我在此间亦有心于你。毕竟自今以后，我和你不久就有见面的日子。只是教我全无一毫门路，可通消息，如何是好？我今有个道理在此，杜公子前日所吟诗句，我已明明牢记心头，不免将机就计，就写在这纨扇上，然后封固停当，待老爷明日着人送去，他见了时，必定欣然趋往。那时待我暗中偷觑，再把手语相传。若得天意全曲，成就了百年姻眷，岂非纨扇一段奇功。"

思想已决，正待展开，又想道："且住。我那蕙姿姐姐，原是个奸心多虑的人，倘被她走来瞧破，正是知人知面不知心，倘有些风吹到老爷耳边，不特惹是招非，却不道一片火热心肠，化作一团冰炭矣。"连忙起身，拴了房门，再把文房四宝取将出来，低头想了一会。

你看这韩玉姿，果然是一个聪明女子，前日杜开先寄咏的诗句，又非笔授，不过信口传闻，缘何字字记得详细，便轻轻提起笔来，向那纨扇上续写道：

画舫同依岸，关情两处看。

无缘通一语，长叹倚阑干。

写毕，从头念了一遍，端然字字无差。便抽身取了一幅白绫，欲待包封，忽然又想起来，说道："我想，杜公子为着我身上，费了一片深心，分明暗赘姓名在上。若我只把诗句写去，不下一款，教他悬空思念，依旧做了一场没头绪的相思。我也把名字写在后边，使他见了，便知道我留心于他的意思。"

又提起笔来,向后写道:"韩玉姿题"。写毕,就把白绫包固停当。有诗为证:

柳陌逢邂逅,朦胧月满舟。

面庞俱不认,情意各相投。

隔水通琴瑟,当窗互和酬。

有心求凤侣,无计下鱼钩。

旦夕忘经史,痴迷难自由。

三餐浑弃却,一念想风流。

纨扇留屏后,通名引路头。

天缘真辐辏①,烦恼可全收。

正要起身将来收拾在拜匣里,只听得房门外一声咳嗽。你看韩玉姿,霎时间玉晕生愁,仓皇无计,恐泄露机关,反招烦恼,便轻轻把房门开将出来一看,四下里并不见个人影,猛自惊讶道:"这莫非是我老爷唤姐妹们来打听我的消息,且待走到厅前,看一看老爷下落就是。"便悄悄掩上门儿。正走到东廊下,蓦然想起那把纨扇不曾收拾得,连忙又转身来。进房一看,哪里见个踪迹,竟不知什么人拿去。

正在愁虑之间,只见韩蕙姿走近前来,迎着笑脸道:"妹子,老爷着我来,取你那把纨扇去,仔细再看一看。"韩玉姿却回答不来,就将姐姐一把扯到房中。

毕竟不知她两个有甚说话?后来那纨扇的下落如何?且听下回分解。

---

①　辐辏(còu)——车辐凑集于毂(gǔ)上。比喻人或物集聚一处。毂,车轮中心插轴的圆孔。

第 四 回

作良媒一股凤头钗　传幽谜半幅花笺纸

诗：

情痴自爱凤双飞,汀冷难交鹭独窥。

背人不语鸳心闹,捉句宁期蝶梦迷。

涓涓眼底莺声巧,缕缕心头燕影迟。

何日还如鱼戏水,等闲并对鹤同栖?

你道适才在房门外咳嗽的是哪一个? 恰就是个韩蕙姿。原来她在门外站立了好一会,这韩玉姿在房里自言自语,把那把纨扇看一会,想一会,都被她在门缝里,明明白白,瞧得仔细。见妹子走出房来,便闪在那花屏风后。玉姿虽是听见咳嗽之声,哪里提防就是姐姐韩蕙姿。

这蕙姿也正有心在那扇上,恰好乘她走出,悄悄钻进房中,将来匿在袖里,故意待她来时,要把些话儿挑逗她。见妹子无言回答,倒一把扯了进房,便道:"妹子,莫要着忙,那把扇子是姐姐适才到你房中拿去送与老爷了。"

玉姿见姐姐说送与老爷,心中老大惊恐,便道:"姐姐,怎么好? 适才那把扇子,是我妹子乱题了几句在上,若是老爷看见,决要发起恼来,如何区处?"蕙姿道:"这个何妨,老爷一向晓得你是个善于题咏的,见了决然喜欢,难道倒要着恼吗?"玉姿道:"姐姐,你不知道,那首诗有些古怪,却是老爷看不得的。"

蕙姿点头道:"原来如此。妹子,我和你不是别人,原是同胞姐妹。何不把诗中的意思明对我说,与我得知,倘或老爷问起时节,姐姐替你上前分理几句也好。"玉姿只道真把了韩相国,事到其间,却也不敢隐瞒,只得便把那日玉凫舟,两下隔船吟和缘由,从头到尾一一实告。

蕙姿听妹子这一番话，正是错认陶潜①是阮郎②，只道是那晚把船窗推开偷觑的那康公子，却就是杜公子，便道："妹子，看将起来，那杜公子昨晚向人队里混迹到我府中了。见我姐妹二人，面庞一般相像，却也认不明白，因此把这纨扇暗投在围屏侧边，要我们知道他特来探访的意思。妹子，你休恁心慌，那纨扇却不曾送与老爷，还在姐姐衣袖里面。不是我故意要藏匿你的，适才门外听你自言自语，分明露出一段私情，正要把这把扇子为由，慢慢盘问你几句。如今不提防着我，先把真情从头实说，足见姐妹情深。难道我做姐姐的，到将假意待你不成。却也有几句心苗话儿，就与你实说了罢。"

玉姿听说纨扇在姐姐身边，方才放下肚肠，把个笑脸堆将下来道："姐姐，便险些儿把我妹子来惊坏了。你既然有甚心事，向妹子说也不妨。"蕙姿遂把在那船中瞥见康公子，特地把琵琶拨唱一曲《昭君怨》打动他的话，明明尽说。玉姿听姐姐说罢，竟也懵懵懂懂起来，连她也把个康公子想做了杜公子，对着蕙姿道："姐姐，妹子想来，那晚杜公子在那边偷瞧姐姐的时节，分明也有了一点心儿，不料妹子夜来倚阑看月，想是他到把我认做姐姐，故将诗句相挑。哎，这正是，'混浊不分鲢共鲤'。"蕙姿道："妹子，这般说，我和你不知几时才得个'水清方见两般鱼'。"

玉姿回笑一声道："姐姐，我如今姐妹二人的心事，除了天知地知，只有这把纨扇知得。从今以后，若是姐姐先有个出头日子，须用带挈③我妹子。倘或我妹子先有个出头日子，决不忍把姐姐冥落就是。"

蕙姿道："但有一说，这把扇子设使老爷明日送去的时节，拆开一看，见了上面又写着一首诗儿，可不做将出来，怎么了得？"玉姿呆了一会，道："姐姐讲得有理，妹子只顾向前做去，倒不曾想着这一着。也罢，我如今既已如此，用个拼做出来的计较，把这扇子另将一幅上好白花绫整整齐齐封裹停当，再把一方锦匣儿，好好盛了。待到明日老爷送去之时，他见收拾得十分齐整，哪里疑心到这个田地。况且他又是个算小的人，要爱惜那幅白绫，料不拆开来看。倘蒙天意成全，能够与杜公子一见，他是个伶

---

① 陶潜——东晋大诗人陶渊明，字元亮。

② 阮郎——西晋诗人阮咸。

③ 挈（qiè）——携带。

俐书生,点头知尾,自能触悟,决然乘机趋谒,那时节,两下里便也得个清白。"蕙姿笑道:"妹子,既然如此,我和你各人赌一个造化,撞一个天缘便了。"玉姿也笑了一笑,便起身各自回房不提。有诗为证:

> 疑信相参不可评,全凭见面始分明。
> 今朝两下休心热,自有天缘出至情。

说这杜开先,自从元宵灯夜,与康汝平混入韩相国府中,瞥见蕙姿,错投纨扇之后,依旧回到清霞观里。诗书没兴,坐卧不宁,心下半喜半愁,情惊错乱。你道他喜的是哪一件?却是得了一个真实消息。愁的是哪一件?却是他姐妹二人一般面貌,毕竟不知哪一个是画船中酬和的,又不知那把纨扇落在谁人手里。

这康汝平虽然晓得他想念的意思,哪里知道暗投纨扇一事,不时把些话儿询问。杜开先再不露出一些影响,整日在书房中愁闷不开,神魂若失,痴痴呆呆,懵懵懂懂,就如睡梦未醒的一般。那聋子见了这般模样,再想他不着什么头脑,老大惊异。

原来这聋子耳内虽是听人说话不明,心中其实有些乖巧,背地里不时把康汝平去探问口讯。康汝平却又不好明对他说为着这件事儿,只得把些别样说话支吾答应。

聋子哪里肯信,一日,对着杜开先道:"大相公,我想你离家到馆,还不满个把月日子,就是这样一个光景。在这里,若也多坐几时,便不知怎么一副嘴脸。古人说得好,'不听老人言,必有凄惶泪。'那日元宵灯夜,我劝你不要进城,却不肯听,如今看将起来,都是那时节起的。你们后生家,尽着一时豪兴,游耍到夜静更深,敢是撞着邪祟在身上了?若使明日老爷知道了这个风声,却不晓得大相公元宵夜的情由,只说小人在这里早晚茶饭上服侍不周。那时节,教我浑身是口,也难分辨。不如早早收拾,回到府中,禀过老爷,慢慢消遣几个日子,再到馆中,却不是好。"

杜开先便不回答,着实沉吟了一会,道:"我的意思,倒也要回去消遣几日,只是这书房中,衣囊什物,没有人在此看管。"聋子道:"大相公,你却说这样量小的话。古人说得好,'乘肥马,衣轻裘,与朋友共,敝之而无憾。'何不把这书房锁匙,托付康相公就是。"

杜开先道:"聋子,你但只知其一,不知其二。那康相公也是个没坐性的,见我不在这里,一发没了兴头,自然也要打点回去了。"聋子道:"这也极容易处的,待小人送大相公到了府中,再转来看管便了。"

你看这杜开先,不说起回去便罢,若说起回去,巴不得一步就走进城去。对着聋子道:"我有个道理,你去对康相公说,明日是太夫人的散寿,大相公今日要回府去一拜,只消停三两日就来。这书房中要康相公简点一简点,看他怎么回答。"聋子转身便去对康汝平说。

这康汝平原晓得他只为那桩心病,不好相留,只得凭他回去,便道:"你相公既要回去,我就移到你相公房里去,权坐几日就是。"聋子就来与杜开先说知。杜开先就着他速去收拾几件衣服,做一毡包提着,连忙起身,竟到康汝平房中作别。康汝平遂携手送出观门,却把没要紧的话儿,低低附耳说了几句。杜开先微微笑了一笑,两人拱手而去。

这正是杜开先凑巧的所在,方才到得府中,恰正午后光景。只见一个后生,手捧一方拜匣,也随后走将进来。聋子回头看见,问道:"大哥,是哪里来的?"后生道:"我是韩相国老爷差来,聘请你杜爷公子的。"杜开先听说韩相国三字,便觉关心,又听说个聘请杜公子,就站住仪门首,问道:"可有柬帖吗?"后生把他仔细看了两眼,见他相貌不凡,心中便道:"此莫非就是杜公了?"便向拜匣里先取出一个柬帖来,连忙送与杜开先。

杜开先接了过来,展开一看,上写着:"通家眷生韩文顿首拜","副启一通"。杜开先就当面把书拆开一看,上写道:

　　贤契①清年美质,硕抱宏才。声名重若斗山,望誉灿如云汉。咸谓谪仙复生,尽道陈思再世。真巴陵之麟凤,廊庙之栋梁也,敬羡,敬羡。不佞潦倒龙钟,清虚不来,渣秽日积。欲领玄提,尚悭良遇。寿意一幅,借重金言。原题纨扇为聘,慨赐贲临②。老朽林泉,可胜荣藉。

看到后面,只见有着"纨扇"二字,心中着实惊讶,暗想道:"难道那把扇子却被老头儿看破了?"

那后生便把锦匣儿送将过来。杜开先一只手接了锦匣,一只手执了书柬,笑吟吟地对着后生道:"既承韩老爷宠召,自当趋往。但刻下不及回书,敢烦转致一声,待明早晋谒,觌面称谢便了。"后生方才晓得这个就

① 贤契(qì)——对弟子或朋友子侄辈的敬称。
② 贲(bì)临——客套语。光临。

是杜公子,愈加小心几分,满口答应不及。杜开先着聋子拿三钱一个赏封送他,称谢而去。有诗为证:

曾将纨扇留屏后,今日仍赉①作聘来。

无限相思应有限,羡他来去是良媒。

杜开先见那后生去了,也等不得走进中堂,端然站在仪门边,把那锦匣揭将开来。只见里面又是一幅白绫,封裹得绵绵密密,原来还是韩玉姿的手迹。恰好适才韩相国着人送来的时节,果然无心究竟到这个田地上去,因此便不拆开细看,随即糊涂送到这里。这都是他两个的天缘辐辏,恰正送来,刚刚遇着杜开先回来,亲自收下。

这杜开先虽见书上写着个"纨扇"二字,哪里晓得扇上又添了一首诗儿。便又把白绫揭开,果是那元宵夜掷在围屏边的这把扇子。再扯开一看,上面又增了一首诗儿,恰正是他那日在这边船里寄咏的,诗后又写着"韩玉姿"三字。点头暗想道:"原来画船中与我酬和的,就是这韩玉姿了。只是一件,如何那书帖上写着是韩相国的名字,这纨扇上又写着韩玉姿的名字?此事仔细想来,好不明白。莫非倒是那老头儿知了些什么消息,请我去倒有些好意思不成?"

你看他慢慢地一会想,一会走,来到中堂。恰正见翰林与夫人对面坐着,不知说着些什么话儿。看见杜开先到,满心欢喜,虽是一个月不相见,就如隔了几年乍会的一般。连忙站起身来,迎着笑脸道:"莘儿,你回来了,一向在馆中可好吗?"杜开先道:"深承爹妈悬念,只是睽违膝下,冷落斑衣,晨昏失于定省②,不孝莫大。"杜翰林道:"莘儿,你岂不晓得事亲敬长之道,哪一件不从书里出来。今既与圣贤对面,就和整日在父母身边一般。我且问你,那康公子也同回了吗?"杜开先答应道:"康公子还在清霞观中。孩儿今日此回,一来探望爹妈,二来却有一事与爹妈商议。"

夫人便道:"莘儿,敢是你在清霞观中早晚不得像意③,又待变更一个所在吗?"杜开先道:"孩儿在那边清雅绝伦,正是读书所在,无甚不便。但为昨日韩相国差人特地到清霞观中,投下请书礼帖,欲令孩儿明日到他

①　赉(jī)——以物送人。

②　定省(xǐng)——"昏定晨省"的略语。指子女早晚向父母问安。

③　不得像意——不得意。

府中题咏几幅寿意。所以回来特请命于爹爹,决一个可否,还是去的是?不去的是?"杜翰林道:"尊儿,那韩相国是当朝宰辅,硕德重臣,又是巴陵城中第一个贵显的乡绅。就是他人,巴不能够催谋求事,亲近于他,何况慕你诗名,特来迎请,安可拂其美意。今日就当早早趋谒才是。"

夫人道:"尊儿,既有请书,何不顺便带回,与爹爹一看,方是道理。"杜开先便向袖中先将书帖取出,送上翰林道:"孩儿已带在此。"翰林接将过来,从头一看,欣然大笑道:"夫人,那老头儿就将孩儿原题的纨扇送将转来,岂不是一个大丈夫的见识吗?"

夫人道:"却是怎么样一把纨扇?"杜开先便又向袖子里拿将出来。翰林展开,把前后两首诗儿仔细一看,道:"尊儿,这扇上两首诗儿,缘何都不像你的笔迹,又不像你的口气?"杜开先乘机应道:"孩儿也为这件事,因此踌躇未决,进退两难。"杜翰林道:"尊儿说哪里话。作诗原是你的长技,难道如扇上这样句儿,愁什么做不出来?但有一说,明日谒见的时节,决不可把这纨扇带着,倘言语中间偶然提起,只是谦虚应对为妙。"

杜开先道:"还有一句,请问爹爹,明日若见了韩相国,教孩儿怎么称呼?"翰林想了一想,道:"尊儿,韩相国虽然是个大僚,论我门楣,也不相上下。况且共居巴陵一邑,兼属同寅①,总不过分一个伯侄辈儿就是。"杜开先躬身答应一声。那夫人就走过来,一把携身手转进去,随唤厨下整治茶饭不题。有诗为证:

> 少小多才动上人,他年拟作国家宾。
>
> 双亲恃有聪明子,宁不欣欣若宝珍。

次日,杜开先带了家童,竟到韩相国府中。把门人通报,那韩相国闻说杜公子来到,十分之喜,急令家童开了中门,匆匆倒履②出来迎迓。引至大厅上,叙礼已毕,连忙拂椅分宾主而坐。

两巡茶罢,韩相国道:"公子如此妙龄,诗才独步,岂非巴陵一邑秀气所钟。老夫久仰鸿名,每劳蝶想,恨不能早接一谈。今承光降,何胜跃如。"杜开先欠身答道:"老伯乃天朝台鼎,小侄是市井草茅,深感垂青宠召,敢不覆辙趋承。"韩相国道:"老夫今日相迎,却有一事借重。不日内

---

① 同寅(yín)——旧称同一处做官的人。

② 倒(dào)履——古人居家席地而坐,因急于迎客而穿倒了鞋子。

乃少伯袁君寿诞，老夫备有寿意一幅，敢求赐题，作一个长春四景。料足下倜傥人豪，决不我拒，故敢造次斗胆耳。"杜开先道："老伯在上，非是小侄固辞，诚恐俚言鄙语，有类齐东，岂无见笑于大方乎？"韩相国道："老夫前闻梅花观之题，今复见纨扇之咏，深知足下奇才。今日见辞，莫非嫌老夫不是个中人，不肯轻易的意思？"杜开先道："却是小侄得罪了。"韩相国便吩咐韩府管家耳房茶饭，遂唤女侍们取了锁匙，先去开了记室房门，然后把杜公子引进。

原来那韩蕙姿与韩玉姿姐妹两人，听说个杜公子到了，巴不得一看，撇下肚肠，因此俱已留心，早早都站在那厅后帘子里，正待看个仔细。恰好杜开先正慢将进去，去回头一看，只见那帘内站着的，端然是元宵夜瞥见这两个女子。你看他，两只脚虽与韩相国同走，那一片心儿早已到这两个女子身上，又恐韩相国看出些儿破绽，没奈何只得假意儿低头正色，徐步一同来到记室。

韩相国先把寿轴取将出来，展开在一张八仙桌上，再把文房四宝摆列于右，对着杜开先道："老夫有一言冒启。昨日有一敝同僚，始从京师回来，刻下暂别一会，前去拜望一拜望，少息就回。公子在此，权令女侍们出来，代老夫奉陪，万勿见罪，足征相爱重了。"

杜开先听说这几句，恰正合着机谋，只是不好欣然应允，便假意推却道："老伯既有公冗而去，小侄在此，诚恐不便，不如也暂辞回去，明日再来趋教如何？"韩相国笑道："好一位真诚公子！敢是老夫欲令女侍出来代陪，虑恐男女之间、嫌疑之际吗？"杜开先躬身道："正是小侄愚意。"韩相国又笑了一声，道："贤契，不是这样讲。老夫与令尊翁久同僚采，况属通家①今公子到此，就如一家人一般，这个何妨。"吩咐院子快唤蕙姿出来。

原来这蕙姿与玉姿姐妹两人还站在厅后，端然不动，都在那猜疑之际，突地里听说一声："蕙姿姐，老爷唤你哩。"她两个再想不到是唤出去代陪杜公子，只道有些不妙的事，一个目定口呆，一个魂飞魄散，心头擂擂的跳个不了。

蕙姿道："不好了！敢是纨扇上诗句杜公子对老爷说出来，故来唤我

———————————

①　通家——世交。

对证。"玉姿道:"姐姐,决不为着这件。我想那杜公子的心事,就是我们的心事,难道他便如此没见识吗?"蕙姿道:"妹子,你可想得出,还是为着什么来?"玉姿道:"敢是杜公子记着那《昭君怨》儿,故在老爷跟前,把几句巧言点缀,特地要你出去相见的意思。"蕙姿道:"妹子,那杜公子若是果有这片好意,肯把前事记在心头,决不把你前日送去纨扇上诗儿丢在一边了。古人云,'丑媳妇免不得见公姑。'既然唤着我,好歹要去相见的,且走出去,便知分晓。"玉姿就转到自己房中,探听他出去还为什么缘故。

　　蕙姿也不及进房重施脂粉,再换衣衫,别了妹子,竟到记室里面。见了杜开先,连忙假装退避、不敢向前的光景。韩相国道:"这就是杜公子,快过来相见。"蕙姿便向前殷勤万福①,杜开先便深深回唔。蕙姿问相国道:"不知老爷唤蕙姿有何吩咐?"韩相国道:"我就要出门拜客,杜公子在此题这长春寿轴,着你出来权且代我相陪一会。"蕙姿也假意儿低低回答道:"老爷,这位杜公子从不曾相见的,羞人答答,教蕙姿在这里怎么好陪?"韩相国道:"说哪里话。这杜公子,我与他久属通家,谊同一室。不要害羞,在这里略陪一会儿,不多时我就转来了。"蕙姿道:"既然如此,老爷请行。蕙姿在此代陪就是。"韩相国便与杜开先作别,遂走出厅前,上轿出门不提。

　　这杜开先与韩蕙姿适才相国面前故意推托,都要别嫌疑的意思。见相国出去,巴不得各诉衷肠,备说心事。只是一件,两家都是今朝乍会的,一个便不好仓皇启齿,一个又不好急遽开言,眼睁睁对坐着,心儿里都一样蟹儿乱爬,眼儿里总一般偷睛频觑。

　　这杜开先毕竟还是个少小书生,包羞含愧,提着那管笔儿,假意沉吟,挨了半晌,方才把句话儿挑问道:"小生前在玉凫舟相会的,敢就是足下么?"蕙姿掩口道:"那元宵夜暗投纨扇的,莫非也就是公子吗?"杜开先笑吟吟地道:"正是小生。我想足下妙龄未笄②,丽质偏娇,恐久滞朱门,宁不一抱白头之叹。"蕙姿道:"公子岂不闻红颜薄命,自古有之。但此念眷眷在怀,奈何儿女私心,岂敢向公子尊前一言尽赘。"杜开先道:"足下的衷肠,自那日在玉凫舟中扣弦一歌,倚阑一和,小生便已悉知详细。缘何

---

①　万福——指妇女相见所行的敬礼,行礼时一般口称"万福"。

②　笄(jī)——簪子。古代女子到了十五岁挽发插笄的年龄,即成年。

对面到无一言,敢是足下别有异志?"

　　这蕙姿却又不好说得那日船中酬和的是他妹子,只得顺口回答道:"妾本闺壶鸠拙①,下贱红裙,止堪侑②酒持觞,难侍温衾共枕。既承公子始终留盼,情愿订以此生。但是匆匆之间,欲言难尽。妾有金凤钗一股,倘公子不弃轻微,敢求笑纳,使晨昏一见,如妾眷恋君旁矣。"

　　杜开先连忙双手接住,仔细看了道:"深感足下赐以凤钗,但小生愧无一丝转赠,如之奈何? 也罢,就将这花笺上聊赋数言,少伸赠意,不识可否?"蕙姿笑道:"既承公子美情,望多赐几句也好。"杜开先便把那起稿的花笺取一张,整整齐齐裁了一半,提起笔来,写了一首道:

　　　天凑良辰刻刻金,缘深双凤解和鸣。

　　　奇葩欲吐芳心艳,遇此春风醉好音。

　　这蕙姿却是个不识字的,若是要杜开先再念一遍,可不露出那和新诗、写纨扇的破绽来,只得看了,口中假作咿唔,厉声称赞,便把花笺儿方方折了,藏在袖中。

　　两个正要再说些什么衷肠隐曲,只听得房门外有人走来,唤道:"蕙姿可陪着杜公子吗?"他两个听叫了一声,知是相国拜客回了。杜开先慌忙坐倒,便装出那恭恭敬敬的模样。蕙姿起身不及开了房门。你看这老头儿,摇摇摆摆,踱将进去,见了杜开先,迎笑道:"老夫失陪,多多有罪。请问公子的佳作,可曾有些头绪吗?"杜开先道:"已杜撰多时,只候老伯到来,还求笔削。"韩相国听说,便欣然大喜道:"原来四首都完了。妙,妙。果然好一个捷才,就要请教。"原来这杜开先已是有稿子的了,便取过花笺,慢慢写上。韩相国便对蕙姿道:"你可进去,吩咐快拿午饭来吃。"蕙姿应了一声,没奈何只得勉强进去。

　　毕竟不知这韩相国看了长春四景,心中欢喜如何? 那蕙姿进去,见了妹子,又有什么说话? 且听下回分解。

---

　①　鸠(jiū)拙——引自《离经》:"鸠拙而安",后用为自称性拙的谦词。

　②　侑(yòu)——劝人(吃喝),陪侍酒餐。

第 五 回

难遮掩识破巧机关　怎提防漏泄春消息

诗：

> 聪明儒雅秀衣郎，遂有才名重四方。
>
> 笔下生花还出类，胸中吐秀迥寻常。
>
> 风流尽可方陶谢①，潇洒犹能匹骆王②。
>
> 当道诸君咸折节，羡他出口便成章。

不多一会儿，杜开先把长春四景写将出来，送与韩相国。相国接来，看了一看，笑道："老夫年迈，近日来，两目有些微盲。这些稿儿，一时看来，不甚仔细。请公子口授一遍，待老夫拱听何如？"杜开先道："再容小侄另誊一个清稿，送上老伯细审就是。"相国摇手道："这也不敢过劳，到是求念一遍的好。只是四景的题目，先要请教一个明白。"

杜开先道："这四景，小侄就将四季应时开的花上发挥：春以碧桃为题，夏以菡萏③为题，秋以丹桂为题，冬以玉梅为题。但借其四时佳景以祝长春耳。"韩相国呵呵大笑道："妙得极，妙得极。若无四时佳景，将何以祝长春？好一篇大段道理，老夫虽然不敏，还求垂教。"杜开先便道："老伯在上，容小侄道来。"

第一首　春景，咏碧桃

> 本来原自出仙家，满树姻脂若晓霞。
>
> 可爱奇英能出众，迎风笑尽万千花。

第二首　夏景，咏菡萏

> 窈窕红妆出水新，周围绿叶谨随身。
>
> 香清色媚常如此，蝶乱蜂忙不敢亲。

---

① 谢——指南朝宋诗人谢灵运。

② 骆王——指唐诗人骆宾王、王昌龄。

③ 菡萏(hàn dàn)——荷花。

第三首　秋景,咏丹桂

　　一枝丹桂老岩阿,历尽风霜总不磨。

　　自是月宫分迹后,算来千万亿年多。

第四首　冬景,咏玉梅

　　玉骨冰肌不染尘,孤芳独立愈精神。

　　论交耐久唯松竹,赢得奇香又绝伦。

韩相国道:"好诗,好诗! 首首包含寿意,联联映带长春。令人聆之,顿觉惊奇骇异,非公子捷才,焉能立就? 老夫肉眼凡睛,不识荆山良璞,南国精金,诚为歉愧。"杜开先道:"小侄姿凡质陋,不过窃古人之糟粕,勉承尊命,潦草塞白而已,何劳老伯过称。"韩相国道:"太言重了。老夫虽然忝居乡邑,争奈年来衰朽,一应宾朋,懒于交接,所以令尊翁也不克时常领教。幸得今日与公子接谈半晌,顿使聋聩复开,不识某何修而得此也。"

言未了,那院子忙来禀道:"请杜相公与老爷前厅午饭。"韩相国吩咐道:"杜相公既在爱中,便脱洒些何妨,就撤到这里来罢。"院子便去收拾,携至房中。韩相国遂陪杜开先吃了午饭,再把桌儿拽到中间,对着杜开先道:"老夫执砚侍旁,就请公子信手一挥。"杜开先欠身道:"如此丑诗,须待名笔,方可遮饰一二。小侄年轻德薄,何能当此重任邪?"相国笑道:"既承佳作,深荷美情。公子若非亲笔,不唯见弃老夫,抑亦见薄于袁君也。"

杜开先不敢再却,便把寿轴展开,将前四景一一写上。韩相国见了,厉声称赞道:"公子诗才竟与李、杜齐名,字法又与苏、黄并美。这正是翰林尊又得翰林子也,岂不可羡。"杜开先道:"老伯大讳,就待小侄一笔写下何如?"

韩相国笑道:"这是公子所题,如何到把老夫出名。决定要将公子尊讳写在上面。"杜开先道:"小侄年幼,恐冒突犯上,明日难免诸长者褒谈矣。"韩相国笑道:"公子说哪里话。不是老夫面誉,这巴陵郡中,除却公子,还有那个可与齐驱? 请勿过谦,足征至爱。"杜开先道:"既然如此,小侄太斗胆了。"韩相国道:"不敢。"杜开先遂拈笔向后写了一行道:"通家眷晚生杜莘顿首拜题。"

韩相国道："老夫见了公子尊讳①，却又省得起来，昨送来原题纨扇，可曾收下了吗？"杜开先假问道："小侄已收下了。正要请问老伯，那柄纨扇却是从哪里得来？"韩相国道："那柄扇子敢是公子赠与哪位相知的。前元宵夜，想则是我府中看跳大头和尚，因此偶然掉下。不期到被恰才出来相陪公子的蕙姿偶然拾得，将来送与老夫。老夫因见上面写的却是尊讳，故就转送将来，收为聘物。"杜开先听说，方才晓得那扇上后写这首诗儿，却是相国不知道的，遂俯首沉思，便无回答。

韩相国又问："公子芳龄秀异，独步奇才，真道是天挺人豪，但不知曾完娶否？"杜开先道："不瞒老伯说，小侄婚事，尚未有期。"韩相国笑道："公子莫非戏言？难道宦族人家，岂有不早完婚娶的吗？"杜开先道："果然未有。"韩相国道："敢是令尊翁别有什么异见？依老夫想起来，结亲只要门楣相等就好。闻得袁少伯有一小姐，年方及笄，也未议姻。不若待老夫执伐②，就招公子做一个坦腹嘉宾③。郎才女貌，其实相称。不识意下如何？"杜开先道："少伯小姐，千金贵体。小侄一介寒儒，诚恐福薄缘悭，徒切射屏之念耳。"

韩相国道："这都在老夫身上。还有一事，请问公子，今岁却在哪里藏修？"杜开先道："小侄今年在凤凰山清霞观里。"韩相国道："原来在那个所在。公子，你却不知那凤凰山的好处，原是一脉真龙，所以巴陵城中，每隔三四科便出鼎甲④，俱从那里风水荫来。只是一件，那个所在虽然幽静，争奈往来不便了些。公子不弃，老夫这后面有一所百花轩，就通在西街同春巷里，内中有花轩两座，尽可做得几间书房。意欲相留在此，使老夫早晚也可领教，不卜可否？"

杜开先道："深承老伯见爱，敢不唯命是从。只因康公子今与小侄同在清霞观中肆业，却不好抛撇他，如之奈何？"韩相国道："莫非是康司牧

---

① 尊讳——指所避讳的名字。讳，古人对尊者不敢直称其名，谓之避讳。

② 执伐——做媒。

③ 坦腹嘉宾——引东晋书法家王羲之东床做婿的典故，意为有真才实学，不必矫饰。

④ 鼎甲——科举制度中状元、榜眼、探花之总称。鼎有三足，一甲共三名，故称。

公的公子么?"杜开先道:"正是。"韩相国呵呵笑道:"公子,那康司牧公,向年与老夫同僚的时节,相交最契,至今尚然通家来往。既是他的令郎,这有何难,明日一同请来,与公子同在这里就是。"杜开先起身揖道:"小侄就此告辞回去,与家尊商议,容复台命便了。"韩相国一把留住道:"说哪里话。我有斗酒,藏之久矣。今得公子光临,正欲取将出来,慢慢畅饮一杯,叙谈少顷。何故亟于欲去,见却乃尔?"杜开先毕竟不肯久坐,再四谢辞。韩相国便不敢强留,只得起身送别出门。有诗为证:

　　　　相国怜才议款留,百花轩下可藏修。

　　　　倘能不负东君意,勤向窗前诵不休。

　　说这韩蕙姿,得了杜公子所赠的这半幅花笺,悄悄进房,展开摊在桌上,呆呆看个不了。原来花笺上写的,却是几句哑谜儿。这杜开先到底错了念头,把个蕙姿只管认做了玉姿,所以方才写那几句,分明要他解悟的意思。哪里晓得他不甚解悟得出的。坐了一会,免不得携了,依旧走到妹子房中。

　　玉姿见姐姐走到,连忙站起身来,把笑脸儿迎着,道:"姐姐,老爷方才唤你出去代陪那杜公子,他可曾提起昨日送去的那把纨扇吗?"蕙姿道:"妹子,不要说起。那杜公子虽是个年少书生,一发真诚笃实得紧。我姐姐陪了他半日,并无一言相问。到蒙他赠我半幅花笺在这里,上面题着几句诗儿,因此特地携来与妹子看看。"这蕙姿哪里省得上面这几句是谜儿,就随手递与妹子。

　　你看玉姿通得些文理,毕竟是个聪明的女子,接将过来,看了一看,便省得是一首诗谜,暗想道:"这敢是杜公子与他有什么私约了。不免再把一句话儿试他一试,看他怎么回我。"便对蕙姿道:"姐姐,这首诗上明明说你赠了他什么东西的意思。"蕙姿哪里知道妹子是试她的说话,点头笑道:"妹子,果然你好聪明。也不瞒你说,我已把那股金凤钗赠与杜公子了。"玉姿听说了这一句,却便兜上心来,就把那笺上句儿,暗暗地看了几遍,牢记心头。

　　蕙姿怎知妹子先下了一个心腹,兀自道:"妹子,倘是老爷问起那股钗儿时节,怎么回答?"玉姿微笑道:"这有何难,就说是姐姐送与一个姐夫了。"蕙姿道:"妹子,女儿家不要说这样话。我和你姐妹们虽是取笑,若是老爷听见,眼见得前日那把纨扇是个执证了。"

　　玉姿道:"姐姐言之有理。却有一说,老爷是个多疑的人,设使偶然问起,你道将些什么话儿答应? 如今倒把妹子这股与姐姐戴着,待妹子依旧取出那股旧的来戴了罢。"蕙姿连忙回笑道:"妹子既有这样好情,只把那股旧钗儿借与姐姐戴一戴就是。"玉姿道:"姐姐,你不知道。我妹子还好躲得一步懒儿,你却是老爷时刻少你不得,要在身边走动的。明日倘被看出些儿破绽,反为不美。"蕙姿道:"妹子所言极是。只是我姐姐戴了你的,于心有愧。"玉姿笑道:"姐姐说哪里话。我和你姐妹们,那一件事不好通融,日后姐姐若有些好处,须看这股钗儿分上,也替妹子通融些便了。"蕙姿也笑了一声。玉姿便向头上拔了那只凤钗,先与姐姐戴了,然后起身开了镜奁①,取出那股旧的,也就戴在自己头上。

　　你道玉姿如何就肯舍得与了姐姐? 原来他已含蓄着一个见识。这蕙姿总然便有十分伶俐,聪明一时,再也思想不到。正待拿起镜子,看个钗儿端正,只见一个女侍忙来唤道:"蕙姿姐,老爷问你取那开后面百花轩的钥匙哩。"蕙姿连忙撇下镜子,也忘记收拾了那半幅花笺,回身便走。

　　玉姿见姐姐去了,微微笑道:"姐姐,姐姐,你却会得提防着我,怎知又被我看破机关。想我前日的纨扇,分明有心走来藏过,你如今这幅花笺,我却无意要他,这是现成落在我的手中。如今也待我收拾过了,悄悄走到他房门首去,听他再讲些什么说话,可还记得这幅花笺儿起吗?"这玉姿就把花笺藏在镜奁里,遂将房门锁上,展着金莲,即便匆匆前去。有诗为证:

　　　天理循环自古言,只因纨扇复花笺。
　　　怎如两下成和局,各把胸襟放坦然。

　　说这杜开先,别了韩相国回来,见了翰林,便把题那长春四景、相国款待殷勤的话,先说一遍,然后再谈及百花轩一事。杜翰林欣然道:"尊儿,既是韩相国有这片美情,实是难得。却有两件,那清霞观中李道士,承他让房好意,如何可拂了他;那康公子初与你同窗,如何就好撇他?"杜开先道:"那康公子,孩儿也曾与韩相国谈及,相国欣然应允,说他原是同僚之子,至今尚然通家往来,却也无甚见嫌,明日就请他与孩儿同做一处。再

────────────────

　　①　奁(lián)——古代盛放梳妆用品的器具。

者,那清霞观中李道士那里,待孩儿打点些谢仪①,亲自送去辞谢了他就是。"

杜翰林道:"这个讲得极是。尊儿,那韩相国这样老先生,交结了他,大有利益。我与你讲,康公子是个没正经的人,倘到那里,早晚间言语笑谈,务要收敛几分。大家要尽个规矩,不比清霞观中,可像得自己放荡也。"杜开先道:"这却不须爹爹叮嘱,孩儿自然小心在意。"

翰林道:"尊儿,你还是几时往清霞观去收拾回来?"杜开先道:"孩儿读书之兴甚浓,岂可迟延日子。明日就要到清霞观去,辞了李道士,顺便邀了康公子,一同回来。略待两三日,他那里洒扫停当,便好打点齐去。"翰林道:"既如此,你明日要行路,可早早进去安息会儿罢。"杜开先便应声进去,见了夫人,又备细计议一番。那夫人也老大欢喜。

次日,带了聋子,径到凤凰山清霞观里。那康汝平听得杜开先到了,连忙出来相见,道:"杜兄,前日何所见而去,今日何所闻而来?往返匆匆,其意安在?"杜开先就把韩相国请题长春寿轴,相借百花轩,要请他同去的话从头备说。

康汝平大喜道:"杜兄,这个机会,我和你却是求之不得的。如今那老头儿既有这条门路,正好挨身进去,慢慢的觑个动静。那时不怕那两个女子,不落在我们手里了。"杜开先道:"康兄,虽如此说,这件事又是造次不得的。明日倘被相国知觉些影响,我们体面上不好看,还不打紧,可不断送了那两个女子?只可到那里做些闲暇工夫,不着觅味闻香,从天盼咐而已。"康汝平笑道:"杜兄,这些都是闲话。到了那里,你看,决不要用一些工夫,自然得之唾手。我和你就此把书箱收拾起来,再去与李道士作别一声,趁早便好进城则个。"两人当下把书囊收拾齐整。

原来那李道士得知他二人要去,连忙走来相问道:"二位相公到此,至今未及两个月日。小道正欲慢慢求教一二,倏尔又整行装,令人虑留莫及。其中不识何意?"杜开先就把韩相国迎到百花轩一节,对他明说,然后取出谢仪礼物,当面酬送。

那李道士看了,却像一个要收又不要收的光景,只得推却道:"多承二位相公盛赐,小道谨领了这两柄金扇,其余礼物,并这银子,一些也不敢

① 谢仪——谢礼。

再受。"杜开先笑道："莫非老师嫌薄了些吗?"李道士道："啊呀,杜相公是这样说,难道毕竟要小道收下的意思吗?"杜开先便揿在他袖里。这李道士其实着得,便把手来按住,连忙向他二人深深唱了几个大喏,道："二位相公,小道袖里虽是勉强收下,心里却不过意。若早吩咐一声,便好整治一味儿,与二位饯别一饯别才是。"康汝平笑道："少不得日后还要来探望老师,那时再领情罢。"李道士道："如此,二位相公倘得稍闲,千万同来走走。"

正说之间,那聋子共康家小厮,每人担了一肩行李,走将出来道："大相公,我们行李担重,趁早还有便船,好搭了去。"杜开先与康汝平两个,遂向李道士揖别。那李道士叫了几声"亵慢",亲自送出观门。

他两个别了李道士,一路上谈谈笑笑,不多时早到渡边。就下了便船,趁着风,约摸一个时辰,又到西水渡头。上得岸来,还有丈把日色,慢慢走进城中,向大街路口,各人别去。

过得两三个日子,韩相国差人向杜、康两家再三迎接。杜开先便去邀了康汝平,拣了好日,一同径到韩相国百花轩去。相国见他两个肯来,满心欢喜,就令开了后门,一应来往,俱从同春巷里出入。

真个光阴捻指,他两人到了个半把月,虽为读书而来,却不曾把书读着一句,终日行思坐想,役梦劳魂,心心念念,各人想着一个,并不得一些影响。

那康汝平,也是个色上做工夫的主顾。到是住远,还好撇得下这条肚肠。你说就在这里,止隔得两重墙壁,只落得眼巴巴望着,意悬悬想着,怎能够一个花朵般的走到跟前,哪里熬得过?几番灯下与杜开先商量,要做些钻穴窬墙的光景。杜开先每每苦止住他。这也是泥人劝土人的说话。

你道这杜开先可是没有这点念头的吗?心里还比康汝平想得殷切。到底他还乖巧,口儿里再不说出,心儿里却嫌着两副乌珠怎么下得手。

原来这蕙姿与玉姿姐妹两个,也没一日不想在那百花轩里。那个意儿,各自打点已久。只是夜夜朝朝,同行共伴,你又提防着我,我又提防着你,所以也把个日子延挨过了。

一日,韩相国突然患起痰火症来,着她姐妹二人在房早晚服侍。这也是相国爱惜她们的意思,恐怕忒①甚辛苦坏了,把日间上半日派与蕙姿,下半日派与玉姿,夜来也是日间一样派法。她姐妹二人不惮艰辛,紧紧在房中服侍了五六个昼夜。不想她两个各早怀了一片私心,都要趁着这个空闲机会,悄悄地开了内门,到百花轩里完一完心事。

一夜,蕙姿伺候到了二更时分,乘着相国睡得安稳,思想得下半夜才是妹子承值②,这时必然在房中稳睡一觉。轻轻提了灯,赚出房门,呼的一口,把灯吹灭了,就放在门外椅子上面。原来这却是她一个计较,恐怕相国醒来,唤着不在跟前,好把点灯推托的意思。你看她随着些朦胧月影,蹑着脚踪,走过了东廊,转弯抹角,摸壁扶墙,一步一步,走了好一会,方才到得内门首。这内门外,恰就是百花轩。原来康汝平的书房,紧贴在同春巷一带;杜开先的书房,就贴着这内门左右。这也是杜开先当日来的时节,把这间书房先埋下一个主意。

蕙姿走到门边,把手向栓上摸了一摸,只见上下封锁的好不牢靠。侧耳听了一霎,又不见一些声音。欲待把门掇将下来,却没这些气力。欲待轻轻咳嗽一声,通个暗号,又怕前后有人听见。正站在那里,左思右想,要寻一条门路。只听得前面又有一个脚步走响,这蕙姿猛可的吓出一身冷汗,不知是人是鬼,竟把一团春兴,弄得来瓦解冰消。拼着胆问一声道:"这时分,什么人走动哩?"哪来的竟不回答,没奈何走近前来,把她摸了一把。

毕竟不知认出是哪一个? 两下里见了,怎生说话? 且听下回分解。

---

① 忒(tuī)——太。
② 承值——值班。

第 六 回

缔良盟私越百花轩　改乔妆夜奔巴陵道

诗：

> 风流才子谁能匹，窈窕佳人绝代姿。
>
> 百岁良缘真大数，一时奇遇岂人为。
>
> 知音毕竟奔司马①，执拂何妨叩药师。
>
> 鱼水相投情意美，女妆男扮别嫌疑。

那正走来的，你道是什么人？原来就是玉姿。这玉姿也正乘着这一个更次的空便，只道姐姐还在相国房中伺候，因此走来，思量悄悄撬开内门，到那百花轩去，与杜公子谈一谈心曲的意况。只道瞒了姐姐，自家以为得计，哪里提防着姐姐到先在内门首了。她起初时黑洞洞的，月影又照不到，灯光又带不来，却不晓得姐姐在此已久，后来听见问了这一声，方知就是姐姐。不是她故意不肯答应，其实吓呆了。

蕙姿见不则声，再想不到是她妹子，上前摸了一把，这遭免不得两下里要讨个清白出来，还躲闪在哪里去。终究玉姿是个伶俐女子，勉强应一声道："呀！莫非是我蕙姿姐姐吗？"蕙姿听了这一句，心下着实一咯噔，哪里晓得妹子也端为着这件而来，不期劈面撞着。只道她知觉了些响动，故意暗暗走来瞧破，没奈何答道："我道是谁，原来是玉姿妹子。这半夜三更来此何干？"玉姿笑道："姐姐，你便问得我，是我也问得你一句，况这半夜三更，你却到此何干？"

蕙姿想得妹子是个聪明的主儿，如何瞒得她过，就把心事对她明说。这玉姿却比不得姐姐一般老实，如何肯把肺腑的话说与她得知，便顺着嘴儿道："你妹子就是个活神仙，晓得姐姐有些缘故，特来要你挈带一挈带。"蕙姿道："妹子，隔墙须有耳，窗外岂无人。倘被别人听见，可不泄露了风声？"玉姿道："姐姐，这样时候，我家里人，哪个不沉沉睡熟？要听见

---

① 司马——西汉词赋家司马相如。这里指卓文君与司马相如相恋的故事。

的，不过是墙外的杜公子。便再讲得响些，或者闻得你的声音，想起那日赠他凤头钗的光景，把这扇门儿弄将开来，延纳你过去，也不见得。"

蕙姿道："妹子，没甚要紧，我和你嫡亲姐妹，却是一心一意。那些姐妹们都是各人一条肚肠，哪个不要在老爷面前逞嘴的？若是吹了一些风声在老爷耳朵里去，那时我和你可不奚落在人后了？"玉姿道："姐姐，说便是这样说，你却是一场好事，我妹子悄悄地走来，难道你心里岂没一些怪着我的？这时候已有三更光景，倘老爷睡醒转来，唤着要茶要水，妹子先要去伺候，你再在这里寻一个门路儿罢。"

蕙姿道："妹子说哪里话，我的初意，走将来不过先要探个动静，然后觑个顺便机会。若说那钻穴相窥，窬墙相从，费这一番担惊受怕的手脚，去干那件事儿，我姐姐决不做的。如今就与你同转去则个。"玉姿道："姐姐果然便同去了，明日追悔起来，切莫怨着我妹子呢。"蕙姿便不回答，扶了妹子，黑天墨地，两个扭啊扭的走将转来。有诗为证：

怨女双双弟与兄，春心飘荡各私行。

谁知狭路相逢处，窃笑人人共此情。

正走到东廊下，忽听得相国在房中大呼小唤，他两个都有了虚心病儿，吓得手苏脚软，上前不好，退后不好。看来蕙姿到比玉姿又胆小些，靠在那廊下栏杆上，簌簌地抖做一团，口内低低对着玉姿道："妹子，适才我已把老爷房中的灯吹灭了，做你不着，到你房里看看，有灯快快点一个来。"玉姿也慌了，道："姐姐，这正是：羊肉未到口，先惹一身膻。若是老爷问起，如今还把些什么话儿答应他好？"蕙姿道："只说被风吹灭了灯，到你房中点灯就是。"玉姿道："说得有理。"慌忙走到自己房里，拿了一盏灯来，递与姐姐。

蕙姿一只手提了灯，一只手遮了风，同着妹子，径到相国房门外，把原先椅上的那盏灯来点着了，再推门进去。原来那相国是个有年纪的人，叫上几声，端然呼呼睡去，她两个的惊恐方才撇下。

蕙姿便走到床边，揭起帐子，低低道："老爷，蕙姿来了，敢是要吃些龙眼汤吗？"相国醒来道："你这妮子，却在哪里去，这一会才来？"蕙姿道："适才风吹灭了灯，因此到玉姿那里点灯来。"相国道："我晚来蒙眬就睡着了，不曾问得你，把前后的门可曾都上了锁吗？"蕙姿答道："都是拴锁停当的。"相国道："如此恰好。别处还不打紧，那后面的内门，紧贴着那同春巷里,况且如今又把百花轩开了,早晚更要谨慎提防。你可明日去再与我加一道栓儿。"蕙姿应道:"晓得。"

相国道:"那灯后站的是哪一个?"蕙姿道:"就是玉姿。"相国笑了一声,道:"好一个痴妮子,怎么倒站在那灯后呢?"玉姿便走近前来,道:"玉姿在此伺候老爷。"相国道:"实是难为了你们姐妹两个,尽尽在我房中服侍这五六个昼夜。那些妮子们,只好在家吃饭,如何学得你两个。但有一说,我却一时也少你两个不得,虽是别的走到我跟前,决不能够中意。"玉姿便道:"如今老爷患了这些贵恙,我姐妹二人巴不得将身代替,哪里还辞得什么辛苦哩!"相国道:"我却没些什么好处到你两个。也罢,待我病起来,每人做一套时样大袖称意的衣服与你们便了。"蕙姿与玉姿道:"多谢老爷。"

相国道:"蕙姿,黄昏那一服药,却是你的手尾,我直要到五更时候才吃。你可打点个铺盖,就在这榻儿上与你妹子同睡了罢。"蕙姿应了一声,便去取了一床绣被,一条绒毯,向榻儿上铺下,就与妹子一处睡了。有诗为证:

　　绣衾笼罩两鸳鸯,一片纯阴不发阳。

　　可叹良宵春寂寂,空余云雨梦襄王①。

原来韩相国一连病了这几日,那杜开先与康汝平,每日清晨过来问候一次。这相国病体渐渐好来,一日唤蕙姿姐妹道:"我近日病起无聊,好生坐卧不过。玉姿,你到那文具里取了钥匙与我开了内门。蕙姿过来,慢慢扶我闲走几步。待我到百花轩去,一来谢一谢杜公子和康公子,二来与他们闲讲片时,消遣病怀则个。"玉姿便也有心,连忙取了钥匙,先去开了内门。

你看这老头儿,扶了蕙姿,就像个土地挽观音一般,前一步,后一步,慢慢地走到内门边,吩咐道:"你们且把门儿掩着在这里,等一会儿便了。"不想这玉姿已有了那点念头,先走来开门的时节,把个百花轩路数,看得停停当当在眼睛里。原来这蕙姿是前番一次被妹子撞破,把这个念头到早已收拾起了。

---

① "襄王"句——指战国时楚襄王游高唐,梦见巫山神女的传说故事。高唐,战国时楚国台馆名,在云梦泽中。

　　韩相国走到百花轩里，轻轻叫一声：“康、杜二公子可在吗?”杜开先正在那里面打盹，听叫这一声，猛然惊醒，再想不出是韩相国的声音，连忙出来相见，道：“原来是老伯，小侄多获罪了。敢是老伯贵恙可痊愈了吗?”相国道：“多承贤契记念，这几日来略好了些。只是胸膈饱闷，饮食尚不能进。”杜开先道：“吉人自有天相，定然慢慢愈来。”相国笑道：“好说，好说。贤契，康公子缘何不见?”杜开先道：“汝平兄昨日已回去了，只在明日就来。”

　　相国道：“毕竟他欠有坐性。贤契，老夫病中无聊难遣，巴不得走来聚谈半响，把闷怀消释消释。不识贤契从到这里，不知做了多少妙作，幸借出来，与老夫赏鉴一番。”杜开先欠身道：“小侄深蒙老伯推爱，自到此只有两个月余，争奈有些闲事在怀，所以竟没一毫心绪想到那吟咏上去，因此竟无一篇送上求教。”相国便笑道：“既然一首也没有，老夫已知道了，后生家的心事，敢只是犯了‘酒’底下那一个字儿了?”杜开先满脸通红，道：“小侄向来全无此念。”相国道：“这个便好。若有了这个念头，可不耽误终身大事。”杜开先道：“金石之言。”

　　两个又把闲言闲语说了一会，只是韩相国初病起来，坐谈了这些时候，身子有些倦意，便起身别了杜开先，慢慢走来，推门进去。

　　恰好他姐妹两人端然在那里伺候。那玉姿毕竟是有心的，把韩相国与杜开先一问一答的说话，逐句句听得明白。相国吩咐道：“蕙姿好生扶我进房去略睡一睡，玉姿随后把内门锁好了来。”玉姿答应一声，见相国扶了姐姐先去，乘着这个凑巧，恰才又听得说是康公子不在，思量迟一会儿，依旧走来开门，到百花轩去见一见杜公子的意思，就把锁儿半开半锁在那里。

　　你道那老头儿那里提防着他，连那蕙姿也想不得这个田地。玉姿依旧把个匙钥送与相国，就紧紧站在房中，伺候到了黄昏，恰好是姐姐承值的时分。蕙姿正走将来，玉姿低低对着蕙姿道：“姐姐，我妹子今夜有些不耐烦，早去睡一觉儿，待到三更时分，再来换你。千万莫要等老爷睡着，又做出前番的勾当呢!”蕙姿微笑一声，却无回答。原来世上好说那话儿的女人，偏要硬着嘴，却也不止玉姿一个。

　　这玉姿叮嘱了姐姐，走出房门，悄悄地竟去把内门开了，依着日间看的路径，便到了百花轩里。只见纸窗儿上一个破隙，还有灯光射将出来，她晓得杜开先还未曾睡，把两个指头轻轻向门上弹了一弹。

杜开先哪里知道是这个活冤家到来，又不敢便把门开，低低问一声道："是哪一个？"玉姿掩口道："妾便是韩玉姿。"杜开先记得起道："莫非是前日承赠凤头钗的这位小娘子吗？"玉姿道："然也。"

杜开先欣然便把两扇房门呀的扯开，躬身迎揖道："呀，果然是这位小娘子。前承赠以凤钗，尚未致谢，罪甚，罪甚。"玉姿道："公子但记得那股凤钗，可忘了那把纨扇吗？"杜开先又揖道："屡荷美情，提起令人羞涩。今承小娘子大驾贲临，亦将有以益吾意乎？"玉姿笑道："妾此来非有益于公子，却有损于公子也。"

杜开先是个聪明的人，听了这个"损"字，便兜上心来，笑道："小娘子，适才所言那个'损'字，觉有万千含蓄，还请细解一解。"玉姿道："那两句是妾口头说话，并无深长意思，公子何必究竟如此。"

杜开先道："这也罢了。难得小娘子今宵眷意而来，小生有一句不堪听的说话，不识小娘子能见纳否？"玉姿道："公子，这夜静更阑，庭虚人悄，知尔者是这一盏孤灯，知我者是这半帘明月。若有所谕，但说何妨。"杜开先笑道："小生自当日杨柳岸边，向月明之下，隔船吟咏，至今无不心悬口诵。既而遗纨扇，赠花笺，万种相思，一言莫尽。小娘子若肯见怜小生在这里独守梅花孤帐，今夜便效一个菡萏连枝，意下如何？"

玉姿假意儿道："公子，我只道你是个志诚君子，哪里晓得你倒是个专在色上做工夫的。妾今夜此来，难道希图苟合？不过念公子与老爷通家情上，故来探访。今公子突出此言，使妾赧颜无地矣。"杜开先听他说话，觉有些深味，就顺口回答道："小娘子既做得那谨守闺箴的李淑英，小生也做得个坐怀不乱的柳下惠。况且你主人翁待我一片美情，倘若被他知觉些儿消息，明日不唯见嫌小生，抑亦见弃于小娘子也。不若此时幸喜无人知觉，请自早回，大家免耽些惊恐。"

玉姿笑道："杜公子，你虽是个聪明男子，妾亦是个伶俐女流，适才那几句说话，我已明明参透。你敢道我不允所事，故把此言相揿，妾待允了何如？"杜开先深揖道："小娘子若允了，小生屁也不敢再放一个。"

玉姿道："允便允了，只是一件，妾从来未曾深谙个中滋味，如之奈何？"杜开先道："这句却是饰词，难道小娘子终日眷恋相国身旁，那老骚头肯丢开手吗？这个中滋味，小娘子自然谙练的。"玉姿低声道："他是个老人家,血气衰颓,哪里做得正经。"杜开先轻轻搂住道:"小娘子休得害怕,难得这样良宵,不要错过了工夫。小生也非鲁莽之辈,就在这罗帐里做一个款款温温的手段,请小娘子试一试看。"

玉姿又做苦挣道:"杜公子,我恰才见你忒甚要紧,故说那几句安慰的话儿。难道我当真便肯顺从你?岂不闻强奸人家女子,律有明条?"杜开先俫着脸儿笑道:"敢问小娘子,黁①夜到我书房,所为何事?"玉姿也笑道:"杜公子,你这俐齿伶牙,叫我哪里抵对得过。"杜开先道:"小娘子说话虽是抵对小生不过,小生又有抵对小娘子不过的所在。"

玉姿道:"公子轻讲些嘛,倘被你家服侍的小厮们听见,可不做将出来?"杜开先道:"不瞒小娘子说,我这里再没有第二个家童,只有一个服侍的聋子,你便向他耳边鸣金击鼓,也是不甚听得明白,况他这时已睡熟了。我们且把闲话丢开,早图一霎儿欢乐也好。"

玉姿道:"公子,你却是这样等不得。譬如妾今夜不来,将如之何?"杜开先迎笑道:"小娘子若是今夜不来,少不得小生梦儿里相会的时节,也不肯放过。"玉姿道:"公子,你难道毕竟放我不过吗?"杜开先道:"小生心里倒也干休得了,只是这件东西如何便肯干休?"玉姿掩着嘴道:"亏你读书人讲这样村话。"有诗为证:

　　　少年性高尽风流,恁意装村不怕羞。

　　　昔日相思今日了,随他推托肯干休。

原来两个调了这一会,都是巴不能够到手的。杜开先便把她拦腰一把抱住,竟撳②倒在床棚上,将一只手就去替她解下裈③来。

玉姿虽然不甚推托,但是幼小年纪,不曾苟且惯的,心中耽了无数惊恐,脸上免不得有些娇羞模样,又挣起来道:"公子,这灯光射来,不像模样,去吹灭了罢。"杜开先道:"小娘子,你可晓得,那《西厢记》上说得好,'灯儿下共交鸳颈',若吹灭了灯,一些兴趣都没了。"玉姿便不则声。

杜开先依旧把她撳倒,将手先到腿边探了一探,缓缓地把她两股扳将起来。人却不晓得,这玉姿虽是在韩相国身边,那老人家年纪衰迈,还济

---

①　黁(yín)夜——深夜。

②　撳(qìn)——用手按。

③　裈(kūn)——古称裤子。

得些什么事来，不曾到得辕门，就先要纳款了。所以玉姿总然说是破过瓜的，还是黄花女子一般，几曾经历着一场苦战。

这杜开先思想多了日子，巴不得到了手，讨一个风流快乐，哪里还管你的死活，尽着力又送了一送，恰好正抵着了花心。

原来玉姿承受了这一回，就如服仙丹，饮玉液的一般，遍体酥麻，昏昏沉沉，竟睡熟了去。杜开先便不敢惊动她，替她依旧放下了衣服，免不得自家也有些困倦起来，站起身把灯熄了，就和衣睡做一头。

两个看看睡到四更时分，那杜开先又打点发作起来，把玉姿悄悄推醒，附着耳说了几句软款的话儿。玉姿正待也说几句，忽听得耳边厢咚咚打了四鼓，猛可的记得起相国房中承值一事，顿然惊讶道："公子不好了，这遭却做出来了！"

杜开先摸头不着，也吃了一惊道："呀，小娘子何出此言？"玉姿便把姐妹二人轮流值夜的话，与他说了一遍。杜开先道："这却怎么好？若是做将出来，岂不是小生带累了小娘子，明日有些僝愁①，教我如何痛惜得了？"

两个连忙爬起身来，坐在床上。玉姿想了一想，夜间来的时节，偏生姐姐面前说了几句硬话，倘然回去，被姐姐知了些儿形迹，可不没了嘴脸，便与杜公子计较②道："公子，如今怎生是好？"

杜开先道："小生有一个计策，你若是这时转将回去，决然要露了风声。那老儿不是个好惹的主顾，这遭把家法正将起来，你这一个娇怯怯的身躯，可禁受得起？那时你却拷打不过，毕竟一死，小生为你割舍不过，到底也是一死。可不是断送了两人性命？如今趁此夜阑之际，人不知，鬼不觉，待我收拾些使用银子，做了盘缠，你把我书架上的旧巾服儿换了，扮作男人模样，悄地和你奔出巴陵道上，到别处去权住几时，慢慢再想个道理便了。"

玉姿垂泪道："此计虽好，只是我有两件撇不下。一件是我房中那无数精致衣裳、金银首饰，怎么割舍得与别人拿去享用？二件是我姐姐朝夕同行同坐，过得甚是绸缪，怎样割舍抛撇了她？"说罢，泪如雨下。有诗为

---

①　僝(chán)愁——即僝僽(zhòu)。烦恼。

②　计较——合计。

证：

衣饰妆奁能别置，一胞手足情难弃。

只因做事有差池，临去依依频洒泪。

杜开先道："小娘子，到此地位，一个性命尚然难保，哪里还顾得那些衣裳首饰、姐妹恩情？趁早走的，是为上策。"这韩玉姿一时心下便浑起来，就依了杜开先的说话，把架上巾服取来，换得停停当当，就像个弱冠的一般。杜开先便去开了书箱，收拾了那些使用银子，约摸有二三十两，一些随身物件也不带去，单单两个空身，悄悄把百花轩开了，就出同春巷。两个也觉有些心惊胆战，乘着月色朦胧，径投大路而去。

毕竟不知后来他两个奔投何处？那韩相国知了消息，怎么一个结果？且听下回分解。

第 七 回

宽宏相国衣饰赏姬　地理先生店房认子

诗：

> 宦门少小读书生，娇养从来不出行。
> 色胆包天忘大义，痴心挟女纵私情。
> 怜才宰相胸襟阔，遇父英豪眼倍青。
> 始信吉人天必相，穷途也得遇通亨。

他两个出了同春巷，径投大路。行了好一会，看看到了城门，只听得那谯楼上咚咚的打了五更五点，但见那：

> 金鸡初唱，玉兔将沉。四下里梆柝频敲，都是些巡更丐子，满街衢行踪杂沓，无非那经纪牙人。猛可的响一声，只道是相府知风捉护；悄地里听一下，却原来官营呐喊大操兵。

两个正混在人丛里，走到城门首，蓦听得这声呐震，吓得魂飞天外，魄散九霄，只道是韩相国知了风声，差人追来捉获。回头看时，又不见有人赶来。猛想一想，方记得起，三六九日官营里操兵练卒，却才放下肚肠。连忙出得城来，渐觉东方有些微微发白。你看这韩玉姿，哪里曾惯出闺门，管不得鞋弓袜小，没奈何两步挪来一步，不多时又到了西水滩头。

原来这西水滩下了船，笔直一条水路，直通得到长沙府去。你道此时天尚未明的时节，船上人个个还未睡醒，哪里见个人来揽载。两人依着岸走了几步，只见就是日前泊那玉凫舟的杨柳岸边，有一只小小渔船在那里。这韩玉姿到了这个所在，觉他睹物伤情，杜开先也觉伤情睹物。他便凝睛一看，见那船舱里点着一盏小小灯笼，恰好那个渔人正爬起来，赶个早市，趁没有船只往来，待要下网打鱼的意思。

杜开先近前唤道："渔哥，你这只船可渡得我们吗？"渔人道："要渡到也渡得，只是渡了二位相公的时节，错过了这个早市，可不掉了一日生意。"杜开先道："你若肯渡我们，就包了你一日乘钱罢。"渔人笑道："既然如此，二位相公还是要往哪里去？"杜开先道："我们兄弟二人，要到前途去望一个亲戚的。"渔人道："却是什么地名？"杜开先道："那个地名，我倒忘记了。只是那些村居景致还想得起。你且撑到前头，若见了那个所在，我们上岸就是。"渔人笑道："相公又来说得好笑，若是撑了十日不见那个所在，难道还是包我一日的银子？"杜开先道："就与你十日的钱罢。"渔人道："只要讲得过，便做我不着。请下船来。"他两个就下了船，那渔人便不停留，登时把船撑去。

　　如今正是要紧的所在，其实没工夫把他去的光景再细说了。且把韩相国来略说几句与列位听着。

　　说这韩相国睡到天明，醒在床上，只道还是玉姿伺候，便叫一声道："玉姿，可睡醒了吗？"原来却是这蕙姿尽尽伺候了这一夜。她因为前番那次做来不顺利，所以再不敢走动，只道妹子果然不耐烦，便替她承值了这两个更次。听得相国唤了这一声，连忙答应道："老爷，玉姿昨晚身子有些不耐烦，着蕙姿代她服侍哩。"相国叹口气道："怪她不得，其实这几日辛苦得紧。多应是劳碌上加了些风寒，少刻待她起来，可唤她来，待我替她把一把脉看，趁早用几味药儿赶散了罢。"蕙姿应说："晓得。"

　　说不了，只见一个女侍儿慌忙走来，把房门乱推，进来禀道："老爷，不好了，昨夜内门被贼挖开了！"相国道："有怎样事？内门既失了贼，决然从那百花轩后挖过来的。快着人去问杜相公，曾失了些物件吗？蕙姿，你可急忙去唤你妹子来，问她昨日那内门是怎么样拴锁的？"蕙姿应声便走。

　　不多时，院子①与蕙姿一齐走到，一个禀说百花轩不见了个杜公子。一个禀说内房里不见了个韩玉姿。相国听说，老大吃了一惊。到底做官的，毕竟聪明，心下早已明白。便起来坐在床上，叹口气道："我也道这内门缘何得有贼来，原来是这妮子②与那小畜生做了手脚，连夜一同私奔去了。终不然服侍的家童也带了去？"吩咐院子："快去唤他那服侍的人来见我。"院子答应一声，转身便去。

　　原来那个聋子正爬起来，寻不见了杜开先，心下好生气闷。听着相国唤他，不知什么势头，连忙走将过来。相国问道："你家相公哪里去了？"

────────────

①　院子——守门人。
②　妮子——女孩名。

这聋子原是个耳朵不听得人说话的,兜了这些不快乐,愈加听不着了,就把手向耳边指了一指,道:"老爷,小人是个聋子,说话听不明白,再求吩咐一声。"院子在旁道:"老爷问你相公哪里去了?"聋子道:"这个却不晓得。小人昨夜打铺在他床后,只听得晚来咿咿唔唔,做了半夜的诗,直到五更天气,方才住口。小人见他夜来辛苦了,趁早起来,打点些点心与他吃吃,只见房门大开,鬼影都不见了。"

相国道:"可曾带些什么东西去吗?"聋子道:"别样物件,小人尚未查点,只是一股凤头钗,是她日常间最心爱的,端然还在那里。"相国听说了凤钗,便觉有些疑惑,遂对他道:"你快去拿来我看。"聋子回身,慌忙便去拿与相国。相国把凤钗一看,骂了一声道:"好贱婢!分明这股凤钗是他日常间戴的,可见他两个不止做了一日的心腹。"

原来这股凤钗,却是前番蕙姿赠与杜开先的,哪里干着玉姿甚事。蕙姿在旁看见这钗儿,好生担着惊恐。相国便对聋子道:"你家相公与我府中一个女婢同走去了。"聋子听了这句,吓得把舌头一伸,缩不进去,道:"有这等事,怪见得这几日夜来睡在床上,不绝的号声叹气。"相国道:"我府中没了个女婢①还不打紧,你家老爷不见了个公子,明日可不要埋怨着我。你可早早回去,禀与你家老爷知道。"聋子答应一声,连忙回去报与杜翰林得知。

那翰林听罢,心中老大焦躁,便对夫人道:"我那畜生,谁想做了这件没行止的事,难道这一世再也不要思量出头?他便去了也罢,终不然韩相国没了个女侍,明日肯干休罢了。"遂唤打轿到韩府去,商议寻访。

这正是:若要不知,除非莫为。霎时间巴陵城里,个个传说,杜翰林的公子拐带了韩相国的女侍,逃走去了。

杜翰林到了韩府,见了相国,两个把前事问答了一遍。杜翰林道:"这还是老先生出一招帖,各处寻访一寻访的才是。"相国道:"我那女侍,既做个打得上情郎的红拂女,我学生也做个撇得下爱宠的杨司空。便去了也不足惜。只是令郎差了主意,既把他看上了眼,何不就与学生明说,待我便相赠了何妨。如今学生出了招贴,外面人一来便要说我轻贤重色,二来只说我一个女侍拘管不到,被他走了,可不坏了家声?还是老先生出

---

① 女婢——旧时代有钱人家雇用的女孩子。

一个招贴，寻一寻令郎罢。"杜翰林道："不瞒老先生说，我那小犬，原是螟蛉之子，若出了招贴，可不被外人谈论？这还要老先生商量一个计策便好。"

两家正在那里你推我逊，商量不定。恰好那康汝平得知了消息，劈头正走将来。相见已毕，便把前前后后问了一遍，韩相国也把前前后后回答了一遍。康汝平免不得要在相国面前说两句好看话儿，道："今日杜兄去了，小侄方才敢说，他两个是当日新正时节，在西水滩头，杨柳岸边，两船相傍，向那黄昏月下，便以诗句酬和。那时就觉有些不尴不尬的光景，原不是一日的情由。如今他两个此去，又不带一些行李，便出了巴陵地界，到得前路，遇着关津，盘诘起来，毕竟送还原籍。但有一说，杜兄是个聪明人，决然不做这着迷的事，料来还在城中左右，隐迹在哪一家里。二位老伯，何不趁早着人密访，必然得个下落。"

韩相国道："贤契所言，果然非谬。原来他两个，那时节便起了这个念头。"又想了一想，对着康汝平道："原来贤契倒是一个好人，老夫却没了眼睛。也罢，我想人家女子，到了这般年纪，自然有了那点念头，如何留得她住？我今还有个蕙姿，是她嫡亲姐姐。算来妹子去了，那个妮子决然也不长久。老夫若是打发出去，与了别人，明日可不奚落了她。贤契若不见嫌，杜老先生在此，当面说过，就送与贤契，做个铺床叠被，何如？"康汝平听了，心里其实着得，却便不好应承，假意推托道："这个小侄怎么敢受，倘若杜兄明日依旧把她妹子带转来送还，那时又没了这一个，老伯岂不要追悔吗？"相国道："贤契，一言既出，驷马难追。便是那妮子有个转来的日子，老夫自然就送与杜公子了。"

杜翰林道："既是韩老先生有这个意思，贤契到不要推辞，省得拂了美情。"康汝平笑道："只恐小侄没福，受用不起。既然如此，待小侄就此回去与家父商量便了。"康汝平遂作别起身。杜翰林见康汝平去了，也就辞了韩相国出门。相国送了进来，便唤蕙姿吩咐，把玉姿房中一应遗下的衣裳首饰，着几个女侍尽数搬将出来，当堂逐件点过，遂都交付与蕙姿。

原来这康汝平回去，就与父亲商议已定。韩相国便拣一个日子，果然把蕙姿送与他去。这回康汝平却是天上掉下来的造化，不要用一些气力，干干净净,得了个美妾。正是:蜒蚰①不动自然肥。却又有一说,当初原是他两个先看上眼,所以如今这个蕙姿毕竟终归于他。可见姻缘两字大非偶然矣。有诗为证:

　　邻舟陡遇意常痴,只恐相思无尽期。

　　且喜姻缘天作合,从空降下美娇姿。

　　前面康汝平得了韩蕙姿,两个新欢的光景,世间就是三岁孩童,也晓得是免不得的,却也不须小子细说。

　　且再说那杜开先,同了韩玉姿私奔出来,乘了渔船。恰好船又小,人又少,况趁着下水,有些顺风,不上三两个时辰,约行了一百多里。看看天色将晚,但见那:

　　烟树朦胧,云山惨淡。山冈上牧笛频吹,一个个骑牛回去;石矶边渔歌齐唱,两双双罢钓归来。酒旗扬扬,还间着几盏天灯;黄犬哞哞②,却早见一方村镇。

　　那个镇头,你道叫做什么名字?就是双仙镇,长沙府管下的地方。这双仙镇原有一个古迹,当初那里有一座酒楼,极是热闹得紧,那汉钟离与吕洞宾不时幻迹到那楼上饮酒,饮罢便把诗来题在壁上。后来被世上人识破了诗句,晓得是个幻迹的仙人,从此他两个就不到这个所在,因此人便取名叫做双仙镇。

　　这杜开先与韩玉姿,在船中坐了一日,只当尽尽一日一夜,不曾沾着些儿汤水,怎奈心内带着彷徨,到也不觉得肚中饥饿。渐渐天色晚来,便记得起又不带得一些铺盖,免不得要到这个镇头上去,寻个旅店安歇一宵。便对渔人道:

　　"我们亲戚却正在这个镇上,可泊过去,待我们好上岸。这里有两钱多些银子,送你罢。"渔人接了,道:"相公,早说这个双仙镇上,待我做两日撑来也好。"就把船泊将过去。

　　杜开先到了这个所在,方才撒下了些惊恐,慢慢扶着韩玉姿同上岸去。行不数步,恰就是一个旅店。连忙近前问道:"此处可寄宿吗?"店主

———————

①　蜒蚰(yán yóu)——即蛞蝓(kuò yú),鼻涕虫。一种形似无壳蜗牛的爬行后留下白色条痕的软体虫。

②　哞哞(láo)——叫声。

人出来答应道："二位到此,还是长歇的,短歇的?"杜开先道："怎么叫做长歇、短歇?"店主人道："长歇的,或在这里一年半载,要把楼上客房收拾起来,好与你们安顿行李。若是短歇的,不过在这里面小房内,便好暂住几个日子。"杜开先道："我们也不是长歇的,也不是短歇的。我兄弟二人,恰在前路探友回来,恐此时没有便船,权且借宿一宵,明早就去。若肯相留,现成铺盖便借一床,明日多多奉谢。"店主人笑道："二位相公,我们开客店的,虽有几床铺盖,只好答应来往客商,恐怕不中相公们意的。若是将就盖得,请进来就是。"

杜开先假意儿对着玉姿道："兄弟,这一夜儿哪里便不将就了。"两个径走进去。原来天色昏暗,哪个认得出她是个女扮男装、腰边没有那件东西的。这店主人见他两个斯文模样,不敢怠慢,就去开了小小一间幽雅轩子,引他二人进去住下,随即吩咐走动的,打点晚饭,点灯进房。有诗为证:

> 一夜恩情两意投,巴陵道上共同游。

> 茫茫道路无穷极,何日行踪始得休。

偏生他两个不该泄露,撞着这个店主人着趣得紧。不然,或者做将出来。杜开先也恐暗里被人瞧破,直待吃完晚饭,将次睡倒,灭灯时节,方才与韩玉姿去那巾服,两个睡做一头。这杜开先虽然有事在心,见了这个娇滴滴如花似玉的睡在身边,哪里熬得过。欲待轻轻动手,又恐韩玉姿心中有些不快活。况且两个又不曾睡过几夜,倘是被他回答几句,可不是一场没趣。只得按住这点火性,安安静静睡了一夜。

次早黎明起来,梳洗停当,谢了店主人,即便起身。恰好那个镇头,共来不满二三十个人家,其余都是偏僻地面。两个行来,将近半里多路。你道这韩玉姿夜来还好遮饰,这日间六眼不藏私,哪里掩饰得过?就是别的,或者一时看不出来,这双小小脚儿,可是瞒得人过的吗?趁着这四下无人,杜开先便把他巾服去了,打扮做个村中探亲的夫妇。有几个来往的见了,又估计他们是两个哥妹,又估计是一对夫妻。

看看走了三四里,韩玉姿有些腿酸脚软,轻轻对着杜开先道："公子,我想在家穿了自在,吃了自在,何等安逸,哪里晓得行路的这样苦楚。"杜开先安慰道："小娘子,到此也莫怨嗟了,少不得有个安闲的日子。你看前面白茫的,敢是一条水路,我和你慢慢行去。若有便船,就乘了去罢。"

两个又走了一会,才到那个滩头。恰好有一只便船泊在那里,就乘了。

渡去有三十余里,将近午牌时分,就到了长沙道上。依旧上了岸,正待落个店家,吃些午饭,只见那里有四五片饭店,中间一家门首,贴着一张大字云:

　　巴陵地理舒石芝寓此

杜开先见了,对着韩玉姿道:"娘子,巴陵却是我们的同乡,就到这个店里去,倘遇着乡人,大家略谈一谈,也是好的。"韩玉姿却不回答,两个便走进去。正坐得下,那小二先拿两杯茶来。杜开先问道:"你这店中的舒石芝先生,可在这里吗?"小二道:"官人,敢是要寻他看风水吗? 他在灶前替我们吹火哩,待我去唤来。"小二转身就走。

舒石芝见说有人寻他,只道是生意上头,连忙走来相见。杜开先仔细看时,只见他:

　　头戴一顶铁墩样的方巾,拂不去尘蒙灰裹;身穿一件竹筒袖的衣服,旧得来摆脱禛拖。黑洞洞两条鼻孔,恰便是煤结紧的烟囱;赤腾腾一双眼睛,好一似火炼成的宝石。蹲身灶下,吓得那鼠窜猫奔;走到人前,挨着个腰躬颈缩。

杜开先见他这个形状,便问道:"老丈敢就是巴陵舒石芝先生吗?"舒石芝听问了这一声,连忙答应道:"小子正是。官人的声音,却也是我巴陵一般。"杜开先道:"我也就是巴陵。所谓亲不亲,邻不邻,也是故乡人。我想老丈①的贵技,到是巴陵还行得通,缘何却在这里?"

舒石芝道:"不瞒官人说,俗语道得好,'三岁没娘,说起话长。'小子十六七年前,在巴陵的时节,有一个宦族人家寻将去看一块风水,不期失了眼睛,把个大败之地,到做个大发的看了。不及半年,把他亲丁共断送了十二三口。后来费了多少唇舌,还不打紧,到被那些地方上人,死着一个的,也来寻着我,所以安身不牢。想来妻子又丧过了,便没有什么挂碍;那时单单只有个两岁的孩儿,遗在身边,没奈何硬了心肠,把他撇在城外梅花圃里,方才走得脱身。只得到这里来,将就混过日子。"

杜开先听他这一通,心下好生疑虑,道:"终不然这个就是我的父亲?"肚中虽是这等思量,口里却不好说出,只得再问道:"老丈,虽然那时

---

① 老丈——尊称年老的男子。

把令郎撇下,至今还可想着吗?"舒石芝道:"官人,父子天性之恩,小子怎不想念? 却有一说,我已闻得杜翰林把他收留,抚养身边,做儿子了。"杜开先道:"此去巴陵,路也不甚遥远,老丈何不回去访他一访?"舒石芝道:"小子若再回到巴陵,这几根骨头也讨不得个囫囵。"杜开先事到其间,不敢隐瞒,倒身下拜道:"老丈,你是我的父亲了!"舒石芝听说,心下一呆,连忙扯起道:"官人,不要没正经。难道你这样一个标致后生,没有个好爹娘生将出来,怎么倒错认了小子? 若是兄弟叔侄,错认了还不打紧,一个父亲可是错认得的! 快请起来。"杜开先便把两岁到今的话,备细说了一遍。舒石芝倒也有些肯信,道:"世间撞巧的事也有,难道有这样撞巧的! 这个还要斟酌。"小二在旁撺掇道:"老舒,你好没福,这样一个后生官人认你做老子,做梦也是不能够的。兀自装模作样,强如在那灶头吹灰煨火过这日子。他若肯认我小二做了父亲,我就端端坐在这里,随他拜到晚哩。"舒石芝道:"且住,我还记得起当初撇下孩儿的时节,心中割舍不得,将他左臂上咬了一口。如今你要把我认做父亲,只把左臂看来,可有那个伤痕吗?"杜开先就将左手胳膊捋将起来,当面一看,果然有个疤痕。这遭免不得是他的儿子,低头就拜。小二便把舒石芝揿在椅子上,只得受了两拜,道:"孩儿,若论我祖坟上的风水,该我这一房发一个好儿子出来。还有一说,今日虽是勉强受你这几拜,替你做了个父亲,若是明日又有个父亲来认,那时教我却难理会了。"

　　杜开先笑了一声,便向身上脱下那件海青,袖中取出那顶巾来,递与舒石芝替换。舒石芝问道:"孩儿,你敢是先晓得爹爹在此受这狼狈,特地带来与我的吗?"杜开先这遭想得是一家人,却便不敢隐瞒,把舒石芝扯到背后,轻轻对他把韩玉姿改换男装,私奔出来的话告诉一遍。

　　舒石芝正待细问几句,只见那小二在旁叫了一声道:"不要瞒我,正要和你说句话哩。"杜开先听了,便打了下一个趷蹬,连忙上前问他。

　　毕竟不知这小二说出些什么话来? 且听下回分解。

第 八 回
泥塑周仓威灵传柬　情投朋友萍水相逢

诗：

> 人生行足若飞禽，南北东西着意深。
>
> 万叠关山无畏怯，千重湖海岂沉吟。
>
> 奔波只为争名利，逸乐焉能迷志心。
>
> 谁想相逢皆至契，不愁到处少知音。

看来世间做不得的是那逆理事情，你若做了些，自然心虚胆怯，别人不曾开着口，只恐怕他先晓得了，说出这家话来。

这杜开先见小二叫了这一声，只道他知了韩玉姿消息，心下懊悔不及，只得迎着笑道："小二哥，你有什么话说？"小二道："官人①，你们十七八年的父子，今日在我这店中重会，难道不是个千载奇逢？官人，你便送我几钱银子，买杯儿喜酒吃吃，何如？"杜开先见他不是那句话说，便满口应承道："这个自然相送。"

舒石芝道："孩儿，这位小娘子，便是我的媳妇了，何不请过来一见？"杜开先道："爹爹，媳妇初相见，只怕到有些害羞，先行个常礼，明日再慢慢拜罢。"转身对韩玉姿道："娘子，过来见了公公。"玉姿暗地道："官人，你的父亲难道是这等一个模样？教我好生不信。"杜开先笑道："娘子，我都认了，终不然你就不认他？莫要害羞，过来只行个常礼。"韩玉姿掩嘴道："官人，这个怎么教我相见？"杜开先低低道："娘子，便是如今乡风，做亲三日，也免不得要与公公见面的。"韩玉姿遂不回答，只得上前勉强万福。

小二对舒石芝笑道："你把些什么东西递手呢？"杜开先见他没要紧不住地说那许多诨话，便着他去打点三个人的午饭来。

舒石芝问道："孩儿，我却有一句不曾问你，你如今取了什么名字？"

---

① 官人——指妻子称呼丈夫。

杜开先欠身道："孩儿自七岁时，不肯冒姓外氏，曾向那梅花圃中，遂指梅为姓，指花为名，取为梅萼。后来因杜翰林收留，便把梅字换了，改姓名为杜萼，取字开先。"舒石芝道："好一个杜开先，今后我便以字相呼就是。"杜开先道："爹爹，孩儿但有一说。向年却是没奈何认居外姓，今日既见亲父，合当仍归本姓，终不然还叫做杜萼？"舒石芝想一想道："孩儿讲得有理。况且你如今又做了这件事，在这里正该易姓更名。依我说，别人只可移名，不可改姓。你今只可改姓，不可移名。表字端然是开先，只改姓为舒萼便了。"杜开先深揖而应。

舒石芝道："孩儿，还有一事与你商量。想我当初在这里，只是一个孤身，而今有了你两个，难道在这里住得稳便？不若同到长沙府去，别赁一间房子，一来便是个久长家舍，二来免得把你学业荒芜。你道这个意思好吗？"舒开先道："爹爹所言，正合孩儿愚见。但不知此去长沙府，还有多少路程？"舒石芝道："不多，只有三十里路，两个时辰便可到得。"舒开先道："既如此，孩儿还带得些盘缠在这里，我们今日就此起身去罢。"

原来舒石芝到这里多年，四处路径俱熟。舒开先便催午饭来吃了，当下取了些银子送店家，又把两钱银子谢小二。就在那地方上去买两副铺陈、箱笼之类，连忙叫下船只，收拾起身。那小二一把扯住舒石芝，笑道："你去便去了，只是莫要忘记了我这灶君大王。你便把起初这套衣服留在这里，待我们装束起来，早晚也好亲近亲近。"舒石芝道："小二哥，休要取笑。我还缺情在这里，明日有空闲时节，千万到府里来走走。"小二又笑了一笑，大家拱手而去。诗曰：

> 总是他乡客，谁知天性亲。
>
> 相逢浑似梦，家计得重新。

古人有两句说得好：至亲莫如父子，至爱莫如夫妻。这舒石芝与舒开先，约有十几年不曾见面的父子，哪里还记得面长面短，只是亲骨肉该得团圆，自然六合相凑。那韩玉姿虽是与他通了私情，刚才两夜，又有一夜却是算不得的，便肯同奔出来，一段光景，岂不是个恩爱。

如今且把闲话丢开。且说这舒开先到了长沙府，把身边的那些银子，都将来置了家伙什物。不要说别样，连那舒石芝的地理，烘然又行起来。

你道他如何又有这个时运？看来如今风俗，只重衣衫，不重人品。比如一个面貌可憎、语言无味的人，身上穿得几件华丽衣服，到人前去，莫要提起说话,便是放出屁来,个个都是敬重的。比如一个技艺出众、本事泼天的主儿,衣冠不甚齐楚,走到人前,说得乱坠天花,只当耳边风过。原来这舒石芝,今番竟与撑火的时节大不相似,衣服体面上比前番周全了许多,所以那里的人,见他初到,不知是怎么样一个地理先生,因此都要来把他眼睛试试。

舒开先见父亲依旧行了运,老大欢喜,只当得了韩玉姿,重会了亲生父,岂不是终身两件要紧的事都完毕了,安心乐意,把工夫尽尽用了一年。

不觉流光迅速,又早试期将近。舒石芝道:"孩儿,如今试期在迩,何不早早收拾行装,上京赴选。倘得取青紫如拾芥,不枉了少年刻苦一场。"舒开先道:"正欲与爹爹商议此事,孩儿却有两件难去。"舒石芝道:"孩儿所言差矣。岂不闻:男子汉志在四方。终然恋着鸳帏凤枕,便不思量到那虎榜龙门上去吗?"舒开先揖道:"孩儿端不为着这个念头。第一件,爹爹在家,早晚服侍,虽托在玉娘一人,虑她是个弱质女流,未免无些疏失。第二件,孩儿恐到京中,没个相知熟识,明日倘有些荣枯,可不阻绝了音信?"

舒石芝想道:"这也讲得有理。孩儿,我想,你的日子虽多,我的年华有限。况且读书的,哪个不晓得三年最难得过。难道为着这两件事,就把试期错过了?想来我们虽是在这里住了年把,并不曾置得一毫产业,有什么抛闪不下?只要多用一番盘缠,大家就同进京去,别寻一个寓所,暂住几时,待你试期后看个分晓,再作计处。"舒开先道:"如此恰好。只恐爹爹的生意移到那里,人头上不晓得,恐一时有些迟钝。"舒石芝微笑道:"孩儿,俗语两句说得好:万事不由人计较,一生都是命安排。再莫虑着这一件。如今可选个吉日,早早进京要紧。"

舒开先道:"爹爹,孩儿想得试期已促,既带了家眷同行,一路上未免有些耽延。拣日不如撞日,便把行李收拾起来,就是明日起身也好。"舒石芝道:"孩儿,这也讲得有理。你可快进去与玉娘商量,趁早打叠齐备,我且走到各处相与人家,作别一声,倘又送得些路赆①,可不是落得的。"舒开先便转身与玉姿商议定了。当下打叠行装,还有些带不去的零碎家伙,都收拾起来,封锁在这屋下,托付左右邻居。次日巳牌,起身前去。

① 赆(jìn)——赠给人的路费或礼物。

那一路上光景,无非是烟树云山,关河城郭,这也不须絮烦。且说他们不多几时就到京中。将近了科场时候,各省来赴试的举子,纷纷蚁集,哪个不思量鏖战棘闱①,出人头地。原来那里有个关真君祠,极其显应。每到大比之年,那些赴试的举子,没有一个不来祈梦,要问个功名利钝。这舒开先也是随乡入乡,三日前斋戒了,写了一张姓名、乡贯的投词,竟到神前,虔诚祷告。待到黄昏时候,就向案前倒身睡下。

这舒开先正睡到三更光景,只听得耳边厢明明的叫几声舒莘,忽然醒悟,带着睡魔,蒙眬一看,恰是一条黑魆魆的汉子,站在跟前。你道怎生模样?但见:

状貌狰狞,身躯粗夯。满面络腮胡,仅长一丈;一张乌墨脸,颇厚三分。说他是下水浒的黑旋风,腰下又不见两片板斧;说他是结桃园的张翼德,手中端不是丈八蛇矛。细看来,只见他肩担着一把光莹莹的偃月钢刀,手执着一方红焰焰的销金柬帖。

舒开先猛地里吃了一惊。那黑汉道:“某乃真君驾前侍刀大使周仓的便是。这个柬帖,是真君着某送来,特报汝的前程消息。”舒开先却省得日常间关真君部下原有一个执刀的周仓,便不害怕,连忙双手接了,展开一看,上面写着四句道:

碧玉池中开白莲,装严色相自天然。

生来骨格超凡俗,正是人间第一仙。

舒开先看了,省得是真君第二十二道签经也,便欲藏向袖中。周仓道:“真君有谕:这柬帖上说话,只可默记心头,不令汝带去,使人知觉,泄露天机也。”舒开先便又一看,依旧双手送还。

蓦地里只听得钟鼓齐鸣,恰是本祠僧人起来诵早功课,方才惊醒,乃是南柯一梦。不多时,只见案前人踪杂沓,早又黎明时候。遂走起身,向真君驾前深深拜谢。转身看时,那右旁站的周仓,与梦中见的端然无二,又倒身拜了两拜。正待走出祠来,只听得后面有人叫道:“杜开先兄,且慢慢去,小弟正要相见哩!”舒开先连忙回转头来,仔细一看。

你道这人是谁?原来就是康汝平。他也为应试来到这里。舒开先把

---

① 棘闱(jí wéi)——科举试院的别称,也叫棘院。棘,指棘院围墙所插棘枝,用以防止传递作弊。

腰弯不及的作了一个揖，蓦然想起前事，便觉满面羞惭。康汝平道："小弟与兄间别数载，不料此地又得重逢。若不见却，这祠外就是敝寓，同到那里少坐片时，叙年来间阔之情。意下如何？"舒开先道："小弟当时也是一时呆见，因此匆匆不得与兄叮咛一别。何幸今日又得相逢，正所谓'他乡遇故知'了。"康汝平笑道："杜兄，'洞房花烛夜'已被你早占了先去，如今只等'金榜题名时'要紧。"

两人携着手，一同走出祠门。果然上南四五家，就是他的寓所。康汝平引进中堂坐下，慢慢地把前事从头细问。舒开先难道向真人面前说得假话？只得把前前后后私奔出来一段情景，对他备细说了一遍。康汝平道："杜兄，你终不然割舍得把令尊老伯、令堂老夫人撇了，到这来吗？"

舒开先道："一言难尽。不瞒康兄说，那杜翰林原是小弟义父。小弟自襁褓时，家父因遭地方多事，把我撇在城外梅花圃里，脱身远窜①。后来亏那管圃的，怜我是个无父母的孤儿，就留在身边。及至长成七岁，便送到杜翰林府中。那杜翰林见小弟幼年伶俐，大加欢悦，就抚养成人，作为亲子。这却是以前的话说。不想那年奔出韩府，来到长沙村酒店，蓦地里与家父一旦重逢。"康汝平笑道："杜兄，这件是人生极快乐的，也算得是个'久旱逢甘雨'了。但是一说，杜兄如今还该归了本姓才是。"舒开先道："小弟原本舒姓，就是那年已改过了。"

康汝平道："既然如此，小弟今后便不称那杜字了。敢问令尊老伯可还在长沙吗？"舒开先道："家父也是同进京的。"康汝平道："小弟一发不知，尚未奉拜，得罪，得罪。请问舒兄，那韩氏尊嫂可同到此吗？"舒开先道："也在这里。"

说不了，只见那帘内闪出一个女人来，他便偷睃②几眼，却与玉姿一般模样，心下遂觉有些疑虑，便问道："康兄的尊嫂可也同来在这里？"康汝平笑了一声道："小弟正欲与兄讲这一场美事。"便走起身，坐在舒开先椅边，遂把韩相国相赠蕙姿的话说一遍。舒开先道："有这样事，果然好一个宽宏大度的相国。此恩此德，何时能够报他？"

康汝平道："舒兄请坐。待小弟进去，着蕙姿出来相见。"舒开先站起

---

①　远窜——远逃。

②　睃（suō）——斜着眼睛看。

身道："这个怎么敢劳。"康汝平笑道："舒兄，这个何妨。我和你向年原是同窗朋友，如今又做了共派连襟，着难得的。却有一说，俗语道得好，姨娘见妹夫，胜如亲手足。"便起身进去，不多一会儿，就同了蕙姿出来。舒开先恭恭敬敬向前唱喏，那蕙姿连忙万福。有诗为证：

　　交情间阔已多年，帝里重逢复蔼然。

　　况是内家同一脉，亲情友道两相兼。

蕙姿见罢，依旧走进帘里坐下，轻轻地启着朱唇道："适才闻说我玉娘舍妹也与官人同到这里。不卜可迎过来一见否？"舒开先道："令妹时常念及，也恨不能再图一见。不料今日重会京中，姐妹团圆，岂非天数。康姨既欲与令妹相见，何不就屈到敝寓去，盘桓几日，却不是好。"康汝平道："舒兄，他姐妹们年来不见，未免有些衷肠说话，恐令尊老伯在家，两下语言不便。还是迎尊嫂过来见一见吧。"

舒开先满口应承，遂起身揖别。回到寓所，见了韩玉姿，倒不提起祈梦缘由，竟把这些说话讲个不了。那玉姿见说蕙姿姐姐已随康公子同来，巴不得立时一见，把那年从奔出来之后，韩相国怎么一个光景，问讯明白。便叫一乘轿子，抬到姐姐那里。那蕙姿听见妹子来了，欢天喜地，把个笑脸堆将下来，连忙近前迎接。到了堂前，两姐妹相见礼毕。有诗为证：

　　忆昔私行话别难，今朝相见喜相看。

　　天将美事俱成就，不似侯门婢子般。

蕙姿便把妹子迎到后厅坐下，迎着笑脸道："妹子，你还记得在相国房中的时节，讲那句'又做出前番勾当'的说话呢？"玉姿红了脸道："姐姐，难道瞒着你，那个时节只要事情做得机密，哪里还顾得嫡亲姐妹。望姐姐莫把前情提起罢了。"蕙姿道："妹子，我姐姐只道与你一出朱门，此生恐不能相见，怎知今番却有个重逢日子。"

玉姿道："敢问姐姐，那日我们私奔出来，不知老爷在你面前有甚说话？"蕙姿道："再没有甚说话。只是那杜府的聋子，把那股凤头钗送与老爷，老爷看了，却不知清白，便道你们两个不止有了一日的念头。"玉姿道："姐姐，老爷既知道了，后来曾着人缉访吗？"蕙姿道："那时杜翰林就来商议，要老爷先出一张招贴，把你寻觅。老爷说道：'我怎么好出招贴，他既做得打得上情郎的红拂妓，我便做得撇得下爱庞的杨司空。'杜翰林见说这两句,便道:'杜官人是个螟蛉①之子。'两家都不思量寻访了。"

　　玉姿道:"姐姐,好一个汪洋度量的老爷。妹子虽是走了出来,哪一个日子不想着他。如今又不知他的身子安健否?"蕙姿道:"我为姐姐的,前月因要同进京来,特去拜辞他,问他身子安否若何,他回说:'好便好了些,只是成一个老熟病,不能够脱体哩。'"玉姿道:"我不知哪一个日子能得去望他一望?"蕙姿道:"这有何难,只等你官人中了,便好同去见他一见。"玉姿道:"姐姐敢是讥诮着妹子了。这日子可是等得到的吗?"姐妹两个说了又笑,笑了又说。

　　看看天色傍晚,玉姿便要与姐姐作别起身。蕙姿一把扯住道:"妹子,只亏我和你打伙这十六七年,如今刚才来得半日,就要思量回去,难道再在这里住不得几个日子吗?"这蕙姿哪里肯放。玉姿见姐姐苦留不过,只得又住了一日,然后动身。

　　两家自此以后,做了个至亲来往。这蕙姿隔得五六日,便把妹子接来见面一遭。

　　这康汝平又向关真君祠里,租了两间空房,邀了舒开先,一同在内,杜门不出,整整讲习个把多月。这正是:心也坚,石也穿。他两个一向原是肯读书的,只是有了那点心情,牵肠挂肚,所以把工夫都荒废了。如今心事已完,却才想那功名上去,是这一个月就胜了十年。

　　一日,徐步殿堂,只见案前有一个人在那里讨签。两个仔细看时,都觉有些认得,一时再也想不起他的姓名,又不好上前相问,只得站住,看了一会。那人讨完了签,回头见他二人,也觉相认,遂拱手问道:"二位敢是巴陵康相公、杜相公吗?"舒开先与康汝平连忙答应道:"正是。老丈颇有些面善,只是突然间忘记了尊姓大名。"那人道:"二位相公果然就不认得了?正是贵人多忘事。老朽就是巴陵凤皇山清霞观的李乾道士。"两个方才省得,大笑一声道:"原来是李老师,得罪了。"

　　你道这李道士为着甚事进京?平昔也有些志向的,却来干办道官出去的意思。这舒开先与康汝平隔得不上两三年,如何就不相认得?这也

---

　　① 螟蛉(míng líng)——一种绿色小虫。常被蜾蠃(guǒ luǒ)捕捉,产卵在它们身体里,卵孵化后就拿螟蛉做食物。古人误认为蜾蠃产子,喂养螟蛉为子,因此用以比喻义子。

不是他们眼钝，只是李道士这几年里边，操心忒过，须鬓飞霜，脸皮结皱，颓搭了许多，因此略认些儿影响。

三人唱喏罢，舒开先问道："老师为何也到京来？"李道士笑道："二位相公此来为名，老朽此来不过图些利而已矣。"康汝平道："老师为哪件利处？"李道士道："不瞒二位说，老朽去年收得个愚徒，倒也伶俐，便把观中事务托付与他。所以特进京来，思量干办一个道官回去，赚得几个银子，买些木料，把敝观重新修葺起来。一来省得祖业倾颓，二来再把圣像重整，三来老朽不枉在观中住持一世，待十方施主，后代法孙，也常把老朽动念一动念。"舒开先道："这就是名利两全了。"

李道士道："二位相公，难得相遇在这里。老朽还有一言动问。"康汝平道："殿后就是我们书房，老师请同进去，略坐一会，慢慢见教何如？"李道士道："原来二位在这里藏修，妙得紧，妙得紧。"三人便同进去。但不知这李道士问起是哪一件事？且听下回分解。

第 九 回

老堪舆惊报状元郎　众乡绅喜建叔清院

诗：

> 鹏翻乘风奋九秋，朱衣暗点占鳌头。
>
> 露桃先透三层浪，月桂高攀第一筹。
>
> 画壁已悬龙虎榜，锦标还属鹦鸪洲。
>
> 东风十二珠帘面，争美看花得意流。

你道这李道士突然相遇，就有什么说话问得？恰正要问的是舒开先前年那段光景，便欣然随了他两个走到房里。未曾坐下，先问道："二位相公，敢是一同到京的吗？"康汝平道："一个在先，一个在后。"李道士道："老朽却想不到，若乘了二位的便船，一路上可不还省用些盘费。但有一说，二位相公一向同声相应，同气相求，足拟如兰之固，原何倒分在前后起身？"康汝平道："老师有所不知，我便在巴陵，舒兄一向在长沙，所以两处动身，到这里方才相会。"

这李道士只晓得舒开先前年那番勾当，却不晓得他到长沙来，又与父亲重会。听见康汝平叫了一声"舒兄"，心下便疑惑起来，道："康相公，怎么杜相公又改了姓？"康汝平又把他到长沙认父亲的话，仔细明说。李道士把头点道："这也是件奇事了。老朽去年虽是听得梅花观里许师兄谈起，略知一二大概，今日才晓得个详细。"

舒开先道："不知许老师近年来还清健否？"李道士叹口气道："哎！许师兄已衰迈了。他不时还想念着舒相公，每与老朽会着，口中屡屡谈及。"舒开先道："老师，可晓得杜翰林后来曾有什么话与许老师谈着吗？"

李道士道："这倒不曾听见讲起。二位相公，老朽起身时节，说朝廷命下，钦取杜翰林老爷进京主试，可曾知道这个消息吗？"舒开先惊讶道："老师，果有此事吗？我们倒不曾探听得。"康汝平道："舒兄，这也容易。我们就同到报房去问一问，便见明白。"

李道士道:"老朽①敝寓,就在监前,回去恰好同路。"舒开先道:"因风吹火,用力不多。我们顺便到李老师寓所奉拜一拜,却不是好。"李道士道:"老朽还未及虔诚晋谒,怎么敢劳二位相公先顾。"康汝平笑道:"少不得要来奉拜的,只是便宜又走一次。"三人出了祠门,一问一答,径自同路而走。探听时,果然命下,大主考是巴陵杜灼。

恰好大开选场,你看纷纷举子,哪一个不思量姓名荣显,脱白挂绿。待得三场已毕,只见金榜高张,第一甲第一名是舒蓼,湖广巴陵人。那些走报②的,巴不得抢个头报,指望要赚一块大大赏钱,吓吓吓吓③直打进寓所来。

原来那个地理先生,又是晓得卜课的,正在那里焚香点烛,祷告天地,拿了一个课筒,讨一个单单拆拆。忽见那一伙走报的,打将进来,吓得手疏脚软,意乱心忙,把个课筒撒在地上,慌作一团。

这些走报的,哪里晓得这个就是太老爷,一齐扯拽道:"他家相公已中了头名状元,不必你在这里捣鬼,快快请出,我们好接他亲人出来写赏钱哩。"舒石芝恰才吃了一惊,如今又听得孩儿中了状元,老大一喜,索性连个口都开不得了。没奈何,挣了半日,方才说得出,道:"列位老哥,这舒蓼就是小儿。"

看来如今世上的人,果然势利得紧,适才见他拿了个课筒,便要撺他出去,如今听说是他孩儿,个个便奉承道:"原来就是舒太爷,小的们该死了。"你看众人磕头如捣蒜的一般。舒石芝道:"列位莫要错报了。我小儿哪里有这样的福分,中得状元?"众人道:"这个岂有错报之理。求太爷把赏钱写倒了。"

舒石芝大喜道:"这却不消写得,若是小儿果然中了状元,决然重重相谢。"众人道:"还要太爷写一写开。"舒石芝道:"列位要写多了呢?"众人道:"也不敢求多,只是五千两罢。"舒石芝把面色正了道:"怎么要这许多,写五两罢。"众人一齐喧嚷道:"太老爷,我们报一个状元,只要打发得五两赏赐,若是报一个进士,终不然一厘也不要了。也罢,只写三千。"舒

---

①　老朽——谦辞,指老年人的自称。

②　走报——差役。

③　吓吓、吓吓——拟声词。

石芝便有些封君①度量，也不与他说多说少，拿定主意，提起笔来，便写下五百两。

　　众人见是状元封君的亲笔，只要明日得个实数也尽够了，哪里再还计论。正待作谢出门，舒石芝又扯住问道："列位，可曾见那二三甲里，有几个是我湖广巴陵人？"众人道："太老爷，共来三百五十名进士，哪里记得完全，只有三甲结末这一名，叫做康泰，也是湖广巴陵人。"舒石芝大骇道："呀，果然康泰中在三甲末名。"众人道："敢是太老爷的熟识吗？"舒石芝道："这是我小儿自幼的同窗朋友。"众人笑道："一个当头，一个结尾，是着实难得的。"一齐闹哄哄走出门去。

　　原来功名二字，果然暗如黑漆，却是猜料不来的。你若该得中来，自然那鬼神必有预兆，所以舒开先该中状元，那关真君便向梦中明明预报。可见梦寐之事，也不可不信。

　　诸进士当日一齐赴琼林宴②罢，次早清晨，俱来参谒大主试座师。原来这个座师就是杜灼翰林。他见第三甲末名是个康泰，便晓得是康司牧的公子。只是这头名状元舒尊，心中狐疑不决，正要见一见是怎么样一个人物。遂唤听事官，吩咐诸进士暂在叙宾厅请坐，先请一甲一名舒状元公堂相见。诸进士哪里晓得有个螺蛳脑里湾的缘故，都议论道："决然先要叙一叙乡曲了。"

　　舒状元连忙进去，直到公堂上，行了师生之礼。杜翰林把舒状元觑了几眼，便有些认得，吩咐掩门，后堂留茶。原来舒状元虽然明知是他义父，巴不能够相认一认，就徐步到了后堂，分帅生叙坐。杜翰林问道："贤契青年，首登金榜，极是难得。老夫忝居同乡，正要慢慢请教。但不知贤契祖籍还在哪一府？"舒状元欠身道："门生祖籍就是巴陵。谨有一言，不敢向恩师尊前擅自启齿。"杜翰林道："老夫正要请教，贤契何妨细讲一讲。"

　　你道他两家难道果是不相认得吗？只因舒状元把杜姓改了，所以有这一番转折，却怪不得杜翰林怀着鬼胎。这舒状元又不好明认，便把幼年

　　① 封君——即"封翁"。此指封建时代子孙显贵，父祖辈因而受朝廷封典的人。

　　② 琼林宴——宋代为新进士举行的一种宴会。琼林，宋代皇苑，在汴京（今开封）城西。

间事情备陈一遍。

杜翰林呵呵大笑道:"我道有些认得,原来贤契就是杜开先。"舒状元连忙跪下道:"门生原是杜萼。"杜翰林一把扯起,道:"快请起来。适才还是师生,免不得要行大礼。如今既是父子,倒不可不从些家常世情。舒状元便站起身来。

杜翰林道:"我当初只道你做了这件短见的事,此生恐不能够有个见面的日子。不想到得中了状元,可喜可羡。不知你缘何又改姓为舒?"舒状元就把到长沙遇着亲父的话,便说了几句。杜翰林道:"原来又遇尊翁,一发难得的了。我初然意思,指望认了状元回去,光耀门闾①。如今看来,却不能够了。"舒状元道:"为人岂可忘本,亲生的、恩养的总是一般。想舒萼昔年若非深恩抚养,久作沟渠敝瘠,今日焉能驷马高车②?这个决然便转巴陵,一则拜谢夫人孤儿赖抚之恩,二则拜谢相国穷寇勿追之德。"

杜翰林道:"言之有理。我闻得三甲末名的康泰,就是司牧君的公子,可是真吗?"舒状元道:"这正是汝平兄。"杜翰林道:"我也要另日接他进来一见,却还在嫌疑之际。少不得要在这里定一个衙门观政,还有日子,慢慢拜望他罢。如今只要寻一个便人,待我写一封书,报与夫人得知便了。"

舒开先道:"这也容易,凤凰山清霞观李老师,正在这里干办道官,专待榜后起身回去。待舒萼回到寓所,写一封书,浼③他捎到府中就是。"杜翰林道:"难得有这个便人,到要浼他早去。待我还要封书去韩相国要紧。"舒状元道:"既然如此,那李老师只在三五日内,就要动身了。"

杜翰林道:"你尊翁也同做一寓吗?"舒状元道:"家君也在这里。"杜翰林道:"这却不难,待我少刻与诸进士相见了毕,回衙就把书写停当,明日少不得奉拜尊翁,那时顺便带来就是。"商议定了,依旧出到公堂,便唤开门,请诸进士上堂相见。那诸进士哪里晓得其中就里,单单只有康汝平

---

① 门闾(lǘ)——门庭。

② 驷(sì)马高车——显贵者的车乘,古代一车套四马,称为"一乘"。驷,四马。

③ 浼(měi)——请,托。

还知其故。他两个只当在后堂做了这半日的戏文。有诗为证：

易姓更名上紫宸①，宫袍柳色一时新。

今朝重谒春台面，方识当年沦落人。

说这李乾道士，带了两封书，一封是杜翰林送与韩相国的，一封是舒状元送与杜夫人的，不惮②奔驰，星夜回到巴陵。先到杜府投递。

那夫人听说京中有书寄来，只道是翰林寄回的家书，连忙着人把李道士留下，待要看了书上说话，再问几句口信的意思。将书看时，只见护封上是舒莘图书，拆开一看，方才晓得，新科状元舒莘就是当初收为义子的杜莘。老大欢喜，道："谢天谢地，我只道他一去再也不能够个音信回来，怎知今日倒中了状元。只是他原名唤做杜锷，如何书上又写着舒莘？这个缘故，必然待他回来方才晓得。"随即着人出来问李道士道："可知道我杜老爷几时回来的消息？"李道士回复道："杜老爷只等复命就回来了。"杜夫人便吩咐整治酒肴款待。李道士再三推却，遂告辞起身。

杜夫人当下就与众族人计论，打点建造状元坊，竖旗杆，立匾额。那些族人都说道："又不是我们杜门嫡派，明日外人得知，只这附他势耀，可不惹人笑话？"杜夫人见说，就心下想一想，只得又把这个念头付之冰炭了。

说这李道士离了杜府，带了杜翰林那封书，一直来到韩府。门上人先进，禀知相国，相国疑虑道："我想那杜翰林，自当初他义子杜开先去后，至今数年，未曾一面。况且如今奉旨进京主试，料来与我没甚统属。可令那李道士进来相见一见，看他有甚话说？"李道士连忙进去，见了韩相国，便向袖中取出书来，双手送上韩相国。

相国接来，当面开拆，从头至尾，仔细看了一遍，忍不住大笑一声道："有这样事，我道这巴陵从来不曾有个舒莘，不想就是那杜开先。古人道得好，尚可移名，不可改姓。他为何就把姓来改了？"

李道士道："韩老爷可不知道，那舒状元自从出了府门之后，就奔在长沙道上，不期在茅店中，与亲父舒石芝偶然会着。两下说起前情，当就厮认，所以仍归本姓。"韩相国道："原来如此。茅店中遇着亲父，金榜上

① 紫宸（chén）——即宸居。帝王居处。

② 惮（dàn）——怕，畏惧。

占了状元，这两件难道不是天上掉将下来的大喜事吗？还要请问一声，他既改了舒莩，那时杜老爷如何复认得来？"

李道士道："其时杜老爷的意思，也想道巴陵并没有这个舒莩，敢是疑虑到状元身上去。因此等到诸进士参谒之时，先请状元进见。两个就在后堂，把始末根由的说话，一问一答，备细谈了半日，方才说得明白。后来众进士知了这些说话，没有一个不说道是一桩异事。"

韩相国问道："你可晓得他父亲舒石芝后来曾与杜老爷相见吗？"李道士道："怎不相见。状元头一日去参见，两下厮认了。第二日，杜老爷便来拜舒太爷。两位也整整说了半日。"韩相国道："如今状元在京，曾与杜老爷一处作寓，还是两处作寓？"李道士道："小道起身的时节，状元端与舒太爷同寓。只闻得说，末名康爷要在京听拨观政，打点移来与状元同寓。却不知后来怎么了。"

韩相国道："他两个原是同窗朋友，如今又是同榜，正该同寓。只是状元既遇着了亲父，从今以后，我这巴陵，未必有个再回转来的日子。"李道士道："小道闻得状元说，只在目下打点回来，探望杜夫人，少不得要来参见老爷。"

说不了，只见门上人拿了一个帖子，进来禀道："袁少伯老爷着人在外，来下请帖。"韩相国正接帖子到手，李道士正走起身，韩相国留住道："待我打发了来人，还再在这里细谈一谈去。"李道士道："不瞒老爷说，小道敬承杜老爷台命，特地赍书投上。诚恐稽迟，因此未敢回敝观去哩。"韩相国道："既然如此，我却不敢久留。"遂起身送出仪门。有诗为证：

> 大志私行三两年，孤儿寡女虑难全。
>
> 谁知金榜能居首，不意鳌头已占先。
>
> 自此可遮前日丑，从今安计旧时愆①。
>
> 封书远寄传消息，试问多端月欲圆。

说这李道士别了韩相国，出得城来，渐觉红轮西坠，思量要到凤凰山，却又回去不及。只得径到梅花观里，顺便望一望许叔清，就好借他观中宿歇一宵。正走进观门，见那东廊下站着一个后生道士，穿了一身孝服。李道士向前仔细认了一认，原来就是许叔清的徒孙。

---

① 愆（qiān）——过失。

那道士却也认得是李道士，连忙过来问道："老师，敢是凤凰山清霞观李老师吗？"李道士道："然也。我在京中回来，特地来访许叔清师兄，敢劳传说一声。"那道士道："老师想不知道，我家许师祖三月前偶得疯症，已身故了。"李道士大惊道："有这等事！他的灵柩如今还停在哪里？烦你引我去见一见。"那道士道："现停柩在后面客厅里，请老师进去就是。"李道士便叹一口气道："这正是：天有不测风云，人有旦夕祸福。"两个就一同来到客厅里，果见有许叔清灵柩停在中间。李道士就向柩前拜了几拜，十分悲咽。有诗为证：

> 生平同正道，今日隔幽明。
>
> 纵坠千行泪，焉知伤感情。

那道士道："老师，今日多应回观不及了，自到净室里安宿罢。"李道士道："我一向在京中，如今恰才回来，特地望望许师兄，不想他早已亡故，我尚欠情，怎敢搅扰。"那道士道："说哪里话。老师与我师祖，道义相交，意气相与，非止一日。我们晚辈正要另乞垂青，终不然师祖亡过，老师便把这条路断绝了不成。"李道士笑道："说得有理。明日少不得两家正要往来，就劳指引到净室借宿一宿。"

道犹未了，那道童搬出晚饭来。两人饭毕，那道士便向柩前拿了一支残烛，引了李道士到净室里。原来这净室却是许叔清在时做卧房的。

李道士走进去，看见收拾得异样齐整，便问道："这间净室，还是哪一位的？"那道士道："这原是许师祖的卧房。"李道士道："我谅来决是许师兄的净室了，果然他收拾得精致。尝闻他在生时节，专好吟诗作赋，待我把架上简一简，看有什么遗稿存下，拿些去做故迹也好。"那道士道："老师有所不知，我家许师祖近来这几年渐觉老迈，那条吟诗作赋的肚肠不知丢在那边，只恐怕没有什么诗稿遗下哩。"李道士道："虽然没甚遗下，也待我简一简看。"便把烛台拿将过来，向架上翻了一会，只见一部书里藏着一个柬帖，写着两行字道：

> 第一甲一名舒萼，湖广巴陵人。
>
> 第三甲末名康泰，湖广巴陵人。

李道士看了，老大吃一惊，道："这分明是许师兄的笔迹。难道他三月前就晓得他两个是今科同榜的，好古怪！"殊不知许叔清在日，道行有成，知过去未来，所以预知二人未来之事。李道士知他有些道行，遂向巴陵城中各处乡绅极力称扬。众乡绅各捐赀①筑了一座宝塔,把他安厝②,便把梅花观改为叔清上院。

　　但舒状元京中几时到家? 来叔清上院有何话说? 且听下回分解。

---

① 赀(zī)——即"资"。

② 安厝(cuò)——安置。此为"安葬"。

第 十 回

夫共妇百年偕老　弟与兄一榜联登

诗：

> 诗书端不负男儿，一举成名天下知。
>
> 昔日流亡谁敢议，今朝显达尽称奇。
>
> 双妻逊长从来少，二子同登自古稀。
>
> 利遂名成心意满，归来安享福无涯。

说这舒状元，自写书与李道士寄来，不觉又是两个多月。一日，杜翰林于关真君祠内设席，请他与康进士二人。饮酒之间，舒状元与康进士陡然谈起当初祈梦一事。杜翰林问道："二位当日梦中，曾得些什么佳兆吗？"舒状元便把梦里缘由一一说知。杜翰林道："原来得了这样一个奇梦，岂不是关真君的灵感。"康进士道："舒兄，你当日既有此梦，何不与小弟一讲？"杜翰林道："贤契，天机不可漏泄，不说破的妙。"

舒状元道："康兄，你我蒙真君保佑，俱得成名。神明之德，不可不报。愚意正欲与兄商量，捐些赀费，要把圣像重装，殿宇重建，未审尊意如何？"康进士道："舒兄既有此意，小弟无不从命。"舒状元便唤庙祝①过来商量，估计人工木料并一应等项，须用千金。次日就各捐五百两。择日兴工，不满两月之期，把一所真君的祠宇焕然一新，真君圣像遍体装金。有诗为证：

> 圣像巍巍俨若生，颓垣败栋一时更。
>
> 真君托梦非灵显，焉得舒生发至诚。

不数日，巴陵有讣音至，说康司牧公身故。康进士闻讣，痛悼不已，杜翰林与舒状元再三宽慰，次日就要整顿行李，回家守制②。舒状元道："康兄既为令尊老年伯丧事，急于回去，但程途遥远，跋涉艰难，不可造次。若

---

① 庙祝——神庙里管理香火的人。

② 守制——守丧。旧时丧仪。

再消停得几日,杜老师有回家消息,大家乘了坐船,一齐回去,却不是好。"康进士强作笑颜道:"父丧不可久滞他乡。若杜老师果然回去,便等两日,这也使得。"

说不了,只见杜翰林差人来说:"昨日命下,钦赐驰驿还乡,只是三二日内起马。"康进士与舒状元大喜,各自吩咐家人,收拾行李,专候登程。

杜翰林吩咐打点两只座船,一只乘了舒状元、康进士、两家家眷,一只乘了自己并舒太爷,择日开船。朝行暮止,将及半月,就到巴陵。

那李道士得知他们回来,连忙同清霞观道士远出迎接。杜翰林问道:"二位从哪里来?"李道士道:"小道是凤凰山清霞观道士李乾,特来迎接杜老爷、舒老爷、康老爷的。"舒状元、康进士听说是李道士,就着人回复道:"舟中不便接见,权留在梅花观里,明日面拜。"李道士便同了那道士回到叔清上院住下。

杜翰林与舒太爷的轿子在前,舒状元与康进士的轿子在后,进了城。康进士先别回去。舒太爷对杜翰林道:"实不相瞒,学生久离巴陵,已无家舍,须在此告别,好寻寓所安歇。"杜翰林道:"学生与老先生,正是通家至谊。我家尽有空闲房屋,任凭选择一所便是。"舒太爷道:"虽承美意,只恐在府上搅扰,不当稳便。"杜翰林笑道:"老先生觉有些腐气,这句话一发不像通家的了。"舒太爷也笑,一齐同到杜府中来。

那杜翰林许多亲戚,闻知翰林与状元同回,早已知会①,齐来庆贺。舒状元下轿,进到厅上,便请杜夫人出来拜见。杜夫人欢喜得紧,也不管舒太爷在那里,连忙出来相见。舒状元先请父亲过来拜揖。那杜夫人原不认得这会就是状元的亲父,乍会之间,又不好开口问得,勉强向前道个万福。然后过来,再与状元相见。

舒状元恭恭敬敬,把交椅移在当厅,再三请夫人坐了拜见。夫人坚执不允,舒状元便倒身下拜。杜夫人一把扯住道:"状元,这个如何使得?只行常礼罢。"舒状元道:"若非夫人自幼抚养,训诲成人,早作沟渠饿莩②,焉能得有今日。"杜夫人笑道:"若提起幼年间事,还不得倾心。若说今日,真是状元的手段,如何归在我身上。惶愧,惶愧。"舒状元只是拜将

---

① 知会——通知。此为互相转告。

② 饿莩(piǎo)——饿死的人。

下去。

杜夫人扯他不住，却也受了几拜，便问道："状元的夫人可同回来吗？"舒状元微笑道："不瞒夫人说，未曾婚娶。"杜夫人道："你那年却是有了夫人去的。"舒状元答应不来，但把脸儿红了又红。杜翰林道："夫人且慢进去。舒状元的宅眷随后便到了。"

杜夫人道："我正要问这个舒字明白。状元原名杜尊，前番写书回来，书上改了舒尊，今日老爷又称舒状元，却怎么说？"杜翰林道："夫人有所不知，这位舒太爷，就是状元嫡亲令尊。"杜夫人惊讶道："原来状元已有了亲父，因此方才的说话，都有些古怪。想将起来，我们端然是个陌路人了。"舒状元道："夫人何出此言？受恩深处，亲骨肉焉敢背忘。"杜夫人道："状元还在那里地方，得与舒太爷相会？"舒状元便把长沙道上相会的事，细说一遍。

杜夫人正待再问几句，只见门上人进来禀道："状元夫人到了。"杜夫人忙不及地起身出来，接了进去。相见礼毕，杜夫人笑道："夫人一路来风霜辛苦，请进内房暂息。"韩夫人低低应了一声，挽手同进。有诗为证：

　　轻盈窈窕出天然，半是花枝半是仙。

　　试看低低相应处，娇羞真足使人怜①。

当下大排筵席，虽是替舒状元洗尘，又是与舒太爷会亲，大家畅饮酕醄②。将近二更时分，这舒状元却心满意足，越饮越醒，也不顾翰林与太爷在上，这个酒量不知从何而来。杜翰林见他饮得无休无歇，遂教随从的，把后面花厅铺设停当，烧香煮茗伺候。

舒太爷对状元道："今日初来，明日倘有乡绅拜望，若中了酒，不便接见，恐失体统，可早睡罢。"舒状元不敢有违父命，带了些酒意，站起身来，心里虽然明白，那脚下东倒西歪，好像写"之"字一般。杜翰林着人扶他进后花厅里去睡了。

原来日间那杜夫人却不晓得一个舒太爷同来，仓卒③之间，不曾打扫得房屋。杜翰林就陪舒太爷在书房里，权睡了一宵。

---

① 怜——此为"爱"，爱怜。

② 酕醄（máo táo）——酒后大醉状。

③ 仓卒（cù）——仓促。卒，通"猝"（cù），突然。

次日清晨,韩相国特来相拜。这舒状元果然中了酒,却也起来不得。说便这等说,或者还是当时心病,不好相见,落得把中酒来推托,也未可知。但是别人不见也罢,至如韩相国,却是不得不见的。没奈何,连忙起来梳洗,出去相见。

韩相国笑道:"状元少年登第,老夫亦与有光。今日看将起来,宁为色中鬼,莫作酒中仙。"舒状元是个聪明人,听说这两句,却有深味,便不敢回答,只得别支吾道:"舒尊不才,荷蒙天宠,皆赖老相国福庇①。今日谨当踵门②叩谢,不料反蒙先顾,罪不可言。"韩相国道:"还是老夫先来的是道理。"舒状元低着头道:"不敢。"

韩相国道:"老夫有句话儿要动问,险些忘怀了。闻得状元在长沙道重会了令尊,可是真吗?"舒状元就把从头至尾说完。韩相国道:"如今令尊老先生却在哪里?"舒状元道:"昨日也同到这里了。"韩相国道:"其实难得,可见有状元福分的人,屡屡撞着喜事。老夫在此,何不请令尊老先生出来一见。"舒状元便请太爷与相国相见。舒太爷道:"小儿向年得罪台端,重蒙海涵,老朽正欲同来叩谢,不期老相国先赐下顾,望乞原宥③。"韩相国笑道:"窃玉偷香,乃读书人的分内事,何必挂齿。"

舒太爷背地对状元道:"既蒙相国恩宥,着你浑家出见何妨。"状元令夫人出见,夫人见了相国,倒身便跪。相国一把扶起道:"如今是状元夫人,怎么行这个礼? 快请起来。"韩夫人红了脸,连忙起来,又道个万福,竟先进去。古诗为证:

今日何迁次④,新官与旧官。

笑啼俱不敢,方信做人难。

又诗为证:

昔为相国婢,今做状元妻。

相见惟羞涩,情由且不题。

韩相国道:"状元成亲已久,可曾得个令郎吗?"舒状元道:"端未曾

---

① 福庇(bì)——护佑。

② 踵(zhǒng)门——来到门上。

③ 原宥(yòu)——原谅。宥,宽宥,赦罪。

④ 迁次——迁居。

有。"韩相国大笑道："看来状元倒是有手段的,只因还欠会做人。老夫今日此来,一则奉拜杜老先生并贤桥梓①,二则却有句正经说话,要与状元商议。"舒状元道："不识老相国有何见谕?"韩相国道："金刺史公前者闻状元捷报至,便与老夫商量。他有一位小姐,年方及笄,欲浼老夫作伐②,招赘状元。不须聘礼,一应妆奁,已曾备办得有,只待择个日子,便要成亲。不知状元尊意如何?"

舒状元听了这句,却又不好十分推辞,便道："舒萼原有此念,只是现有一个在此,明日又娶了一个,诚恐旁人议论。"韩相国道："状元意思,我已尽知。现有这个,况不是明媒正娶,哪里算得。还是依了老夫的好。"舒状元道："容舒萼计议定了,再来回复老相国。"韩相国道："此事不可急遽,先要内里讲得委曲,也省得老夫日后耳热。"相国就走起身作别,状元父子直送出大门,看上了轿,方才进来。

舒状元当下便与夫人商议,韩夫人原是十分贤惠的,见说此言,毫无难色,满口应承道："这是终身大事,况我与你无非苟合姻缘,难受恩封之典。我情愿做了偏房,万勿以我为念,再有踌躇也。"舒状元只道故意回他,未肯全信,因此假作因循,连试几日。那夫人到底是这句说话,并无二意。舒状元虽然放心,但念平昔恩爱之情,一时间心中又觉不忍。会金刺史择日成亲,韩相国差人来说,事在必成,不由自己张主。

到了吉日良时,金刺史府中大开筵席,诸亲毕集,乡绅齐来,笙歌鼎沸,鼓乐喧阗,金莲花烛,迎状元归去。巴陵城中,有诗赞之云:

其

    年少书生衣锦回,一时声价重如雷。

    金家喜得乘龙婿,毕竟文章拾得来。

其二

    乌帽朱衣喜气新,一身占尽世间春。

    今朝马上看佳婿,即是巴陵道上人。

----

① 桥梓(zǐ)——即"乔梓"。乔,高大的乔木;梓,矮小的乔木。儒家以为父权不可侵犯,似"乔";儿子应卑躬屈节似"梓"(子)。后因称"乔梓"为"父子"。见《尚书大传·周传·梓材》。

② 作伐——做媒。

　　舒状元此时也只是没奈何,就了新婚,撇了旧爱。成亲一月有余,哪一会不把韩夫人放在心上,眠思梦想,坐卧不宁,懊恼无极。几回要把衷肠事与金夫人说知,又恐金夫人未必如韩夫人贤惠,说了反为不美。总然瞒得眼前,焉能瞒到底,是以延延挨挨,欲言半吐半吞,平日间郁郁不乐不悦。

　　金夫人见他如此,不知就里因由,或令置酒行乐,或令歌舞求欢,而闷怀依然如故矣。金夫人道:"君家状元及第,身居翰林,况有千金小姐为妻,罗绮千箱,仆从数百,可称富贵无不如意。何自苦乃尔,请试为我言之。"从此不时盘问,便巧言掩饰,终无了期。舒状元只得把心事一一对金夫人说。

　　谁想金夫人之贤惠,又与韩夫人一般。金夫人听见状元一说,便道:"状元既有夫人在彼,何不早说? 就迎到这里,我情愿让他做大,甘心做小,同住一处,有何不可。"舒状元道:"我几番要对夫人说,诚恐夫人见嫌,所以犹豫到今。不料夫人有此含容,真三生之幸也。"金夫人道:"他那里等你不去,只道我有甚留难,倘若怨及于我,后边不好见面。再不可耽搁日子,待我便去告禀爹爹,明日就打发轿去,迎接回来,一同居住。在彼可无白首之吟,妾与状元可免旁人议论,岂不美哉!"

　　舒状元道:"夫人美意,我已尽知。只怕令尊乃端方正直之人,居官居乡,无不忌惮,恐说起这事,未必有此委曲。与其说之不见其妙,莫若不说为高也。语云:人无远虑,必有近忧。请夫人三思。"金夫人道:"我爹爹虽然执性,亦能推己及人,只要礼上行得去,极肯圆融。比如我兄妹数人,唯我最爱,凡有不顺意处,我爹爹无不委曲。今我与状元是百岁夫妻,终身大事。我自有一话对爹爹说,我爹爹必然应允。状元不必叮咛,更添烦恼。"

　　当下夫人就去对金刺史公说。刺史公沉吟半晌,因问道:"吾儿此言,从何而来?"金夫人道:"出自状元之口。"金刺史公道:"你爹爹一向闻状元原有夫人,恐怕我儿知之便不快活,故此不说。你今既要接他回来,岂不是一桩美事。倘若去接韩夫人,舒太爷也须同接到这里。"金夫人道:"孩儿正欲如此,世间哪有媳妇不事舅姑的道理。"当下先着人去说知。

　　次日,打发两乘轿,一乘去接舒太爷,差家人八名,一乘去接韩夫人,着丫环八人,一同去到杜府。

那韩夫人虽然贤惠,见状元久恋新婚,一向不去温存,心中未免有些焦躁。金府轿来相接,未知好歹若何,欲去又不好去,欲不去又不好不去。进退两难,全没一些主意,遂与杜夫人商量。

杜夫人道:"今日来接你,决无歹意。况状元与你恩爱无比,难道去了一两个月,就把前情忘了,将你奚落? 金小姐虽然与状元结发,还未有一年半载。古道:先入门为大,他年纪尚小,未有胆气。你今放心前去,好便在那里,不好抽身便转。凡事都在我身上,不必沉吟。"韩夫人听了杜夫人这一片话,狐疑尽释,心花顿开,欢欢喜喜,遂去梳妆,穿了盛服,作别起身,来到金府。

原来舒太爷预先到了。韩夫人下轿,到了大厅上,先拜见金刺史公并刺史夫人,再见小姐。那小姐见了韩夫人,十分欢喜,满面堆下笑来,定要逊韩夫人作大。

韩夫人见金夫人谦下得紧,心下也有些不安起来,就对金夫人道:"小姐阀阅名门,千金贵体,冰人作合。贱妾相门女婢,又与苟合私奔,自怜污贱,久不齿于人类,甘为侍妾,愿听使令,安敢大胆抗礼?"金夫人道:"夫人与状元,起于寒微,历尽艰辛,始有今日,所谓糟糠之妻,礼不下堂①。妾不过同享现成富贵而已。夫人居正,妾合为偏。"

两个夫人你让我,我让你,你说一番,我又说一番,牵上扯下,逊了半日。金刺史公见他两个逊得不了,满心欢喜,遂大笑道:"我常虑此事,不能调停。今见两人如此,吾无忧矣。"又向前对韩夫人道:"汝父母双亡,与吾女都嫁状元一人。吾女之父母,即汝之父母,汝合拜我为义父母,汝与吾女拜为姐妹,合以姐妹称呼,均为状元妻,不分嫡庶。此天下之常经,古今之通义也。"舒太爷道:"老亲家高见,名分从此定矣。"两个夫人遂不谦让,便同拜谢刺史公与舒太爷,然后与状元同拜。有诗为证:

> 自古蛾眉惟嫉妒,焉能逊长作偏房?
>
> 借问舒君有何法,刑于二妇至今香。

---

① 糟糠之妻不下堂——《后汉书·宋弘传》载:汉光武帝刘秀的姐姐、寡居的湖阳公主看中宋弘,而宋弘答刘秀曰"臣闻贫贱之交不可忘,糟糠之妻不下堂",坚不弃前妻,拒入皇赘。

是夜金府大排筵席,畅饮一宵。次日,巴陵城中,人人称赞,个个播扬,都说是一桩奇事。康进士闻知,备了表里①,从新作贺。有诗赞云:

一凤跨双鸾,文身五彩备。

梧桐能共栖,和鸣天下瑞。

舒状元自有了这两个夫人,如鱼得水,过得十分恩爱。这两个夫人,虽不分大小,也不知尔为尔,我为我,就是一个。

到及一年光景,两个夫人都生了一个孩儿,长名珪②,次名璋③,十分聪俊。舒状元满心欢喜。五六岁来,智慧无比。舒状元遂无心仕进,有意教诲二子,矢志攻书。其母亦极力周支。一十八岁,兄弟同登甲科,俱授美职。父子三人,声闻显赫。

此老堪舆眼力绝到,为子孙之至计也欤! 后人有诗赞云:

世有堪舆子,负人不可言。

然此舒姓者,应或种心田。

能得巴陵秀,生子杜开先。

早岁蒙家难,孤身幸瓦全。

读书文似锦,好色胆如天。

遇父巴陵道,求名第一仙。

座师即义父,同舟返故园。

多情韩相国,执伐结姻连。

双妻齐逊长,二子甲科联。

---

① 表里——即"表礼"。旧时赏赐或送礼用的衣料。

② 珪——古玉器名,长条形。古代贵族朝聘、祭祀、丧葬礼仪有官位的人所用的礼器。

③ 璋——古玉器名,顶端为斜锐角形,与珪同为礼器。

第十一回

哈公子施恩收石蟹　小郎君结契赠青骢[①]

词:

　　　煮茗堪消清昼,谈棋可破闲愁。闭门高卧度春秋,撇去是非尘垢。

　　　遗得一经架上,绝胜万贯床头。儿孙富贵岂营求,总任天公分剖。

　　前一首词,名为《西江月》,专道世间多少财主富翁,有福不会享用,有钱不肯安逸,碌碌浮生,争名竞利的几句说话。但看眼前有等家业殷富的,偏生志愿不足,朝朝暮暮,没一刻撇下利心,恨不得世上钱财都要自己赚尽。情愿穿不肯穿好的,吃不肯吃好的,熬清守淡,做成老大人家,指望生出贤惠儿孙来受用,为长久之计。哪里知千筹万算,毕竟是会算不过命,突然间生下一个倾家荡产不长俊的,郎不郎,秀不秀,也不知斧头铁做。饶伊苦挣一生,败来只消顷刻。又有一等贫穷彻骨的,朝不保暮,度日如年,粗衣淡饭,只是听天由命,不求过分之福。哪里晓得生下一个儿子,知艰识苦,并力同心,不上几年,起了泼天的家业。俗语有云:"家欲兴,十个儿子一样心。家欲倾,一个儿子十条心。"总不如古人两句说得好:"儿孙自有儿孙福,莫替儿孙做马牛。"这也不须细说了。

　　听说汴京有一个人,姓娄名祝,表字万年。父亲在日,原任长沙太守,家资巨万,都是祖上的根基,却不是民间的膏血。后来分与他的,约有二三万金,余外田园房屋、衣饰金珠之类,不计其数。这娄祝因父亲过了世,得了这些家赀,仔细想了一想看,尽好享用过下半世,竟把那祖业都收拾起一边,倚着有钱有势,挥金就如撒土一般。那些亲戚族分中人,见他手头松,一个个都怀着势利心肠,巴不得要他看觑几分,哪个肯把言语劝阻。倒是地方上有几个老成长者,看他后生家不肯把金银爱惜,将来浪使浪

---

　　① 骢(cōng)——青白色的马。今名菊花青马。也泛指马。

用,倒替他气不过,把他取个绰号,叫做"哈哈公子"。

这哈哈公子做人极是和气,只是性格不常,或时喜这一件,或时喜那一件,因此捉摸不着。那些各处老在行的帮闲大老,闻风而来,只指望弄他一块,一时再摸他不着,没奈何,只得告辞去了,他身边只有一个人是最体心的,那人姓夏名方,沙村人氏。你看这夏方原何得体他的心?凭一副媚骨柔肠,要高就高,要低就低,百依百顺,并无些须逆他。所以哈哈公子把他做个心腹看承,有事便同商议,一时也离他不得。

这夏方与哈哈公子相处,未及一年,身边倒赚有三二百金。时值清明节届,对着公子道:"公子,小弟到府,将及一载,重承厚爱,情如骨肉,义若手足,不忍暂离。争奈儿女情牵,未免欲去一看,况且清明在尔,兼扫先茔。待欲告回几日,未审尊意如何?"哈哈公子道:"夏兄,我这里并无相得的,然相得者唯兄一人,论来不可一刻舍去。只是久别家乡,安可强留。只求速去速来,足见吾兄至爱,敢不如命。"夏方道:"这多在五七日间便返。只是一件,小弟去后,如有人勾引公子去做些风月事情,决要待小弟回来,挈带同去。"哈哈公子笑道:"夏兄,你晓得,有花方酌酒,无月不登楼。夏兄这样一个着趣的人儿不在面前,便是小弟走出门去,也是没兴的。"夏方回笑了一声,连忙进房收拾了铺陈,出来作别。哈哈公子便向衣袖中取出三两一包银子,递与夏方,送作回家盘费。就着一个家童,替他担了行李,送别出门。

看看到了清明日,只见天色晴和,这哈哈公子坐在家中,寂然没兴,便唤一个老苍头随了,便往郊外踏青。慢慢踱出城来,四顾一望,果然好个暮春光景。但见:

　　御林莺啭,小桃红遍,夹道柳摇金线。珍珠帘内,佳人上小楼前。只见金衣公子,福马郎君,绕地游来远。殷勤沽美酒,上小重山,拼醉花一觉眠。逍遥乐,排歌管,须知十二时光短,休负却杏花天。

《梁州序》

这哈哈公子游游衍衍,出城十数里,看了几处花屿梅庄,过了几带断桥流水。看看走到一座山脚下,见一片荒芜地上,都是些尸骸枯骨。他看见了,霎时间毛骨悚然,不觉伤情起来,便对苍头道:"那前面积着尸骸的,是什么去处?"老苍头回道:"公子,那里是义冢地①。"哈哈公子道:"怎么有这许多尸骸暴露在那里?"老苍头道:"公子有所不知,如今世上人,有家业有子孙的,百年之后,衣衾棺椁②,筑造坟台殡葬,春秋祭祀,永享不绝。若是异乡流落叫化乞儿死了,哪个肯来收殓。地方上人或写一张呈子,当官禀个明白,就把一条草荐,裹着尸骸,扛来丢在义冢地上。凭他狗拖猪咬,蝇集蚁攒,有谁怜悯。"

哈哈公子道:"苍头,我想古往今来,多少行恩阴骘③的,后来都在阴骘上得了好处。我待要把这些骸骨,都替他埋葬了,你道可好吗?"老苍头道:"公子今日这样享荣华,受富贵,都是祖宗积下阴德,又是前世修来因果,而今再做些好事,一来留些阴德与儿孙,二来修着自己后世。"哈哈公子道:"苍头,你这几句话儿,正合我意。岂不闻'恻隐之心,人皆有之',特患不能行耳。我在这山冈上略站一会,你即刻去唤几个土工来,与我埋葬这些尸骸罢。"苍头便去寻了几个土工,带了几把锄头、铁锹,一齐走来。这哈哈公子便打开银包,撮了两把,一块递与众土工,埋完了去买酒饭吃。那些土工见是娄公子,个个奉承,又见他先与了银子,愈加欢喜。一齐走到义冢地上,脱去衣服,尽着气力,锄的锄,锹的锹,拾的拾,埋的埋,霎时间把那些骸骨埋得干干净净,并无一些遗失。

哈哈公子便走下山岗,慢慢踱到义冢地上,仔细一看,只见那东南上一个土穴里,涌出一股碧波清的水泉来。他暗想道:"这穴里如何出这一股清泉?"便唤土工:"再与我依这个穴道,掘将下去几尺,看这股泉水从哪里来的。"众土工便又尽着力,掘下去约五六尺,只见方方一块青石,盖着一个小小石匣,四边都是清泉环绕。众土工看了,个个满心欢喜,只道掘着一个肥窖,大家都有些分,连忙把那块青石乱掇,哪里掀得起来。

众人惊讶道:"呆子,我们这班都是穷人,想没有这些造化,得这主东西,因此都化作水。便是这块石头,能得几多重,难道我们便掇不起来,莫非是公子的福分?"哈哈公子道:"你们掇不起,也待我试他一试。"便弯着腰,两手把那块石头轻轻掀动。众人背地道:"古怪,毕竟天都没了眼睛,

---

① 义冢(zhǒng)地——公用坟地。冢,坟。
② 椁(guǒ)——棺外的套棺。
③ 阴骘(zhì)——阴德。

银子还要总成财主拿去?"哈哈公子掀将起来,只见那石匣内藏着一只小小石蟹,止留着一钳一脚。众人看了,无不骇异。

哈哈公子连那石匣拿在手中,仔细一看。原来那匣底上有两行细字,都被泥污瞒了,一时却看不出。他就把清泉洗将洁净,那两行小字明明白白现将出来,道是:

> 历土多年,一脚一钳。
>
> 留与娄祝,献上金銮。

哈哈公子看是凿他名氏,十分喜欢,便取出一条汗巾,好好包裹,藏在袖中。对着众土工道:"你们且各散去,明早都到我衙里来领赏。"众人欣然一齐谢去。

哈哈公子欢天喜地,带了苍头,走下山来。看看日色过午,正待徐行缓步,消遣盘桓。只见远远一个少年,骑着一匹高头骏马,带了几个家童,直冲大路而来。他便站在路旁,定睛一看,见那少年:

> 一貌堂堂,双眸炯炯。头戴一顶紫金冠,珍镶宝嵌。身乘一骑青骢马,锦缮雕鞍。麂皮靴插几支狼牙箭,鱼鳞袋挂一张乌号弓。潇洒超群,不似寻常儿女辈;风流盖世,未知谁氏小郎君。

便问老苍头道:"苍头,这个小郎君,你敢认得是哪一家的?"老苍头回答道:"公子,我们这汴京城里,从来不曾见这个郎君。"

说不了,后面一个后生执着鞭,急忙忙飞奔赶来。老苍头一把扯住,问道:"大哥,借问一声,这马上郎君是哪一家的?"后生道:"你随我到那前面关帝庙前来与你说罢。"老苍头便同那个后生先走,哈哈公子随后而行。

走不半里,果见一座关帝庙。那郎君先下马进去,这后生就带住丝缰,系在垂杨之下,对着苍头道:"你这老人家,要问他做甚?"苍头道:"大哥,我们公子要动问一声。"后生道:"你家公子姓甚名谁?"苍头道:"我家公子姓娄。"后生道:"敢就是汴京城中娄太守的公子吗?"苍头笑道:"正是,正是。"后生笑道:"你公子却在哪里?"苍头把手指道:"那前面站的就是。"

后生连忙上前相见不及道:"公子,可认得小人吗?"哈哈公子道:"我恰不认得你。"后生道:"小人叫做杨龙,幼年间在老爷府中养马。只因酒后马坊中误失了火,把老爷所爱的那匹斑鸠马来烧死,老爷大怒,把小人着实打了一顿板子,赶将出来。公子还记得吗?"哈哈公子想了一会,道:"原来你就是养马的杨龙。正要问你一向在哪里?如今跟随这一位郎君是谁?"杨龙道:"小人自那年赶将出来,就奔投俞参将老爷府中看马。俞老爷见小人牧养小心,六七年前带了家小出征西虏,便唤了小人同去,如今前月里才得回来。这位郎君,就是参将老爷的公子。"

哈哈公子道:"怎么单骑出来?"杨龙道:"今日清明节,天色融和,公子禀了老爷出城游猎。"哈哈公子道:"我老爷在日,原与那俞参将老爷相交至厚。若是他公子,与我当以通家相称。你少刻待他出来,可替我禀一禀,与我相见一相见。"杨龙道:"公子,这个使得,只是路途中相见不便。"哈哈公子道:"这也讲得有理。我就在前面魁星阁中等候便了。"杨龙欣然允去。

哈哈公子便唤了老苍头,来到魁星阁门首观望。不多时,只见那郎君走出关帝庙来,竟不是来时打扮,另换一件天蓝道袍,着了一双大红方舄①,正待上马。那杨龙把娄公子要相见的话,一一禀知。俞公子笑逐颜开,道:"我久闻娄公子高风,恨不一见。今日既遇途中,岂非一大幸也。快请过来。"杨龙道:"娄公子约在前面魁星阁中相会。"俞公子道:"既然如此,你可带马随我后来。"你看他,终究是官家儿女,性格从容,不慌不忙,自自在在的,走到魁星阁门首。

娄公子便出来迎进后殿,两人推逊揖罢,左右分坐。娄公子笑道:"久闻俞兄弓马熟娴,精通韬略②,真将门之胄,非等闲可与齐声也。敬羡,敬羡。小弟忝③在通家,恨不能早觌④尊颜,领教门下,私心曷⑤胜瞻仰。今喜邂逅相逢,实是三生之幸。"俞公子道:"娄兄乃宦门贵品,绝世奇姿,珪璋伟器,廊庙宏材,他日当大魁天下。若小弟,不过蒲柳庸材,幺么贱品,感承不弃,终当执鞭堕镫而已。"

娄公子道:"小弟适才见兄所乘那匹宝马,魁梧高大,诚非厩中之物,

① 舄(xì)——古代一种复底鞋。
② 韬(tāo)略——古代兵书《六韬》、《三略》的简称。亦通称用兵的谋略。
③ 忝(tiǎn)——谦词。辱;有愧于。
④ 觌(dí)——见;相见。
⑤ 曷(hé)——岂,何不。

还从何处得来?"俞公子道:"此马名为青骢,出自胡种,乃是家父出征西戎带回,一日能行三百余里,登山如履平地,与凡马大相悬绝。娄兄若不弃赚,小弟谨当并鞍相赠。"娄公子道:"戚蒙仁兄雅意,深荷与情。但夺人所爱,于心有欠。古人云:'投我以木桃,报之以琼瑶①。'承赠良马,弟将何物可报邪?"

俞公子道:"娄兄说哪里话,岂不闻:烈士千金,不如季布②一诺。这些微赠,何在齿颊间。"便唤杨龙:"可将这匹青骢马,与娄相公管家带着。你快回去,厩中另带了那匹点子青来。"杨龙连忙把青骢交付老苍头,转身急奔回去。有诗为证:

> 表表丰仪美少年,青骢骑出万人看。
>
> 片言假借心相契,一诺千金倍爽然。

俞公子道:"娄兄,小弟却有一句不识进退的说话,难好启齿,未审肯容纳否?"娄公子道:"小弟与兄虽然乍会,实荷相知。如有见教,敢不唯命是从。"俞公子道:"小弟久仰盛名,如切山斗,幸得今日萍水相逢,接谈半晌,大快生平。倘不责驽胎庸劣,与骐骥并驰,就此契结金兰③,以效当年管、鲍④,仁兄尊意何如?"娄公子道:"仁兄美言,正合愚意。但小弟鄙愚,恐不胜任,奈何?"

俞公子道:"娄兄不须过谦。请先通讳字,再示年庚,足征雅爱。"娄公子道:"小弟娄祝,字万年,壬子八月十五日子时建生。"俞公子道:"小弟俞祈,字千秋,乙卯五月初一日午时建生。"娄公子笑道:"原来仁兄尊讳尊字,与弟意义相同,可见今日之会,非偶然矣。"两人便结为八拜之交。

正欲慢慢聚谈,不觉红轮西坠,那杨龙又带着点子青来,站在旁边伺候。俞公子道:"天色将暝⑤,请仁兄乘了青骢,与小弟一同入城罢了。"娄

---

① 琼瑶——美玉。此句引自《诗·卫风·木瓜》。
② 季布——汉初楚地名侠,曾为项羽部将,数困刘邦。汉立,为刘邦捕后赦免,任河东守。因其以诚信为重,时人言"得黄金百斤,不如得季布一诺"。
③ 金兰——友情契合;深交。后引申为结拜兄弟之词。
④ 管、鲍——春秋初期政治家管仲一生深得鲍叔牙无私辅佐相助,其友情被称为"管鲍之交"。
⑤ 暝(míng)——暗;晚。

公子道:"果承厚意,只得尊命了。"俞公子道:"大丈夫太山一掷,等若鸿毛。宁齐一马,见鄙交情。"娄公子便不推托。二人各乘着马,那杨龙把青骢带在前头,点子随后,一齐进得城来。正是黄昏时候,二人马上作别,各自分路而去。有诗为证:

> 乍逢萍水间,彼此非轻薄。
>
> 况是旧通家,年貌皆相若。
>
> 八拜定金兰,终身重然诺。
>
> 宁存管鲍心,俯仰无愧怍。

说那夏方自回沙村,将及半月,恰才转来,与娄公子相见,便问道:"公子,自小弟去后,曾往哪里嬉耍吗。"公子道:"并不曾往哪里嬉耍,只是数日前将五百两银子,买得两样便宜物件,拿出与兄估一估,不知识得否?"夏方摇头道:"若有便宜的,只怕长枪手先弄去了,未必轮得到公子。还是什么稀奇宝物,请借出来小弟一看。"

娄公子便唤老苍头,向后槽带出那匹青骢马出来。转身进去,拿出那石蟹,递与夏方。夏方接过手一看,忍不住笑了一笑,道:"公子,敢是如今世上的独脚宝,这件东西是几多银子买得?"娄公子道:"这是一百两。"夏方大笑道:"这样一块石子,就是一百两,论将起来,我小弟竟值一万两了。"娄公子道:"夏兄,这怎么说?"夏方道:"小弟若在面前,决不劝公子使这样滥钱,可不是值了一万两。"娄公子道:"夏兄,还是你的眼睛识货,替小弟估看,果值几多银子?"夏方道:"公子,这一只脚若是一百两,那八足完全,可不就是八百两,我小弟便是一个铜钱也不要他。怪不得街坊上人叫你做哈哈公子,哪里有这样哈账的?"娄公子假意道:"夏兄,如今却怎么好?"夏方道:"公子,趁小弟在这里,忙唤那卖主退还就是。"

说不了,那老苍头把青骢带将出来。娄公子道:"夏兄,这一双石蟹和这骑青骢,总是一个买主的,你一发替我估计,若不值四百两银子,都退还他罢了。"夏方带过青骢,仔细一看,呵呵冷笑道:"可见公子倒都在脚上用了钱去。一只脚的一百两,四只脚的四百两,似小弟这样没脚踪的,终不然不值一厘银子?"

公子大笑一声,便把清明日埋骸骨,得石蟹,遇郎君,赠青骢,尽行对他实说。夏方就改口道:"这样讲,莫说是五百两,总然五千两也值的。"娄公子道:"夏兄,便是五千两,也不轻售。此马出自胡种,一日能行三百余里,登高山如平地,与凡马不同,却莫轻觑了。"夏方便挽住缰绳,仔细看了一会,心中一转,便起了一个鬼胎,欣然喝彩道:"果然好匹青骢,莫说是别样,就是这副鞍辔,也值一块银子。决要早晚牧养得小心才好。"公子便唤苍头好好带进去。

夏方道:"世上原来有这样大度的人。请问公子,缘何便与俞公子倾盖成交?"娄公子道:"我父亲在日,原与他父亲有旧,因此途中谈起,便意气相投,倾盖如故。"夏方道:"这正是英雄遇英雄,豪杰识豪杰,哪有不相投之理?"娄公子道:"我想俞公子大德高情,片言相合,不惜千金骢马,慨然相赠。安可直受之而不报,于心甚是歉然。正要与你商量,还寻些什么珍奇美物对得他过的,回赠与他方好。"

这夏方一心想着那匹青骢,便将计就计道:"公子,他是将门人家,有的是金,多的是银,少什么珊瑚、玛瑙、夜光珠、猫儿眼。古人说得好,欲结其人,不如先结其心。那俞公子既好游猎,依小弟说,我那沙村里有个郑玲珑,专造金银首饰,手段无比。凭他人物鸟鱼,花卉酒器,活活动动,松松泛泛,绝妙超群。公子何不去寻他来,把那上等赤金,着他制造一顶时样的盘螭束发金冠①,送去与那俞公子,可不酬了他赠马之情,却不是好。"娄公子欣然道:"这个极妙。只是金银制造的送将去,又恐看不入眼。"夏方道:"公子,这有何难。四围再得些八宝镶嵌起来,便是进贡也拿得去了。"

娄公子道:"说得有理。只是一件,沙村到此,足有百里路程,恐那郑玲珑撇不下工夫,一时未肯便来,却怎么好?"夏方道:"公子,论起他的工夫,着实是值钱的。若是小弟去寻他,又说是公子这里,决然忙做忙,料来没甚推却。"娄公子道:"这便做你不着,今日却去不及了。明早相烦你去走一遭,寻了他来,小弟再做东相谢。"夏方道:"实不相瞒公子说,小弟连日走去走来,便是将息个把日,一步也还挪移不动。公子肯听愚见,趁今日尚未及午时,何不就把那骑青骢,借小弟乘了去,今晚便可到得,明日就好转来,省得耽搁日子。"

娄公子与夏方相处岁余,见他软妥温柔,甜言蜜语,一味假老实,故此

———————

① 盘螭(chī)束发金冠——饰有螭形花纹的金冠。螭,古传说中蛟龙一类的动物。

相信。谁知他假小心,最大胆,是个骗马的贼智。连忙应允,便叫老苍头到后槽带出青骢,喂饱草料,备了鞍辔,带到门楼下。这夏方扳住雕鞍,打点跨将上去。那青骢便发起威来,两只后脚凭空乱跳,咆哮不已。

原来那马的性格,极要欺生,你若是个熟人,凭你骑过东,骑过西,依头顺脑。若是个陌生的骑,凭你要过东,他偏望西,你要上南,他偏落北,把你弄得七颠八倒。你看这夏方心中却是欢喜,哪里降得他下,连忙把一条皮鞭,递与娄公子。公子接了,走将过来,将他后腿上着实打了几鞭,那青骢便低头垂尾,再也不敢跳动。

娄公子紧紧扣住缰绳,夏方就把一只脚飞也跨将上去。娄公子道:"夏兄,这青骢行走如飞,人赶不及,不必着人跟随。你一路去,只要寻些草料把他吃。"夏方把头点了一点,接过鞭来,扑地一下,那青骢就如腾云一般,转眼不知去向。有诗为证:

　　度量宽宏信任人,何妨骢马代艰辛。

　　堪夸百里须史到,四足腾云不惹尘。

娄公子看了,还自称赏不已。便吩咐老苍头,快去寻些新鲜草料,等候明日回来喂他要紧。老苍头答应一声,跟随公子进去。

毕竟不知那夏方乘了青骢,别了公子,几时才得回来?再听下回分解。

第 十 二 回

乔识帮闲脱空骗马　风流侠士一诺千金

诗：

> 青骢本自出胡尘，赤兔胭脂亦等伦。
> 果是世间无价宝，终为天下有名骝。
> 轻财侠士原相赠，负义奸徒窃货人。
> 更有千金能一掷，三贤从此结雷陈。

原来如今的帮闲主顾，个个都是色厉内荏，口是心非，门面上老大铺排，心窝里十分奸险。看见你有一件可意东西，便千谋百计，决要马骗到手，方才心愿满足。

且说这夏方乘了青骢，别了娄公子，不上两个时辰，竟到了沙村，心中忖道："我想这匹青骢，岂是寻常之马，便拿了千两黄金，踏破铁鞋，也没处买的。我想只怕不得到手，既到了手，难道怕不是我的。我那孩儿夏虎，倒有些见识，且带回去与他商量，早早寻个售主，卖他千数银子，到别处去做些勾当，强似帮闲一世。"一回走，一回想，看看走到自家门首，便把青骢带到那草地里桑树下系着，转身正待敲门。

原来那夏虎睡在床上，听得马铃声响，暗想道："古怪，我这沙村里面，算来几家人都没甚汤水，哪里得有个骑马出入的？若是过路的，但我们偏僻去处，又无人到此。终然难道是甚歹人，要来下顾我们这几间草屋不成？"连忙一骨碌跳起身，披了衣服，提着灯赶将出来。开门一看，见是自家老儿，又惊又喜道："爹爹，怎么去而复返？那匹马是哪里来的？"夏方道："孩儿，快快噤声，莫要大惊小怪。你且将灯去把那匹马仔细瞧一瞧看。"

夏虎急忙忙拿了一盏灯，走到青骢面前，欲待看个仔细，被他一脚踢来，翻筋倒跌去，灯儿不知撒在哪里，轻轻叫道："爹爹，不好了。快进里面去，再点火来。"夏方便走进去，吹了半个更次，方才点得灯着，连忙走来，扶起夏虎，道："孩儿，不妨事吗？"夏虎摇头道："好厉害的畜生，不曾近着他身子，就弄去了一层皮。爹爹，亏你怎么样骑它回来。"

夏方道："孩儿，你莫轻觑了他，我和你一生发迹，明日都要出脱他身上。"夏虎道："爹爹，你说来都是那没搭撒①的话儿，这样一匹不识人的畜生，不过带去买得三五两银子，终不然就够我们一生发迹？"夏方道："孩儿，你再走上前去看一看着。"夏虎被他踢怕了，便回道："爹爹，什么要紧，若还又是一脚，踢去了几个牙齿，教我一世便破相了。"夏方道："孩儿不妨，待我带住缰绳，把你看罢。"

夏虎恰才壮着胆，执了灯，仔细一看，把舌头伸了一伸，道："爹爹，厉害得紧，我知你果然有这世发迹了。莫说这马好歹，看这副鞍辔，就值了千金。爹爹，我且问你，这马还是哪里带来的？"夏方道："孩儿，此马号为青骢，出于胡地。我们中国，再没有这样的形相。"

夏虎笑道："原来如今带毛畜生都是有号的。爹爹，孩儿时尝听得人说，外国的马与我中国的不同，着实会得行走的。"夏方摇头道："不要说起。这匹青骢，一日能行三四百里，追得风，蹑得电，登得山，涉得水，真是无价之宝。你爹爹用了一片心机，结识在娄公子身上，方才弄得到手。"

夏虎欢喜不及道："爹爹，我和你只愁弄不到手，终不然到了我们沙村，难道肯放他转去？孩儿有个见识，这匹马，我们却用不着，不如明早起来，带到林二官人庄上去，连这副鞍辔，卖他几百两银子。拿来做些生意，强如看人的面皮。"夏方道："孩儿说得有理。待我替他卸了鞍辔，且带他到间壁空房里去。过了今夜，明日再做道理。"

夏虎道："爹爹，人无远虑，必有近忧。倘是娄公子明日着人来寻访，却不是画虎不成反类狗了。我们这里光棍人家，哪个不晓得锅灶儿摆在床面前的，有什么大家私抛闪不下。明日就把大门锁了，我们一齐到林二官人庄上权住几时，探他个下落，慢慢地再走出头来，便向别州外府去，做些勾当，快活了这一世，恰不是好。"夏方欢喜道："孩儿，我说毕竟是你还有见识。"连忙便把鞍辔卸了，着夏虎提灯引路，他就带到间壁房里，又寻些草料喂了。父子二人，竟自上床安寝。有诗为证：

> 父子同谋为不善，忘情即是昧心人。
>
> 千金入手虽容易，行短天教一世贫。

①　没搭撒——北方方言，不着边。

　　真个事不关心，关心者乱。这夏方是连日行路辛苦的，上床便呼呼睡着。这夏虎哪里睡得着，翻来覆去，千思万量，只要算计卖得银子到手，所以竟夜不曾睡得一觉。到了五更天气，就把父亲推醒道："爹爹，趁早起来，做些饭吃，便好走路。若是到了天明，有人晓得我们消息，明日若还做将出来，不当稳便。"夏方睡中听见，连忙爬将起来，穿了衣服，便去吹火做饭吃了，依旧把鞍辔拴了停当，带在门首，便把大门关拢，锁得好好的。此时正是东方渐白，村里尚未有人起来。他父子二人，带了青骢，悄悄走出沙村，径往大路投奔林家庄上。

　　说那林二官人，名炯，字耀如，就是汴京林百万的儿子。年纪只有二十余岁，一表人才，甚有膂力①，少年豪侠，聪慧出群，四方豪杰，多慕其名。他喜的是骑马试剑，若有人带匹好马，拿把好剑，去买与他，只要他看得中意，要他一百就是一百，要他一千就是一千，再不与人量多量少。他门下却有二十多个庄客，个个都有些本事，不是开得一路好棍，便是打得一路好拳。因此汴京城里城外，尽皆闻名。

　　说这夏方、夏虎，带了青骢，走了十多里路，恰好正到林家庄上。但见：

　　　八字墙开，石狮子分开左右；一层楼阁，瓦将军紧镇东南。黄土筑低墙，上覆两层茅草；碧波通小涧，内潜几尾游鱼。山雾蒙蒙，盼不见重重城郭；村庄寂寂，都是些小小人家。

　　他父子二人正走到庄门首，只见里面一个后生庄客，走将出来，问道："二位是哪里来的？"夏方连忙唱喏道："小可是沙村人氏，特来求见林二官人，望乞转达一声。"庄客便把青骢看了两眼，道："二位敢是带这匹马来，要我二官人看个好歹吗？"夏方点头笑道："便是这般说。"庄客道："二位少待，我二官人昨晚中了酒，这时候还未起来。请在这里等候一会，待我进去通报。"夏方道："小可恭候终究回音。"那庄客便走进去。你看这夏虎点头播脑，暗暗地与父亲商量，开口价讨他多少，出门价便是多少。

　　说不了，庄客出来回话道："二官人在堂前要请相见。"夏方便同庄客进到堂前，对着林二官人深深唱喏。林二官人嘻嘻笑道："足下贵处哪里？有甚贵干到我小庄？幸乞见谕。"夏方道："小可住居沙村，闻得二官

────────────

　　① 膂(lǚ)力——体力，筋力。

人广收良马,特带得一匹在外,敬来请教。"

二官人听说有一匹好马在外,十分之喜,便同夏方走将出来。见了夏虎,连忙拱手,问着夏方道:"此位何人?"夏方道:"此是小儿。"二官人笑道:"原来是令郎,失敬了。适才未曾请教得高姓?"夏方正要说出姓来,被夏虎一把扯过,背地里说了几句。夏方遂改口回答道:"小可姓秋,名万,小儿便唤做秋彪。"

二官人方把手拱一拱,就将手带过青骢,仔细看了一会。果然这青骢倒也识人,凭他带来带去,一些不敢跳动。二官人问道:"足下这一匹马从何地得来?"夏方道:"此马名为青骢,小可从外国带回。"二官人道:"果然好一骑青骢马!我这中国,再无此种。只是前者城中俞参将家出征西房,也带得一骑回来。半月前带在城外放青,我曾经眼看见,那颜色与这青骢一般相似。敢是外国多生此种?"夏方道:"二官人,这也不同。只是这样颜色的,价钱高贵。"

二官人道:"待我试骑一骑。若是去得平稳,我这里可用得着。"便挽住缰,扳着鞍,腾空跃上,一个屁头就跑了十多箭路。二官人连忙带转笼头,就如一道生烟一般,合一合眼,就转到庄门首。跳下鞍来,对夏方喝彩道:"不瞒足下说,小庄上虽养得几匹快马,怎如这匹青骢,步又稳,走又快,当日关公赤兔胭脂,不是过也。如今请二位到堂前坐下,求一个实价。"就唤庄客:"把青骢快带到槽上去喂些水料,休要饥渴了它。"那夏虎听说要讲价钱,晓得是好意思,巴不能够讨他一万两。

三人同进堂前坐下,二官人道:"二位既然肯卖,我这里情愿肯买。君子不羞当面,到请一个老实价钱。"夏方笑道:"自古道:'宝剑赠与烈士,红粉赠与佳人'。二官人既用得着,便是小可相赠也只有限,终不然俗语说得好,要一个马大的价。"

夏虎见父亲说这几句,只道是真话,便射了两眼道:"二官人,既要我们讲价,如今还只讲青骢价钱,还把鞍辔同讲在内?"二官人笑道:"自然一并讲价,难道再拿了这副,卖与别人不成?"夏虎道:"我家父到不好开口。二官人在上,又不敢求多。依小子愚意,青骢只要一千两,鞍辔只要五百两,共一千五百两。此是实价。"

二官人把夏方看了一眼,道:"论将起来,也不为多。还请二位略减些儿。"夏虎道:"二官人,若要我家父开口,定是三千。这是小子一刀两段,斩钉截铁,一千五百原是实价。"二官人道:"还与尊翁商议,再减去些。"夏方见他决意要买的光景,假意儿把夏虎看一眼,道:"二官人这里不比别处,怎么样孜孜较量,就减三五两罢。"

二官人道:"我既喜它,哪里争得三五两银子。"一口气走进里面去,叫小厮扛出一只皮箱,又拿出一个拜匣来,就向堂前装起天平,叮叮当当,把这一千五百银子,登时兑完,约有二百三四十锭。又取出文房四宝来,写了一纸卖契,一边交银,一边交货。

夏虎便解下腰边一条青布搭膊,拴了三百余两,夏方两只衣袖藏了二百多两,其余把一个布袱包裹起来,装在叉袋里,驮在肩膊上,就要起身作别。夏方背地道:"孩儿,你道还在二官人庄上权住几时,再好回去。"夏虎道:"爹爹,你又来没主意。方才可听得二官人说什么俞家,若在这里两日,万一有人探知我们消息,马又要送还,银子又要反璧,我们又没了体面。如今有了银子,还怕没处安身?古人说得好,三百六十相,走为上相①。"夏方把头点了一点,便不则声。转身正要与二官人作别,只见里面摆出午饭来,便留他父子吃了午饭,遂谢别起身。二官人道:"难得贤桥梓特到小庄,虽然简慢,便屈留在此,盘桓几日再去不妨。"他父子再三辞谢,只得送别出门。

说那娄公子,从夏方乘了青骢去后,等了六七日,还不见他转来,心中懊悔,好生牵挂,无一刻放心得下那骑青骢。便着人赶到沙村看他踪迹,哪里见个夏方?娄公子左思右想,自忖道:"难道有这样没人心的?我素以心腹待他,把他青骢乘去,料他决不有负,怎知去后再不转头?"又无踪迹,不见郑玲珑来,十分疑虑。只见门上人进来通报道:"外面有客求见。"娄公子把柬帖展开一看,只见上写着:

　　通家契弟俞祈顿首拜

便回嗔作喜道:"这是俞公子。"慌忙着人开了中门,自己整冠倒屣,出门迎迓。

进了中堂,推逊揖罢,左右列坐。献茶数巡,娄公子站起身来,重复奉揖道:"向承仁兄过爱,慨赠青骢,佩德不忘,日前极欲叩谢,因小恙不果。今日又蒙大驾宠临,见爱特甚,何幸如之。"俞公子道:"小弟辞别仁兄许

---

　　①　相——此处用为"计"。

久,尝有日隔三秋之叹。今日积诚奉叩,又承不拒,得浥①清光,实出望外。"娄公子笑道:"日来天色融和,正好寻芳游猎。仁兄不知几时带挈小弟一往?"

俞公子道:"小弟近因家君拘束读书,久无此举。将来禀过家君,倘或见允,便来相邀。请问仁兄,前者小弟所赠青骢,还可乘得吗?"娄公子支吾道:"重承厚赐,连日小恙,未曾乘它出门。"俞公子道:"此马性最猛烈,三日不乘,便发起威来,抵挡不住,兄却不知。快着人带出来,待小弟看他一看。"娄公子又支吾道:"小弟恐他便要懒惰,着人带往城外放青去了。"

俞公子道:"仁兄说着城外,小弟前日在途中偶遇林耀如兄所乘一匹马,与这青骢并无两样。那一副鞍辔,也这般相似。因此问起,他说是日前沙村里一个人带来卖与他的,连鞍辔共是二千余两。小弟想来,难道果然值这许多价钱?"娄公子听了,便回答不来,低头想了一会,没奈何开口道:"原来有这样的事。小弟不敢相瞒说,承赐那匹青骢,数日前曾借一个敝友乘到沙村,至今未回。这样看来,也就是他带去,卖与那林兄,也不见得。只是几时待小弟去亲认一认,便见明白。"

俞公子道:"这有何难,明日待小弟整治薄酌,于东郊外杏花亭上,专请林耀如兄,与仁兄相会一面。他必定乘着青骢前来,那时便好仔细一认,真假立见。"娄公子道:"这还该小弟整酒,请仁兄相陪才是。"俞公子大笑一声,又把别事问答了几句,遂起身作别不提。

到了次日,俞公子果然整酒在杏花亭上,特请林二官人与娄公子。又去叫了两个粉头陪酒,一个名唤刘一仙,一个名唤秦素娥。她两个原是汴京城中数一数二的妓者,一个品得好紫箫,一个唱得好清曲。大凡士大夫人家,有着酒便来寻她两个官身。

三人逊坐停当,便把闲话说了一遍。酒至半阑,娄公子道:"小弟久闻她二位善于箫曲,何不请教一个?"刘一仙扭着身道:"奴家这几日咳嗽,喉音不济事哩。"秦素娥也推托道:"奴家多时呕血,一发不曾沾着箫管哩!"林二官人道:"二位如此推却,不屑见教,想是不是知音不与弹了。"俞公子道:"娄相公、林相公,风流潇洒,忒知音在这里。"

---

① 浥(yì)——湿润。

刘一仙道："俞相公，如今的清客都吹着纸条儿，合了曲子，因此我们衍衍①家就不道品箫了。"娄公子道："二位可晓得吹纸吗？"刘一仙道："奴家略学些儿。"娄公子道："便请教一个儿罢。"刘一仙遂向衫袖里拾出小小一块白纸条儿，这秦素娥就将一柄棋盘金的扇子，按着腔板，低低唱道：

春衣初换，春晴乍暖。听枝头春鸟缙蛮，又间着春莺宛啭。想青春有几？青春有几？惹得人春情缭乱，春心难按。这暮春天，只愁翻起伤春病，断送春闺人少年。

《桂枝香》

林二官人拍手大笑道："妙得紧，妙得紧！二位有此精技，正听谓出乎其类，拔乎其萃者也。"俞公子道："二位仁兄，对此芳辰，聆此佳音，若不把金樽频倒，可不辜负了良时？"林二官人道："娄兄，小弟忝在爱中，今日方才会饮，想来尊量似不下于沧海。"娄公子道："林兄如此风流倜傥，多是小弟缘悭，不得早聆清诲。"俞公子道："二位仁兄，今日虽然乍会，后日正要通家来往。敢劳他二位再唱一曲，慢慢畅饮几杯，以尽竟日之欢，却不是好？"刘一仙道："只恐有污三位相公清耳。"娄公子道："太谦逊了。"秦素娥又按着腔板儿唱道：

花开满眼，花飞满面。问长安花事犹饶，想洛阳花期将半。奈惜花早起，惜花早起，花神何晏②，竟不管花英零乱。这赏花天，只愁几阵催花雨，断送花枝在眼前。

《桂枝香》

娄公子喝彩道："二位嘹亮清音，比前愈加入韵，足令听者忘倦。"秦素娥道："三位相公，青云贵客。我姐妹二人，红尘贱婢，今日得侍左右，敢陈微技，只是出丑，且不见斥，过蒙见怜褒奖，何幸如之。"林二官人便斟两杯酒，道："难得二位美情，请各饮一觞，权力酬敬。"两个连忙站起身来，齐接在手。正是：佳客赐，不敢辞。只得勉强立饮而尽，就斟了三巨觞，也去回敬。次第相送，装起轻盈体态，微微笑道："我姐妹二人，重蒙赐觞，敢不奉敬。日前在勾栏中，有新编《闹五更》，其曲颇妙，尚未行遍人间，即当吹唱，奉敬三位相公酒。"三人一齐大笑道："妙，妙，妙！二位

① 衍(háng)——行院。此指妓院。
② 晏(yàn)——迟晚。

既有新曲,正要见教。"秦素娥又按着腔板儿唱道:

一更里,不来呵,痛断肠。不思量,也思量。眼儿前不见他,心儿里想。呀,空身倚似窗,空身倚似窗。你今不来,教我怎的当?你今不来呵,唔嗳喏,教我怎的当?

二更里,不来呵,泪点衾。纱窗外,月儿明。银盘照不见咱和你。呀,抬头侧耳听,听得打二更。枕儿旁边,缺少一个人。枕儿旁边呵,唔嗳喏,缺少一个人。

三更里,不来呵,泪点抛。纱窗外,月儿高。促织虫儿不住梭梭叫。呀,檐前铁马敲,檐前铁马敲,好一似陈搏,睡又睡不着。好一似陈搏呵,唔嗳喏,睡又睡不着。

四更里,不来呵,泪点滴。纱窗外,月儿西。花朵身子独自一个睡。呀,负心短行亏,负心短行亏,你在谁家,贪花恋酒杯。你在谁家呵,唔嗳喏,贪花恋酒杯。

五更里,来了呵,吃得醉醺醺。打着骂着,只是不则声。声声问他,只是不答应。呀,吓得脸儿红,吓着脸儿红。短倖乔才,笑杀一个人。短行乔才呵,唔嗳喏,笑杀一个人。

诉罢离情呵,奴为你,受尽了,许多熬煎气。那一日不念你千千遍?呀,焚香祷告天,焚香祷告天。几时得同床共枕眠?几时得同床呵,唔嗳喏,同床共枕眠?

《闹五更》

唱毕,这三个人齐声喝彩道:"妙,妙,妙!二位歌喉宛转,几欲绕梁,愈出愈奇,顿使一座生辉,山灵增色。吾辈既有美酒,兼有妙人,大家吃到月转花梢,瓮干杯尽。"你斟我饮,你饮我斟,传杯弄盏,酣饮了许多时候。

看看红日沉西,明蟾①东起,刘一仙、秦素娥先自作别起身。林二官人就出席来,与俞公子称谢。这娄公子却是有心,问道:"林兄还是马行,步行?"林二官人道:"小弟已备得一匹青骢在此。"娄公子与俞公子作讶道:"青骢乃世间良骥,苟非林兄,焉能享此奇货?何不借来赏鉴一赏鉴。"那林二官人即就唤从人带到亭前。两个仔细一看,那颜色与鞍缰果是不差。

_____

① 蟾(chán)——月亮。传说月宫中有蟾蜍,因谓月亮为蟾宫。

俞公子问道："林兄，此马产于胡地，不知林兄从何处得来？"林二官人笑道："也是不意中得来，日前是沙村一个人带来卖与小弟的。"娄公子道："价共几何？"林二官人道："连鞍辔将及二千金了。"俞公子道："毕竟俗语说得好，一分行货一分钱。"

林二官人道："小弟前者曾见俞兄宅上有一良马，颜色不相上下，敢也是一般胡种吗？"俞公子道："便是这般说。那一匹亦名为青骢，数日前娄兄有一相知，也是借乘往沙村去，至今还未转来。"林二官人惊讶道："那人姓甚名谁？"娄公子道："名唤夏方。"林二官人想了一想，哈哈大笑道："是了，小弟前日交易的时节，那人说是姓秋，名万，敢就是此人改名卖与小弟的了。"娄公子道："俞兄，端的不差。你想，夏与秋一理，方与万相同，这再不消讲起。"娄公子道："终不然世间有这样的人！"俞公子道："娄兄，这也不止他一人。如今世上，脱空靴者①，多如此类。"

林二官人道："这也容易。既原是俞兄的家牧，况又涉着娄兄相知所借。今日正是：见鞍思马，睹物伤情。待小弟依旧返上就是。"俞公子道："岂有此理。自古道，他财莫想，他马莫骑。那人既卖与林兄，怎么说得这句话。"林二官人道："俞兄，岂不闻：车马轻裘，与朋友共，敝之而无憾。小弟今日担了满载黄金，也不能够结识二位仁兄。何敢惜一马之微，负二君之爱？"

娄公子道："既然如此，小弟明日谨偿原价罢了。"林二官人笑道："娄兄，说起偿还原价，这就把小弟轻觑了。"便唤从人，把青骢先带了送到俞相公府中去。俞公子道："既承厚谊，待小弟明日偕了娄兄，踵门致谢罢了。"三人起身，一齐踱进城来，各自分路而散。

次早，俞公子仍旧把青骢送还，娄公子方才识得夏方是个骗马的神计。

毕竟不知那夏方卖了这些银子后来奔投何处？几时再得与娄公子相见？且听下回分解。

---

① 脱空靴者——谓买空卖空、做空头生意的人。

第 十 三 回

耍西湖喜掷泥菩萨　转荆州怒打假神仙

诗：

> 只为当初一念差，东奔西走竟虚花。
>
> 时来件件都如意，运退心心只信邪。
>
> 千里寻亲重见面，一朝思故弃生涯。
>
> 方知世事虽前定，到底存欺不长家。

说那夏方，弄了这一千五百两银子，又自己私蓄得二三百两，总来约有二千之数。带了孩儿夏虎，竟离了沙村，撇下那两间茅屋，星夜趱①行，来到湖广荆州府，做个贩米客商。倒亏了夏虎有见识，有算计，不上一年内，把那二千两本钱，滚进滚出，翻来翻去，算来到趁了五六百两利钱。夏虎道："爹爹，真是孩儿有算计，不然，你在娄公子那里，一年可有这许多趁钱？如今爹爹做三五十两不着，就在这荆州府中替孩儿娶一房媳妇，明日生得个孙儿，一来好顶立香火，二来好受用家私。"夏方道："孩儿，我和你总是客身，或者再过一二年，多赚得些儿，依旧回到汴京去成家立业，然后婚娶也不为迟。"

夏虎便不回答，含忿在心，背地里叹道："嗳，有这等事，可见如今父子，都是这样薄情。我想那二千两本钱，不是我会算计，几时便消乏了。古人说得好，撑破大家船，擂破大家鼓。比如他当初不弄得这一块本钱，我如今那能够去赚这些利钱，落得拿些爽荡一爽荡，也不枉为人一世。"原来那银子都在他掌管。夏方见是自己的孩儿，哪里提防他。终日出去大嫖大赌，饮酒游荡，把这些银子如草一般浪使浪费，着实去了一块。

半年光景，夏方把账目盘算，指望比前更胜。谁想前去后空，又不辑理生意，反将本钱倒缺了许多。口中虽不说出，心里疑着夏虎打了偏手，把本钱都藏匿过了。遂唤他问道："孩儿，前番算账，本钱共有二千五百

---

① 趱(zǎn)——赶；加快。

两,怎么又做了半年,倒消去了七八百,却是什么缘故?"夏虎道:"这个连孩儿也不知其中就里。当初是这样做生意,如此趁钱。如今也是这样做生意,又会折本。休怨着孩儿。古人云,时来风送滕王阁,运退雷轰荐福碑。彼一时也,此一时也。难道做生意必得定要趁钱的?"夏方叹口气道:"我明日和你把账揭算明白,分二三百两与你自做生意去。凭我在这里混过日子罢。"

夏虎见父亲吩咐,便不开口。次日,就把账来算过,分了三百两银子,即便别了父亲,就在荆州地面,买了上好籼米九百担,将来雇了船只,装到杭州湖墅。

原来杭州是浙江省下,天下大马头去处。那两京、各省客商都来兴贩,城中聚集各行做生意的,人烟凑集,如蜜蜂筒一般。城池也宽,人家也众,粮食俱靠四路发来。那些湖广的米发到这里,除了一路盘桓食用,也有加四五利钱。

夏虎将米发到湖墅,牙人便来迎接,把米样看了一看,果然粒粒真珠。不想浙江地面,时年荒险,米价腾贵,他的粮米又好,比众不同,不上两三日,把米船发脱得干干净净。夏虎通身一算,除起本钱,利钱差不多约有七八,暗自想道:"我却赚了这桩银子,不知爹爹在那里趁钱折本如何?"

这夏虎虽是一时与父亲硬气,终究父子是天性之亲,本心发现,时刻想念,坐立不牢。一日,问主人家道:"你这杭州,可有什么赚钱的生意做得吗?"主人家道:"我杭州做生意的,高低不等。那有巨万本钱的,或做盐商,或做木客,或开当铺。此是第一等生意,本钱也大,趁钱也稳。其次,或贩罗缎,或开书坊,或锡箔①,或机坊,或香扇铺,或卖衣铺。本钱极少,恰要数千金。外行人不识其中诀窍,便要折本。其余细小生意,只因时年荒歉,人头奸巧,只可捆捆②拽拽,扯过日子,并没有一件做得的生意。"

夏虎笑道:"既然些小生意没一件做得,难道没大本钱的呷西风过日子?"主人家道:"客官,你却不知道,我这杭州人,其实奸狡,家中没一粒米下锅的,偏生挺着胸脯,会得装模作样,哪里晓得扯的都是空头门面。"夏虎道:"这也亏他还扯得门面来,真是好汉。"

---

① 锡箔(bó)——旧时祭丧作冥锭所用涂过金属粉的纸。
② 捆捆(bīng)——愿意为箭筒的盖子,此为"拉"、"扯"意。

主人家道:"客官,我这杭州城里人分着上中下三等。上等的,千方百计去弄了几件精致衣服,帮着宦家公子,终日恋酒迷花,便可赚他些儿回来,养家活口。"夏虎笑道:"这就是骗马的手段了。"主人家道:"那中等的,也去弄了几件好衣服,身边做了一包药色骰子①,都是些大面小面,连了几个相识,撞着个酒头,箍红捉绿,着实要他一块,大家烹分,也好养家活口。"夏虎道:"那下等的,却怎么说?"主人家道:"下等的帮不得闲,捉不得酒,也去寻几件粗布衣服,向人丛中闻香听气,见人身边带有银两,不是剪了绺,定然调了包,神出鬼没,弄丢儿去,也要养家活口。"夏虎道:"我正待要出门去走走,可不是险些儿遭人辣手?"主人家道:"这也不妨,只要自己小心谨慎就是。"

夏虎道:"我闻得古人云:上说天堂,下说苏杭。杭州有的是名山胜境,如可游览之处,望乞主翁指教一二。"主人家道:"这却说不尽许多佳景。客官既要游耍,我这里望南,一直进到武林门首,不必入城,西南城脚下,不上三里,便到钱塘门外,向西到了昭庆寺,却是一座西湖。这西湖,莫说是两京、十三省驰名,便是普天之下,哪处不晓得杭州有个西湖。其中名山胜境无数,古迹奇观甚多。客官若去走一走,也见西湖佳丽,所谓话不虚传也。我且讲与你听着:

> 问水亭,柳州亭,放鹤亭,望湖亭,围绕着东西流水;净慈寺,高丽寺,虎跑寺,大佛寺,相对着南北高峰。宝叔塔、雷峰塔,两边对面;灵鹫山,小孤山,一脉来龙。石屋烟霞,连着九溪十八洞;陆坟岳墓,环来十里六条桥。前前后后,数不来的名人古冢;大大小小,看不尽的郡牧生祠。端的是,平沙水月三千顷,画舫笙歌十二时。杭州虽是多名境,除却西湖总不如。"

夏虎道:"依主人翁说来,西湖之妙,不可胜言。我今来到杭州,若不去游玩一游玩,譬如有花不采空回去了。不如今日乘暇一游,日后也好向人前去夸谈设嘴。"主人家道:"客官,你独自去游,诚恐人生路不熟,哪里是麻林,哪里是麦地,便是东西南北,也不能辨及。至游耍了半日,饥又饥,渴又渴,未免要到茶坊酒肆沽饮。我这里杭州最要欺生的,见你独自一个,声音各别,莫说是吃了他的酒饭,总然饮了他一杯水,也要平空长

---

① 骰(tóu)子——即"色(shǎi)子"赌博所用投掷之物。

价，该用一分，决要二分，该要二分，决要四分，哪里与他缠得清？还是我与客官同去何如？”夏虎见说，满面堆下笑来，将主人家一把扯了便走。

两人慢慢地踱到武林门，转到钱塘门外。只见湖光山色，四顾氤氲。古诗为证：

林和靖诗：

山外青山楼外楼，西湖歌舞几时休？
暖风吹得游人醉，直把杭州作汴州。

苏东坡诗：

水光潋滟晴方好，山色空蒙雨亦奇。
欲把西湖比西子，淡妆浓抹也相宜。

夏虎喝彩道：“主人家，果然好一座西湖。思想我们做客商的，终日孜孜为利，上南落北，走东过西，经多少风波，历许多艰险，几时能够到得这里？我看这西湖风景，真天造地设，乃是神仙境界，非人间所有。今日到此，果生平之大幸也。”主人家道：“且喜今日晴明，百花竞秀，万卉争奇，笙歌盈耳，鼓乐喧天，一路正好游耍哩。”

两人说了又笑，笑了又说，游游衍衍，不觉过了十锦堂、西陵渡，看看到了岳王坟。只见石牌坊下，一张小桌上，摆列着花红紫绿的无数泥菩萨。夏虎道：“主人家，这敢是卖弄人样的？”主人家笑道：“客官，轻讲些。我这里人极是狡猾的，见你说了不在行的言语，未免就要轻薄了。我和你讲，这是和人掷色赌钱玩耍的。”夏虎惊问道：“原来这泥菩萨也会赌钱的。”主人家道：“不是这等说。假如你拿了一文钱递与他，他便把骰子拿与你，你掷一个么二三四五六，若一连掷得出，便输了一个泥人与你。你若掷不出，那一文钱就输与他。”夏虎喜欢道：“这个也是有趣的。赢也不多，输也不大。待我做几文钱不着，与他掷一掷，赢得几个泥人来玩耍玩耍。”便向腰边兜肚里，摸出一把铜钱，将十文递与那个赌泥人的，要一连掷他十掷。那人就把骰盆递来。

这夏虎毕竟是有时运的人，做的事务件件得利，把骰盆接过手来，一连掷了十个顺色。吓得那个赌泥人儿的，目瞪口呆，半晌不作声。夏虎又递二十文钱与他，拿起骰子，又是十数掷顺色。那人道：“从不曾有这等事，这副骨头今日作怪得极了。客人，你拣了些去罢。我这本钱原少，再经不起又是几个顺色了。”夏虎却满心欢喜，先把剩下铜钱仍旧收藏兜肚里，然后把那泥人儿逐个个拣选好的，恰是些：

> 牧羊苏武，洗马尉迟。庐州婆打花鼓，孟姜女送寒衣。东方朔偷桃子，张天师吃鬼迷。诸葛亮七擒孟获，屠岸贾三叱张维。张翼德桃园结义，王司徒月下投机，把一个黄香扇枕，换了那李白骑鱼。

夏虎道："终不然是这样拿得去，我再与你些钱，把竹笼与我盛了去。"那人点头道："我的竹笼，原是自己要用的，你若无家伙盛去，只得圆便你们。古云：和尚要钱经也卖。你若数出钱来，便把你去。"夏虎见他肯卖，就向兜肚里取出五十文钱，递与他。那人道："再添五十文罢。"夏虎只要他心肯，也不与他论量，又把串头上三十来文一发把他。那人便把竹笼交付。

这夏虎将拣起的泥人儿都放在竹笼里面，欢天喜地，不想再往别处去，扯了主人家就要转身。主人家道："客官，你湖广到这里，隔了几千里路程，实非容易。今日到这里，固是有兴而来，必须尽兴而返。若不肯再在行游，便到前面酒肆中饮几杯酒去，回去路上也兴头些儿。"夏虎再三推却。主人家道："虚邀了。"两人便向原路回来。

次日，夏虎掀开竹笼，买几张油纸，把这些泥人儿爱好包裹，仍旧装在竹笼里边。随把行李收拾，拣定日子，便要作别起身。主人连忙整酒饯行，因问道："客官此去，不知几时就有宝货来？我这里寻几个好主顾等候。"夏虎道："我此去，路上虽不耽搁，行走恰要一个多月，方到荆州。那里买得货成，未免牵延日子，又要雇船装载起身，一来一往，极少也要四五个月日。"主人家道："我这里今年粮食高贵，来的客人都是趁钱。客官，你只速来绝妙。"

夏虎道："实不相瞒，小弟汴京人氏，原随家父同到荆州生理，因与家父有些口过，因此把这买米的名色，出来消遣几时。如今隔了半年回去，万一家父回心转意，不舍我来，就不得到杭州了。"主人家道："原来客官有令尊在堂，须知'父母在，不远游'了。"夏虎便不回答，把酒吃了几杯，连忙打发行李，作别开船。有诗为证：

> 骨肉缘何太不仁，因些财帛便生嗔。
> 虽然两地寻生计，岂不回心想父亲？

朝行暮止，水宿风餐，将近个半月日，方才到得荆州，竟投旧寓。只见大门关锁，不知父亲踪迹。便向那东邻西舍，细细访问父亲行藏。忽见一老者道:"你父亲三个月前遇着一个神仙,把那些本钱都收拾起带在身边,随他修仙访道去了。"夏虎只道这老者哄他的说话,哪里肯信,便嘻嘻笑道:"老人家,世间哪有活神仙,终不然去访道,可是要带本钱走的?"老者道:"你若不信,少不得三五日后,你父亲与那神仙回来,便知端的。"

夏虎想一想道:"这个老人家,看他年高有德,决无谬言,难道哄我不成。且到下处去等待几日,父亲回来再作计较。"遂与老者作别,转身回到旧寓,把锁扭开,推门进去一看,果然不留一些东西,单单剩得一张条桌,一把交椅。暗想道:"我只晓得修仙访道的要撇下了利名二字,方才去得。终不然拿了银子账目去学道学仙的。这决然是个什么歹人,他见我爹爹是个异乡孤客,看相上了那块银子,所以设计诓骗他了。且在此等待几日,看他来时怎么样一个神仙?"

这夏虎等了两日,并不见来,心中思想道:"敢是爹爹知我回来消息,恐我劝阻,故意不来,也未可知。终不然我千山万水到得这里,不得见爹爹一面,又转身去了不成。天下决无此理,定然要等他来相见一相见,方才放得心下。只是我怎么把日子闷坐得过,且把前日杭州带来这些泥人儿,摆列在门首去,卖得几文钱,好做日逐盘费。"算计停当,就把那一张条桌掇到门首,拿那些泥人儿一一摆列齐齐整整。

一霎时,便走拢百十多人,你也来问多少钱一个,我也来问多少钱一个。夏虎见人问得多,思量决然出脱得去,便说价道:"每一个要一吊①钱。"你道一吊钱是多少? 却是一千。众人道:"怎么要这许多? 可着实减价,十去五六,方可买得。"夏虎道:"你们不知道,我在杭州带得到此,有四五千里程途,走了两个月日,用了许多盘费,费了无数心机。遇关津要路,若是盘诘不出,便是龙神佑护。若还盘诘出来,便做了贩卖人口,连性命也难保哩。"

众人道:"这样厉害的,可见不容易到得我们这里。也罢,一吊钱四个。"夏虎道:"列位果然要买,宁使少赚些儿,一吊钱两个罢。"众人一齐道:"三个决然要的。"夏虎想道:"只得三十文本钱,这等卖去,可有十多千钱,算来利钱有几百倍了。"便一口应承。众人见他肯卖,你也一千三个,我也一千三个,一会儿都卖完了。

---

① 吊——旧时钱币单位,一般是一千个制钱叫一吊。

　　夏虎欢天喜地,把那些钱都收藏进去。正是:时运好,看了石灰变做宝;时运穷,掘着黄金变做铜。你们且莫夸他会赚钱,哪里是他会赚钱,却是时也,运也,命也。夏虎把钱收进,回身出来掇那张条桌儿,抬头一看,恰好两个道人,一色打扮,慢慢行来。他便把桌儿放在门里,把身子站住门边。只见那两个:

　　戴一顶披两片的纯阳巾,佩一口现七星的钟离剑。穿一领布衲①子,横系丝绦;执一柄拂尘帚,长拖棕线。一双草履,思将世路磨平;半粒泥丸,假说人间济遍。堪嗔的,这一个歹心人,希图要造金谷园②;可笑的,那一个守钱虏,思量要赴瑶池宴。

　　你道这两个道人是谁?一个就是夏方,那一个唤做沙亨尔。原是不入我们南方教的,恰是一个回子。向在巴陵居住,后来做出些歹事,摆站来到长沙。又遇皇恩大赦,得放出来,便到荆州,弄些脱空活计,混过日子。说他的手段,比骗马的更加十倍,专一作弄的是异乡孤客。见你身边有些银子,便捕排了那副套头,把一套黄道话儿,哄得人心灰肠冷,慢慢地踹将进去。哄诱得你怎么采真修养,怎么炼丹运气,怎么辟谷入道。那心邪的就听信了,撇下利名二字,抛闪妻子六亲,把那家私被他骗得精空,然后一去竟无踪迹,哪里管人死活。因此绰号叫做"走盘珠"。

　　这夏方也是聪明一世,懵懂一时,被他赚到箍芦圈里,听他花言巧语,便也意乱心迷。只道沙亨尔果然是个仙风道骨的真仙,随了他便可长生不死,果登仙品,凭他哄骗,把名利的心肠丢在一边。三个多月,身边二千两银子渐渐去了大半,哪里能够得一毫神仙影响。这也是夏方的造化,沙亨尔的晦气,恰好撞着夏虎回来。

　　夏虎见是父亲,连忙迎进大门,唱喏道:"爹爹,怎么是这样一个打扮?"夏方道:"孩儿,我想人生在世,役役于名利场中,究竟皆空。况百年瞬息,难免无常。不如修真养性,脱离死苦。你爹爹如今已入仙流,只在这几时超升仙界哩。"夏虎道:"爹爹既入仙流,必传得些仙家秘术,何不把长生不老的方儿,传一个与孩儿?"夏方道:"这也要有三分仙气,方才

---

　　① 衲(nà)——和尚穿的衣服。
　　② 金谷园——晋朝石崇在今河南洛阳市东北金谷地方所建私家苑囿。后被毁。

传得。"夏虎道："爹爹，你要做神仙的，那酒色财气四字，都不沾染了。如今可把那些本钱交与孩儿罢。"夏方道："孩儿，我那些本钱，都是这位师父收拾去了。"

夏虎听了这句话，心中大不快活起来，便转身对着沙亨尔拱手道："师父，你既不像韩湘子，又不像吕洞宾。请问还是哪一种神仙？"沙亨尔道："我不是那八仙中流品。"夏虎道："八仙乃神仙之祖。师父既非八仙流品，敢是野仙了？"沙亨尔道："你一发说左了。"夏虎道："师父，你既是神仙，毕竟不吃人间烟火食。"沙亨尔道："我是幻迹的，怎么不食烟火？"

夏虎道："神仙能知过去未来之事，敢问师父，我弟子前日在杭州转来，带有什么物件？"沙亨尔随口道："不过是些土泥。"夏虎见他回是土泥，只道说着那些泥人，却有几分可信。向袖中摸出一分钱来，道："师父晓得弟子手中什么东西？"沙亨尔原无一毫仙气，哪里猜得着，又随口乱说道："是个空拳。"夏虎见他猜不着，就对父亲道："爹爹，这神仙敢是假钞了。"沙亨尔见夏虎盘问得紧，恐怕漏泄机关，掉转屁股便走。

夏虎见他走了，一发道他是假的，连忙上前一把扭住。恰好沙亨尔身上一个兜肚掉将下来，夏虎把脚踏住，却是几锭银子。

你看这夏方，还信是真，向前劝解："孩儿，莫要冲撞了神仙，明日却不好带挈你上天哩。"夏虎道："爹爹，你听了这骗贼诳言，也说无根话了。你可把这兜肚拾起来看，里面还是什么东西？"夏方拾起一看，却是起初被他骗去的原封不动两包银子，心中也觉有十分疑虑。夏虎就把身上衣服逐件剥将下来搜简，只见他双手臂上，都刺着："掏摸"二字，便对父亲道："你看，好一个神仙，神仙原来会掏摸的。"

夏方这遭想一想，方才晓得是个假神仙，一霎时心头火迸，便把三个多月的工夫，尽撇在东洋大海，也省不得嗔，戒不得怒，父子两人把他扭到街心，着实打了一顿。那些纷纷来看的人，却不晓得其中缘故，都说道："两个神仙厮打，倒是一件新闻。"各处传遍。有诗为证：

　　　仙不仙分术不传，千金浪费属徒然。

　　　于今恃有亲生子，留得青骢一半钱。

夏方在众人面前，把从前至后的事情，一一告诉。众人齐声道："这人原是个精光棍，混名叫做'走盘珠'，不知断送了多多少少人，哪里争得你一个，且饶了他去罢。"夏方道："饶便饶他，那些炼丹的银子，都要算还我去。"众人道："有多少银子？"夏方道："有上千余两。"众人将信将疑，三个多月,哪里炼得这许多?都劝解道:"比如你令郎不来,那些都要被他弄完了,幸喜留得些还好。"夏方道:"论起情上,决不该饶他的。承列位相劝,这人情卖与列位了。"

夏虎道:"爹爹,你休要失了主意。这样人骨格生成的,我这里便饶了他,倘别处再做出歹事来,乘机陷害,一时哪里伸冤?不如今日要他伏头伏脚写一张伏状,才好饶他。"众人道:"这也说得有理。"沙亨尔见他肯放,莫说一张,便十张也是心悦诚服的。夏虎便取出纸墨笔砚,沙亨尔不敢推辞,提笔便写道:

立伏辩人沙亨尔,原籍巴陵人,客居荆州府。向做空头事,绰号"走盘珠"。置身不义,恐沉盗跖之坑;假扮神仙,永谢时迁之业。借鹤发还童之术,乃为诳骗之良媒;托长生不老之名,竟作饱温之至计。倾一人于反掌,取千金若吹毛。讵①意空言无补,是假难真,不可弥缝,因而败露。倘非众位善调和,几至此身难幸免。如再犯,三尺难逃,并不涉夏家父子。谨辩。

　　　　　　　　某年月日　沙亨尔亲笔求释

写毕,读了一遍,双手递与夏方。转身磕头,谢了众人。又磕几个头,谢了夏方父子。爬起身来,不要性命,飞身便跑,不知落向。

夏方父子向众人相谢,走进房来,夏方对夏虎道:"孩儿,若不是你回来的时节,我爹爹决定弄得个仙不仙,俗不俗,进退两难,无些结果了。你一向在何处安身?"夏虎便把杭州转到荆州,贩粮食,货泥人,细说一番。夏方道:"孩儿,毕竟还是你时运凑巧,连我爹爹都带挈了。"

夏虎道:"爹爹,那些剩下的银子,如今在哪里?"夏方道:"孩儿,在这地窨子下。"夏虎便掀起一块地板,果然还有十多封银子,约有七八百金。便对父亲道:"爹爹,我和你在这里决难做人家,不如早早收拾了,回到汴京去罢。"夏方道:"孩儿,回去固好,倘是娄公子有相见之日,那场羞惭怎了?"夏虎道:"爹爹,娄公子是个宽宏大度的,况爹爹与他相知最厚,万一提起前情,就把炼丹的事儿告禀他知,定然罢了。"夏方勉强笑了一声。当下就此收拾行李,次早买下船只,父子同回汴京。

竟不知一路有甚跋涉?几时到家?娄公子怎么相待?且听下回分解。

---

①　讵(jù)——岂,表反问。

第 十 四 回

察石佛惊分亲父子　掬湘江羞见旧东君

诗:

> 凡人莫信直中值,面是心非安可测?
> 昔日逢仙半落空,今朝见佛都捐贼。
> 谁怜父子各西东,自叹运时多寒塞。
> 留得单身不了穷,包羞忍耻哀相识。

说他父子两人打了"走盘珠",离了荆州府,乘着便船,趱行了个把月,还行不上五六百里路程。这也是风不顺的缘故。那夏虎是个好走动的人,如何在船里坐守得过?一日对父亲道:"爹爹,我和你离了荆州,来这许多时节,十分里不曾行得三分路,不知几时得到汴京?心内好生气闷。我们且把船泊到那滩头去,上了岸,寻一个热闹的市镇,散闷几日,再去不迟。"

夏方道:"孩儿,做客的人,出门由路,不比在家生性,莫要心焦。倘是上天见怜,借得一帆顺风,五七个日子就到汴京,也不见得。"夏虎摇头道:"爹爹,孩儿再坐两日,想必这条性命恐不能留转家乡了。"夏方道:"你后生心性,毕竟是个不安坐的,怎如得我老成人,藏风纳气,有几分坐性哩。叫船家把船泊到高岸边去,待我们上岸去看一看风景。"

船家道:"客官,你不知道。此处甚是龌龊,地名叫做赤松洼,周围三十余里水港,都是强人出没的。若要泊船,再去二十里,到了紫石滩头,便不妨事了。"夏虎道:"那紫石滩头,可有游耍的所在吗?"船家道:"赤松洼都是水港,岸上断头路,再没处走动。那里如得紫石滩头,通得大路的。上滩三里,有一座莲花寺,原是观音大士显圣的古迹。那殿宇年深月久,一向东摊西倒,并无一个发善心的。自今年三月间,生出一桩异事,因此各处乡宦人家并善男信女,发心喜舍,从新修葺得齐齐整整,尽好游玩。"

夏虎道:"有甚古怪事情?何不与我仔细一讲,待我去看看,明日回去,也好向人前说个大话。"船家道:"客官,说起真个怪异,那座莲花寺从来断绝香火,今年三月间,在后殿土堆里,忽然掘出一尊石佛来,约有一丈多长,耳目口鼻皆有孔窍,平空会得说话。自言:'佛教将兴,世尊降世,传教普度一切众生。吉凶祸福,千祈千应,万祷万灵。'以此这里的现任官府,仕宦乡绅,农工商贾,尽皆钦敬。客官,何不去问个平安利市,恰不是好。"

夏虎惊讶道:"有这等事!石佛也会得讲话,真是世上新闻,人间异事,只恐怕要天翻地覆了。"夏方道:"孩儿休得乱道。举头三尺有神明,而今世间多有这样奇事。俗语云,千闻不如一见。我们就上岸去看一看,便见分晓。"夏虎摇头道:"这个我也不信,只怕又是那神仙一起的。"

说话之间,不觉船儿又到紫石滩头了。船家把手指着道:"客官,那前面松林里,就是莲花寺。"你看夏虎,到底比父亲还牢靠些,把顺袋背在肩上,只将铺陈行李放在船舱里,与父亲上岸。趁着一条大路,行不上三里,便到莲花寺。只见那寺门修葺得齐整,有诗为证:

> 萧条村落寺,石佛诈神通。
>
> 举世信邪道,重新不日中。

父子两人走进寺门,看这四金刚光明尚未曾开,走到大雄宝殿,只见殿门紧闭。左首立一石碑,上镌着两行字道:

石尊者传示:

> 白昼不开言,多人休妄问。
>
> 果尔有诚心,直待黄昏尽。

不多时,那东廊下走出一个小和尚来,却也不多年纪。生得:

> 目秀眉清,唇红齿皓。一领缁①衣,拖三尺翩翩大袖;半幅僧帽,露几分秃秃光头。金刚子枉自持心,梁皇忏何曾见面。寄迹沙门,每恨阇黎②真妄误;托踪水月,聊供师父耍风流。

夏虎上前稽首道:"师父,我们闻得上刹有一尊石佛,能说过去未来,吉凶休咎。为此特发虔诚,前来祈祷,敢劳指引。"和尚道:"二位客官,那石尊者就在正殿中间。只是一件,他在日里再不开言,恐怕闲杂人来乱了三宝门中清净。所以吩咐家师,日间把殿门牢牢锁闭。凡遇有人祈祷吉

---

① 缁(zī)——黑色。

② 阇(shé)黎——高僧,泛指僧人。

凶,直待黄昏才许开门引见。"

夏虎道:"师父休得故意推辞,昼夜总是一般,哪里有个日间不开言,夜里反说话的?况且我们又是行商,慕名来此,不过问一问吉凶,就要赶路,如何耽搁得这一日一夜?敢乞到令师那里,委曲说一声,开了殿门,待我们进去祈祷一祈祷,自当重酬。"和尚摇手道:"客官,你若不信,请看石碑上尊者传示。凡来达官长者,无不依从。才方见教,不敢奉命。这时节我家师父正在禅堂中参禅打坐,怎么好去惊动他?你若等待不得,下次再来求见罢。"

夏虎见这小和尚说了一番,自觉扫兴,心里毕竟要一见才去,便不做声,随了父亲,依旧走出山门。夏方道:"孩儿,我们行李俱在船中,莫要因小失大。倘有疏虞①,怎么了得,可快下船去罢。"夏虎道:"爹爹,比如在船里坐那几时,不知在寺里消遣一两日。若是放心不下,今夜你便到船中照管行李,只待孩儿见一见石尊者罢。"夏方点头道:"这也说得有理。且同下船去,吃了晚饭,再来不迟。"

夏虎道:"却有一句要紧话,先对爹爹说。夜间船中却要仔细,不可熟睡,那些银子决要小心照管。"夏方道:"孩儿,这事不消你说得,料来船家也没恁②般大胆。"夏虎道:"爹爹,俗话说得好,画虎画皮难画骨,知人知面不知心。那船家,你料他无此大胆,倘与那些强人通了乎,做将出来,便没摆布,着实要提防他。"夏方道:"你既要去,且自放心,有我在此,料不妨事。"

说不了,又早到紫石滩头。船家一边笑,一边招手道:"二位客官,这里好上船。"父子二人遂跳上船去。那船家就搬过晚饭来。夏虎道:"今日晚饭怎么这样早?"船家道:"空闲的工夫做熟在这里。二位客官要了这半日,下船来决然肚饿了,也要饭吃,岂不是两得其便。"夏方笑道:"这也难得你好意思。"

船家便问道:"二位客官,可见了那石佛了吗?"夏虎应道:"我们进去,要求见那石佛,有一个小和尚说道,'日间再不肯见人,直待黄昏时分方肯开言。'我想起来,却有些不争气。"船家道:"我们也听见人说,并不

———

① 疏虞(shū yú)——疏忽。
② 恁(rèn)——这样。

亲到寺中,也不知他日里不肯见人说话。二位客官,今朝日里不曾见得石佛,终不然晚头还要去吗?"夏方道:"我却熬不过夜,不到寺里去了,只待我孩儿去见一见罢。仍旧把船泊在这里,过了夜,明日再行罢。"

他二人便吃了晚饭。夏虎把顺袋交与父亲,跳起身上了岸,慢慢走到寺中,正是黄昏时候。只见正殿门果然大开,灯烛辉煌,恰好也有几个别处人同祈祷的也在殿里。夏虎走进殿来,点起香烛,便向石佛面前,深深拜了几拜。起身,东看一会,西看一会,并不见有一些儿破绽,心中暗忖道:"这却有些古怪。终不然这样一个顽石凿成的,会说人间祸福,岂不是天翻地覆了。待我且问他几句,若说来傍些道理,这也是天生这件东西,发迹寺中那些和尚。若是一划①乱话,决是这寺中和尚造出来的圈套,要哄骗地方上人的,我就弄他一个好耍子去。"

夏虎没奈何,就跪在地上,把那已过的事、未来的事,从头问了一番。原来那个石佛,果然会得说话,声音与人相似。只是一件,说来的都是些套头话,却也亏他十句里倒有四五句撞着。夏虎见说得还有些光景,连他也懵懂起来,就肯听信。便又低头拜了几拜,遂起身到廊下歇了一夜。

挨到蒙蒙天亮,思量起父亲一个坐在船里,这一夜未免没些挂念,况且行囊里又有物件,不知怎么样了。连忙走到紫石滩,四下一看,哪里见个船只?心中就晓得不停当了。连把父亲叫了几声,竟不见一些影响。你看他这回好不苦楚,一心只要寻着父亲下落,东奔西撞,叫得喉咙气咽,哪里有个父亲答应。心中暗想道:"有这样事,难道果然落了那个船家的圈套?教我如今上天无路,入地无门,前不着村,后不着店,身边又无分文盘费,还是奔投哪里去?只得仍旧在滩头等到黄昏,再去见一见石尊者问个消息便好。"

你看他含着泪,对着滩,静静坐了一日,水米也不沾牙。恰正是人生路不熟,哪里去访个消息。只见那红日沉西,没奈何,吞声茹苦,又走到那石佛寺中,一心舍不下那父亲,巴不得见一见佛,问个存亡下落,便放了这一条肚肠。

这也毕竟是他还有些儿时运,不该落魄,又得绝处逢生。坐了一会,只见开了殿门,恰是那一夜只得他一人祷问。原来那道人开了殿门,便去

① 划(chǎn)——平白无故。

打点香火。这夏虎走到石佛面前，焚香至诚祷告。只见那石佛口中扑的跳出两三个硕大的老鼠来，着实惊了一惊，心中便疑虑道："好奇怪，这石佛口中钻出老鼠来，毕竟是个肚里空的。"从上至下，自前至后，看了好几时，再看他破绽不出。

正要转身来到殿前，寻那香火道人出来问个详细，只见伽蓝座下，半开着一块地板，下面灯光隐隐，他一发疑心得紧，便把地板掀开，壮着胆，一步步衬将下去。只见那里面就如地窖子一般，高阔五六尺，仅可容得一个人身子。那旁边却有一条木梯，便一步一步走将上来。原来就是那石佛的肚里。况石佛原是一尊罗汉，历年已久，不知何年所置，佛身嶙峋，或云是铁铸就的，人亦莫辨其真。

你道那石佛果是会得说话的吗？却是这寺中一个慧光和尚，造下骗人的圈套。这石佛肚中又空又阔，掘通地道，藏身在内，假作佛言，报人祸福，讲经说法，谬称世尊垂教。不满三四个月，骗了无数钱粮，修了山门，重新殿宇，用度不过十分之二。

这和尚至此也该败露，正走入地穴来，刚刚上梯一步，抬头起来，先有个人站在上面，心中着实吃了一个大惊。这夏虎晓得有人在下面走上梯来，便是当头踢了一脚，那和尚原是不着意的，站脚不牢，一个筋斗翻将下去。夏虎见个光头，按不住心头火起，怒发指冠，将他一把扭住，踢了几脚，打了几拳，便骂道："你这贼秃驴，如今清平世界，宁静乾坤，造言生衅，左道妖术，假借三宝，哄骗十方，挥金如土，积谷成山；拐沙弥，宿娼妓，饮酒无分日夜，茹荤不论犬羊；设漫天之谎，享非常之福。天厌秽德，今宵败露，使我做个对头，你的这条狗性命，定教结断在手中哩！"

那和尚晓得祸机窃发，倒身跪在尘埃，战兢兢地哀告道："爷爷，看佛家分上，饶我性命！情愿把这蓄下的钱粮，都送与爷爷罢。"夏虎暗想道："我与他前世无冤，今世无仇，做什么冤家，虽是他哄骗十方，与我毫无干碍，不如将计就计，释放了他，且把他做安身去处，栖泊几时，看他待我好歹，再作道理。"便将手渐渐宽着，放他起来。

和尚掩泪道："爷爷，如肯饶我草命，情愿师徒两口都相让罢。"夏虎便把参见石佛缘由、被船家赚了、不见父亲、人财两失的话头，并要在寺中暂住，探听父亲消息。和尚满口应承。你看，就如父母一般，曲意奉承，便打扫清净空房一间，留他安身宿歇。有诗为证：

循环天理断无差，汤里得来水里失。

紫石滩头没父舟，莲花寺内逢天日。

孤身流落意无聊，万里家乡归未必。

只可皈①依石世尊，同些秃子行邪术。

说那夏方，自在紫石滩头被船家劫去行李资囊，把他父子一朝拆散，并无分文在身，求归不得，求生不得，求死又不得。愁肠万结，泪雨千行，鬅②头垢面，跣足披衣，东撞西撞，就如疯子一般。也是他不该落魄，偶遇着一个同乡客人，与他有些识认的，说起乡情，怜他苦楚，就此便船带回。一路上吃着他的，用着他的，到了汴京，只得空手到家。那些沙村里人，先前都晓得他骗了娄公子青骢马，弄得一块大银子走去，怎知到比前番弄得不尴不尬回来。邻比中有那好管闲事的，便去通报娄公子知道。原来那公子从他骗马去后，虽是林二官人端然送还，心中只是常常叹息道："如今世上的人，都是难相处的，我倒把一片好情相待，怎知他以怨报恩。"忽一日，听见有人来说，夏方依旧回到沙村，比旧日大不济事了。他便道："古云：一饮一酌，莫非前定。那非分之物，岂可强求得的？他带了这些银子去，不是被人拐骗，决是被贼劫掠。我想，他今日转来，若比当时更好，便不到我这里来了。倘若束手空回，不久必来见我，我看他还有什么面目。"

果然那夏方回来半个月日，一贫如洗，衣不周身，食不充口，并无亲族朋友哀怜借办。或有一二知识，见他待娄公子这一事，也不敢亲近。他这样凄凉苦楚，怎挨得日子过？终日愁愁闷闷，一心还只想那娄公子处好安得身，只是当初那件事情，今朝这副嘴脸，怎么好与他相见？总然见了，那得他回心转意，依旧相留。左想了一会，右想了一会。正所谓：肚饥思量冷钵③粥，寒冷难忘盘络衣。没奈何，只得含着羞，忍着愧，装起老脸，慢慢地走到娄家厅前。

只见那娄公子正在厅上闲步，蓦然见了夏方，心中便有几分懊恼，也

---

① 皈（guī）——佛教名词。一作"归依"。

② 鬅（péng）——头发很乱。鬅松。

③ 钵（bō）——僧徒食器，钵多罗的略称。

不僦不睬①,但低着头,东边踱到西边,西边踱到东边。夏方站了好一会,也不敢开言,只是恭恭敬敬,俯首而已。

娄公子是个仁厚的人,见他站了多时,倒不过意,况他不是旧时行径,假做不相认,道:"足下高姓大名,屈降寒门,有何贵干?"夏方见他一问,心中大是追悔,却不好说出姓名,支吾答应道:"小子原是沙村生长的,公子难道便不相认得了?"娄公子道:"实非诈言,足下原不相认的。我想你沙村里有个夏方,向在我这里相与,自前年骗了我一匹青骢马去,卖了二千两银子,竟搬到别州外府,就做了天大人家在那里了。除了他一个,沙村并无与我厮认的。"

夏方见他说起旧事,便流泪说道:"小子就是夏方。当初一时短见,做了这一桩没下梢的拙事,不料中途被劫,没奈何落魄乡邦。望公子俯念昔日交情,恩有往时深过,再展仁恩,曲全残喘。"娄公子道:"足下万勿冒认夏方。那夏方,我晓得他是个烈男子,硬气头的人,便是落魄回来,古人云,'好马不吃回头草',决不肯再到我家。"夏方见他只是不信,明知他故意做作,只得把先年骗马乘去寻郑玲珑的事,一一明言。

那娄公子再不好刁难他,遂佯惊问道:"你果然就是夏兄,那一千五百两而今安在?"夏方事到其间,只要娄公子回嗔作喜,便把荆州做米客,遇着假神仙,遭圈套,回来又撞着恶船家行劫的事,前后细说一番。娄公子道:"夏兄,这样看起来,毕竟财短情长。空里来,巧里去,你一千五百两银子,尽皆消散,却不晓得那匹青骢端然仍为我有。正所谓:万事不由人计较,一生都是命安排。"

夏方道:"公子曾记得去年施恩埋骨,今日再把小子看觑几分,死者不至暴露,生者不至饥寒,这就是眼前莫大阴德。"娄公子微笑道:"我若想到那时节去,便记起一句话来,你道我的银子都用在脚上,一只脚一百两,四只脚四百两。如今想你一去不回,也不知有多少脚,果然是值一万两了。"夏方道:"公子若把前事重提,真令小子置身无地矣。"

娄公子道:"我且问你,今日此来,还是有何见教?"夏方道:"小子只因得罪在前,今日正值此困苦,一死固不足惜,但蝼蚁尚且贪生,为人岂不爱命。望乞垂怜,不念旧恶,收录门下,固不望昔日之重用,虽执鞭坠镫,

_____

① 僦(chǒu)睬——理睬。

于愿足矣。"娄公子道："你此来，要我收留你的意思吗？我便要收留你，因去年又请得一位相知在这里，却怎么好？"夏方道："公子，这还是小子相处在前，得罪在后，必定要公子开半面之恩，庶使穷鱼有再生之望。"娄公子道："那一位相知虽在这里不久，却也相与有益，终日究古论今，谈文讲史，做些正经举业工夫，难道好撇他？你若要在我这里，似那当初的坐位，便不能够了。只好寻些抄写，与你过日子罢。"

夏方道："公子，小子相处多年，一向晓得我是动笔不得的。如今便做些功夫习学起来，怎么就得到家？望公子别寻些粗鲁的事儿与我做罢。"娄公子笑道："你当初只晓得一马值千金，今朝便晓得一字值千金了。且与你说，我如今不比往年，没要紧把日子虚度过去，日夕看些书史，做些文字，指望个簪缨继世的意思。你若肯陪我做个伴读，便与那位共相砥砺，日后也有些益处，意下如何？"夏方满口应承。

你看这娄公子，终究还念旧情，如今世上那里有这样的好人？便取出衣巾，与他从新替换，一壁厢吩咐打点午饭相待，一壁厢着人到书房里去，请出那一个相知来会面。有诗为证：

> 相逢即是旧时人，掩泪含羞非昔日。
>
> 只因做事有差迟，对面浑如不相识。
>
> 仁恩公子少垂怜，奚似当年作无益。
>
> 从今收拾大铺排，仅可求全籍衣食。

毕竟不知那个相知姓甚名谁？见了夏方，却有什么说话？且听下回分解。

第 十 五 回

凤坡湖龙舟斗会　杏花亭狐怪迷人

诗：

> 龙舟斗会端阳节,风俗依然到处同。
> 起自当时沉屈子,相传此日闹龙宫。
> 波翻日下千层浪,水涌湖中百尺风。
> 锣鼓喧阗真快事,纷纷士女乐无穷。

你道这个相知姓甚名谁? 原来姓陈名亥,却便是汴京城中人氏。为人一生朴实,不事虚文,不沽世誉,相处的人,只要和他见一面过,两三句话说,自然两下投机。这娄公子自请他在家,竟把当日好嬉耍的念头尽皆撇下,一心只是谈文论武,做几分正经事业。一日,与陈亥在书房里吃得午饭过,忽见书童走来相请,连忙走到堂前,见了夏方,唱了一喏,仔细看他两眼,甚觉褴褛形状,便扯过娄公子向背后,问道:"这一位何人?"娄公子笑道:"原是我的旧相知。"陈亥道:"叫做什么名字?"娄公子道:"就是沙村里住的夏方。"

陈亥想了一想,呵呵笑了一声,道:"莫非就是公子时常谈及骗马去的这个人吗?"娄公子点头道:"正是,正是。"亥道:"公子,自古道:'君子不念旧恶。'他当先既做了那一桩歹事,今日复来相见,心中岂不自愧,也只是没奈何。你若提起前情,反无容人之量矣,倒要好好的将体面款待他才是。"娄公子道:"多承指教,小弟自有分晓。"当下便又整治午饭出来,与他大家吃了,遂同到旧房里去,留他住下。

自此以后,三人依旧过得投机。只是那夏方毕竟是个诡诈的人,时常心里不服,思量得当年的时节,原在这个所在喝水成冰的,今日落在人后,却有些忿气不过。那陈亥本是个正直的人,虽然与他早晚相处,口儿里一样,心儿又是一样。论来不要怪他,总是自己为人有些不是处,这也不须说得。

说那汴京城外,有一座凤坡湖,开阔三十余里,四围俱是乡宦人家建造的庄所。那汴京原有一个规例,每年到端阳节届,那凤坡湖里大作龙舟胜会。这日正是端阳,林二官人着人来请娄公子出城去看龙舟。娄公子对陈亥、夏方二人道:"今日林二官人相邀往凤坡湖去,二兄可同行一行么?"陈亥道:"我们怎好同去?娄兄到请自便,待小弟与夏兄随后慢慢踱来看一看罢。"娄公子道:"既然二兄不肯同行,怎么是好?也罢,待我着小厮携些酒肴,随了二兄往湖口去盘桓一会儿何如?"陈亥、夏方道:"我们既相知在这里,你那里尽情得这许多。"娄公子一边笑,一边便吩咐小厮打点酒尊食罍①,随即别了陈亥、夏方二人,起身前去凤坡湖不题。

且说这陈亥、夏方两个,在家赏了午节,着小厮担了酒罍,慢慢走到凤坡湖。只见人踪杂沓,来往纷纷,都是看龙舟的。两个挨身到人队里站立,看了一会,远远见一只画船,里面笙歌鼎沸,从上流撑将下来。不多时,看看拢到岸边,一齐簇拥上前。只见船舱里摆列着三桌酒席,坐着三个齐整后生,两旁坐着两个妓女相陪。

你道这三个后生是什么人?原来一个就是娄公子、一个是俞公子、一个是林二官人。那两个妓女,就是向年在杏花亭里陪酒的刘一仙、秦素娥。

那林二官人一向在娄公子处来往,却是认得陈亥的。这回却靠在栏杆上,向岸边一看,见陈亥站在人队里,连忙走到船头上来,把手乱招道:"陈兄,陈兄,请下船来。"陈亥被他叫破了,便不好转身回避,竟把扇子展开,把脸儿遮着。夏方撺掇道:"陈兄,你好没见识,别人见了酒席,巴不能够撞将去,你却是他相招,反做作起来。"陈亥道:"哎,我向道你是个好人,却是贪图口腹的主儿。"说不了,林二官人跳上岸,一把将陈亥扯了便走。陈亥不敢推却,只得同下船来。

这夏方见了,好生着恼。却也怪他不得,林二官人他原只认得个陈亥,却不认得个夏方。夏方没了兴,连个龙舟也不看,唤了小厮,径折转身便走。一路里思想道:"我与陈亥打伙这几时,两个俱心腹相待,并无一言抵触。原来他待人一般敬重我,贼一般提防我。适才我好好劝他去饮酒,他便出言说我不是个好人。如今我既出了不好的名头,连连修饰得来也不妙了。不免趁早去罢,省得在此被他疑忌。"心中计较已定,飞忙走

---

① 罍(léi)——古代器名。用以盛酒或水。

将回来，径到书房里面，将陈亥的书囊衣袱，逐件件都收拾起来，做了一箱，不把一个人知觉，赚出门来，一道烟飞奔去了。诗曰：

> 公子宽宏度，端然念旧情。
>
> 千金宁使负，一义岂能轻。
>
> 礼貌还如昨，胸襟尚不平。
>
> 贪心犹未厌，窃盗且逃生。

说这陈亥，至晚同了娄公子回来，走到书房里，叫了好几声的夏兄，哪里见个夏方答应，心中便想道："我猜着了，敢是今日见我抛撇了他，因此睡在床上，故意不答应的？想来今日虽然是我不是，却是林二官人的好意，怎么拂得？但是他专好在这些小事上动气的，待我唤他起来，说几句尽情话罢。"轻轻走到床边，又叫了几声，并不见些影响。再把手向床帐里一摸，又摸不着。正疑虑间，那小厮点了一支烛走进房来。陈亥接过烛，转向床上一照，并没个夏方睡着。四下仔细再照，衣架上的几件衣服也不见了，书箱上的一个皮箱也不见了。慢慢细拣一拣，这件也没有，那件也没有，方才发起恼来，大叫道："罢，罢！连我也落他的圈套了。"

娄公子听得陈亥在书房叫喊不绝口，连忙走进书房里来询问。陈亥见了娄公子，一把扯住，一时气得紧，连个话也讲不出来。娄公子道："陈兄，为什么事恼得这个模样？"转身欲待要到床上去问那夏方，又不见个夏方的影响，便向陈亥道："夏兄哪里去了？陈兄，你敢是与他有些伤了和气吗？"陈亥道："不要说起，公子，世间有这样的歹人，乘我今日不在，竟把我的衣囊物件，一并都盗去了。"

娄公子也吃一惊道："有这样事？这样一个人，我只道他改过前非，怎么隔了这几年，那骗马的手段端然不改。待我快着人四路去把他追将转来，怕不吃我一场没趣。"陈亥道："他去了好些时节，不知上南落北，走了多少路程，还到哪里去追赶得着。这总是我运限不利，把这些财物送了他罢。"

娄公子道："若是没处追赶，我和你把失去的物件，一一查明，总开了几张失单，各处要津所在，粘贴一张，或有知风获住，就来报信，也未可知。"陈亥道："说得有理。"当下查检，娄公子就取纸笔，逐件登写失单道：

> 立失单人陈亥，向有旧识人夏方，系沙村人氏，身长面短，微须，

年约四十余岁。于本月初五日午后睧①身出外,托熟擅进书房,窃去衣物银两,不知去向。倘有四方君子,连赃获住者,甘出谢银八两,知风报事者,甘出谢银四两,揭前来娄府支取。决不食言,信单是实。今将失去物件银两并列于后。计开:

花绸道袍一件

素罗道袍一件

油绿素绸道袍一件

生罗二匹

蓝花袖裙一件

绿潞绸绵背褡一件

绸被一条

布夹被二件

素鬃巾一顶

金挖耳一只

羊脂玉簪一只（有锦匣）

碧玉圈二副（白绫包）

汉玉驼钮二方

奇楠坠一个

紫铜炉一座

青麟髓二斤（计八匣）

流金小八仙一副

沉速香二斤

牙牌一副

牙梳一副（花梨匣）

纹银十五两

碎银四两

陈亥带着气,连夜向灯下,挨着手疏脚软,只得写了二十余张,便着人四处贴遍。一连缉访了个把多月,全然没些消息。

时值天炎,一日,娄公子同了陈亥齐出城去,到杏花亭上避暑。恰正

---

① 睧(jiàn)——本意为探视。此为"抽"意。

走得出城，只见远远一人，骑了一匹快马，满身汗淋淋的飞奔前来。见了娄公子，翻身跳下马来，深深唱喏道："公子出城到哪里去？"娄公子道："足下高姓大名？似不曾会面的。"那人笑道："公子难道果然认不得了小可么？"娄公子道："委是不曾认得。"那人道："小可姓江名顺，三年前作荐夏兄到公子府上的，就是小可。"

娄公子想了一会，记得起，道："原来就是江兄。我正要问你一声，可晓得夏方的消息吗？"江顺道："小可自那年别后，就到延安府去做些生意，久不在家，朋情俱已疏失。方才今日回来，正欲到府上，一来奉拜公子，二来要问一问夏兄的下落。不期到得相遇途中，岂非巧会。"

娄公子道："原来江兄一向不在，不晓得夏方的行径，说将起来，一发不堪听的。"江顺笑道："公子，你道不堪听的却是哪一件？就与小可讲一讲何如？"娄公子道："途中不好说得，我们同到杏花亭去坐一坐，慢慢细讲。"便着家童替他牵了马，三人挽着手，步行到杏花亭上。

娄公子把江顺扯到槐阴树下石凳上并坐，将夏方从前骗马去，并后复转来，又盗了陈亥的衣物银两而去，备细说知。江顺顿足道："我向来敬重他，只道是个好人，却原来看他不出，是个恶生在里面的人。这都是小可得罪了。"娄公子道："他作歹事，于兄何涉？"江顺道："荐人不当，岂非小可之罪。"娄公子道："说哪里话。"遂唤家童进城整治酒肴出来，三人开怀畅饮。

不觉又是黄昏，只见亭前渐渐有些月色。陈亥起身便把四下窗儿尽开，霎时清风徐来，大家都说凉得有趣，俱不肯走起身。娄公子道："今晚我们就在这里歇了，不知二兄尊意如何？"江顺道："公子若肯在此，我们敢不奉陪。"娄公子道："妙得紧，妙得紧。"便唤那管亭子过来，打点三副藤棚铺陈，一直铺在亭子中间，正睡得倒。

又是二更时分，你看那月光渐到中天，娄公子翻来覆去，哪里睡得着。陈亥、江顺有些酒意，放倒头就打鼾声，俱睡熟了。娄公子独自爬将起来，大步踱出亭前，只见风清月朗，胜如白昼。猛地里凝眸一看，槐阴之下石凳上端端正正坐着一个美貌妇人，打扮得十分袅娜。但见他：

　　眉弯新月，脸映落霞。双眸碧水，已教下蔡迷魂；半髻乌云，足令高唐赋梦。树底独徘徊，仿佛嫦娥离月殿；花前闲细数，依稀仙子下瑶台。

　　原来这娄公子是个好女色的人，一见了，心中便觉欲火难禁，就站住了脚，低头暗想道："这时已有二更光景，哪里来这样一个标致妇人？敢是邻居人家过来乘凉的，岂不是天上掉下来的一段美姻缘？趁此夜阑人静，四顾寂寥，不免向前去问他一声，还是哪一家的女眷？"随即走近。

　　那妇人见了娄公子，便站起身，将衣袖掩着朱唇，瞻前顾后，假作害羞模样。娄公子迎着笑脸道："动问小娘子，是哪家宅眷？这般时候，为何悄然独坐在此？"那妇人便作娇声细语回答道："妾乃城西令狐氏之妇，因良人远出，独自在家。晚来邻家有一老姬同妾出来玩月，不期偶然到这杏花亭里。"

　　娄公子道："适与小娘子同来的那老姬，如今却在哪里？"妇人道："他把妾来撇在此间，半晌不见，想是先回去了。"娄公子道："小娘子，你却怎么认得回去？"那妇人道："正是这样说，若得官人偕引送妾回家，誓当结草衔环，偿恩不小。"

　　娄公子听说了这一句，欢喜得个遍体酥麻，回答不及道："送便送小娘子回去，只不知小娘子宅上在城西什么所在？"那妇人道："出这亭子，沿城过西，靠小桥南首，李家庄隔壁第二家便是。"娄公子道："我送你去，我送你去。"

　　两个携着手，悄悄地走出亭子外来。一路上低声密语，讲了无数心苗里的话儿，说得个娄公子春兴浓来，走一步不要一步。看看到了李家庄第二家，却见低低一扇竹篱门儿。正待推门进去，只见间壁果然有个老姬走将出来，见了娄公子，连忙把门推开，走将进去。那老姬故意卖个脱身，道："官人请坐一坐，待老身去取茶来。"说罢，转身就走。

　　那妇人便把娄公子迎到旁边小小一间房里坐下，道："妾从良人去后，云雨之情已旷多时，官人倘若不嫌寒贱，今宵愿荐半枕之欢，不识尊意如何？"娄公子道："小娘子果有见爱之心，卑末岂无允从之意。只恐外人瞧破，画虎不成反类狗者也。"妇人道："官人所言差矣。我家里上无公姑，中无伯叔，下无男女走动的，只有适才那个老姬，却又是不管闲事，专一帮衬人的。你莫说在这里一夜，在这里一年半载，也没有什么人得知。"

　　娄公子假意又推却道："多承小娘子厚情，小生就如刘、阮入天台，真三生之幸也。但恐博得一宵恩爱，虽是千金难买，有玷小娘子清名，如之奈何?"妇人道:"这不足齿于官人,乃妾夫不能为妾全妇道,妾安能为夫全夫道也。"娄公子低低笑了一声。两人就向床上解衣松扣,握雨携云,千欢万喜,美满地交合了一番。

原来这娄公子已熬了半夜,又被这个妇人勾引得个颠颠倒倒,恰才两个做得事完,呼呼的一觉睡去,竟不知睡到什么时候才得苏醒。诗曰:

> 从来酒色不迷人,只为痴心忒认真。
>
> 耗散精神还自昧,几乎身子反沉沦。

说那陈亥、江顺二人,次早起来,不见了个娄公子,连忙四下寻觅,哪里得些消息。两个忖度不出,随即打发家童进城,到家里看个分晓,端然没些影子。须臾之间,娄府中来了一二十人,各处寻访。你道不见了个娄公子,这陈亥、江顺二人难道走得回去?痴痴的在杏花亭里等候消息,从早起等到午后,去寻的都说寻觅不着,决没处讨个真实信息。

江顺道:"好古怪,终不然平白的没了一个人。"陈亥道:"江兄,我想着了,这决是什么妖怪把他摄去了。"江顺道:"就是妖怪摄了他去,没处讨个下落,焉能摆布得他?"陈亥道:"不打紧,城中有一个打马前卦的刘铁口,最有灵应,不拘吉凶祸福、过去未来之事,问一卦,立时便见。明日我和你一同进城,趁早寻着他问一卦去。"江顺道:"陈兄,不要耽搁,大家秉个虔诚,就同去讨一卦罢。"陈亥同江顺赶进城来。

此时已是午后光景,恰好那卖卦的刘铁口正在门前铺设门面,打点正要开谈。他两个急忙忙地走上前去,拱手道:"刘先生,买卦,买卦。"那刘铁口向认得这陈亥的,就把手来拱了一拱道:"陈相公问什么事,这等慌张?"陈亥道:"问下卦来,你便知道了。"

刘铁口便向地面上取了两片瓦起来,双手递与陈亥。陈亥接了,默默向天祷告一番。刘铁口依旧接将过来,口中咭咭聒聒念了一遍,扑的向地下一丢,看了一看,方才回答道:"陈相公,你敢是问寻人吗?"陈亥道:"正是。"刘铁口道:"这个人有些蹊跷在里面,却在西南方上,被些邪气缠住在那里。"

陈亥、江顺道:"刘先生可指引得我们到那西南上去,除得邪气,救得这个人吗?"刘铁口道:"说哪里话,小子只会卖卦,自不会这一行。二位若要救这个人,我同你去请那假天师来,包管救得。"陈亥、江顺道:"这一发好,烦先生说个住居姓名,我们便好就去。"刘铁口道:"有心不待忙。

待我们收了门面,同你们去走一遭。"

　　毕竟不知三人同去请得那假天师来,怎么救得娄公子? 且听下回分解。

第 十 六 回

假天师显术李家庄　走盘珠聚党杨公庙

诗：

　　重义轻财伟丈夫，济人恒济急时无。

　　凭他屡屡生奸计，在我时时立坦途。

　　赠马赠金情亦厚，全仁全义意尤都。

　　休言管鲍垂千古，孰谓于今无此徒。

原来这假天师姓贾，就是汴京人士。后生的时节，曾在龙虎山张真人那里学些法术，因耐不得性子，后来被真人依旧打发回来。没些生意过活，就盗取真人的名色，替那地方上人家专一除邪遣祟。凡是寻着他的，便有应验。所以那汴京人，个个晓得他的本事，便依他的姓上取个混名，叫做假天师。

说这刘铁口，同了陈亥、江顺来到他门首，只见一个小厮站在门前。刘铁口问道："你主人在家吗？"小厮回答道："早晨已曾到东桥头去，还未曾回来哩。"刘铁口道："这二位相公有一事，特来接你主人的，你可指引到里面去坐坐。我们工夫各自忙，就要回去赶个午市，不得奉陪了。"陈亥、江顺道："贵冗可以先往，我二人见了天师，完了正事，少不得要来奉谢。"刘铁口道："言重，言重。"随即拱手而别。

他两个等了好一会，天色将晚，方才得假天师回来。假天师见了两个，连忙唱喏，问道："二位相公何来？"陈亥道："我们承刘铁口先生荐来，特请先生去除邪的。"假天师笑道："除邪原是小子的本行，只是邪有几种，不知二位相公要除的是哪一种？请说个明白，然后待小子好打点法器同去。"陈亥道："连我们也不知是什么邪祟。只因昨晚与娄公子同在杏花亭上乘凉，竟不回家，三人同在那里睡了。及至天明，就不见了娄公子，随即四下寻觅，并无一些影响。特到刘先生那里，卜问一卦。他说，在西南上被那邪气缠住。因此特来相请。"

假天师道："迷得人去的，却是妖邪之类了，待我去看。"便唤小厮带了法器,随了陈亥、江顺,一直来到杏花亭上。只见众人连忙来说道:"陈相公,公子寻着了。"陈亥、江顺道:"却在哪里?"众人道:"在前面李家庄间壁竹园里。"陈亥、江顺道:"缘何不接了回来?"众人道:"还睡不醒在那里。"江顺道:"这决然着了妖怪。"众人道:"李家庄上人说,那竹园里向来有两个狐狸,时常变做美妇,出来迷人。我家公子决是被他着迷了。"假天师道:"我们一同到李家庄去。"

当下三人同到李家庄上,进了竹园,果见娄公子睡倒在地。陈亥上前,把他扶起,道:"公子,怎么睡在这个所在?"娄公子把他看了两眼,口中念了几句神道话。众人扶他到李家庄上坐了,那庄上人便去取了些滚汤。坐了一会,娄公子方才苏醒,把夜来月下见那妇人,送他回来,两下迷恋的话头,说了一遍。陈亥、江顺道:"这样说,果然是个妖怪了。"

那些庄上人道:"我们这竹园里,一向原有两个狐狸,时常变作妇女模样,出来迷人。我这里庄上的人没一个不被她迷过。多时要访个有法术的人来,计较他一番,并不曾见一个。因此至今还耽搁在这里。"陈亥道:"我们替你去请那个假天师,除了这两个精怪,如何?"众庄上人欢喜道:"我们常听得人说,有个什么假天师,会得拿妖捉怪。不知在哪里居住,可请得他来吗。"

陈亥、江顺指着假天师笑道:"这一位就是假天师。我们也闻得这个消息,特地请他来的。"庄上人道:"果然就是,这正是请也请他不来的。今日既到敝庄,难道干休罢了?决然要替我们把妖怪除一除去。"假天师满口应承道:"使得。"陈亥便叫轿子先送娄公子回去。

那些庄上人听他说个肯除妖怪,一齐问道:"天师,还是要用什么法器?"假天师道:"法器我们都带得有在这里。只要向东北方上搭起三尺高一座台来,再取洁净杨柳枝一束,净水一瓶。管取立时间便把那精怪拿到。"众庄上人道:"终不然是这样容易的。我们前者没要紧,到城里去请一个先生遣一遣,被他起发了无数东西,端的又遣不去。原来天师只要得杨枝净水,就可拿得妖怪,这等也是个真手段。"一齐欢欢喜喜走到竹园里来。

不多时,台已搭完。假天师走上台去,取出法器,一只手捻着玄武诀,一只手执着七星剑,口中念动真言咒语,向西南角上喷了一口法水。猛可的竹林里晰晰飒飒起了一阵阴风。众人吃惊道:"妖怪来了,妖怪来了!"

假天师等待这阵风头过去,连把符烧了三道,又把咒来念了一遍,将剑向东北角上一指,只见半空中扑的甩下两条白雪雪的东西来。

众人赶上前去一看,却是死的两个玉面狐狸,有诗为证:

> 孽畜成精屡害人,李家庄上久为邻。
>
> 千般变幻妖娆态,百计装成窈窕身。
>
> 顷刻从教输意气,须史必欲耗精神。
>
> 天师虽假法不假,似雪双亡现本真。

一齐把舌头乱伸,道:"好法术,好法术。这两个妖精作怪多年,今日结果在这天师手里。且请天师到敝庄去,待我众人打点些薄礼相谢。"陈亥、江顺道:"这是我们请来的,如何要你们众人相谢?"众庄上人道:"二位相公,这是替我们一方人除害,怎么说这句话?"一面扯扯拽拽,只得又转到庄上去。

众人把酒肴整治将来,大家饮了一会。酒至将阑,又送出三两银子与假天师。假天师不好便收,陈亥、江顺也难好教他不要收,推逊多时,假天师只得笑纳了。三人遂作别起身,同进了城。假天师便要分路回去,陈亥、江顺再三留到娄府去,假天师坚执推辞,陈亥、江顺遂与分路。

两个恰正回到娄府,只见门楼外歇着两乘轿子,便去问管门的。却是俞公子与林二官人,因知昨夜事情,两下齐来探望。只得站在门楼外,等了一会,直待送客出来,方才进去。见了娄公子,便问道:"公子可无事吗?"娄公子道:"只是精神有些倦怠。"陈亥取笑道:"这是昨夜忒风流过度了些。"娄公子道:"可拿得些什么妖怪?"陈亥、江顺道:"却是两个玉面狐狸。"

娄公子道:"好,好,也替地方人除了害。如今假天师在哪里?"陈亥道:"李家庄上谢他三两银子,先回去了。"娄公子道:"这应该留他回来,我这里还要谢他。"陈亥道:"我们同进城来,苦苦相留,他十分推却,只得任他去了。公子若有这个意思,明日着人送些礼去谢他便了。"娄公子道:"言之有理。"便吩咐洒扫西廊下书房,与江顺宿歇,把他的马匹,带到后槽去喂草料。

次日,江顺起来,便要作别回去。娄公子哪里肯放,只得一连又住了十多个日子。一日,正在堂前与娄公子告别,忽见门上人进来,说道:"外面有个报夏方信息的要见。"遂又站住了脚。娄公子便教快请进来。

那人进见娄公子，倒身便揖。娄公子问道：“足下可晓得夏方的信息吗？”那人道：“小子曾与他识认，半月前他被荆州一个流棍，叫做什么‘走盘珠’的撞见，衣囊物件尽皆劫去。如今来又来不得，去又去不成，现住在杨公庙里。”娄公子道：“我常闻得他说，荆州有个什么‘走盘珠’，原是他的对头，今日敢是冤家相遇了。”

江顺道：“杨公庙不知在哪个所在，此去有多少路程？”那人道：“出西门去，离城约有五十里地面。”江顺道：“待我去看一看来。”陈亥道：“江兄，若果是夏方，决要同他转来。”江顺一边走，一边答应道：“自然，自然。”走出大门，把马带将过来，一脚跨上，随手扬鞭，腾云而去。

不满两个时辰，就到杨公庙了，连忙下马，走进庙门一看，却是冷清清的古庙。四下墙垣壁落，尽皆坍塌。中间神像，也是东倒西歪。香烟并无一些，哪里见个人影。江顺暗忖道：“这决不是那报信的人吊谎，莫非他知我来的消息，先避到哪里去了。”正待走转身来，只听得神柜内有呻吟之声。

江顺偷睛瞧了一瞧，却见一人睡在那里。江顺便问道：“你就是夏方吗？”那人道：“我就是夏方，你敢是‘走盘珠’的羽翼吗？”江顺笑道：“你果是夏方，可还认得我江顺否？”夏方道：“江顺原是我相知朋友。他三年前已曾往延安府去，至今未回。难道你就是江兄？如何知我在此？”江顺道：“你且出来，认我一认，便知端的。”

夏方便慢慢哼哼向神框里钻将出来。见了江顺，仔细一看，两眼汪汪，便说道：“江兄，我今番落魄得紧了。这几年你晓得我的行径吗？”江顺道：“我听人说将起来，都是你自取之祸。”夏方道：“这句话是什么人讲的？”江顺道：“是娄公子对我说的。”夏方道：“他还说我些什么短处？”

江顺道：“他说，两年前骑了他一匹青骢马去，卖了五千两银子。去了一向，端然弄得个没下梢回来，又亏他收留了你。两月前，突然间又拿了陈亥的许多衣物走了出来。当初是我不合把你荐将进去，只指望做个久长相处，今朝做得这样不尴不尬，教我体面何存？”夏方道：“江兄，我也晓得别人家东西，欺心来的，到底不得受用。只是一时短见，谁想有这个日子。”江顺道：“你如今懊悔也是迟了。却有一说，依他失单，开上许多物件，难道俱是没有的？”

夏方道：“江兄，一言难尽。起初青骢马一事，不必言矣。如今我又承娄公子收留，并无半句说及前情，此莫大之恩，今生无可报答。只是陈亥同在书房，体面上却像相知，时常有些侮我之意。及至端阳，同往凤坡湖看斗龙舟，不想俞公子招他下船饮酒，他不肯去，我好好劝他，既承俞公子相招，决用领情的。他就怪我起来，出言无状。后其间，端被俞公子扯下船去了，只剩得我一个，带了小厮回来。心中其实忿他不过，便呆着主意，指望拿了那些东西到别州外府去，变卖些银子，做个资生之本。谁知冤家路窄，来到这杨公庙里，劈头撞着那荆州府一个回子的光棍，名唤沙亨尔，绰号走盘珠，与我有些夙忿，结合几个贼伴，把那些衣囊物件尽行打劫，刚刚留得这条穷性命，还不知死活何如。"

江顺道："看你这等一个模样，终不然在这冷庙中过得日子。如今待我依旧送你到娄公子府中，他那里还毕竟是养人之处。"夏方道："江兄所言，甚是有理。只因我做了这两件歹事，何颜再见江东父老？"江顺道："你既不肯转去，必须寻个长便才好。你的主意，还要到何处安身？"

夏方道："我在这里，决然安身不牢。不知仍旧到湖广紫石滩莲花寺去，寻我孩儿夏虎过几个日子罢。"江顺道："此去湖广，路程遥远，非一日二日可以到得。腰边并无分文，这等形状，如何去得？"夏方见江顺说了这番，流泪如雨，道："这也说不得。事到其间，情极无奈，哪顾得羞耻两字，一路上只是求乞便了。"

江顺道："我你都是衣冠中人，须要循乎天理，听其自然。宁可使那贫窘来迫我，安可自去逼贫窘，还说这样没志气的话儿。也罢，我也不好劝你回去，幸得我今日正要到一个所在，身边带得有三四两零碎盘缠银子，你可拿去。千万再不要在这里耽延，明早速速起身去。"夏方道："江兄既有这段美情，正是起死回生。我做兄弟的，无可补报。"江顺笑道："三四两银子，哪里不结识个人，况尔我原是旧相知，何必计论。"遂向袖中把银子摸将出来，双手递与夏方。

夏方接了，道："江兄，银子接了你的，只是我这个模样，不知几时才挨得到哪个所在。"

江顺暗想道："正是，倘到前途去，行走不便，万一有个不测，却怎么好？"又向夏方道："我乘着一匹马在此，一发送与你乘去罢。"夏方便欢天喜地道："难得江兄这等厚情，与我银子，又与我马，今生骑了江兄的马，来生决要做一马，偿还江兄恩债。"

江顺道："朋友有通财之义，何须挂齿。天色已晚，我还要进城，你可随我到外面，把马交付与你，我好回去。"夏方随他走出庙门，看了那匹马，仔细相个不了。江顺道："这马虽然比不得五千两的青骢，也将就走得几步，只是一路上草料要当心些。"夏方答应道："这个是我自己事，晓得，晓得。"便把缰绳带在手中，两下拱手而别。诗曰：

　　不义得来不义失，栖迟冷庙生难必。

　　多亏银马并周全，千里寻儿获安逸。

说这娄公子与陈亥等到一更时分，还不见江顺回来。正在那里说他，只见门上人进来说道："江相公回来了。"陈亥道："同了什么人来？"门上人道："只有江相公一个。"娄公子便着家里提灯出来引导。

江顺进到中堂，娄公子问道："江兄回来了，可曾见得夏方吗？"江顺道："不要说起，一发落托得紧在那里。"娄公子道："怎么不与他同来？"江顺道："小弟再三劝他，他再四推却。说道：'纵然公子宽宏大度，有何嘴脸再去相见。'"陈亥道："这样说，他还有些硬气。"娄公子道："他既不肯转来，毕竟要到何处安身？"江顺道："他说有个孩儿名唤夏虎，现在湖广道紫石滩莲花寺里。他的意思，如今要投奔那里去。"

娄公子道："他又错了主意，我这里到湖广，也有无数路程，终不然赤手可以去得吗？"江顺道："不瞒公子说，小弟见他十分狼狈，身边带得几两银子，尽数与他做了盘缠。"陈亥道："世间有你这样的好人，见了这个贼朋友，还肯把银子结识他。"娄公子道："恻隐之心，人皆有之。这也是江兄看旧相处面上。"

看看到了二鼓，江顺道："小弟行了这一日，身子有些困倦，意欲去睡。"娄公子道："先请稳便。"遂着家童吩咐管槽的把江相公的马好喂草料。家童回道："江相公并不曾骑马转来。"江顺道："实不相瞒，小弟的马，也与夏方去了。"陈亥道："莫非又被他骗去的？"江顺道："这是小弟怜他一路上行走不便，特地把他骑去的。"娄公子道："这个又是江兄。若是小弟，决然不肯。"江顺作别，先进书房睡了。娄公子与陈亥又在堂前坐一会，方才进去。

次日，江顺起来，便与娄公子作别起身。娄公子道："江兄，此行还是到哪里地方？"江顺道："小弟还要到延安府去走一遭。"娄公子道："几时再得相会？"江顺道："多只一年，少只半载，决有个聚首的日子。"

陈亥道:"江兄的马与了夏方,把什么乘去?"娄公子道:"正是。没了马,一路上怎好长行? 快着家童去唤那管槽的,厩中有可长行的马,带一匹出来,送江相公去。"管槽的就带了一匹马出来。江顺道:"小弟的马倒送了别人去,如今又要公子转赠,这就是受之不当了。"娄公子道:"说哪里话。江兄从直乘了去,小弟就好放心。"江顺便倒身唱喏,深深致谢,遂作别出门。娄公子与陈亥,同送到门楼外。江顺就上了马,带住缰绳,又与娄公子说几句话,方才加鞭前去。诗曰:

良马将来赠故知,临行复得友相资。

为些善事天须佑,留与人间作样儿。

那娄公子自江顺别去,不觉流光如电,转眼又是半年光景。整日居恒无事,与陈亥在家,依先把那旧本头时常研究。

一日,乃是三月暮春天气,林二官人较猎西郊,先期已曾着人来,邀娄公子和俞公子同往。两个届期相约,各带几个随从家童,乘着骏马,备了弓矢,一齐簇拥出城,俱到魁星阁里相会。三人会齐了,遂各换了装束,一个个骑着高头骏马,拈弓搭箭,飞奔上山。

原来各家随从的童仆,十有七八都是晓得武艺,也有执着枪棍的,也有持着弹弓的,连呐三两声喊,各人脚下就如生云一般,奔上山去。那三匹骏马,果然一匹胜如一匹,便是平地上走,也没有这等便捷。看看走了个把时辰,那三匹马气呼呼的有些喘息起来,大家就在一带竹林里面停住。那些赶猎的人,见后面不来,一齐休歇。刚刚拿得几个獐麂①鹿兔之类,都寻到竹林里来,各自献功。俞公子道:"今日我们三人齐来出猎,也算得是一场高兴。若拿不得一件奇异东西回去,可不空走了这一遭?"林二官人道:"二位仁兄,果然有兴再往,且回到魁星阁里打了中火,然后再耍一回何如?"大家欣然拨马回来。

不知再去拿得甚么奇异东西? 且听下回分解。

---

① 麂(jǐ)——小型鹿类动物。

第 十 七 回

三少年会猎魁星阁　众猎户齐获火睛牛

诗：

> 猎较深山美少年，如飞龙马欲登天。
> 追风蹑电真稀罕，度岭穿云果捷便。
> 异兽获来中国贵，灵丹求去重臣瘥。
> 人当福至心灵日，作事何愁不万全。

三人同会到魁星阁里，已是午后。林二官人吩咐随从的把这三匹马卸了鞍辔，都带到后面涧边吃了水，喂了料，又将息一会。三人午饭完毕，将近红日衔山的时候。人又抖擞精神，马又展增气力，一齐装束停当，扳鞍上马，竟不由原路去，各自奔一条小路。

三人分路，约摸去了一个时辰，林二官人与俞公子，在山嘴头劈面撞着。两家并不曾拿得一个野兽，都是空手归来。俞公子在马上问随从的道："这是什么所在？"众人道："过去前面三里多路，就是杨公庙了。"林二官人道："俞兄，天色渐晚，不知娄兄从哪一路来？"众人道："这个山嘴，这一条官路，娄公子少不得要往这官路转来。"林二官人道："要来，也只是这个时候。我们且带马下了山坡，寻个所在等他一等。"俞公子道："林兄言之有理。这正所谓：同行莫失伴。快趁早下山坡去。"两个齐下了马，携着手，慢慢踱将下来。

正走间，只听得后面山坳里马铃声响。俞公子道："这敢是娄兄回来了？"不多时，那马已到面前。林二官人问道："马上的敢是娄兄吗？"娄公子道："正是小弟。"连忙跳将下来，问道："二位仁兄，适才是分路去的，怎么如今一路回来？"林二官人道："小弟与俞兄，也在这里撞着的。"娄公子道："二位仁兄，可拿得些什么东西？"林二官人道："一些也没有。"俞公子道："娄兄可拿得些什么？"

娄公子道："小弟却才与二位仁兄分路而去，不上行得三四里，经过一片黑松林，只见一伙猎户，执了器械，一个个吓得面皮乌青，飞也一般跑将出来。小弟问他什么缘故，众人道：'这黑松林里有一个怪物，去不得。'小弟问他：'是什么形状？'那些猎户说：'生得状如水牛，身上颜色与斑毛大虫一般相似。'小弟便壮着胆，便叫几个猎户指点引进去一看，那个怪物果然眠在深草窝中，见人到了面前，连忙爬将起来，把身抖了一抖，张牙露爪，大吼一声，委是吓得人心惊胆裂。小弟就扯起弓来，扑地一箭射去，刚中了那怪物的眼睛，便熬不住疼痛，翻身向地上打了七八个滚。那些猎户各执器械，一齐乘势向前，尽着气力，把它打个半死。"

林二官人大喜道："这个还是什么东西？娄兄既然打倒了，何不着几个人扛了回来，待小弟们看一看也好。"娄公子道："小弟已着人捆缚抬来，就在后面。"说不了，只见五六个人气呼呼抬到了。林二官人道："不可放松了索子，就抬到魁星阁去。"众人听见吩咐，一直抬了便走。

三人一齐上马加鞭，竟到魁星阁里。众人把那怪物将来放在甬道上。俞公子便教点起火来，向前仔细一看。那两只光碌碌的火眼金睛，睁起如铜铃一般，真个吓得煞人。俞公子咬着牙根道："好厉害的东西，莫说别样，只看这两只眼睛，也要吓死人了。又是娄兄去，还捉得他来，若是小弟去，到反被他捉住了。"娄公子道："林兄出猎多遭，毕竟认得这个怪物，唤做什么名色？"

林二官人道："小弟虽然经识些过，并不曾见这件怪物。"娄公子道："如今更深了，我们且进城去，把这件东西着几个人在此看守。待到天明，再与二位仁兄出来，寻个空阔所在，抬去杀了也罢。"林二官人道："既然如此，我们今夜就在这里借宿了，省得明日又走一遭。"俞公子、娄公子一齐应道："如此甚好。"即便打发众猎户回去，又着几个家童把那个怪物管着。三人就在魁星阁里安歇。

原来这个东西，又不是精，又不是怪，南方并无此物，所以人都不识得，名唤火睛牛，出在西番。那个所在，专出海犀。海犀若与龙交，就生出这一种来。固虽形状生得狰狞，从来不会伤人。其性最热，皮可御寒。胆最贵，人得了系在身边，能驱诸邪，瘳百病。说这汴京与西番国，不知千山万水，间隔多多少少路程，火睛牛焉能得够到此？只为当初汴京有个曹容参将，出征西番，闻得此兽好处，遂带了雌雄一对回来。哪里晓得雌的不受龙气，生出来的就是水牛。那雄的几年前已被人捉去了，只剩下这一个雌的，却又被娄公子拿了来。

　　说他三人正睡得倒，只听得火睛牛在外边叫了一夜，其声如雷。这壁厢吓得个娄公子、俞公子魄散魂飞，那壁厢吓得个林二官人心惊胆战。这三位公子被他惊恐了几个更次，翻来覆去，合着眼便醒转来，何曾睡得一觉。巴到天明，一齐起来，跑到廊下，只见火睛牛生下两只小牛儿。只见身上毛生五彩，角有光炎，到底有些龙气，虽是牛形，实与凡牛迥别。三人看了，惊讶道："好古怪，怎么一个像大虫的东西，突地生出这两条牛来？"俞公子道："决是个怪物，快着人抬出去杀了，剖开膛来看看何如？"林二官人道："如今到要留着他。若是把他杀了，这两只小牛决然饿死，岂不是害了他三条性命。"

　　俞公子对娄公子道："这是林兄一点仁心，必要抚养得好。还是养他在哪里？"娄公子道："小弟马房甚多，待小弟着人抬他回去，养在马房中罢。"林二官人道："马房中如何养得他？小弟庄上，尽有牛栏。就待小弟带去，暂养几时。且把这两只小牛养大了，再作计较。"娄公子、俞公子道："既是林兄庄上好养，就烦林兄带去便了。"林二官人便着两个精壮的过来，把火睛牛抬了，又着一个把两个小牛儿担去了。三人遂上马，起身前去。诗曰：

　　　　一片仁慈性，垂怜此畜生。

　　　　堪嗟牧养者，不体物中情。

　　说那两条小牛，自林二官人带到庄上，养了三四个月，渐渐长大。一日，娄公子约了俞公子同到林家庄上，特看小牛儿。林二官人指引到牛栏边，同去看时，娄公子见了这两个小牛道："原来这些畜类容易长成，两三个月不见，就比前大不相同了。"

　　不意这畜生也通灵性，那两个见娄公子说了这几句，猛可的眼中流下泪来，三人不解其意。不多时，那火睛牛也把眼泪掉下。娄公子与俞公子惊疑道："这是什么缘故？"林二官人道："又是一桩奇事。小弟往常来到栏边，这个大怪物同这两个小牛儿，慌忙躲避。今日见了二位仁兄，缘何就此悲戚起来？教小弟一时间思忖不出。"娄公子道："林兄，畜生也有灵性，知觉与人相同，只是口中讲不出几句话儿，心中何尝不明白。"林二官人笑道："娄兄，你可晓得他因什么掉泪？"娄公子道："我也解他不出。"

　　俞公子道："这有何难。小弟家中有一老奴，唤名俞庆，善察兽形。着他来一看，便可晓得缘故。"娄公子道："这里到城中，一往一来，有许多路。等得他来，眼泪可不流干了。"林二官人道："这也不打紧，去来不过二十里，小弟有好马在这里，若是俞兄着位管家去，就带出来与他乘了，相烦走一遭。"俞公子笑道："林兄若肯把好马出来，莫说家童肯去，便是小弟也肯去了。"

林二官人便吩咐带匹好马出来，俞公子就打发一个家童立刻回去。果然好匹快马，不消半个时辰就转来了。俞公子见家童来得速煞，无限欢喜。林二官人、娄公子一齐出去，站在庄门首，三人六只眼，巴巴的只望个俞庆到。哪里晓得等了一个时辰，那俞庆还不见来，心下好焦躁。

这三个聪明公子，也是有些一时懵懂，怎知一个是马来，一个是步行，自然不能够齐到，况且又是老年的人。正等得个气叹，欲意走进庄门，只见那俞庆一步一跌，走到面前。俞公子见俞庆到了，回嗔作喜，也不问些什么，遂引他到牛栏边。

俞庆见了，吃上一惊道："林相公，缘何有此物？"林二官人道："你可晓得，他叫做什么名字？"俞庆道："此物名为火睛牛，出在西番国里，皮能御寒，胆可治百病，祛诸邪。当年只有我汴京曹容参将出征西番，曾带此种回来。"娄公子道："原来有这一种形相。"俞庆道："那西番国最多的是海犀，海犀与龙交了，就有此种。"

林二官人道："你可相一相看，为何流涕不止？"俞庆仔细看了一会，叹口气道："哎，可惜这样一个异兽，不会牧养他，早晚间寒寒暑暑，受了这场大病。"三人一齐道："原来有病在身上了。如今哪里去寻个医牛的郎中来医治他？"俞庆道："就寻得来，也医不好。多应只在早晚间有些不伶俐了。"林二官道："早知道你晓得他是个值钱的东西，何不寻你看看，爱好抚养他，不见这个模样。"

娄公子道："如今若要得他的皮，取他的胆，可是不能够了。"俞庆道："得他皮，取他胆，正在这个临危之际，若是平白地好好的时节，要杀他，怎么舍得，倘待他死了去取，总是无用之物。公子们果然要他皮胆，不宜迟了。"林二官人道："毕竟要在这个时节取的才好。也罢，我们既有了这一点刚狠狠的心肠，便顾不得他活泼泼的一条性命。只是没个人会动手的，如何是好？"俞庆笑道："这有何难，只要取一把刀来，我俞庆也会得动手哩。"

林二官人便吩咐取了一把纯钢的尖刀来，递与俞庆。俞庆道："三位相公可退一步。"三人便闪过一边。你看三四百斤的这样一个夯东西,一步也走不动,终不然一个人可处置得他出来。只得持了刀,翻身跳进牛栏里面。果然畜生也通人意,那两个小牛儿,见他手中拿着一把光闪闪的钢刀,一发把个眼泪掉个不了。俞庆硬着心肠,觑定火睛牛,提起刀来,望心窝里尽力一刺。可怜一个数十年的火睛牛,顷刻间便结果在俞庆的手里。

俞庆又去唤了几个人相帮,拖出栏来。竟不用一些气力,自自在在,开了膛,剜出肝肺,先把胆来取了,然后慢慢地再把皮剥将下来。林二官人便走近前,两个指头便拿起胆来,向鼻边嗅一嗅道:"果然是件宝贝,拿到嘴边,自有一种异香扑鼻。"娄公子、俞公子一齐道:"难道真个是香的,待我们也闻闻看。"两个也拿起来嗅一嗅,便笑逐颜开,指着俞庆道:"你果然是个识宝的主儿,若不是你说,我们哪里晓得有这样的奇物。"

林二官人道:"这火睛牛当初原是娄兄得来,今日这副胆和这张皮,还该依旧奉与娄兄去。"娄公子笑道:"林兄差矣,若是这等说,毕竟要小弟算还草料银子的话头了。"林二官人道:"也罢,小弟有一个愚见识,把胆做一处,皮做一处,两个小牛做一处,分作三股平分。拈了三个阄儿,与两位仁兄拈着为定,却不是好?"娄公子大喜道:"林兄之言,甚合吾意。妙,妙。就烦林兄写阄。"

林二官人便去写了三个纸团,放在一只碗内,回身走来,递与他二人。三人各取一个。林二官人便等不得,连忙拆开一看,纸上写的却是个"皮"字。娄公子打开,却是个"胆"字。俞公子是"火牛"二字。三人依阄分定,都着家童取了。林二官人当下整酒款待,大家开怀畅饮,直到杯盘狼藉,娄公子、俞公子方才起身,作别进城。诗曰:

> 得自一人手,经分不可偏。
>
> 拈阄为定据,三子各安然。

说他三人,各分了一件,去后指望做个镇家之宝。谁知不上两三个月,俞公子家的两个小牛就先死了,林二官人的火睛牛皮被人盗去,刚刚只有娄公子还剩得个火睛牛胆在家,料来也毕竟要归着一个人手里。

且听说,还归着哪一个人?这个人,说将起来,名又高,位又尊,在一个之下,居万姓之上。你道是哪个?恰就是汴京云和村里一个大乡宦,姓韦，名宾，官居极品，兼修武弁，年纪未及耳顺①，倒染了一身老病，因此告假，暂回林下。遍访天下名医，不得其效。

这也是韦丞相合当病好，娄公子该得出身所在。原来那陈亥，向年原是韦丞相府中的门客，韦丞相见他为人忠厚，作事周全，十分欢喜，临上京的时节，决要和他同去。那陈亥因有妻子在家，上无公姑，下无伯叔，放心不下，不知用了万千委曲，所以辞了出来，就寻在娄公子那里做个退步。不料韦丞相去得无多日子，遂告病回家。

这也是陈亥不忘旧主之意，一日积诚特来拜望。这韦府门上人都是认得的，便进通报。韦丞相着人出来，直请到后边记室里相见，便把病缘细说了一遍，然后问道："陈先生，你可哪里访得有秘方吗？"陈亥低头想了一想，满口答应道："有，有。我那娄公子处有一件宝贝，唤做火睛牛胆。随你百般疑难的症候，把他磨几分服下，立时便好。"韦丞相道："岂不是真宝贝了。这个怎么容易借得他的来一用？"陈亥道："要借他的，其实不打紧。只要韦爷这里打点几样礼物送去，待陈亥在旁撺掇借来，有何难处。"

韦丞相道："讲得有理。就是娄公子不允的时节，有陈先生在那边撺掇，料来也却不得面情，自然要借一借。只是要送些什么礼去才好？"陈亥道："谅那娄公子，也不争在这些礼物上，只凭韦爷寻几件出得手的送去便是。"韦丞相便吩咐书房中写下礼帖来，却是那四件礼物：

左军墨迹二幅　　　象牙八仙一副

真金川扇十柄　　　琥珀扇坠四枚

韦丞相把这四样礼物打点齐备，便着一个院子随了陈亥，特地送到娄公子府中。娄公子听说韦丞相有礼送来，不知为什么缘故，拿帖子一看，又不好收他的，又不好却他的，转身便与陈亥商量。陈亥道："娄兄，韦丞相的意思，都在小弟肚里，只要娄兄把礼儿收了，小弟才敢说。"娄公子道："陈兄若不说明，小弟毕竟不好收他的。"陈亥笑道："娄兄，这样说，决要说了才肯收吗？也罢，小弟就说了罢。"

毕竟不知陈亥说出些什么话来？这娄公子收了礼物，还有什么议论？再听下回分解。

---

① 　耳顺——孔子曰"六十而耳顺"。耳顺，听了别人的话能辨别真假。文中指年纪未到六十岁。

第 十 八 回

韦丞相东馆大开筵　盛总兵西厅小比射

诗：

世事茫茫难自料，一斟一酌是前缘。

火睛牛胆非容易，丞相瘥安岂偶然。

东馆开筵因报德，西厅比射不妨贤。

封书远达开贤路，公道私情得两全。

这陈亥见娄公子决要他说个明白，方才肯收礼物，只得对他实说道："娄兄，如今韦丞相染了一身病症在家，遍访宇内名医，并无一效。小弟闻得娄兄家藏有那火睛牛胆，服之能愈百病，因此与韦丞相说了。特送这些礼物来，要借去试一试看。"娄公子道："陈兄，如此说，教我一发不好收了。况且这火睛牛胆可以谬①百病，虽有此说，其实未曾试验。倘若不得其效，可不反误了韦太师的一身大事。"

陈亥道："娄兄，若是礼又不收，火睛牛胆又不借去，那韦丞相只道小弟言而无信了。依小弟愚见，还借他一借，包管在我身上送还。一则不拂他积诚恳借的意思，二则又全了小弟的体面。"娄公子道："兄既如此说，火睛牛胆我就与兄送去，礼物小弟一些也不好收。"陈亥道："不收礼物，拿了火睛牛胆去，俗语叫做'无钱课不灵'，就有效也无效了。"娄公子道："恭敬不如从命。我且权收了，再作计处。"遂到书房中取出火睛牛胆，即递与陈亥。陈亥收了，欢欢喜喜，连忙送去与韦丞相。

恰好韦丞相正在那里盼望，听说陈亥来了，便吩咐依旧请进记室中相见。陈亥见了韦丞相，把火睛牛胆双手送上。韦丞相打开包来一看，只闻得异香扑鼻，高声喝彩道："陈先生，果然是件妙品。莫说吃下肚去，就可瘥得病来，若闻了他，这一阵异香钻入七窍里去，身子就清爽了一大半，还愁什么病不好哩。"陈亥道："如今就取些水来磨了，试一试看。"

---

① 谬——疑为"瘳"误。瘳(chōu)，病愈。这里引申为治疗。

韦丞相道:"陈先生,那娄公子这样的胆儿,不知有多少在家里? 若是没有几个了,我把这个完完全全的磨动了,可不被他见怪吗?"陈亥道:"娄公子既肯相借,就都用了何妨。只是尊恙好了,须别尽一个情就是。"韦丞相点头微笑道:"陈先生,服将下去,老夫病体若得全瘳,决当大开东馆,广列绮筵,款娄公子为上宾,以酬恩债。"陈亥回笑道:"韦爷,陈亥主荐的,明日只做个陪客罢。"

韦丞相呵呵大笑一番,随即吩咐院子,取了半钟清水,把那火睛牛胆略磨少许,服将下去,便倒身睡了一会。只听得肚里微微有些声响,韦丞相道:"陈先生,这响声却是什么缘故?"陈亥道:"有病症的人,服了妙药,自然腹中作响。若药力不到,安能如此?"韦丞相道:"作响有何好处?"陈亥道:"药性行到五脏,把久塞滞的肠胃一旦疏通了,故有此响。"韦丞相道:"讲得是,讲得是。霎时间,我的胸膈却像有些宽泰了许多。"

陈亥道:"娄公子虑不能见效,如今看起来,收功在这胆上了。但娄公子珍藏此胆,非韦爷大福,恐不能得。"韦丞相笑道:"这是陈先生主荐之力。我着人收拾书房起来,就屈留在此,陪伴几日,看个好歹去罢。"陈亥道:"这个,陈亥无不从命,只恐厚扰不当。"韦丞相道:"陈先生,我和你原是旧宾主,怎么说出这句话来?"陈亥便不则声,只索在府中权住了四五个日子。

原来这韦丞相只要病好,竟不管火睛牛胆是一个宝贝,每日取清水磨来,连服三五次。不满数日之间,把这个火睛牛胆磨得一些也不剩,病症也十分痊愈了。韦丞相喜不自胜,声声感激娄公子美意,又亏陈亥主荐之功。诗曰:

　　老病恹恹①缠此身,延医无药效如神。

　　争知一味西牛胆,起死回生台阁人。

即命院子洒扫东馆,大开筵席,遂写了一个翌日请帖,就浼了陈亥,同了院子,竟到娄府中投下帖子。

娄公子问陈亥道:"陈兄,前日多蒙韦丞相赐过厚礼,心中尚觉歉然。今日复蒙召饮,怎么是好?"陈亥道:"娄兄,韦丞相此酒,原不为着别的而设。只因前日借了火睛牛胆去,只服得三四次,病症全然好了。所以特设

―――――――――――――

① 恹恹(yān)——精神不振貌。

此席,为酬厚情故也。"娄公子道:"小弟欲回一个辞帖,若是这样说起来,倒不好却得丞相美意,必然要去走一遭。"

次日,韦丞相差人送了速帖,陈亥就同了娄公子到韦府中赴饮。门上人进去通报,那韦丞相与盛总兵同在滴水下迎迓。

说这盛总兵,名铉,原是武进士出身,因先年西番倡乱,同那曹容参将出征,屡得大功,圣上喜他,遂加升左府都督,仍领总兵事,镇守西番。只为有了年纪,哪里当得边上这些风霜,哪里受得行伍中这些劳苦,所以辞官回来,把长子盛坤交代在那里镇守去了。这韦丞相幼时原与他是同窗朋友,肺腑相知,可称莫逆之交。虽然三二十年宦途间隔,况且音问尝通,不期一相一将都在林下,亲故不失,不是你来望我,就是我来探你,两个依旧时常往来。

这日,盛总兵闻得韦丞相病体好了,心中大喜,特来探望。谁知韦府中正在大开东馆,排列绮筵,请那娄公子。韦丞相见他来得凑巧,就将他留住,做个陪客。刚在厅上饮得一杯茶罢,忽听报娄公子来,同了韦丞相迎入中堂。行礼已毕,韦丞相又自己过来,向娄公子深深揖谢,兼谢陈亥。

四人坐下,先把世情略谈几句,韦丞相道:"久仰贤契洪范,今日始挹①清标,正谓无缘,故尔相见之晚。"娄公子打个恭道:"老太师乃天衢贵客,台阁重臣,晚生一介寒儒,垂蒙青眼,实三生有幸。"盛总兵道:"贤契如此妙年,胸中豪气,必奋虹霓。目前坚志者,还是习文,还是习武?"娄公子欠身道:"晚生从幼习儒,欲得一脉书香,接父祖箕裘②。何期学未成而志已隳③,愧莫甚也。尔来窗下倒习些孙吴兵法,只是未得良师开导,心如茅塞,如瞽目④夜行,不知南北东西之方向耳。"盛总兵道:"据贤契此言,决在弃文就武。但当今之世,天下太平,偃⑤武修文,人人读书,以文相向,把武这一途轻如泥土。殊不知武弁中腰金衣紫,就如探囊取物。只

---

① 挹(yì)——此为"引见"意。
② 箕裘(jī qiú)——古人以箕裘比喻父兄世业。箕,古代指柳条编制的器具,裘,指衣服。箕裘,指代编制、缝纫的手艺、农业。
③ 隳(huī)——毁坏。
④ 瞽(gǔ)目——瞎眼的人。
⑤ 偃(yǎn)——停止。

是一件,虽然说得容易,那两枝箭日常间要操演个精熟,临场之时自然得手应弦矣。"

娄公子道:"依晚生论来,到是弓矢易习,策论①更难。"盛总兵道:"策论乃文人之余事,弓矢略能加意,两件都不打紧。贤契既有此志,我舍下有一所西厅,原是老夫向年创造,教小儿试演弓马的所在。贤契倘不见嫌,明日可到舍下,待老夫奉陪试演何如?"娄公子道:"老先生若肯开导,此是求之不能的。待晚生少刻返舍,整备弓矢,明早就来拜候。"

说不了,那院子忙来禀道:"酒席已完备了,请老爷们到东馆去。"一齐就走起身,来到东馆。娄公子四下一看,暗自喝彩,果然好个所在。诗曰:

> 相府潭潭真富贵,雕墙峻宇太奢华。
>
> 假令后代无贤达,世界何曾属一家。

韦丞相取过杯箸②,先来送盛总兵,盛总兵不肯受道:"今日此酒原为公子而设。老夫无意闯来,得作陪宾足矣,何敢僭③坐。"韦丞相便又转送娄公子,娄公子又以年幼推辞。三人谦逊了一会,盛总兵没奈何坐了左席,娄公子坐了右席,韦丞相坐在下面。

酒至数巡,盛总兵问道:"闻得老先生贵恙,几欲趋望,又恐有妨起居,以此不敢轻造。今日闻得贵体痊安,不胜欣喜。但不知是什么医人医好的?"韦丞相道:"老夫性命其实亏了公子。"盛总兵便问道:"老夫倒不知道,原来贤契精于医道,却也难得。"韦丞相便把借火睛牛胆的话说了一遍。

盛总兵道:"原来火睛牛胆有此大功,不知贤契此胆从何得来?"娄公子遂把昔日同俞公子出猎获来一事备说。盛总兵道:"此牛乃西番所产,我中国缘何得有此种?"娄公子道:"晚生曾闻说,昔日曹参将老先生出征西番,曾带有雌雄两种回来,这还是那时遗下的。"盛总兵道:"原来那火睛牛这样值钱。老夫昔日在西番的时节,要千得万。若晓得他有宝在肚里,当初也带几只回来,卖些银子,比着如今闲空在家,也好做做盘

---

① 策论——封建时代指议论当前政治问题、向朝廷献策的文章。

② 箸(zhù)——方言。筷子。

③ 僭(jiàn)——超越本分、本位。

缠。"韦丞相拍手大笑，大家又痛饮。

　　将次酒阑，盛总兵道："贤契果肯光降，老夫当扫径相迎。"韦丞相道："老夫明早请了同来就是。"盛总兵道："恰才贤契讲个俞公子，莫非就是俞参将的令郎吗？"娄公子道："正是。"盛总兵道："他令郎也是通些武事吗？"娄公子道："若说俞公子才能，比晚生更加十陪。"盛总兵道："老夫竟不晓得。这正是：有其父，必有其子。真可羡也。老夫明早就着人去接他来，同到西厅，与贤契同演一演弓矢何如？"娄公子道："他原与晚生同业，若得他来，一发有幸了。"韦丞相起身，取了巨觥，各人奉几杯。

　　天色将晚，娄公子便要告辞，盛总兵一把扯住道："今日虽是老太师的酒，请老夫奉陪，况与贤契乍会，适才又讲了许多闲话，不曾奉敬得一杯酒，连个酒量也不曾请教得。若是要回府去，只将这个大觥奉劝十觥便了。"娄公子见长者赐，不敢辞，连忙恭恭敬敬饮了五六觥。原来娄公子酒量也是不甚好的，这五六觥是推却不得，因此勉强吃强酒。韦丞相见他饮了这许多，只道他酒量是怎么好的，也来敬五觥。娄公子又只得勉强饮了，遂冒着大醉，起身作别回来。盛总兵也随后散了。

　　说这盛总兵回家，次早起来，一壁厢着人去接那俞公子，一壁厢着人打扫西厅。先打了步数，竖起一个垛子来，只要等这两家公子一到，就好较射。等到巳牌，俞公子先到，两个就向西厅里坐下，说了一会。直至中饭后，还不见娄公子来。

　　原来那娄公子昨夜因酒至醉，睡到这时才走起身。盛总兵与俞公子正在那里等得不耐烦，忽见门上人进来禀道："娄公子到了。"盛总兵遂同了俞公子，连忙出来迎将进去。三人揖罢，娄公子道："俞兄几时到此？"俞公子道："小弟在此等候多时了。请问娄兄何故来迟？"盛总兵道："贤契敢是夜来中酒吗？"娄公子道："昨晚蒙承老先生与老太师盛情，实是沉醉而归。"

　　说话之间，连换了两杯茶。盛总兵道："贤契可带得弓矢来吗？"娄公子道："晚生已带在此。"盛总兵道："二位贤契，请到西厅里去坐。"娄公子、俞公子便站起身来，三人同到西厅。

　　娄公子仔细一看，只见四下雕栏曲槛，异卉奇花，果然十分齐整。汴京城中，一个宰相，一个总兵，皆是新发人家，盖造的房子，何等雕巧。娄公子、俞公子住的旧宅，见了宁不骇异。

盛总兵只因约了两家公子较射,预先把垛子竖在那里了。娄公子道:"老先生还打多少步数?"盛总兵道:"老夫打的是一百八十步。"俞公子道:"可是太远了些吗?"盛总兵道:"正是,贤契讲得有理。今日二位比射,还该打个糙数,快着院子把垛子移近了二十步。"

娄公子与俞公子各上了扎袖,持弓搭箭,拽个满弦,扑的放去,一齐刚刚都射中在垛子中心。盛总兵站在旁边,看了大喜,便高声喝彩道:"射得好,射得好! 不枉了天生一对。"两个又扯起弓来,连发了九矢,都有七八枝上垛。

盛总兵道:"老夫倒不晓得,我汴京城中有这两个豪杰,岂不是天生成的? 我想大材必有大用,老夫备有小酌,预为二位贤契庆了。"两个即便放下弓矢,除下扎袖,一齐欠身道:"多蒙老先生指教,又兼叨扰,何以克当。"盛总兵道:"二位贤契既抱如此才干,当今用武之秋,正大才展布之日,不宜株守穷桑,以至废时失事。"娄公子道:"晚生与俞兄素有此志,一来怠惰偷安,二来未有机会,所以欲速不达。"

盛总兵道:"这也不难。二位贤契既有此志,况兼文武全才,自然建功立业。老夫有一敝相知,见任吏部左侍郎,忠心为国,极肯荐贤。待老夫修一封荐书,他那里必然重用。不知二位尊意如何?"娄公子道:"蒙老先生盛情,慨然荐举,即当策马西行,安敢延挨? 倘得一官半职,感恩匪浅,只虑俞兄未必肯去。"俞公子道:"娄兄,吾辈所学何事? 今蒙老先生美情,况有足下同行,固所深愿,并不因循。"娄公子道:"俞兄,难得者时也,易失者机会也。一言已定,明日小弟与仁兄积诚还到老先生处,相求荐书,三五日内收拾行囊,即便起身矣。"

正说间,门上人报道:"韦丞相爷到了。"盛总兵连忙去换了公服,就同两家公子直到大门迎接进去。到厅上相见礼毕,韦丞相道:"可喜二位公子俱到此了。"娄公子道:"晚生们来此已久,专候老先生台驾降临。"韦丞相道:"老夫有一事耽延,然亦不敢爽约,便是晚做晚,决定要来走一遭。"

盛总兵道:"太师公若早得一会,可不见一见二位的妙技。"韦丞相道:"看了二位堂堂仪表,凛凛风姿,自然是个英雄豪杰,何须定要技艺上见价。"娄公子、俞公子道:"晚生们再去取出弓矢来演一回,求老先生指教。"韦丞相笑道:"这到不消得。若是策论,老夫还晓得几篇。那弓矢上的工夫，一些也不谙。到是这等谈一谈好。"

盛总兵道："老夫有一事，正要与太师公商量。他二位有此才技，只少个出身门路。恰好吏部左侍郎常明元与老夫有旧，意欲写一封书，荐他二位到那里去做些事业。太师公，你道可好吗?"韦丞相道："这绝好一个门路，只恐二位不肯就去。若是果然肯去，老夫有一个极相得的同寅，见在吏部右堂，名唤谭瑜，待老夫也写一封书，两边作荐，怕没有个重用。"盛总兵笑道："妙，妙。既有这样一个凑巧的机会，万分不可错过。老夫与太师公明日就此写书，二位须当决意起身前去。"娄公子、俞公子齐道："若得二位老先生荐书，自有泰山之托，决不枉奔走一遭。"

大家说得高兴。忽见院子向前禀道："酒肴已摆列在西厅上了。"盛总兵道："方才只有二位公子，便在西厅。如今太师爷在这里，那西厅上怎么坐得，快去移到大厅上来。"韦丞相道："总戎公可听我说，我与你从幼通家，益且齿嚼①相等，若为老夫移席，岂不是忒拘泥了。"盛总兵笑道："既然太师公吩咐，敢不遵命，就到西厅去罢。"一齐起身，同到西厅，果然酒席摆列齐整。诗曰：

> 西厅今日绮筵开，将相交相送酒杯。
>
> 且喜荐贤书一纸，却教声价重如雷。

盛总兵取了杯箸，便送韦丞相的首席，韦丞相推辞道："今日之设，原是总戎公为款待二位公子的，老夫不过是一个陪客，安敢占坐首席，还该奉让二位公子才是。"娄公子、俞公子道："这个首席若不是老太师坐，总戎公又是主翁，难道晚生们敢有僭越之理? 倒不如从直了罢。"韦丞相算来推辞不去，呵呵笑道："老夫固可做主，亦可作宾，二位贤契既不肯坐，只得斗胆了"。韦丞相入了首席，娄公子、俞公子坐在两旁，盛总兵居了下席。

盛总兵道："二位贤契，请开怀宽饮一杯。老夫这一席酒就作饯行了。"韦丞相道："二位贤契去得仓促，老夫不及奉饯，如何是好?"两个公子欠身道："重承老太师错爱，又蒙总戎公美情，晚生们深自抱欠，惭愧万千，安敢再有叨扰。"盛总兵便去取了巨觥，合席送了几巡，慢慢共谈共饮。这回又比昨晚在韦府中更饮得夜深，直至三更才散。

----

① 齿嚼——喻年龄。

次日,盛总兵与韦丞相各自写了荐书,差人送到娄府。两家约定了初三日吉时起身,先把行囊打叠停当,娄公子把家中事务尽托付与妻子,遂带了陈亥同行。那林二官人知他们进京消息,一二日前整酒饯行。到了初三日,韦丞相与盛总兵俱来相送出城,各馈赆仪二十两。两家公子不敢推却,只得受了,感谢而去。

毕竟不知此去路上有何话说?几时显达回来?且听下回分解。

第 十 九 回

紫石滩夏方重诉苦　天官府陈亥错投书

诗:

> 可憎亏心短行人,他乡流落几年春。
> 安知狭路相逢日,尽露穷途献丑身。
> 大度犹能垂恻隐,残躯还可藉丰神。
> 皇天默佑真君子,荐牍讹投福倍臻。

说这两个公子,别了韦丞相与盛总兵,带了陈亥,一路上行了半个多月。恰好陈亥是个会帮闲的主儿,每经过好山好水,便同他两个开怀游衍。原来这两个公子一向是爱潇洒的,也算不得盘缠多寡,也计不得途路迢遥,一半虽为自己功名,一半落得游玩人间风景。三人在路,又行了好几日。一日,到了个地方,竟是三四十里僻路,看看行到天色将晚,并没个人家。却正是,人又心焦,马又力乏,巴不得寻个歇宿的所在。

两公子正在马上忧虑,恰遇一个老子,远远走来。陈亥下马,上前问道:"哪里可以投宿?"那老子见马上这两个,不是寻常人品,况又有许多行李,便道:"要应试的相公吗? 有个所在,去也不远。可从这条大路一直进去,三四里路,有座古刹,名叫莲花寺。先年那寺中有个石佛,会得讲话,人间吉凶祸福,无不灵验。后来汴京来了一个不遵释教的和尚,乱了法门,那石佛从此便不灵感了。如今寺中有个当家和尚,名叫道清,吃一口长斋,心中极是慈悲,专行方便。凡遇来往客商,不拘借寓投宿,再没有推却的。还有落难穷途的,也没有不周全的。你相公要去寻宿,何不投奔他去。"随从的作谢了,转身便向娄公子说了情由。娄公子道:"既有这个所在,趁早快去,不可稽迟。"

大家策马扬鞭,进去不上三四里,果然见一座大丛林。娄公子在马上对着俞公子道:"俞兄,前面敢就是莲花寺了。"俞公子道:"娄兄,天色已晚,我和你到这所在,人生路不熟,就不是莲花寺,也要进去投宿了。"娄公子道:"俞兄之言,正合愚意。"一齐下马,走到山门首。抬头看时,只见朱红大匾额上写着四个金字道:"莲花禅院"。两个欢天喜地,将马并行李着随从的管了,径进山门。陈亥随在后面。

正走到大殿上,只见两个道人都在那里打扫丹墀。看见三人走到,连忙丢下箕帚,向前问道:"三位相公是哪里来的?"娄公子诈言道:"我们从汴京直到这里,闻你寺中有尊石佛,会得讲话,能知人间吉凶祸福。凡有问者,无不感应。因此特来求见,指示终身。"道人应道:"不要说起。当初我们寺中,原有个石佛,会得讲话。人若虔诚来问,无不灵验。不料也是汴京来的,有一个夏虎,到此混扰一场,把个石佛弄得七颠八倒。如今一些也不灵验了。"

娄公子道:"我们远来,谁想空走一遭。"俞公子道:"这样时候,要到前路,恐去不及了,就在这里权借一宿罢。"两个道人道:"相公们若要在此宿歇,待小道进去报知住持师父,然后款留。"娄公子、俞公子道:"敢劳通报一声。"两个道人即忙进去。不多时,一齐出来,回答道:"我师父在方丈打坐,请相公们进去相见。"

三人就同进方丈里面。那和尚见这三个都是少年人物,又生得十分风采,不知是个什么来头,慌忙站起身来,深深见礼。遂逊了坐,把姓名、乡贯先问了一遍,然后道:"原来两位公子,失敬,失敬。"娄公子道:"我们今夜欲求上刹权借一宿,不识肯见容否?"和尚道:"只是小山荒凉,若相公们不弃,莫说是一夜,便在这里一年两年何妨。"娄公子笑道:"那个太搅扰了。"和尚道:"相公们多应还未曾用过晚饭。"吩咐道人快去打点晚斋出来。道人答应,就去整治晚斋。

不多时,两个道人将素斋摆于前,虽然极其丰盛,只是食不尽品。大家吃了一回,和尚又问道:"相公们可带几位随从的来?"娄公子道:"连马共有六七口。"和尚又吩咐道:"可再整一桌素斋出去,与相公们的管家吃了,就打发在西边客厅里睡罢。再到后园取些草料,把那马也喂一喂。"道人应了一声,转身就走。

和尚道:"相公们行路辛苦。请早安置些何如?"两位公子道:"如此极感厚情了。"和尚走起身,提了灯,便去取了钥匙,把间壁空房门开了,回头就对他两个道:"二位相公,荒山实无有齐整好房屋,只可将就住一住,万勿见责。"两个公子道:"好说,好说。"三人连忙进房,都各安寝。

说那娄公子,次早起来,开窗一看,只见粉壁上写着两行大大的草书,后又赘上五个字道:"汴京夏方题。"娄公子见后面写个夏方,心中便有些干碍,遂把草书仔细认了一认,果然是夏方亲笔。从头看了一遍,却是四句诗儿,一句句都说自己时乖运蹇,父子中途拆散,后来又不得完聚的话头。诗曰:

> 只为时乖运不通,千金劫去客囊空。
>
> 却怜骨肉遭天堑,流落孤寒在路中。

汴京夏方题

娄公子看了,记忆在心。少顷,和尚请吃早斋,因问和尚道:"敢问师父,我汴京有个夏方,一向说在紫石滩的莲花寺里居住。师父可晓得这个人吗?"和尚点头道:"有一个夏方,原是相公贵处的人。他有个孩儿夏虎,上年在我寺中出家,不期去年因时疫亡过了。那夏方今岁走来,问起儿子,险些儿害了贫僧一场人命,到被他诈了几个银子。原来天理不容,出去不上做得两个月生意,折了精光。前日进来,又打点起衅,重复诈害,当被众僧们大发作了一场,驱逐出去。如今现在紫石滩头求乞。"

娄公子大吃一惊道:"呀,求乞是他大落难的地步了。你们出家人慈悲为本,方寸为门,虽然他不是,还该看觑他一分。"和尚道:"相公,不是我们出家人心狠,只是这人极是个奸险的,眼孔里着不得垃圾。便有座银山,经了他的眼睛,也要看相光了。"娄公子道:"这个人在我汴京,手段原是有名的,只远他些罢了。"

当下众人吃完早饭,遂各收拾行李,便与和尚谢别。和尚道:"难得二位贵人到我荒山,虽则简慢,意欲相留在此光辉几时,怎么就要起马?"娄公子与俞公子道:"多蒙长老盛情,意欲在此盘桓数日,只是我们去心甚急,不可迟延。少不得日后转来,要从此处经过,再来探望长老就是。"遂递出一封谢礼,和尚再三不受,送到山门。

三人一起上马,依旧向昨晚原路上出来。行了五六里,只见那道上竖着一个石碑,上镌着三个大字道:"紫石滩。"旁边有一座小小古庙,却是当境土地神祠。娄公子在马上仔细看去,忽见庙门首一个乞儿,吹着一堆稻柴火,煨着一个砂罐。这还是他的眼睛尖利,却似有些认得,心中暗想道:"我方才听见那莲花寺的和尚说,是夏方在这紫石滩头求乞。我看那庙里的乞儿有些像夏方。若果是他,难道就狼狈到这个地步?"娄公子一面思量,一面疑惑,又行过几步,只得勒住了马,叫那乞儿上来。

恰好那乞儿果是夏方，他适才也有些认得是娄公子，只是料他不到这里，心下也自猜疑。听说唤他，连忙上前跪下道："求爷爷舍些。"俞公子道："娄兄，这乞儿好像汴京声音。"娄公子道："你是哪里人氏，缘何一个在这古庙中求乞？"乞儿道："爷爷，我姓夏名方，汴京人氏。因往他乡，不料中途被劫，没奈何流落在这里。"

这娄公子终究度量宽宏，见既是夏方，便不就提起当初一事，教他起来，问道："你既是汴京人，可认得我吗？"乞儿道："爷爷莫非是汴京娄公子么？"娄公子道："这样看来，你还有些眼力。"俞公子取笑道："娄兄，这乞儿敢是原有一脉的？"娄公子把前情略和他说了几句。俞公子道："这是行短天教一世贫了。"

娄公子道："我只说你在外多时，必得成家立业，缘何到比前番愈加狼狈，这是怎么说？"夏方拭着泪道："公子，当日是我一时见短，说也徒然。只是一件，想我夏方，不初虽然得罪于公子，但公子平日洪仁大度，须念旧交，垂怜苦情，再把夏方看觑几分。愿得执鞭坠镫，死亦瞑目。"

娄公子微笑道："为人岂可有不通情的所在。只是你这个人，心肠忒歹，不可测料。倘若收留了，日后得些好处，又要把当初的手段将出来了。"俞公子道："娄兄，此人既是旧相与，小弟讲个人情，就带他同进京去罢了。"陈亥道："收他不打紧，只是我又晦气。"

娄公子道："也罢，君子不念旧恶。我且收你在身边，却要改过前非才妙。"夏方道："公子，夏方今日如此模样，感蒙收留，再有不是处，任凭发挥①就是。"娄公子道："到发挥的时节，你却去远了。只要你学好，才可久相与。你且随我到前面市镇上去，买件衣服，与你换了，才好同去。"夏方拭泪道："如此感恩不尽。"

娄公子遂上马。夏方便把煨的砂罐一下甩得粉碎，跟在马后飞走。果然到了市镇上，娄公子买了衣帽鞋袜，与他周身换尽，另雇牲口，与他骑了。真是一时富贵，不似乞食夏方矣。有诗为证：

> 昔作亏心汉，今为狼狈身。
>
> 千金曾阔绰，数载便孤屯。
>
> 果是天开眼，那由算出神。

---

①　发挥——发落。

滩头行乞丐，马上遇乡人。

不念当初恶，还怜目下贫。

宽宏真长者，诲谕复谆谆。

娄公子带了夏方，与俞公子、陈亥四人同行。但陈亥见了夏方，心下十分不忿，只是夏方做了乞丐，把昔日的行为一些也没有了，低心小意，下气怡声，故此陈亥亦无芥蒂。路上又行了十多个日子，方才到得京城。但见：

瑞日屠苏，映照九重宫殿；祥云缥缈，罩笼万载金汤①。清风吹御柳，紫气霭金门②。笙歌鼎沸，鼓乐齐鸣。文官济济列朝班，衣冠整肃，无非赤胆忠良；武将堂堂严队伍，剑戟森罗，尽是英雄豪杰。满城中，黎民乐业，称只太平天子；普天下，蛮貊③倾心，归顺有道君王。

娄公子与俞公子到了京中，便先去寻了下处，安顿了行囊马匹，然后两个商量到侍郎府中下书。

说这夏方，得蒙娄公子收留进京，虽然不如向年骑马去寻郑玲珑时阔绰，比着前番土地庙中煨砂罐的行径，又济楚了几分。也亏他还有人心，见娄公子不咎前非，一路上比前看待不相上下，巴不得寻条线缝，效些殷勤。听说要着人到侍郎府中下书，连忙开口道："二位公子，把这件事照顾了夏方罢。"娄公子道："你若肯去，只要下的得当。"夏方道："要做别事，恐不会的当。去下书，管取伶俐。"两个公子喜欢道："如此甚好。"

原来那陈亥一向是妒忌夏方的，见娄公子欢喜起来，要着他去下书，心中好生不快，便止住道："公子说哪里话。那吏部衙门不是当要，可是容易去得的？你若去下书，嘴舌不利，便就是天大的来头，也只当鬼门上占卦。我看夏兄是个本分的人，说话也怕脸红，如何到吏部衙门去下得书？这还待我去罢。"娄公子见他说得厉害，取出书来，就着陈亥到吏部投递。

说那吏部左侍郎常明元、右侍郎谭瑜，正与大堂议事才散。陈亥拿

①　金汤——"金城汤池"的省语。比喻防守巩固的城池。

②　金门——汉代宫门名。指代宦署之门。门旁有铜马，亦称金马门。朝中征召的人待诏于公车(官署)，优秀者待召金马门。

③　蛮貊(mò)——古指大似驴、形似熊的一种野兽。

书,却来得不凑巧些,走到大门上,那门上的官儿连忙走来,问道:"你是哪里差来下书的?"这陈亥道:"我是汴京韦太师那里差来的。"那官儿便把书来接在手里,也不问个明白,这陈亥也不说详细。那官儿拿了这两封书,连忙走进后堂。

陈亥暗自懊悔道:"呀,适才到不曾与他讲得明白,一封是韦太师送与右侍郎谭爷,一封是盛总戎送与左侍郎常爷的,怎么到忘记对他说了?"正在没设法处。又见那官儿出来回报道:"书已投送了。这时节,众位老爷都在后堂议事,还未开看,明日等回书罢。"陈亥却又不好问他递与哪一个了,只得答应出来,与夏方同回下处。

原来那两封书,被那掌门簿的官儿错递了。莫怪是他错递,总是陈亥错在先了。那吏部大堂接了这两封书,只道内中有什么机密事情,便不通知左右侍郎,拆开护封一看,那封简上,一个写着谭爷,一个写着常爷,暗想道:"这两封书,原是送与左右堂的。如何那官儿到送来与我? 决然是错递了。且待我悄悄拆开,看他里面是什么话头。"随即拆开封来,从头一看,却是一封荐贤书札,并无半句别词,只得好好替他依旧封了。欲待不对左右堂说知,思量得远处来的书札,况又是两个大来头的人情,只得遂请左右侍郎上堂,把书递看。

那两个侍郎见是汴京韦丞相并盛总兵的书札,却也不避嫌疑,遂当堂拆开。看时,原来是封荐书。上面为着娄祝、俞祈两个,却又说是宦家子弟,就差官去请来相见。

二侍郎见他二人都一样青年,人品又生得齐整,满心欢喜。次日各写了一封书,差官向兵部大堂投下,把他两个荐去。

毕竟不知这书送去,娄祝、俞祈却有什么重用? 且听下回分解。

第二十回

两同僚怒奏金銮殿　二总戎荣返汴京城

诗：

时人常道儒冠误，弃文就武亦荣身。

朝中佞倖妨贤路，塞上忠良静虏尘。

宗社稳如磐石类，江山安比太山伦。

穷通得丧皆前定，半点何曾由得人。

说这兵部大堂姓贾名奎，原是汴京人氏。曾祖名章，素多异识，昔日先帝为太子的时节，取他为经筵讲官。先帝幼时，尝有婴儿气，见贾章与他说得来，便把西番进来的一只石蟹就赐了他。

你道这石蟹有甚好处？那西番进来，因为有些奇异，也当得一件宝贝。比如夏天，取了一杯滚热的酒，把这只石蟹放将下去，霎时间就冰冷了。及至冬天，取一杯冰窖的酒，把这只石蟹放将下去，霎时间又火热了。那西番原叫做温凉蟹。

贾章自从得了这只石蟹，不上两个月日就告病回家，回家又不上得两个月，就身病故了。临终时节，思量得这件东西，原是一个至宝，况又不是轻易得来的，乃当今圣上所赐，留与儿孙，恐儿孙未必能守，便吩咐造了一个小小石匣，细细暗镌了诗句，着人好好埋葬在自己棺木旁边。

这也是个大数。不期娄公子因先年义冢地上收葬枯骨，掘出了这石蟹，恰好镌的又是他的名字。不想这贾尚书于数日前曾见曾祖托梦与他，说有个娄祝，正是收石蟹的，不日来见，汝可重用。因此接了两位吏部侍郎的荐书，看见有个娄祝，并那俞祈，正应前日梦中之兆，即要请来相见。差人回去禀知，两个侍郎连忙说知他两个，即到兵部里去参谒贾尚书。

两个公子登时径去参见，直到大堂丹墀①下，执着脚色手本，倒身下跪。那贾尚书接上一看，就出位来，把两个公子一把扶起，道："哪一位是

---

① 丹墀（chí）——亦称"丹陛"。古时宫殿前以红色涂饰的石阶。

娄祝？"娄祝打一个恭，道："武生就是娄祝。"贾尚书仔细认了两眼，迎着笑脸道："好一个堂堂相貌，果是将器，非寻常武弁可比。"娄祝欠身道："不敢。"贾尚书道："二位果然都是汴京人吗？"两个公子一齐答道："俱是汴京。"贾尚书道："既是汴京，与本部是同乡了。请后堂奉茶，还有话讲。"两个公子又深深打了一恭，随了贾尚书，同到后堂坐下。

一巡茶罢，贾尚书道："二位既与本部同乡，可晓得本部的曾祖吗？"两个公子回答道："武生幼年晚辈，并不晓得。"贾尚书道："本部的曾祖，名唤贾章，职任翰林。当时仁祖在日，曾赐他一只温凉蟹。后来得病回家，临终时节，嘱咐家人，做造一个小石匣，埋在墓旁。这却是先年祖父的话说。谁想当今圣上时常问起本部这只石蟹。我想汴京自起先兵乱之后，连本部的祖茔已被践踏坏了，知道那一块地上，可以掘得这只蟹出来？数日前思及此事，无踪无影，无计可施。不期夜间就得了一梦，曾祖对本部说道：'这只石蟹，是汴京城中一个娄祝得在那里。'今见尊讳，可见神鬼之事，料不相欺。不知果有其事否？所以动问一声。"娄祝道："这也是件奇事。武生于数年前，目击枯骸遍野，不忍见其暴露，雇人在义冢地上收埋。掘得一个小石匣，盛着一只石蟹。"

贾尚书大喜道："果然是贤契收得。先曾祖之梦，信不诬矣。本部还要细问一声，那石匣旁可以什么标题吗？"娄祝满口回答道："却镌着四句说话。"贾尚书道："即求见教。"娄祝信口念道：

历土多年，一脚一钳。

留与娄祝，献上金銮。

贾尚书道："果然是这几句。我先曾祖有先见之明，一斟一酌，莫非前定。敢问贤契，那只石蟹如今却在哪里？"娄祝道："向年不意中得，虽见字句，亦不知其来历。但爱其细巧精妙，恐有伤损，一向珍藏书箱里面，所以带得在此。"贾尚书道："果然带在这里，贤契就去取来一看。待本部明早献进圣上，就把二位保奏个大官，却不是好。"两个公子深深揖道："若得如此，全仗老爷抬举，感恩匪浅。"即便告辞出来。

回到下处，娄公子便去取了石蟹，送与贾尚书。贾尚书收了，大喜，忙进后堂，就把酒来试验一番。原来这件宝贝，埋没多年，还是这般应验。

次日早朝，将石蟹献上。成帝见了，龙颜大喜，便问道："贤卿向说此蟹杳无踪迹，今日却从何处搜寻得来？"贾尚书道："臣启陛下，若要究竟得来根由,却是一桩奇事。"成帝道:"失久复得,原非容易。请道其故。"贾尚书把曾祖手里埋石蟹的话说,并娄祝得石蟹的话说,从头到后备细奏了一遍。成帝道:"那娄祝如今却在哪里?"贾尚书道:"现在臣部内。"

成帝就命贾尚书出来传旨,把娄祝宣到金銮殿上,从前至尾问了个详细。贾尚书道:"臣启陛下,这娄祝青年壮志,素有文武全才,原是汴京名士。臣特保奏此人可以重用。"成帝道:"朕看娄祝相貌仪表不凡,贤卿保奏,正合朕意。传旨到吏部去,看有空缺衙门,着他暂时叙用。果有真才,破格升尝。"两个遂退班出朝。

吏部得了旨意,就推娄祝做了兵部职方司主事。贾尚书便把俞祈做了一个京营把总。这也不过是初任,试他一试才干的意思。两个一齐得了京职,择日上任。

不满半年,忽报西鞑作乱,统领大队人马,十分猖獗。守边将帅,虽有千军万马,无人敢当其锋。娄祝、俞祈闻此边情警急,就去奏请,提兵五万,出关征剿。成帝允奏,即召众文武入朝商议。那文武百官,也有回奏他两个去得的,也有回奏他两个去不得的。成帝方在犹疑不决,班中闪出一员官来。

你道这官是谁?却是当朝宰相,姓崔名竑①。此人奸险异常,阴谋不测,势压朝班,威倾京国。满朝文武,畏他权要,没一个不是奉承他的。厉声奏道:"相臣崔竑启奏,娄祝、俞祈,婴孩年纪,乳臭未退,以侥幸得官,尚且不谙②世故。倘令征讨,恐误国事。况书生难践戎马之场,望陛下万勿轻听,允臣所奏,敕③下该部,另选老成练达,用为将帅,方保无虞。"

说不了,兵部贾尚书向前奏道:"臣启陛下,娄祝、俞祈虽然年幼,况是将门之子,武略过人,智谋出众。若令提兵出关,虏必望风而仆。"崔丞相见他力奏这两人,大怒道:"贾尚书,你但知保奏的人情,不念国家的干系。"贾尚书答道:"崔丞相,此言差矣。你曾见我听了几处人情?我偏要保奏他两个去。若成不得功来,我就与打个掌儿。"

崔丞相呵呵冷笑道:"这有何难。总是兵权在你手里,该点五万,就

---

① 竑(hóng)——原意为"量度"。

② 谙(ān)——熟悉,通晓。

③ 敕(chì)——自上致下告诫命令之词。

是十万，却怕些什么成不得功。"贾尚书道："崔丞相，依你这般说，兵数固可虚张，难道粮数岂无查算？"崔丞相道："你若要争气，自会得东那西掩，哪个查算得出？"贾尚书素性忠烈，听了这些邪言诳语，一时激得怒发指冠，也不管朝廷尊严，宰辅权势，就要思量摩拳擦掌起来。众文武连忙上前劝住，遂一齐退出午门。有诗为证：

　　奸佞胸中不可测，恃势妨贤常努力。

　　罔思国难切恫瘝，唯顾私情争未息。

　　君皇在上恁喧哗，文武满朝都缄默。

　　若非忠直与相持，窃恐大权移此贼。

不多时，旨意下来，果然着他两人督兵五万，出关征剿。遂着兵部尚书贾奎督阵，户部主事张松运粮，火速启程，齐心退虏，不得延挨，以误国事。

四人得旨，领兵前行。粮草支应，十分充足。计日出关迎敌，一战就杀退了十万胡兵，斩首千级，获驼马数千匹，星夜奏凯，回朝献功。

四人面圣，成帝龙颜大喜，加贾尚书为太子太保，世袭锦衣千户。加主事张松为都御史。娄祝升左府都督，俞祈升后府都督，仍管总兵官事。即命大开功臣筵宴，与文武百官庆贺，各赐银二千两，彩缎二百匹。极具宠渥，时人荣之。朝廷又念出关军士劳苦，即发内帑余银十万两犒赏。

贾尚书与娄、俞二总兵道："我辈蒙朝廷恩宠，官尊禄重。奈群小见忌，我老夫还不打紧，二位在此，恐人倾陷，必须暂退，以便保安禄位。兹为恒久之计，不知二位意下如何？"二总兵见他说得有理，遂欣然称谢。次日随即辞朝出京，不多日子，两个同回汴京。

你看那些汴京城里城外的人，见这两个公子做了总兵回来，也有喝彩的，也有议论的。喝彩的道是："难得这两个青年公子，都做了这般显职。"议论的道："他两个一向好的是风流玩耍，怎得一旦就到这个地位？这决是银子上弄来的。"纷纷议论不已。二总兵回得不上两三日，那些城中乡绅，没一个不来登门拜贺，只不见盛总兵到。仔细把礼簿一查，恰好正差人送礼来恭贺了。

次日，娄总兵相约了俞总兵，二个同到各家拜望。正到盛总兵府中。那盛总兵闻说他两个来拜，欢天喜地，勉强出来迎逆。

你道他为何又欢喜又勉强？原来半年前染了一场大病，遍请良医，久治不愈,想来这一日恰是他该得病退将来,连忙迎到堂前。三人先把寒温叙了几句,盛总兵道:"老夫不料半年前偶患了一场大病,至今尚未痊可,所以不曾踵门拜贺,甚是得罪。"

娄总兵道:"老先生既有贵恙,那火睛牛胆决然治得。只怕太师公处存得些,也未可知。老先生何不差人一问?"盛总兵道:"老夫也差了这个念头,到不曾想着太师公那里。待老夫就着人去问。"当下便整酒款留。娄总兵道:"晚生们承蒙厚情,老先生既要到太师公处问火睛牛胆,何不就请来同叙一叙?"盛总兵道:"讲得有理。"不多一会儿,便着人去请了太师公到。

四人分席坐下,盛总兵遂说借火睛牛胆一事。韦太师道:"连老夫也忘怀了,敢是还剩得些儿。少刻就着人送来。"娄总兵道:"晚生记得前年在府上饮酒相别的时节,不觉又是两年光景。"韦太师道:"曾记得二位当日布衣去,今日锦衣还。正所谓:彼一时,此一时也。"盛总兵道:"二位今日到了这个田地,不惟太师公与老夫增光,便是汴京城中,增了许多声价。"遂取了巨觞,浅斟慢劝,交相痛饮了一场,都觉有些酩酊。将及夜半光景,方才散去。

次日,韦太师取了火睛牛胆,着人送与总戎公。盛总兵接了,依法磨服。服得两次,其病恍然如失。有诗为证:

> 恹恹久病少良医,一命悬丝只自知。
>
> 恃有火睛牛胆力,残年还可复支持。

娄总兵与俞总兵到家五六日,却不见那林二官人来探望,两个便同到林家相访。只见门上人回复道:"我家二官人因为一桩没要紧人命官司,两个月前已曾到京中来见二位老爷了。"俞总兵道:"既然去了两月,如何我们相会不着?"娄总兵道:"想路上失过了。"两个见林二官人不在家,不能相见一面,快快空回。

娄总兵正回到府中,没多一会儿,见门上人进来禀道:"外面有个贾坤,要求见老爷。"娄总兵道:"怎么样一个贾坤?我从不识此人,且着他进来相见。"贾坤听说请见,连忙走将进来,见了娄总兵,深深唱了几个喏。娄总兵把他仔细认了几眼,虽若有些厮认,一时间却记不起。即逊了坐,问道:"我到与足下有些面善,不知从何处曾相会过?"贾坤道:"老爷果然记不得了。那年在李家庄上,擒那两个狐狸精的,就是小子。"娄总兵道："可就是假天师吗?"贾坤打个恭道:"正是。"

娄总兵道:"足下光降,有甚见谕?"贾坤道:"小子无甚说话。闻得老爷荣归,特来奉贺。"袖里拿出两把诗扇来。娄总兵遂起身,着夏方陪了,进去取五两银子出来送他。贾坤见送他银子,假意儿说了一篇推逊的话儿,毕竟又把手来接了,谢别出门。

娄总兵刚打发得假天师去,门上人又来禀道:"林二相公到了"。娄总兵连忙出来,迎到堂前。各叙寒温,两人对坐。林二官人道:"仁兄几时荣还的?"娄总兵道:"小弟到了五六日,只因俗事纷纭,才到府上叩拜,闻说仁兄负此极冤,已进京去,心中甚是想念。不期就得仁兄降临,真如梦中也。"

林二官人道:"不要说起。小弟为这一桩人命事,被本府拿去,监禁了半年。两月前百计千方保得出来。因此打听得二位仁兄高迁总戎之职,小弟星夜赶进京去,欲求一个分上。谁想二兄荣返,别无门路,又寡熟识,难以存身,没奈何,只得转身就回。今日得见仁兄,如见天日。"娄总兵道:"既是仁兄受此不白之冤,小弟们安忍坐视。自当效纤芥之力,为朋友申冤。"随即着人去请俞总兵来,一齐酌议。

俞总兵道:"这个必须我们自到府中求解,方可完结。但有一说,恐那做文官的眼孔大,不把我们武官放在心上。"娄总兵笑道:"说哪里话,难道两个总兵比不得一个知府。我们去见,决有几分面情。"

三人计议已定,娄总兵叫整酒出来,开怀畅饮。饮到三四个更次,林二官人见有了他两个一力担当,也把十分的烦恼撇开了大半,这回才拿着个快活酒杯,饮到尽醉方休。

第二日,两个总兵齐见知府。那知府也还好讲话,见他两个青年总兵,又是世家,不敢十分轻慢,只得把这桩人情强勉听了,天大官司化作一团冰炭。

林二官人见官事毕,请他两个到庄上去盘桓几日。两总兵巴不得与他聚首一谈,随即同到庄上,设酒款待。正饮之间,林二官人问道:"二位仁兄,几时复命进京,何不拿带小弟同行?"娄总兵道:"仁兄见教,吾二人之所深愿。只恐仁兄丢不下家业,如之奈何?"林二官人道:"一言难尽。小弟为这场官事,家货罄尽,性命几乎不保,再有什么牵挂?"两总兵都把头点了一点,无甚话说,到把酒来饮了几杯。三人就在庄上一连盘桓十数日,各自回家。

这正是光阴迅速,两总兵回来约半年光景,那西夷复来入寇,边将莫敢当锋,其势危急。朝廷忧之。一日,只见特旨到来,道:"西戎复尔狂獗,仍着原剿总兵娄祝、俞祈督兵十万,火速启程。"两总兵恭承君命,不敢留停。就令林二官人为参军,陈亥为先锋,提兵出关征剿。

原来如今来的鞑子,比先更多数万。俞总兵当先出战,不上数合,陷阵而亡。娄总兵见势头,恐误了国家大事,与林参军、陈亥带领将士,拼着性命,抵死上前,杀死胡儿头目数十员。众胡兵畏惧,一齐溃围而走。又努力向前追杀,片甲不留。娄总兵随即取了棺木,收了俞总兵的尸骸埋葬,然后班师回京。

朝廷嘉他功绩,升为定西侯,加封太子少保。仍赐蟒玉一袭,恩封三代,妻一品夫人,子世袭锦衣千户。俞总兵赠忠西侯,赐银三百两。仍令其家人出关扶柩归葬。林参军升为副总兵,陈亥先锋升为游击将军,二人俱着镇守潼关。

娄总兵自以青年武将,功高当世,宠冠廷臣,若不知机引退,难免斥辱。乃上疏,以为征戎辛苦,染病在身,乞给假还乡调理,痊可之日,赴关调用。朝廷再三慰留,疏数下,上乃赐驰驿还乡。因此汴京城中,人人钦服,遂有诗赞云:

> 贵贱皆前定,人生莫强求。
> 为奸天不佑,积德福长流。
> 夏氏可垂戒,娄生长者俦。
> 仁尸逢石蟹,出猎获西牛。
> 富贵须臾至,功勋倏忽收。
> 宠渥君恩极,名高士愿酬。
> 丈夫苟志满,引退复何忧。

第二十一回
酒痴生醉后勘丝桐　梓童君①梦中传喜信

词：

——人有弄巧成拙，事有转败为功。人生转眼叹飞蓬，莫把韶华断送。昔日画眉人去，当年引凤楼空。蘼菲荒草满吴宫，都是一场蝶梦。

这几句《西江月》词，说那世间多少风流才子，窈窕佳人，乍会之时，彼此两相垂盼，虽令眉目传情，便不能语言订约。或借音律为引进之媒，或假诗词为挑逗之主。如张珙之于崔莺，以琴上默寄相思。如红绡之于崔庆，以手语暗传心事。及至两情相洽，缔结良缘，不知费了多少眠思梦想，经几何废寝忘餐。这也不须提起。

听说姑苏城中有一个书生，姓文名玉，表字荆卿，年方二十一岁，潇洒超群，聪明盖世。幼年间不幸椿萱②早丧，伉俪未谐。幸仕叔父文安员外抚养，教育成人。名虽嫡侄，义胜亲生。只是他一味少年气概，情耽飘荡，性嗜风流，爱的咏月吟风，喜的酣歌畅饮，遂自号为酒痴生。这文荆卿因好饮酒，每日在书房里把那书史文章看做等闲余事，竟将贪杯恋饮做成着实工夫。他叔父文安员外，见他日夕好饮，屡把良言再三相劝。只是生性执拗，哪里肯改过分毫。

一日，文安员外悄地唤安童问道："安童，我一向不曾问你，大官人近日来还是文兴高，端然是酒兴高？"安童回答道："员外不问起便罢，若问起来，大官人的文兴，安童委实不知。若说酒兴，近日来到比前番又胜了大半。"员外道："你怎知他酒兴倒胜似前番？"安童道："大官人时常对着安童说：'我有沧海之量，那些须十余瓮，不过兴可解我一时渴吻。若要尽兴痛饮一番，必须满斟百斗，方可遂怀。'因此安童晓得。"

---

① 梓童君——即梓童帝君。道教所奉主宰功名、禄位之神。
② 椿萱（xuān）——父母的代称。古称父为"椿庭"，称母为"萱堂"。

　　员外听说,便叹气道:"哎,罢了。这也是我文家不幸,生了这样一个不孝的畜生。我想古来多少贤人,皆因嗜酒而亡,何况这一个不肖畜生。我几回欲待面责他几句,只是一来看着兄嫂在生分上,二来又看我自幼抚养之情,只是隐忍无言。怎知那畜生竟不想个回头日子,怎么是好? 就是有得些小家赀,明日决然败在他手里。安童过来,你今只是缓缓对他说,员外吩咐,今后若是大官人把酒撇得下几分,员外便无见嫌。若再仍前饮得无尽,明日决然无任好处,请他早早别寻一个着迹去处,免得在我这里,久后损败门风,却不好看。"

　　安童不敢违命,应了一声,转身径到书房里去。只见文荆卿手中正携了一壶雪酒,桌上摆着一部《毛诗》①,在那里看一首,饮一巡,慢慢消遣哩。安童见了道:"大官人,我看你行也是酒,坐也是酒,几时得与他开交,似别人好饮的,或朝或暮,也有时度。谁似你自早至晚,昼夜十二个时辰,没一刻撇得下这件东西。为着你,安童适才险些儿被员外'才丁'了。"

　　文荆卿惊问道:"怎么,员外到要打着你?"安童道:"员外说,大官人这样好饮,难道你也劝止不得一声? 便吩咐我来,道你今后若是戒得饮酒,便无一毫言语。若仍前贪着杯,恋着饮,久后必无什么好处。请你自去寻一个着迹的所在,免得损坏他的门风。"文荆卿道:"安童,员外果有此话?"安童道:"终不然到是安童造言生衅,平地掉谎不成? 大官人若不肯信,就同到员外跟前,逐句句对证个明白便了。"

　　文荆卿暗想道:"说得有理。终不然是他平地掉谎,这些说话决是有的。只一件,想我自幼相随叔父,至今二十载,蒙他待以亲生,日常间并无片言相抗,今日敢是我婶婶有甚闲言闲语。我想,男子汉身长六尺,四海为家。便是守株待兔,也了不得我终身事业。也罢,我今日便出了此门,别寻个着迹去处,有何不可。安童,你与我一壁厢快快收拾书囊齐备,一壁厢取笔砚过来,待我略书几句,以慰壮怀。"

　　安童问道:"大官人,莫要太性急了,且说个明白。收拾了书囊,还是往哪里去?"文荆卿道:"男子汉四海可以为家,难道倒虑我没有着迹的去

---

　　① 《毛诗》——即由西汉初毛亨、毛苌(cháng)作传的我国第一部诗歌总集《诗经》。

处？不要闲说，快收拾起来就是。"

那安童只得去取了一管笔，研了一砚墨，双手递上。你看这文荆卿，执着笔，蘸着墨，低头一想，就向那粉壁上写了几行大字，云：

谁是聪明谁薄劣，茫茫世事浑难识。人言糟粕误生平，我道生平误糟粕。　　时未遇，受颠蹶，泥涂岂是蛟龙穴？男儿壮志未消磨，肯向东陵种瓜瓞①！

《鹧鸪天》

写罢，便问安童："书囊收拾齐备了吗？"安童道："书囊虽已收拾齐备，大官人果然要去，这也还该到员外跟前作别一声，尽个道理。不然，明日外人知道，反要谈论着大官人。"文荆卿微笑道："安童，你可晓得古人云：识时务者为俊杰。我家员外既做不得那仗义施仁的三叔公，教我大官人倒怎做得那知恩报德的苏季子？你看这粉壁上几行大字，句句说得明白。从此以后，我大官人若不得驷马高车，决不入此门了。"

安童道："大官人不肯去见员外，也听你主意。只待安童去禀个明白，免得日后员外寻访大官人踪迹不着，到把安童名字告到官司，那时做个逃奴缉获将来，便是浑身有口，也难分剖。"文荆卿怒道："哧！你这一个花嘴的小厮，谁许你去禀知员外。快去把那书案上剩的那一瓮雪酒携来，待我饮个痛快的上马杯，少壮行色。"那安童不敢回说，亟亟便去开了酒瓮携来。

你看他接过手，真个就如长鲸吸百川一般，霎时间咕都都一气饮得个罄尽，对着安童道："好笑，那员外忒没分晓，别的教我大官人还可终身省得过，若是这件，可是一时省得的吗？哎，酒，酒，我只要和你相处情长，今日却也管不得至亲恩重。安童，趁我酒兴正浓，你可担了书囊，早寻去路便了。"

这安童就把书囊一肩担上，文荆卿便轻轻掩上书房，出得门来，走一步，回头一看。噫，这也是。

难撇至亲恩义重，临行十步九回头。

说那文安员外，哪里晓得他侄儿悄自不辞而去。及至黄昏，看见月明如昼，缓步徐行，来到书房门首。只见人影寂寥，花荫满地，心中想道：

_____

① 瓜瓞(dié)——大瓜、小瓜。瓞，小瓜。

"我每常行到此处,唯闻吟咏之声,今夜原何悄然寂静,竟不见一毫影响?敢是那不孝畜生,又是中了酒,早早先睡熟了?"便轻轻把书房门扣了几下,再把安童连叫了几声,哪里有人答应,低头又忖道:"终不然两个都醉熟了?"便悄悄推门进去,开了窗棂,四下一看,并不见个人影,只见那案头只剩得几卷残书,壁上留几行大字。

文安员外从头念了一遍,呵呵冷笑道:"好一个痴儿,好一个痴儿!我把良言再三激励,只指望你早早回头,做一个长俊的好人,怎知你今日竟自不别而去。想起二十年来抚养深恩,一旦付之流水,还亏他反把语句来讥诮我,道是'人言糟粕误生平',道可是回答我叔父的说话!罢,罢。这正是:

> 指望引君行正道,反把忠言当恶言。

哎,畜生,畜生。看你久后,若是还有个与我相会的日子,只怕你掬尽湘江水,难洗今朝一面羞。那时待我慢慢问他个详细,且自含忍不题便了。"

却说文荆卿带了安童,离了姑苏城,朝行暮止,宿水餐风,行了半月,早来到临安府中。文荆卿道:"安童,你看,好一个临安佳地,比我姑苏也不相上下。但不知道这里哪一处有好酒卖,可去询问一声,沽饮几杯,聊消渴吻。"安童道:"大官人,你看前面扯着一竿旗儿,上写着几个大字,敢是卖酒处了。官人何不走近前去,解鞍沽饮,有何不可。"文荆卿:"且住,我尝闻得人说,临安府中最多歹人,白昼就要劫人财物,你可把行李小心担着,随我后来。"

你看两人不多时来到酒家门首。文荆卿抬头一看,只见那酒肆中,果然摆列得齐整,门前贴着两首对联,上写道:

> 武士三杯,减却寒威寻虎穴。
> 文人一盏,助些春色跳龙门。

文荆卿道:"安童,你去问那店主人,有好酒卖,我官人便进去沽饮。若没有好酒,还往别家去。"安童便担着行李,走进店中询问。店主人回答道:"这临安府中,除了我家卖的好酒,哪里还有第二家?请相公进来尝一尝就是。"

文荆卿便进内对店主道:"店主人,不敢相瞒,我们是姑苏人,来此探访朋友,你这店中若有便房,就与我洒扫一间,还要在此权寓几时,待访着了就行。一应租银店账，并当重重算谢。"店主人连忙答应道："有，有，后面亭子上有一间空闲书房，原是洒扫停当的，就在那里如何？"文荆卿笑道："如此恰好。"店主人便去拿了锁匙，开了房门，着他把行李一一收拾进去。

文荆卿道："店主人，你去把好酒多开几瓮来，待我试尝一尝。"店主人便去携了一瓮久窖好酒，送与文荆卿道："相公，似这一号的，需要二百文钱一瓮。"文荆卿道："只要酒好，我也不惜价多。就是二百文钱，任你算罢。"

看他接过尝了几口，便不肯放手，把那一瓮霎时饮得罄尽，又叫道："店主人，再取一瓮来尝尝。"店主人吃惊道："相公尝酒，便尝了一瓮，若是沽饮，须得几百十瓮，看来才够。这样的酒量，还比李白、刘伶高几倍哩。"只得又去取一瓮来。这文荆卿接过手，就如饮水一般，嘟嘟的又把一瓮饮尽。店主人看了，摇头道："相公，我这小店中，窖得几十瓮酒，早晚还不够答应相公了。"

你看这文荆卿，一连饮了两瓮，便有几分醉意，免不得手舞足蹈起来，吩咐安童道："天色已晚，快叫店主人掌灯。你去锦囊中取出那一张桐琴来，待我试操一曲，以消良夜，却不是好。"安童便把桐琴取上。

这文荆卿把弦和了一会，正要试弹，只听得耳边厢笙歌嘹亮，便唤店主人问道："这是哪一家奏乐？"店主人道："相公，今夜是二月初五，这前街有个贾尚书家，与小姐纳赘，在那里开筵宴客。"

文荆卿叹口气道："苍天，苍天。我文玉原何如此福薄，你看他那里闹喧喧送归鸳帐，我这里静悄悄独坐空房，怎不见怜也。"说不了，便跳起身来，把桐琴扑的撒在地上，厉声大叫道："桐琴，桐琴！仔细想来，都是你耽误了我！昔日司马相如看上文君，俱托在弦上寄传心事，后来私奔，缔结良缘，皆仗你一臂之力。你今日若肯成就我文生，效一个相如故事，允不允便回答一声嘛！"

这正是冷眼觑醉人，看他睁睁瞧定了那一张桐琴，痴痴的只管望他答应。你道这桐琴可是会得说话的？那文荆卿也是醉后颠狂，只情喊叫。连那店主人不知什么来由，只道是他失心疯的。这安童在旁看了，拍掌大笑道："我官人终日道是酒痴生，果然被酒弄痴了。这一张桐琴，又没个眼睛口鼻，会回答些什么？"

那文荆卿叫了半晌，并不见桐琴回答，便叫安童取一条绳子来，将他绑在椅上，着实打他一百皮鞭，稍代不应之罪。安童忍着笑，便去解下一条缚行李的绳子，把那桐琴果然绑在椅上。

你看这文荆卿打一下，问一句，连打了四五十下，便问了他四五十句，不觉身子醉来，扑的把皮鞭撇在一边，倒在地上。安童见他睡倒，连忙扶到床上，任他呼呼睡去，依旧把桐琴解下，收贮在锦囊内，便去烹茶伺候不题。

却说文荆卿睡到二更时分，渐觉酒醒转来，朦胧合眼，梦见一人，面如傅粉，唇若涂朱，头戴唐巾，身穿绯①服，手执大红柬帖，口称预报佳音。文荆卿便向梦中整衣趋步，下阶迎迓。两人相见礼毕，左右叙坐。那人就把柬帖送上，荆卿展开一看，上写着四句诗云：

> 好音送出画楼前，一段良缘咫尺间。
> 莫怪风波平地起，佳期准拟蝶穿帘。

右梓童君题

文荆卿看罢，躬身拜谢。只见那人将手向东南一指，化作一阵清风而去。

文荆卿猛然惊觉，乃是南柯一梦。便把梦中诗句，默默牢记心头，暗自忖道："莫非我指日间有甚喜兆，故梓童君梦中特来预报？"次日起来，便问店主人道："你这里可有文昌帝君的殿宇吗？"店主人道："这里此去上东南三里路，有一所文昌殿，却是本处王侍郎老爷新建的。那帝君甚是灵应。相公，你敢是要求来科的佳兆吗？"文荆卿道："我正要去讨一个吉兆。"吩咐安童："快买香烛，随我同去。"

说这文荆卿带了安童，一直向东南上，走过三里，果见一所殿宇，甚是齐整鲜明，便走进去。抬头一看，只见那文昌神像与梦中见的一般模样，就倒身拜了四拜。祈一签，乃是大吉，便问庙祝取过签诗来看，原来那签中诗句与梦中柬帖上诗句一字无讹。心中暗喜道："缘何签上诗句与梦中诗句一般？想夜来托梦的，敢就是这庙中的梓童帝君了。"即便倒身，又拜几拜，欣然徐步走出殿门。

只见远远的一座高楼巍耸，文荆卿唤安童道："那高楼耸处，决是此

---

① 绯(fēi)——大红色。

处乡宦人家的园所。今既来到此地,也该遍览一番。终不然,'相逢不饮空归去,洞口桃花也笑人'。"二人不多时就已走到,果是一座花园。文荆卿站在园门首,仔细瞧了一会,只见那:

> 绿树垂阴,柴门半掩,金铃小犬无声。雕栏十二,曲栏玉阶横。满目奇葩异卉,绕地塘,秀石连屏。徘徊处,一声啼鸟,惹起故乡情。

《满庭芳》

文荆卿喝彩道:"人说临安佳丽地,果然名不虚传。只不知这所花园,是哪一个老先生家的? 若得进去,尽兴一观,也是今生有幸。"

说着,只见里面走出一个园公,手执着一幅画像。文荆卿近前拱手道:"借问园公,这一所花园是哪一家的?"那园公只是嘻嘻微笑,把手乱指,再不回答。

安童背笑道:"大官人,这园公是一个哑子,只晓得做手势儿,不会讲话的。"文荆卿道:"园公,你敢是个哑子,讲不出话么?"园公连忙把头乱点,嘻嘻又笑。

文荆卿道:"我且问你,这手中拿的还是什么画图,借我展开一看何如?"园公便又点头,双手递上。文荆卿展开,仔细一看,却是六个美人的图像,上写着"姑苏高屿"四字。文荆卿看了,暗想道:"那高屿是我姑苏城中一个有名画师,既是他的手制,决非寻常画像。"便问园公道:"园公,你而今将这一幅画儿要拿到哪里去?"园公连忙伸出手,做了一个手势。

文荆卿笑道:"哦,原来是要拿去换酒吃的。也罢,园公,我与你商量。这一幅画儿,你便拿到酒肆中去,不过换得几埕①。我今送你一百文钱,卖与我罢。"园公欣然把头乱点。文荆卿便着安童:"将那适才买香烛剩下的百十文钱,都送与园公罢。"那园公接了,连忙谢去。

这文荆卿恐怕有人认得是一幅美人图,便将来递与安童,好好藏在怀中。两个依旧转回店里。

毕竟不知后来那文荆卿曾访得这花园是哪一家建下的? 这美人图是什么人留下的? 再听下回分解。

---

① 埕(chéng)——酒瓮名。

第二十二回
哑园公误卖美人图　老画师惊悟观音像

诗：

> 佳人命薄叹淹留，飘泊浑如不系舟。
> 选伎征歌何日尽，随行逐队几时休?
> 深愁肯使随花落，长恨何如付水流。
> 情到不堪回首处，伤春未已又悲秋。

刚才这一座花园，却是李岩刺史所建，名为丽春园。园中有一座高楼，就名为丽春楼，原与那些歌妓们行乐的去处。

刺史公存日，一生豪侠，不惜千金，遍游名郡，多买舞女歌儿，共得六人。一个个尽是倾城艳色，绝世奇姿。

那第一个最美丽风月的，唤作梅蕊珠，扬州人氏，年纪可有十七八岁，生的描不成，画不就，琼容瑶面，玉骨冰肌，堪称金屋多娇，不减昭阳女子。说他文技中，则琴棋书画，诗赋词章，般般细谙；女工内，则剪水裁云，描鸾刺凤，件件精通。更兼吹弹歌舞，侑酒持觞，总为泛泛末技。

那五个又比他略次一分，也有闭月羞花之貌，沉鱼落雁之容。一个唤作张弱秋，一个唤作李湘卿，一个唤作刘小玉，一个唤作张欲仙，一个唤作韩小小，俱是苏杭名那选来的绝色。

那刺史公得了这六个，已遂平生愿欲，精集良工，遍搜名山异木，向那内庭中建了六座院房，把这六个女子分为六院，又总建一座高楼，就令梅蕊珠在内，朝夕与那些群妓们弹丝品竹，教演乐工，遂取名为蕊珠楼。上列着一个匾额，题着四个大字云："六院琼姿"。便到姑苏去请了一个有名的画师，把这六院女子总画作一幅美人图像，悬于寝室，以便昼夜提防。

这刺史公纵欲酣娱，朝欢暮乐，仅仅止有一年，不料一旦而亡。那夫人杨氏，待开丧事毕，便与族人计议把那六院女子一个个择配良人，各宜家室，方免有空老朱门效白头之叹。遂将那一幅美人图，与女孩儿若兰小姐收贮闺中，留作先人遗迹。

说这若兰小姐,却是李刺史亲女,年方二八,尚未适人。生得恭容绝世,旖旎超群,精善女工,兼通文翰。刺史公在时,多少贵族豪门央媒求聘,因老夫人十分爱惜,只是不肯轻许,以此蹉跎至今。

这也是小姐婚姻将至,时值天气塺黮①,这小姐把那幅美人图取将出来,展开一看,只见颜色渐渐消褪。便唤侍婢琼娥,携到园中芙蓉轩上,晒些日色。不料黄昏,琼娥顿忘收拾,却被那哑园公次日洒扫花轩,收拾了去。连他也不知什么画像,仔细一看,认得是几个美人。只道是一幅神像,料来也是换得几埕酒吃的。遂拿出园门,恰好又遇文荆卿,将一百文钱买去。

过了数日,将及刺史公忌辰,老夫人对小姐道:"孩儿,十三日是你爹爹忌辰,我已曾吩咐院子整备祭礼,向灵前拜奠一番,以尽你我孝敬之心。只是一件,你爹爹生前至喜欢的,是那六院中歌姬。今日人亡时异,却也不须提起。你只去捡出向日遗下的那一幅美人图来,明日并列在你爹爹灵前,与他阴魂再一快睹,便得瞑目九泉。"

我看这小姐,听母亲问起美人图,心中仔细一想,霎时间玉晕生红,纤眉颦翠,便思量得起前日晒在芙蓉轩上,还未收拾回来。只得朦胧答应了母亲,走进房中,悄悄唤琼娥问道:"前日那幅美人图,可曾收拾在哪里?"琼娥听问,却便闭口无言,回答不来,痴痴的两眼观天,想了一会,道:"琼娥自知有罪,前日因侍小姐绣那一首长幡,与老夫人到崇祥寺去还愿,匆匆的到了黄昏,却不曾记得收拾。待琼娥再去寻一寻看。"小姐道:"你可再去寻一会来,有没有万勿与老夫人知道。"

这琼娥应了一声,也管不得二步挪来两步,连忙走到芙蓉轩上,四下搜寻,那里见有什么美人图?只见那哑园公恰好手提一只酒罐,拿了几文钱,正待出园沽酒。琼娥近前一把扯住,问道:"管园的,这芙蓉轩上前日晒着一幅美人图,敢是你拾了去?"那园公心中已自明白,只做不知,把手乱摇。那琼娥看他手里拿着几个钱儿,觉也有些疑惑,便正色道:"这园中再没有闲人擅入,你敢是拿到哪里卖闻钱么?"园公又把手摇了几摇。

琼娥道:"你若是收得,我去与小姐说,做一件新布道袍与你,再与你百十文钱,买酒吃罢。不然,老夫人知了风声,拷打起来,连你都有份

---

① 塺黮(mò zhěn)——暗黑。塺,尘埃;黮,黑。

了。"这园公见琼娥追问得甚紧,面孔通红,身上扑簌簌惊颤起来,失手倒把一只酒罐打得粉碎,放声大哭。

琼娥恐怕老夫人知道,连忙转身来见小姐,道:"小姐,不好了。那幅美人图却被管园的拾去卖与人了。"小姐惊问道:"呀,有这样事。你怎么知道?"琼娥道:"琼娥恰才正到芙蓉轩上寻觅,只见那管园的手拿了几文钱,提着一只酒罐,正待走出园门,被琼娥连忙上前扯住,仔细盘问。他霎时间面孔通红,仓皇无计,失手到把酒罐打得粉碎,对着琼娥放声大哭。"

小姐道:"事有可疑,那管园的每尝时,若不是老夫人尝赐,哪里有赚钱处?这决是他拿去卖与什么人了。你快快去对他实说,这是老爷遗下的故迹,明日老夫人知道,追究起来,不是当耍,毕竟要还个着落。他若果是卖与人去,我这里就加一倍利钱买回了罢。"

琼娥道:"琼娥适才原要对他是这样说,他便哭得不住。但恐老夫人在房中听见,漏泄风声,却不稳当。只得转来,与小姐商量个计较。"小姐道:"这也说得有理。事到其间,教我也没什么计较。既然如此,且隐放在心,不要出口。待明日老夫人十分要取出来,再作理会罢。"

只见十三日侵晨,老夫人把祭礼打点齐备,唤琼娥去对小姐说:"今日是老爷忌辰,请小姐早早起来梳洗,与我同向灵前祭奠。你去先取那幅美人图来,我这里等候张挂。"琼娥勉强答应,急忙走到房中,来见小姐。

原来小姐也正为着这一件事,强睡在牙床上,不肯早起。琼娥慌了,道:"怎么好?老夫人在堂前,等着美人图张挂。这件事今番决难遮掩,免不得漏泄了。"小姐道:"自古道:'千丈麻绳,终须有结。'毕竟是瞒不过的。待我起来,自到老夫人跟前讨个方便去。"

看这小姐,便揭开锦帐,穿上罗襦①,也不管蒙头垢面,鬓乱钗横,匆匆来到堂前,与母亲相见。老夫人看见小姐这个模样,便问道:"孩儿,这时候鸡声唱午,日上三竿,女孩儿家方才睡起,可也忒怠惰了。况且今日是你爹爹忌辰,我已曾唤琼娥来对你说,早早起来梳妆。缘何这时还是桃腮凝宿粉,檀口带残脂,却怎么说?"

小姐道:"禀母亲知道,孩儿特为美人图一事,来到母亲跟前讨个方便。"老夫人道:"正是,怎么那幅美人图不带了出来?"小姐道:"母亲,那

---

① 罗襦(rú)——裙袄。襦,短衣短袄。

幅美人图,孩儿因前几日天色瘗黩,恐怕消减了颜色,携向芙蓉轩上,晒些日色。不想那日因要绣幡还愿,匆匆到晚,不曾收拾得回来。前日母亲问起,孩儿便着琼娥急去搜寻,竟也不知去向。"

老夫人惊道:"有这等事,美人图竟寻不着了。这都是琼娥那贱婢失于检点,快着落在他身上寻来。若没有时,就是一顿板子。"小姐跪下道:"母亲请霁雷霆之怒,容孩儿一言剖决。琼娥失于检点,罪所固宜,若论起来,还该着落在管那园的身上寻来。"

老夫人连忙扶起,回嗔作喜道:"孩儿,你岂不知道,爹爹存日,不惜千金重费,广置六院琼姿。今日人亡事异,仅仅止存得一幅美人图像,留为遗迹。是你我用得着的,便万两黄金也不轻售。那用不着的,便是十数文钱还嫌价多。也罢,你且进去,慢慢梳妆,待我着院子去唤那管园的哑厮来,问个详细便了。"那小姐谨遵母训,走起身,前唤琼娥一同进房,服侍梳洗。

说这院子,承老夫人之命,来到园中,唤那哑厮。只见那哑厮吃得醉醺醺,红头赤脸,倒在芙蓉轩上。院子道:"管园的,老夫人唤你,有话吩咐。"那哑厮把手摇了两摇,又把眼睛合了一合,只是不肯爬起身来。院子道:"你敢是吃醉了,要睡着么?"哑厮把头点了一点。

院子随口道:"你不去也罢,只怕一个好机会失错过了。"那哑厮听了这一句,慌忙一骨碌跳起身来,就要同走。院子道:"今日是老爷忌日,老夫人设下牲礼祭奠,敢是要与你些酒食。"这哑厮便欣欣然同院子来到堂前。

老夫人问道:"管园的,你老大年纪,也不知些世事。那一幅美人图,是老爷遗下的故迹。你缘何悄悄窃去卖与别人,能值几何? 我这里与你些钱儿,早去取赎回来,还赏你几罐酒吃。若是东遮西掩,明日访着踪迹,只怕你悔之无及。"哑厮听了,磕头就如捣蒜,再也不肯承认,把手向着琼娥频指。

老夫人喝道:"胡说。这若是在小姐房中遗失去的,自然着在这贱婢身上寻还。既在芙蓉轩上失去,岂不要在你身上着落? 况那园门扃①闭,便是鸡犬也走不进来,有谁擅入园中? 这不问自明,是你窃去。"那哑厮

---

①　扃(jiōng,间炯〈阴平〉)——门窗;门户。

一时心慌，便把手向天指一指，又向天拜了一拜，止不住泪如泉涌，就连磕了十数个头。

老夫人道："可知道天网恢恢，疏而不漏。且住，待我向老爷灵前祭奠过了，慢慢问你，少不得要个着落。"哑厮只站起身，伺候老夫人祭奠完毕。小姐道："管园的，这件事不是当耍的，你去取得回来，我与老夫人说，重重赏你。"那哑厮便向小姐跟前双膝跪下，放声大哭。

那小姐恰是有一点恻隐心的，见他如此模样，唯恐果是外人窃去，连累着他，只得替他向老夫人跟前讨个人情道："孩儿有句不知进退的说话，启上母亲，那幅美人图，这时陡然记得起，恰不是这哑厮窃去。"老夫人道："孩儿既在那芙蓉轩上失去，不是哑厮，却是谁来？"小姐道："孩儿想得，前日夜间风紧，敢是吹出在园外去了？"

老夫人便仔细想了一会儿，才有几分肯信，暗点头道："这或是被风吹到哪里，也不见得。唤这哑厮且站起来，我看小姐分上，饶过你这一遭。"那哑厮听说，真个是转祸为祥，就向老夫人、小姐跟前磕头叩谢，起来站立在旁。

老夫人道："今日若非小姐思想得到，莫说你是讲不出话的一个哑厮，便是浑身有口，也难分辩。只是一件，我看你这许多年纪，早晚洒扫园亭，灌植花木，也任不得那般勤苦。"吩咐院子："明日到南庄去，着一个后生的回来，换他去吃几年自在饭罢。"

院子回答道："老夫人，这管园的有一腊瘕兄弟，今年二十余岁，做事倒也伶俐，而今现在南庄上牧养牛羊。何不明日打发这管园的去，换他兄弟回来管园就是。"老夫人道："言之有理。你明早起来，一壁厢打发这哑厮往南庄去，换那牧童回来，一壁厢还去写几张招子，把那美人图各处再寻一寻。"

说这院子，次早起来，遵着老夫人严论，把那哑厮发出门，随即写了几张招子，到处一贴。上云：

李府自不小心，于本月初十夜被风吹出美人图像一幅，上有"姑苏高屿"四字，不知遗落何处。倘有四方君子收获者，愿出谢银若干，知风报信者，谢银若干。决不食言，招子是实。

那院子把招子四路贴遍，并不见一毫消息。

老夫人见没处寻觅，终日怏怏不乐，抱闷在心。一日，若兰小姐慰解道:"母亲,孩儿尝闻古人有云:'得马未为喜,失马未为扰'。只是一件,孩儿若是别样花卉,便能想象,向针指中刺绣得出。这一幅美人图像,孩儿便要刺绣将来,终难下手,却怎么好?"老夫人道:"孩儿说哪里话。那美人图,原是丹青画就,岂是针指绣成?"小姐道:"母亲,一发是容易的事。孩儿想,这世间难道只有这一个画美人图的丹青妙手,别没了第二个画师?便去再请一个有名的来,重画一幅就是。"

老夫人笑道:"孩儿言之有理。你却聪明了一世,我做娘的到懵懂在一时。"便唤院子来问道:"道临安府中哪里有出名的好画师么?"院子回答道:"老夫人在上,这本处没有出名画师。若要画些花卉鸟兽,便是这里转弯有几个画工,也将就用得。若要从前画那一幅美人图像,决要到姑苏去请那个当年老爷在日原画这美人图的老画师高崚到来,方才合适。"老夫人道:"我想,老爷初请他来画这美人图的时节,那高画师年已衰迈。至今又隔了几年,也难卜他存亡踪迹。"院子道:"那高画师两月前,贾尚书老爷曾特地请他来画了几幅寿轴,才回到姑苏不多几时。"

老夫人道:"既然如此,姑苏却有多少路程,须要几个日子,方才得到?"院子道:"此去姑苏约有一千余里。若要来往,须得一个月余。"老夫人道:"也罢。我就多与你些盘缠,今日便要你起身去走一遭。只是早去早回,免使我在家悬悬久望。"

说这院子,便去收拾行李,乘着便船,一路顺风,不上六七日,就到了姑苏城。遍处寻访,方才觅得高画师居处。

说这高崚画师,原是姑苏人氏,一生唯以丹青自贵,也算得是姑苏城中第一个名人。聘请的俱贵戚豪门,交往的尽乡绅仕宦。

这院子走到他家门首,只见一个后生执着束帖,正待走进门去。院子上前道个问讯,后生道:"老哥是哪里来的?"院子道:"小可是临安府李刺史老爷家,特来相请高画师的。"后生道:"来得恰好,我家画师正待这两日内要到临安贾尚书老爷府中贺寿。请到堂前少坐,待我进去说知。"院子便到堂前坐下。

这后生进去不多时,只见那老画师扶着一个小厮,慢慢地走将出来。院子连忙站起,仔细观看那老画师:

皓首飞星,苍鬓点雪。戴一方乌角巾,提一条蛇头杖。越耳顺未带龙钟,近古稀少垂鹤发。潇洒襟怀,谁识寰中隐逸;清奇品格,俨然方外全真。

那老画师笑吟吟问道:"足下是何处来的?"院子道:"小可是临安李刺史老爷府中,特来相请。"老画师道:"那李刺吏,莫非是数年前接我去画美人图的么?"院子连忙道:"那正是我老爷。"

老画师道:"你刺史老爷已亡过数年,足下还是奉何人台命,不惮千里而来,相召老夫?"院子道:"小可正奉老夫人之命,敢迎老画师同到临安,重画那一幅美人图像。"老画师道:"原来如此。老夫日内正欲买棹①亲抵临安,到贾尚书府中贺寿。既是老夫人相召,顺便趋往就是。"吩咐家童快备茶饭款待。便留院子家下住了两日,再去买了船只,一齐同到临安。

老画师到李刺史家,便请老夫人相见。老夫人道:"老画师愈比当年精健了。"画师道:"老夫人在上,老夫记得昔年刺史老爷命画美人图的时节,至今又越数年,真同一瞬。今日不知老夫人相召,有什指教?"

老夫人道:"老画师请坐,今有一言咨启。当年先人存日,不惜千金,广置歌姬六院,便延老画师画作一幅图像。谁知先人倾逝之后,六院歌姬尽皆星散。但是仅仅遗下得那一幅美人图,留为故迹。不期月前偶然失去,竟无寻觅。这是先人故物,岂可一旦轻遗。老身想得,当年那一幅原是老画师手就,至今虽隔数载,料然老画师未得顿忘。因此特地遣仆远驰,迎到寒家,敢求佳笔。"

老画师听罢,沉吟半晌,方才回答道:"那幅美人图,虽是老夫向年画就,那时节有六院美人面貌现前。今日人亡岁久,教老夫一时落笔难成,这却如之奈何? 也罢,老夫不敢推阻,只求老夫人吩咐洒扫一间幽静书房,待老夫慢慢用些细巧工夫,想想画一幅儿便了。"老夫人便唤院子收拾了一间书房,摆列下金笺玉砚,便把老画师延入。

原来这书房中原挂着一幅观音佛像,刺史公在日,早晚焚香供奉,祈祷甚灵。自刺史公亡后,一向没人奉祀,久绝香火。每尝时,白昼里就向书房现出金身,这也是那观音大士欲显灵通。

这画师独坐空房,对着笺,蘸着笔,尽尽想了一日。看看想到天晚,方才有些头绪。正待提起笔来,只见满房中霞光闪烁,瑞气纷腾,忽然现出

---

① 棹(zhào)——摇船用具。亦指船。

一座金身,恰正是观音大士神像,左边善财,右边龙女,手执着杨柳净瓶,脚踏着莲花宝座。老画师见了,慌慌张张跪下叩首道:"大士白昼现身,敢是触悟弟子一时迷性?"恰便低头就拜,只见一时间霞光散去。

老画师连忙站起,正待走到堂前,说与老夫人知道。忽见那桌上已列着一幅现成画像,便展开仔细一看,上有"姑苏高屿"四字。原来就是向日失去的那一幅美人图,却被观音大士摄取转来。

这老画师见了,满心欢喜,连忙拿了,急急走到堂前,送上老夫人,便把观音大士现出金身,一一备说。老夫人便请小姐出来,一同细看,果然是那一幅美人图像。老夫人喜道:"这非是老画师入神摹想,怎得观音大士显此灵通?"随唤院子,当晚整备齐供,先向神前叩谢。

次日,安排酒肴,又取出白金十两,奉酬了老画师。这画师再三推逊不过,只得勉强收下,遂拜辞了老夫人,竟到贾尚书府中贺寿。后被贾尚书苦苦相留,又盘桓了十数日,方才回转姑苏。

毕竟不知那幅美人图被观音大士摄了回来,这文荆卿后来怎地得知消息?且听下回分解。

第二十三回

诉幽情两下传诗　偕伉俪一场欢梦

诗：

女貌才郎两正宜，从天吩咐好佳期。

拔雨撩云真乐事，吟风咏月是良媒。

襄王已悟阳台梦，巫女徒劳洛水悲。

锦帐一宵春意满，不须钻穴隙相窥。

说这文荆卿自得了那幅美人图，心中老大欢喜，就如珍宝一般爱惜，不忍轻弃，便收贮在那锦囊内。每至黄昏灯下，取将出来，展玩一番。只见那夜月光惨淡，花影纵横，唯闻一派鸟声断续，陡然惹起乡心，遂向灯前口占一绝云：

孤枕孤衾独奈何，几宵孤梦入姑苏。

醒来怕对孤灯照，闪得孤影分外孤。

吟毕，便唤安童道："我今夜兴味萧然，寂寥倍甚。你去对店主人说，把昨日窨下的新刍提一瓮来，明日一并算账。"安童摇手道："官人，这遭教安童也难去对他说。我想，到他店里将及一月有余，租钱不要说起，便是酒也吃了他百十余瓮，哪曾有分文付他。明日算将起来，把安童作了酒账，也还是扯不直来。"

文荆卿道："嗤！小厮出言无状，况我嫡亲叔父，尚且不能禁得我饮酒。你样说，到要思量拘管我么？"安童道："大官人，又错怪着我了。你莫说是吃他百十余瓮，就是吃他百千余瓮，也与安童有甚干涉？只虑一件，大官人那日来得忒甚匆忙，又不曾设处得些盘缠，只是囊箧①空虚，明日店主人把租钱酒账开算起来，终不然唱一个喏儿，随我们踱出门去。大官人，你便官模官样，他还让你斯文一脉。那时到与安童费唇费舌，可不是教我进退两难。"

---

① 箧（qiè）——小箱子。

　　文荆卿听他说罢,低头暗想一会,便微笑道:"小厮果然句句讲得有理,真个错怪了他。算来百十瓮酒,就得几十贯钱,若再积上几十瓮,明日哪得这若干钱来还他酒债。俗语云:相逢尽道谁家好,不饮由他酒价高。只是我酒痴生从来没个断酒之夜,今晚没奈何,试断一断罢。安童,我听你适才说那几句,甚有几分道理,倒把你错埋冤了。只一件,看这月白风清,迢迢良夜,教我旅况凄其,孤眠难觉,怎捱得那般滋味?你与我把窗儿半掩,放些月色进来,再把那幅美人图像取将出来,待我细细看玩一回,以消睡魔便了。"

　　安童道:"大官人,说便是这样说,酒还是断不得的。安童适才将就携得几杯在此。"文荆卿笑道:"安童,既是还有几杯酒儿,你何不早说?"安童道:"大官人开着口就是一瓮两瓮,教安童怎么好说。"文荆卿道:"你快去拿来,待我将就饮了,捱过今夜罢。"安童便去携了一把小小瓷壶,里面止有三四合酒,却正是昨日的新刍。

　　文荆卿接过手,掀起壶盖,把鼻孔嗅了两嗅,拍掌大笑道:"这还是我酒痴生酒运未衰,毕竟绝处逢生。今夜这几合酒,就如几瓮一般,莫要浪费饮尽。安童,快把美人图取来展开,权当一品肴馔,待我慢慢的畅饮一杯,有何不可。"安童连忙走向案上,提出锦囊,摸了半日,摸个不着。再将灯来,各处搜寻,哪里见有什么美人图。便来回答道:"大官人,你今日也是美人图,明日也是美人图,这美人图今也不知去向了。"文荆卿道:"胡说。我昨晚还取出来,向灯前展玩,难道今日就没了踪影?况这房中又没人来往,终不然被谁私窃了去?早早还向各处寻觅一番。"

　　安童道:"大官人,我却想得起了,前者自从买回之后,只见到处尽贴招子,说是什么李府失去美人图一幅,收获者谢银若干,报信者谢银若干。想是官人昼夜展看,倒被这店主人弄去了,赚他的赏钱,也不见得。"文荆卿惊疑道:"那招子果是你亲见来么?"安童道:"终不然又是安童吊谎?明日就与大官人同去看个仔细就是。"

　　文荆卿道:"且住,这就是店主人窃去了,还不可便去问他。只待明日依旧去站在那花园门首,伺候那个当日卖与我的哑园公出来,问个明白,然后再与他讲话,也未为迟。"安童道:"大官人,这正是闭口深藏舌的,是个道理。"文荆卿便吩咐安童,掩上窗儿,早早收拾睡了,明早起来同去。安童领诺,是夜寝睡不题。

　　却说文荆卿次日同安童，来到花园门首。只见紫门半掩，静悄无人。两个等了半日，哪里见有哑园公出来？安童道："官人，我们站这好一会儿，并不曾见个人影，终不然那哑园公一日不出来，我们就等一日，一年不出来，我们就等一年？且待我走进去，打探一个消息。"文荆卿道："安童讲得有理。若是进去，见了那园公，须悄悄唤他出来，待我问个详细。"

　　你看这安童，轻轻推开了那两扇园门，到做出大模大样，慢慢踱将进去。转过木香棚，又过蔷薇架。只见满园中都是奇花异卉，开得芳菲烂漫，一步走一步夸奖道："好一座齐整的花园。便是蓬莱瑶岛，却也差不分毫。"渐渐的又走到芙蓉轩，抬头一看，见那高楼上站着两个女子，生得姿容绝世，正在那里展开一幅画儿，仔细看玩。

　　你道那两个女子是谁？原来一个就是李若兰小姐，一个是侍婢琼娥。那一幅画儿，原来就是观音大士摄回的美人图。这安童连忙闪避在那花荫下，远远定睛偷看。只见那侍婢把那幅画儿背将转来，却被安童认得，他恐楼上瞧见，不当稳便，轻轻的依着旧路，走将出来，对着荆卿道："官人，古人说得好：莫信直中直，须防人不仁。那一幅美人图，果被那店主人窃去了。"

　　文荆卿道："你可访着些信息？"安童道："官人，安童走将进去，那园中的齐整都不要讲起，只见高楼上站着两个内家，不过二八青春，生得如花似玉，百媚千娇，正在那里展开一幅画儿看玩。安童仔细偷瞧一会儿，原来就是那幅美人图。"

　　文荆卿听说，便喜滋滋问着安童道："有这样事？你却认得真，果是那幅美人图？莫要错看了。"安童道："而今待安童在这园门首等候。大官人，你悄悄进去瞧一瞧看。"这文荆卿适才听说有两个内家，便拴不住心猿意马，轻轻走将进去，恰好那小姐还未下楼。

　　那小姐在楼上瞧见这文荆卿，人品少年，更加风流俊雅，心中便已十分可意。遂伸出纤纤玉手，轻轻把两扇窗儿半开半掩，仔细瞧了一会儿，蓦然惹起闺情。便说一句话儿，先赚了琼娥下楼，遂展娇喉，吟一绝云：

　　　　睡起无聊闷不开，春情缭乱倩谁排？

桃花欲向东君放,借问刘郎①何处来?

文荆卿听罢,暗自夸奖道:"好一个着人的小姐。听他细语娇声,犹胜新莺巧啭;藻词秀韵,还过绝蕊初开。那诗中语句,分明默露春情,倒有几分见怜我文生的意思。不免也吟一首,回他则个。"遂吟云:

误入桃源津已迷,徘徊花外听莺声。

胡麻果作刘郎糁,好教仙娥指路歧。

那小姐听罢,便叹了一声道:"好一个风流才子,不知是哪一家的?听他,其音清,其词丽,非大有才识,何能以诗自媒。"言未了,只见琼娥忙来迎请道:"小姐,老夫人等你去吃早膳。"这小姐正欲慢谈心曲,忽被琼娥走到,心下仓皇无计。没奈何,只得下楼进去。

说这文荆卿,闪在花荫下,站了一会儿,侧耳细听半日,不见那小姐做声。抬头一看,只见那楼窗已闭,人影悄然,便道:"呀,原来那小姐已下楼去了,我还在此作甚? 倘被人来瞧破,把甚言语抵对? 只是一件,那小姐适才诗句分明为我而吟,只不知几时才得一场清话,这相思真害杀我也!"

你看他就如失了魂,掉了魄一般,曲着身,悄悄闪出花荫。走不几步,只见那厢一个腊瘰②小厮,连忙赶将出来。文荆卿仔细一看,只见那小厮:

头如芋子,顶似梨花。一阵风飞来玉屑,三竿日现出银盔。几茎黄毛,挽不就青螺模样;一张花脸,生将来粉蝶妆成。闹烘烘逐不去脑后苍蝇,气呼呼撇不尽鼻中蚯蚓。这正是哑园公同胞的嫡派亲兄弟,新下南庄小牧童。

那牧童喝道:"哇! 你这偷花贼又来了么?"文荆卿连忙回答道:"小生为寻那个管园的哑园公相见一面,岂为着偷花而来?"牧童笑揖道:"区区冲撞了。官人,你道那哑园公是谁? 便是区区嫡亲哥子。他多时不在这里管园了。"文荆卿道:"既不在此管园,他却往哪里去了?"牧童道:"官人,说起话长。他前月在这园中遗失了一幅美人图。我家老夫人说他有

---

① 刘郎——指唐诗人刘禹锡。刘禹锡诗《再游玄都观》有"前度刘郎今又来"句。

② 腊瘰(lì)——癫痢头。长黄藓的头。

了年纪,园中照管不到,把他打发到南庄去了。"

文荆卿笑道:"小哥,还要问你个明白。那哑园公既然打发了去,后来那幅美人图可曾寻得着么?"牧童道:"官人,说起一发好笑。我家老夫人自失去了美人图,终日忧忧闷闷,特着人到姑苏接了一个有名画师,正待从头画过。不想那观音菩萨出现,竟把那幅失去的美人图端然摄了转来。"文荆卿听说,痴呆半晌,道:"有这样事?"心中便也多信少疑,正要仔细再问,忽听得里面大叫道:"牧童,小姐等你折花来哩。"这牧童不及细说,回身便去。

文荆卿见牧童走去,匆匆步出园门。只见那安童正坐在园门槛上呼呼打着瞌睡。文荆卿悄悄将他唤醒,恐怕漏泄风声,再不说出一句,两个竟自回转店里不题。

却说那牧童,便去折了几枝花儿,正待送与小姐,走到堂前,只见老夫人端然坐着。他便慌慌张张,上前叫了一声。老夫人道:"牧童,我这几日身子有些不快,一向不曾检点,也不知那园中洒扫得如何? 那些花卉,灌植得何如?"

牧童连忙跪下道:"老夫人在上,牧童初到的时节,只见那园中:

墙垣坍塌,一堆堆破瓦残砖;花木凋零,一树树枯枝败叶。茶院,牡丹亭,两边厢东西倒坏;歌舞楼,秋千架,四下里左右倾颓。阶砌上,无非那野草闲花;庭榭中,尽是些蛛丝鸟迹。"

老夫人道:"这都是那哑厮在时,作事懒惰,以致如此。你且说今番何如?"牧童摇头道:"今番比前番大不相似。那园中收拾得齐整,不须说起。只是那些花卉,就比前番也灌植得十分茂盛。但见那:

百花竞秀,万卉争妍。红紫斗芳菲,拴不住满园春色;妖娆争艳冶,扫不开遍地胭脂。几阵香风,频送下几番红雨;一群啼鸟,还间着一点流莺。觅蕊游蜂,两两飞来枝上;寻花浪蝶,双双簇列梢头。数不尽半开半放的花花蕊蕊,描不来又娇又嫩的紫紫红红。唯愿得老夫人心中欢喜日,恰正是小牧童眼下运通时。"

老夫人道:"也罢。明日待我往院中一看,倘是那些花卉果然开得茂盛,这是你灌植有功。拣个好日,把那服侍小姐的丑姑儿赏与你做了老婆。"牧童听说,止不住嘻嘻便笑,低头叩谢道:"牧童先谢赏了。"

老夫人道:"且去,若果灌植得好,方才有赏。若是仍前荒废,连你哥子的旧账,一并算在你身上。"牧童道:"不敢。"老夫人道:"你将花来放在这里,唤琼娥出来,送与小姐。你快到园中用心照理,恐有偷花的进来,侵损了不当稳便。"牧童便把那几枝花儿放在椅上,磕个头,起身走去不提。

再说那李若兰小姐,自在丽春楼上瞥见文荆卿之后,整日忘餐废寝,抱闷耽愁,何曾一刻撇得下那一点相思念头。老夫人见他如醉如痴,但是女孩儿家心事,又不好十分盘问。

那小姐看看捱过半月,忽一日起来,蓦然间隐几卧去。梦见独自闲步园中,只见那生复来花下,瞥见小姐,便整衣趋步,殷勤向前,深深拜揖。小姐虽认得是前番所见之生,一时满面娇羞,闪避无地,只得勉强回答一礼。

那生便笑吟吟道:"小姐,小生自前日俄闻佳咏,恍从三岛传来;今睹芳容,疑向五云坠下。令人役梦劳魂,不知捱几朝夕。未卜小姐亦有怜予念否?"小姐低声回答道:"君既钟情于妾,妾敢负念于君?但虽有附乔之意,恨无系足之因,如之奈何?君如不弃,且随妾到那厢玩玩花去。"

那生迎笑道:"深蒙小姐垂爱,没世难忘。但名花虽好,总不如解语花。趁此园空人静,今日愿得与小姐一会阳台,铭心百岁。若是不饮空归,那洞口桃花,笑人村①煞也。"小姐道:"妾便与君缔好,亦芝兰同味。但是闺中老母,户外狂狙,一玷清名,有招物议。"

那生道:"小姐说哪里话。岂不闻柳梦梅与杜丽娘故事,先以两意相期,后得于飞百岁,至今留作美谈。况小生与小姐,皆未婚娶,今日若使事露,老夫人必当自为婉转成婚,岂不更妙。"小姐听说,半推半就,含怯含羞道:"这青天白日干这样事,倘是有人撞到,却不稳便。也罢,且随我到丽春楼上来。"

那生喜不自胜,遂与小姐携手登楼,便向椅上,与小姐松玉扣,解罗襦,两情正洽。那小姐却温玉生香,满怀春意。就向画楼中携云握雨,倒凤颠鸾。

待一番云雨事毕,那生欣欣的道:"小姐,今日此会,幸喜无人知觉,何不就把春兴试共一谈。"小姐掩口道:"起初时,我却如望雨娇花,着一点滋荣一点。"那生道:"我却如奔泉渴马,饮一分通泰一分。"小姐道:"后

---

①　村——痴。

来时,我却如含一粒金丹,俗骨从半空化去。"那生道:"我恰如入九天洞府,仙风自雨胁生来。"小姐笑道:"君可谓得个中趣矣。"那生亦笑道:"彼此,彼此。"

小姐道:"我们且下楼去,向花前掇采些余香,以消清昼。"那生欣然携手下楼,慢慢行至曲栏杆外,见池内双凫戏水,那生遂将石子与小姐下赌打,偶然失足,堕落池中。

那小姐方才惊醒,口里连叫那生几声。朦胧开眼,只见琼娥捧着一盏茶儿,站在身边伺候,见小姐卧起,低低问道:"小姐缘何卧了这半晌,这一盏茶冷了又温,温了又冷,不知换过几次。"小姐道:"琼娥,我适才卧去,你听我说些什么来?"琼娥摇头回答道:"一句也没有听见小姐讲。"小姐道:"你再去把茶略温一温来我吃,吩咐那丑姑儿,快到园中与牧童说,只看那开得可爱的花儿,折两朵来与我,再来伺候梳妆。"琼娥听说,便轻轻走出房门。这小姐慢慢站起身来,恰才打点梳洗。

毕竟不知那丑姑走到园中,见了牧童,有甚说话?且听下回分解。

第二十四回

丑姑儿园内破花心　小牧童堂上遗春谱

诗：

> 可惜青年易白头，一番春尽一番秋。
>
> 鬼病难换青昼永，闲愁犹胜白云浮。
>
> 划损金钗心悄悄，敲残玉漏梦悠悠。
>
> 一点灵犀难自按，谩教花下数风流。

说这丑姑儿，原是在小姐房中服侍的一个使婢，年纪可有十七八岁，眼大眉粗，十分丑陋。小姐嫌腌臜①，凡一应精细事务，件件唤着琼娥，再不肯落他手里。只拣那粗夯用气力的，便唤着他做些。倒有一件，这丑姑人都看他不出，丑陋中带着几分丰趣，年年至三月天气，便有些恹恹春病，攒着眉，咬着指，就如东施效颦一般，便熬不过那般滋味。有诗为证：

> 几度伤春不自由，投桃无计枉屏愁。
>
> 谁知传命宣花使，顷刻推门指路头。

琼娥正去唤他，走到房门首，只听得他在里面唧唧哝哝，自言自语，句句都是伤春的说话。琼娥听了，悄悄推进房门，掩着口，忍不住笑道："丑姑，小姐着我来吩咐你，到园中唤牧童折花哩。"丑姑道："姐姐，瞒你不得，小妹妹正花心动在这里，一步也行走不动。做你不着，替我走一遭罢。"琼娥道："呸，羞人答答的，丫头家，亏你说这样话。"丑姑摇头道："姐姐，你莫要是这般说。我的心，就是你的心一般。而今三月天气，那猫狗也是动情的时节。怎说得这句自在话儿？"

琼娥道："你快噤声，隔墙须有耳，窗外岂无人？只是你我两个讲讲，还不打紧。倘是老夫人听见，这着实一顿打，决不饶恕。"丑姑笑道："姐姐说得有理，小妹子今后痛痒只自得知罢。"琼娥道："不要闲说，小姐等着要花。我先去伺候梳妆，你快吩咐牧童来。"琼娥说罢，便转身先去小

---

① 腌臜(ān zān；又读 ā zā)——肮脏不洁。

姐房中,服侍梳洗。

你看这丑姑,慢慢的拖着一双脚,带两只鞋片,一步步走到园中。四下一看,哪里见个牧童? 便作娇声叫道:"管园的牧童哥,哪里去了? 小姐等着花哩。"

原来这牧童恰正脱去衣服,赤着身,露着体,坐在那水边石上洗澡,听得唤他名字,暗自惊疑道:"哪里来这一个娇娇滴滴的声儿?"连忙带着水一骨碌站起身来,抬头仔细一看,又不见个人影,便厉声答应道:"牧童在这水池里洗澡哩。"那丑姑听说洗澡,却也是有心要看牧童身边那件东西,忙忙的走到池边,只见他那件东西劈空发起性来,真是十分厉害。

丑姑看了,假意儿掩着口道:"呸,小的家好不识羞,倘是老夫人、小姐劈头走到,只说我们思量干什么歹事。还不起来,快快拭了浴,折花与小姐去。"

你看这牧童,也等不得拭干身上,连忙披了衣裳,系了暖肚,笑嘻嘻上前就把丑姑搂住,做了一个嘴,道:"丑姑的心肝,我牧童为着你,险些儿害了一场老大的相思病。这也是今日天缘凑巧,来得恰好,就在这芳草坡上,大家去其衣,解其裈,耍一个快活去。"那丑姑扭着头道:"啐,不知死活的冤家。老夫人知道,不晓得你要偷婆娘,倒说我来拐小官。那时打得十生九死,怎么是好?"

这牧童只是一把扯定,哪里肯放,迎着笑脸道:"丑姑,你且听我说一个正经道理。那日老夫人曾有言在先,说是:'牧童,那园中的花卉若是灌植得好,拣一个好日子,把那丑姑与你做了老婆。'只见前日老夫人与小姐跶到院中,看了这些红红绿绿、娇娇嫩嫩的花卉,果是开得茂盛,心中着实欢喜。又对我说:'牧童,我看你小小年纪,到也中用,那丑姑今番决要与你做老婆了。只是看个官历上的好日成亲。'那时我便跪将下去说:'牧童多谢老夫人抬举,只是年纪幼小,那件事儿不会得干,明日丑姑要退起婚来,便吃他勒掯①哩。'老夫人道:'且去,我自有道理。'我答应道:'是。'方才站起身来。这句句都是老夫人亲口说的,我两个免不得是一对花烛夫妻。只是孔夫子老官说得好,也有生而知之,也有学而知之。今日悄悄两个先偷一偷,学一个手段去。"

---

① 勒掯(kèn)——强迫。

　　丑姑半推半就道："这都是你的花嘴，老夫人决没有这样话。我妹子便是长了十六七岁，自不曾经过这件风霜。难道是娇娇嫩嫩的一点花心，倒被你这一个游蜂采了去不成？"牧童欢喜道："你虽然是个黄花女子，我区区到也不敢相瞒，说实落是个黄花小官。今日黄花对黄花，大家耍一耍。"说不了，又做了一个嘴。丑姑假怒道："啐，不知进退的东西。要说便说，做些什么嘴，调些什么情？看你这一副腊癙嘴脸，就生得潘安一般标致，我也是不敢从命的。"牧童又笑道："你若憎嫌我，便少做了几个嘴罢。"就将他一把扯倒。

　　这丑姑恰才口里虽是这样说，心里实是想着的。你看他假意儿左挣右挣，低低叫道："牧童哥，我妹子也没奈何，今日着在你手里了。只是我来了好一会儿，若是小姐着人来唤我，瞧见了，便做将出来。还到那芙蓉轩后，地板厅上，耍一耍去。"

　　牧童依言，就走起身，紧紧扯住丑姑一只手，只恐怕她跑了。来到芙蓉轩后，这牧童先替她松衣解带，再自己脱了下身衣服，露出那件东西，更比方才洗澡的时节愈加坚硬。这丑姑看了，半惊半怯，惊的是，犹恐有人瞧见，吹风到老夫人、小姐耳朵里去。怯的是，长大这般年纪，自不曾尝过这件东西，甜酸苦辣，怎么样的滋味。低低叫道："牧童哥，我妹子怕当不起哩。"

　　这牧童见他装出模样，愈加发兴，便叫道："丑姑的心肝，我和你一场好事，不要耍得没兴。我前日下南庄来，曾废了几个钱，买得一本春意。将来瞌睡的时节，看一看，便高兴起来，哪里禁得过。一向带在身边，不曾看着。我今日拿将出来，和你照依那上面做个故事儿罢。"说不了，把一只手便向腰边囊肚里摸将出来。果是一本小小印现成的春意谱儿，上面都是些撒村的故事。丑姑斜着眼，看了一张道："牧童哥，我妹子怎么比得这个惯经的？只是尽着兴，弄一会儿便罢。做些什么故事？"

　　牧童就依着他说，腾的跨将上去，用了些甜言蜜语，款款轻轻，扳将起来。

　　两个正在兴酣之处，你又不割舍我起去，我又不肯放你起来，哪里还管什么有人瞧见，牧童便也顾不得捣破花心，尽力抽送。这丑姑恰才抵挡不住，扑簌簌泪珠垂下，口中咿咿唔唔，只甚叫喊起来。

　　不想那小姐梳洗了半晌，还等不得丑姑的花到，便着琼娥来到园中厮唤。哪里见什么丑姑？又把牧童叫了几声，也不见他答应。看看走到芙蓉轩后，只听得他两个咿咿唔唔声响。轻轻向壁缝里张了一张，只见他两个正情浓意蜜，一个就如饿虎吞羊，一个便如娇花着雨。又仔细听了一会，两个说的都是些有趣的话儿。有诗为证：

　　　　蜂忙蜂乱两情痴，啮①指相窥总不知。

　　　　如使假虞随灭虢，岂非愈出愈为奇。

　　这琼娥却熬不过，紧紧咬着袖口，站在芙蓉轩外，瞧一会儿，听一会儿。欲待进去叫他一声，恐扫他两人高兴。欲要待他事毕，又恐小姐亲自走来。左思右想，只得轻轻走到轩后，把两个指头向软门上弹了一弹，道："丑姑，你却受用得快活，那小姐等得心焦哩。"牧童听见，也管不得兴还未过，连忙爬起身来，扯上裤儿，拾了那一本春谱，低着头，竟往外面一走。

　　这琼娥便走进轩后，只见丑姑还睡倒在地板上。他便摇头笑道："你两个做得好事，却瞒我不得了。小姐着你来唤牧童采花，原来你到被牧童先采了花去。"这丑姑两脸羞惭，翻身爬将起来，也管不得冷汗淋身，猩红满地，便把裤儿系了，忍着羞，对着琼娥道："姐姐，我妹子今番活活的被他讨了这一场便宜。"琼娥带笑道："这件事，你两个都是讨便宜的，到是我来得不着趣了。"丑姑道："姐姐，今番却瞒不得你的，只是到小姐跟前，莫要提着罢。"

　　言未了，那牧童便去折了一把花来，尽是些玫瑰、木香、蔷薇之类，便采一朵开得娇艳的，嘻嘻迎着笑，便要与琼娥簪在头上。琼娥正色道："啐，不知死活的东西。别人把你戏耍，难道我与你戏耍的？"牧童便又将去簪在丑姑头上。丑姑假意道："呸，姐姐在面前，还要调什么情哩！"扑的把他一脚推倒。这牧童跌得就如倒栽葱一般。丑姑忙忙拿了那些花儿，竟与琼娥来见小姐。

　　那小姐见丑姑走到跟前，鬓蓬发乱，便问道："你这贱婢，什么时候着你去，这时节恰才走来，还在哪里打这半晌瞌睡？"那丑姑无言回答，两只眼睛就如火样，只是低着头，睁睁的看了琼娥。那琼娥又是忍不得要笑的，掩着口，挣得个面皮通红。

　　小姐愈觉疑心起来，指着丑姑道："这贱婢事有可疑，快快说是在哪

---

　　①　啮(niè)——咬；咬合。

里去这半晌便罢，不然说与老夫人知道，打得你活不活，死不死。"丑姑连忙跪下道："小姐，丑姑并不向哪里去，只问琼娥姐姐就是。"那小姐却是个多疑的人，见琼娥背地里笑个不住口，便一眼又看住了他。这琼娥便跪下道："小姐，这与琼娥有甚干涉？只去唤牧童来问便了。"

丑姑晓得事情败露，见小姐盘问甚紧，只得实说道："恰才正到园中去唤牧童折花，那小厮胆大如天，把我拦腰一把抱住，说了无数丑话。亏着琼娥姐走来，方才死挣得脱。丑姑正要禀上小姐，只是开口又不好说。"小姐对着琼娥道："原来你这两个贱婢，一路儿做了鬼，到在我跟前东遮西掩。日后弄了歹事出来，那老夫人岂不怪在我身上？到是我防守不严，损了闺门清白。先待我去对老夫人说个明白。"

琼娥道："小姐，这都是丑姑做出来的，莫错罪在琼娥身上。"丑姑磕头道："今日情愿打死在小姐跟前，决不愿到老夫人那里去。"小姐道："想来这件事原与琼娥那丫头无涉，都是你这花嘴小贱婢做出来的，快随我到老夫人那里去。"

你看这丑姑哪里肯走，两只脚膝紧紧累在地上，苦苦哀告道："只凭小姐打一个死罢。"小姐道："啐，还要胡说！我怎么便打死你，送与老夫人亲自正一个家法去。"

这丑姑也是一身做事一身当，只得含着泪，一步一跪，随小姐走出堂前。只见老夫人正坐在堂上，她便连忙跪下。老夫人却不知什么分晓，笑吟吟对着小姐道："敢是这丫头服侍不周，把我儿触犯么？"小姐道："母亲，这贱婢做了一件不识羞耻的事儿，孩儿倒不好说起。"老夫人惊问道："我儿，她干了什么事？"小姐便把从头至尾的话儿，一一细说。老夫人止不住一时焦躁，道："有这样事。且起来站在这里，快着院子去唤牧童来，待我先问个明白。"那丑姑便起身站在小姐身边，心中如小鹿乱撞。

说这牧童，听见老夫人呼唤，只道有甚好意思到他，哪里晓得事情败露，急忙走到堂前，双膝跪下，还迎着嘻嘻笑脸。老夫人喝道："啐，这小厮死在须臾，你可知罪么？"牧童恰才放下笑脸，道："牧童没有甚罪。"老夫人道："我且问你，那芙蓉轩的事儿，可是有的么？"牧童却不敢答应。老夫人就把丑姑揪住耳朵，一齐跪着，便唤琼娥快进房去取家法来。

牧童慌了，道："老夫人在上，这不干牧童事，也不干丑姑事，原是老夫人一时错了主意。"老夫人大怒道："胡说，怎么到是我的主意错了？"牧童道："当日老夫人曾有言在先,原把这丑姑许我做老婆的。那日若不曾说过,今日牧童难道辄①敢先奸后娶不成?"老夫人喝道："这小厮还要在我跟前弄嘴!"提起板子,也不管浑身上下,把他两个着实乱打了一顿。小姐连忙上前劝住,扶了老夫人坐在椅上,道："母亲,他两个今日便打死了也不足惜,还要保全自家身体。"

你看这牧童爬起身来,手舞足蹈,正要强辩几句,不想袖里那本春谱撒将出来。老夫人便唤琼娥拿上来,看是什么书。这琼娥拾在手,翻来一看,见是一本春谱,又不好替他藏匿得过,只得送与老夫人。老夫人仔细一看,真个是火上添油,愈加焦躁,将来扯得碎纷纷的,提着板子,指定牧童道："你快些说,这本书儿是哪里来的便罢,若再支吾遮掩,你看这板子却不认得你,难道与你干休罢了?"

牧童支吾道："老夫人在上,听牧童一言分剖。这本书原是南庄上二相公买来醒瞌睡的。那日被牧童看见,悄悄匿了他的,藏在囊肚里,一向不记得起来,恰才洗澡,摸将出来。牧童正要扯毁了,恰遇老夫人呼唤,便收拾在袖中,原与牧童无干。老夫人要见明白,只着人到南庄去与二相公对证就是。"

老夫人道："胡说,你这样小厮,我这里还指望容得你么?若再容你几时,可不把我家声都损玷了?"吩咐院子,立时押他往南庄去。"须对二相公说,这样的小厮,家中留他不得,把那小心务实肯做工的换一个来,早晚园中使用。再唤琼娥,将这贱婢尽剥了她的衣裳,锁在后面空房内,明日寻一个媒婆,把他打发出门便了。"

你看这小姐果是个孝顺的女孩儿,见老夫人恼得不住,便迎着笑脸,扶了老夫人进房。那牧童、丑姑方才起去。毕竟不知后来牧童回到南庄,二相公有甚话说?且听下回分解。

---

① 辄(zhé)——车箱两帝可凭依处,故引申为倚恃安作之意。

第二十五回

闹街头媒婆争娶　捱鬼病小姐相思

诗：

> 瞥见英豪意已娱，几番云雨入南柯。
> 芳年肯向闺中老，绿鬓难教镜里过。
> 总有奇才能炼石，不如素志欲当垆。
> 咫尺天涯生隔断，断肠回首听啼乌。

你道这二相公是谁？就是李岩刺史嫡亲兄弟，唤名李岳。这李岳为人，性最贪狠，眼孔里着不得一些垃圾，假如有一件便宜的事，就千方百计决要算计着他。那刺史在日，吃了快活饭，一些闲事不理，专一倚恃官势。在外寻非生事，欺压良民。那些乡党闾里中，大家小户，没一家不受他的亏，没一个不被他害。若说起"李二相公"四字，便是三岁孩童，也是心惊胆战的。

后来刺史闻得他在外生非闯祸，诈害良民，恐怕玷了自己官箴，心中大怒，把他当面大叱一场，遂立时打发到南庄去，交付些租田账目掌管。他便与哥哥斗气，硬了肚肠，从上南庄，便有两年竟不回来与哥哥相见。不料刺史逝后，想着家中只有一个嫂嫂和一个侄女，他便回心转意，每隔两月，回来探望一遭。这老夫人和小姐也不薄待他，决留下盘桓几日。

说那院子，押了牧童回到庄上，这李岳竟不知甚么来由，连忙询问道："这牧童是老夫人着他回去管园的，我闻他在家一应事务到也勤紧，怎么打发了他来？"院子道："二相公有所不知，这小小一个牧童，到生得大大一副胆。"李岳道："敢是这小厮做了些鼠窃狗偷的事情，触了老夫人怒性么？"

这院子欲把前前后后话说与李岳知道，见有几个做工的站在面前，不好明说，便回答道："老夫人只教小人对二相公说，这样的小厮，家中容他不得，还要换一个小心务实的回去园中使用。这牧童做的勾当，小人不好细说。少不得明日二相公回家，老夫人自然要一一备说。"

你看这李岳,千思万想,决然想不到牧童做出这场歹事,便对院子道:"也罢,我多时不曾回去探望老夫人和小姐,今日就同你走一遭,问个详细。"李岳便走进账房,把那些桌上未算完的零星账目,尽皆收拾明白。又唤了那些做工的,逐件吩咐一遍,仍着牧童替那哑厮牧养牛羊。便带了一个精细能办的工人,与院子同回家里。

你看那小姐,终究是个贤惠的女孩儿,到底会得做人。听说叔叔回来,便亲自到厨房里去,煮茶做饭,忙做一团。这李岳走进门,见了老夫人,便把打发牧童回庄的事,仔细询问。老夫人就从头至尾备说了一遍。这李岳听了,止不住一时焦躁,便含怒道:"嫂嫂,这还是你欠了些,今日又是这个腊瓒小厮做将出来,倘是一个略俏俐几分的在家,岂不把闺门都玷辱了!明日不唯是,女儿亲事没了好人家,便是教我小叔也难做人。你那时就该把他两个活活打死,方才正个家法。"

老夫人见他说这几句,心下着实叹服,便道:"叔叔,我彼时也要打死他两个,只虑你侄女儿不曾许聘,吹风到外面去,只说我闺门不谨,做出这件不清不白的事儿,便招外人谈议。我彼时已把他两个着实打了一顿。那牧童小厮既赶回庄上,难道这个贱婢,可还留得在家?而今寻一个媒婆,也不要他一厘银子,白白的把了人家去罢。"

这李岳听嫂嫂说是不要银子,便又惹起他那一点爱便宜的念头,低头想了一会儿,道:"嫂嫂,依小叔说,这还是侄女儿婚姻事大,就该把那贱婢登时赶去了罢。"老夫人道:"叔叔,我嫂嫂的主意,原是这样。倒是你侄女儿再三劝我说,慢慢的寻一个的当媒婆,配个一夫一妇,也是我们一点阴骘。"

李岳点头道:"嫂嫂,侄女儿这句话,着实有些见识。只是一件,近日来街坊上做媒的婆子,甚是厉害,没有一个不会脱空说谎,东边一番话,西边一番话,全靠着那一张嘴舌上赚些钱钞。假如一个极贫极苦的人家,说得那里有多少田园,那里有多少房屋,说得那金银珠玉车载斗量,还比石崇豪富。本是一个至丑至粗的女子,说得面庞怎样标致,生性怎样温柔,说得娉娉婷婷,娇娇滴滴,更如西子妖娆。是那耳朵软的,信了他巧语花言,尽被他误了万千大事。只要谎到手,先装满了自己的银包。哪里还管你什么阴骘。且待小叔亲到府城外去,寻那一个当日婶婶在时卖花走动的张秋嫂来商量,倒还做事忠厚。"

老夫人喜道："如此恰好。只是这件事，一时便不能够驱遣那贱婢出门，还要叔叔在家几时，调停个下落才好。"李岳道："嫂嫂，这也容易。庄上的事，隔两三日着院子去料理一遭就是。"老夫人道："叔叔，事不宜迟，倘是那贱婢寻了些短见，反为不美，今日就要去与张秋嫂商量便好。"李岳满口应承。

说不了，那小姐殷殷勤勤打点了午饭出来，老夫人便陪李岳吃了午饭。你看这李岳，执了一盏茶，行一会儿，站一会儿，暗想道："我一向是要讨别人便宜的，难道自家里的便宜事，到被别人做了去？且去寻着张秋嫂，打点几句赚他的话儿，落得拾他一块大大银子，有何不可？"计较停当，便与嫂嫂说了一声，慢慢摆出大门。

走不数步，恰好那张秋嫂同了一个卖花的吴婆，远远的一路说，一路笑，走到跟前。李岳站在路旁，厉声高叫道："张妈妈，好忙得紧哩。"那张秋嫂听得有人唤他，慌忙回转头来。仔细一看，认得是李二相公，把个笑脸堆将下来，道："二相公，几时娶一位二娘续弦，作成老身吃杯喜酒？"李岳道："张妈妈，喜酒就在口头，只是先说得过，明日怎么样酬我，便作成你吃了罢。"

张秋嫂听是肯作成他，恐怕那吴婆在旁听得，连忙把他撇开，一把扯了李岳，走过几家门首，低低笑问道："二相公，老身手头一向不甚从容，不会做人，在这里果有作成得我的所在，待老身略赚些儿，就官路当一个人情罢。"李岳道："你唤那吴妈妈来，当面一同计议。"张秋嫂道："二相公，你不知道，这吴妈妈前月里走到一个大族人家去说媒，见没人在面前，悄悄窃了他几件衣服，过了几日，被那个人家访将出来，着实吃了一场没趣。而今各处人家，晓得他手脚不好，走进门，人一般敬重，贼一般提防，那个还肯作成他？不瞒二相公说，老身做了多年花婆，靠人头上过了半世，哪里有一些破绽把人谈论一句。"

李岳道："张妈妈，你们走千家，踏万户，若不存些老实，哪个还肯来照顾。也罢，我有一件事和你商量，只在两三日间就要回复。"张秋嫂笑道："二相公，怎么这样急性的事？"李岳便低头悄悄对张秋嫂道："张妈妈，我家老夫人身边有个使婢，原是老爷在时得宠的，只因昨日一句话儿触犯了老夫人，老夫人一时焦躁，特着人到南庄接我回来商量，要把他嫁与人去。只是一件，讨着他的着实一场富贵。身边都是老爷在日积攒下的金银首饰,足值二三百金。你去寻一个好人家,接他四五十金婚礼,你却着实赚他一块儿就是。"张秋嫂只道果然是真,想了一会儿,便欣欣回答道:"二相公,这也是老身时运凑巧,府中王监生一向断了弦,前日对老身说,要我替他寻一个填房。我明日同他家一个人来看一看,果是人物生得出众,早晚便好行礼,就是四五十金,也不为多。"

这李岳听张秋嫂说要着人来看了,方才行礼,心下又想了一想,便支吾答应道:"张妈妈,论将起来,是我们府中出来的,决比别的还有几分颜色。若是明日有个人来看,只是一说,那丫头自老爷亡后,情愿老守白头,心同匪石①,誓不适人。终日随侍小姐,在绣房里做些针指。我有一个计较,你明日同他人来,竟见老夫人,再不要提着我知道的,只说来求小姐的姻事,那丫头便随小姐出来相见,暗暗把他看在眼里就是。"张秋嫂笑道:"二相公说得有理。只要老夫人心肯,难道怕她执拗不成?"

李岳道:"张妈妈,又有一件,若是他家看得停当,早晚就要行礼,也不必送到老夫人那里去,就送到妈妈宅上,待我悄悄转送与老夫人,不是又省得那个丫头疑虑,若要几时起身,再设一个计策,也赚到你家来打发他去就是。"张秋嫂道:"二相公做了主,老夫人受了礼,老身做了媒,有这样两个扳不动的大头脑儿,哪里还怕她不肯嫁。"

张秋嫂便与李岳作别,回身不见吴婆,只道他先自走去,哪里晓得他却闪在那人家避觑,后两个一问一答的话,都被她听得明明白白。见张秋嫂转弯去了,连忙赶上前来,叫道:"二相公,恰才商量的计较,撇不下老身哩。"李岳回头见是吴婆,只得又站住了脚。吴婆道:"二相公,你便挈带老身赚了这主钱儿,他说的是监生人家,我明日便寻个乡宦来对他。他说是五十两礼金,我这里便送一百两。二相公,你还是许哪一家?"

李岳听吴婆一说,岂不是便宜上又加便宜,就欢天喜地道:"吴妈妈这样说,定是许你了。只是这件事不可久迟,那张妈妈也是会赚钱的。若是他先要行礼,这个就不能奉命了。"吴婆道:"二相公,我明早便去同人来看,早间便行礼到我家,黄昏便要着人到我家上轿,这个何如?"李岳满口应承道:"这个一发使得。"便问吴妈妈住居何处,吴婆道:"老身就住在城头街上,进火巷里,第一间楼房内便是。"李岳道:"吴妈妈,我要回去与

---

① 匪石——不同于石。比喻意志坚定,不可转移。匪,同"非"。

老夫人商议，你也不要错失了机会。"两人方才各自别去。

这李岳回见老夫人，把丑姑的话儿支吾说了几句，老夫人恰也听信。只见次日吴婆同了一个奶娘，竟来与老夫人、小姐相见，假以小姐姻事为由。你看这老夫人，又道这两个婆子果是来与女孩儿说亲的，这两个婆子又只道是老夫人晓得其中缘故的，哪里晓得是李岳的计策，使这两个婆子来看琼娥的？好笑两家都坐在瞒睡里。

这奶娘不住眼，把琼娥上上下下仔细看了一会，见他生得几分颜色，便也喜欢，遂起身与吴婆别了夫人、小姐。恰才正走出门，过了十余家，只见张秋嫂又领着一个婆子，也正要进李府去。看见吴婆，止不住怒从心上起，恶向胆边生，便厉声骂道："你这老泼贱，要来抢我的主顾么？"吴婆也放下脸来，道："露天衣饮，可是只容你一个做的？"这张秋嫂恼得两只眼睛突将出来，扭了吴婆，劈头乱撞。

那两个婆子怎么劝解得住？你看这张秋嫂，扭了吴婆，摺倒在当街路上，一个爬起，一个扑倒，只要思量赚这一块大钱，也管不得出乖露丑。那街坊上来来往往的人，围做一团，见是女人厮打，不好上前相劝，只是眼巴巴看他两个滚来滚去，呵呵大笑。恰好又有几个卖花的婆子走来，连忙劝解得脱。两家站起身来，这张秋嫂便对那几个告诉一遍。那几个婆子总是一伙的人，又不好偏护着你，又不好偏护着他，便道："吴妈妈，什么要紧，连我们几个面上都不好看。而今依我们说，这头媒便让与吴妈妈做了，两家的媒钱，听一股与张妈妈罢了。"吴婆便也应承，方才各自散去。

这李岳次早来到吴婆家里，婆子便去通知那个乡宦人家，送了一百两礼金，又是四个冬夏彩缎，一一收下。有诗为证：

　　　凤昔贪心尚未泯，而今设计复如神。

　　　花婆若不轻相信，丑婢谁捐百两银。

正待出门，那张秋嫂知了风声，连忙走到，大家当面说了一番。李岳道："也罢，这原是我与你讲起的，待打发了过门，我重重谢你罢。"李岳得了那些银子回来，向老夫人面前说了一通诡话。这老夫人见自家叔叔，哪里疑心到这个田地，便凭他当夜将丑姑打发到吴婆门首上了轿，抬到那乡宦家去。众人仔细一看，见是三分不像人，七分不像鬼的模样，都说是调了包儿。便唤那原与吴婆去看的奶娘来一认，也说哪里是这样一副嘴脸。

原来那李岳得了那一块银子，四个彩缎，与嫂嫂作别一声，竟往南庄走去。这乡宦人家,待要告官争讼,见这边也是个宦家,只得忍着气,把那吴婆凌辱了一场,方才休息。

那张秋嫂,起初见吴婆做了媒去,虽是分得一股媒钱,还有几分不肯纳气。看了这场笑话,恰才想得到,原是李岳要赚那些银子的主意,到也喜喜欢欢,站在高崖上落得这些银子。那吴婆思量要去告诉老夫人知道,又恐老夫人着恼起来,反讨一场没趣,只得忍耐不题。

说那若兰小姐,自吴婆假托求亲之后,整日闷闷在怀,信以为实,一心想着园中瞥见的那个书生,恐到了人家去,怎能再见一面。每日间针线慵拈,茶汤懒吃,捱一刻胜如一夏,只落得梦里还真,醒来又假。有词为证:

徘徊无语倚南楼,目送归鸿泪转流。罗带缓,情谁收?人情唯有相思切,乍去还来无尽头。争似水,只东流。

《花落寒窗》

这小姐终日装聋作哑,只要瞒得过会拘管的母亲,紧提防的侍婢,可怜一点芳心,倩谁诉说?不觉渐渐的容颜憔悴,瘦捐腰肢,把一个如花似玉的美貌,害得粉褪香消。你看他:

愁黛春山,泪红秋水。粉剩脂零,争似艳妆菡萏;钗横鬓嚲,依然睡醒海棠。玉笋纤纤,金钏渐松西子臂;翠杨袅袅,湘裙乍褪小蛮腰。无语倚雕栏,眼底忽来乘凤侣;伤情临宝镜,身旁若立画蛾人。绣棚上,还乘着刺不完的连理枝;花笺里,空遗下描不就的比翼鸟。魂梦颠连,无计遣开莺谷晓;精神恍惚,有谁传寄陇头春。正是:冤家魔病凭谁诉,儿女私心只我怜。有朝泣诉阎天子,骂煞多情惑少年。

老夫人晓得小姐病势沉重,便亲自探问道:"我儿,我看你的病症,也不是一日起的,怎么琼娥这贱婢,不早说与我做娘的知道?快唤那贱婢过来。"琼娥慌忙跪下道:"老夫人,小姐的症候,自当日有了美人图后,便染了几分在身上。到如今又经过多少日子,况且老夫人跟前,小姐还不肯实说,难道到肯与琼娥得知?"老夫人道:"胡说!这都是你这贱婢,早晚茶饭上失于检点,以致小姐染成这般症候。且饶你这次,今后有一些疏失处,把那丑姑做个样子。"琼娥战战惊惊,恰才站起身来。

老夫人道:"我儿,这个病势,没甚好处,快着院子到南庄去,接你叔叔回来,早早请一个医人看治。"小姐道:"母亲,那些煎剂,孩儿自幼不曾服惯。郎中手,赛过杀人刀。饶我迟死些。"老夫人爱女之心甚切,便唤院子先到崇祥寺许了愿心,顺便往南庄迎接二相公回来计议,寻一个医人看治。

　　毕竟不知后来是哪一个医人治得小姐病好?还有什么说话?且听下回分解。

第二十六回

假医生藏机探病　瞽卜士开口禳星①

诗：

> 千里姻缘仗线牵，相思两地一般天。
>
> 鸾信那经云外报，梅花谁向陇头传。
>
> 还愁荏苒时将杜，只恐年华鬓渐潘。
>
> 此画俄逢应未晚，匆匆难尽笑啼缘。

　　说这李岳，闻知侄女儿得了病症，连忙赶将回来。又恐嫂嫂知了丑姑儿那件事情，走进门与老夫人相见了，便把几句官样话儿说在前头。原来老夫人虽是晓得些缘故，见女孩儿病重，哪里还有心情提起，便掩着泪道："叔叔，怎么好？你侄女儿霎时间染了这场笃病②，特接你回来作个主张，早早请一个医生看治。"

　　李岳埋怨道："嫂嫂，今日侄女儿这场病，千不是，万不是，都是你不是。"老夫人道："叔叔，怎么倒说我不是？"李岳道："当初哥哥在日，多少贵戚豪门央媒求聘，是你不肯应承，只道可留得在家养老送终的。不思量男大须婚，女大须嫁，到了这般年纪，还不许一个媒婆上门。女孩儿这句话，可是对得人说？岂不是你耽误了他的青春，不是你不是，还是谁不是？"老夫人听他句句说得有理，只得勉强赔笑道："叔叔，这是我嫂嫂当初一点爱惜女孩儿的心肠，哪里晓得今日染出这场病来？且和你到房中去看他一看。"

　　老夫人同了李岳，悄悄走到房门首，推门进去。只见琼娥正在那里煎茶，老夫人问道："小姐还是睡熟的，醒着的？"琼娥回答道："睡熟也是醒着的语言，醒着也是睡熟的光景。"两个便进房来，老夫人轻轻揭开罗帐，偎着小姐脸儿道："我儿，叔叔来看你了。"那小姐凝着秋波，把李岳看了

---

① 禳(ráng)星——吉星。禳，祭祷消灾。

② 笃(dǔ)病——重病。

两眼，认得是叔叔，含着泪轻轻叫了一声，依旧合眼睡去。

李岳吃惊道："嫂嫂，你看侄女儿，病势已有十分沉重，还不放在心上，终不然割舍得这样一个娇娇滴滴的女孩儿，就轻弃了？你就该早接一个医人来，先看他脉息如何，然后待我回来商量用药，才是正经道理。"老夫人含泪道："叔叔，不是我嫂嫂不肯请医看治，是女儿吩咐说，吃不得煎剂，要待你回来商量，才好去接。因此耽迟在这里。"李岳道："嫂嫂，只要医得病好，哪里依得他吃不惯煎剂的清平话儿。如今还寻哪一个医人便好？"老夫人道："只拣行时的接一个来就是。"

李岳道："嫂嫂，你不知道，那些街坊上的医生，甚是会得装模做样，半年三个月不曾发市的，也说一日忙到晚，走去寻着的，真个是赊他一帖贵药。这里转弯有个张医生，到还不甚装乔，专治女科病症，凭你没头绪的症候，经着他手，按了脉，一帖药，两三日内便得除根。"老夫人道："如此恰好。"便着人去请了张医生来。

那医生把小姐看了脉息，再想不出是什么症候，连下了几服药，那小姐病体愈加沉重。这老夫人，行也是哭，坐也是哭，那里割舍得过。有诗为证：

心病除非心药医，庸医谁破个中疑。

汤头误用人几毙，益甚堂前老母悲。

李岳道："嫂嫂，待小叔亲到崇祥寺去，祈个吉凶。你可着人接那原乳侄女的奶娘来，早晚陪伴几日。"老夫人依言，送了叔叔出门，便着院子去接奶娘。

你道这奶娘是谁？就是文荆卿寄寓店主人的妻子。那院子走进店来，见了店主婆，先把小姐的病原，再将老夫人相接的话儿，从头说了一遍。店主婆吃了一惊，连店主人也大是不快。那店主婆满口应承："就到府中来便了。"院子方才回去。

恰好那文荆卿正站在店房内，听他说了这几句，便也关心，遂问店主道："恰才那个老苍头，是哪一家来的？"店主道："是李刺史府中来的。"文荆卿道："要接你店主婆去何干？"店主道："而今小姐染病在床，老夫人要我老妻去相陪几日。"这文荆卿听说李小姐染病，心下着实打了一个咯噔，再也思想不到这店家缘何与李府相熟，便问道："店主人，你家敢与李刺史有亲么？"店主笑答道："不瞒相公说，他家小姐，自幼是我老妻看大的。亏了夫人欢喜,怜我夫妻两口没甚经营,便将五十两小锞银子,扶持我们在这里开这一爿酒店过活。那小姐到今还舍不得老妻,时常要来接去,陪伴几时。"

文荆卿见店主说了那一番,心中老大懊恨,虽是在他店中住了三四月,没一个日子不把那小姐挂在心头,哪里晓得有这一条门路? 暗叹道:"早知灯是火,饭熟几多时。这毕竟还是我与那小姐缘悭分浅。"便又问店主道:"我且问你,那李小姐受过哪一家的聘礼?"店主道:"相公,不要说起。那小姐自幼老夫人爱惜,就如心头气,掌上珍。李老爷在生时节,多少豪家子弟,贵族儿郎,央媒求聘,老夫人只是不肯应承。蹉跎到今,一十七岁,还不肯轻许人家。"

文荆卿便借口道:"依你说,那小姐今番这场病,都是日常间忧疑昏闷上起的。若去接了而今街坊上这些医人,不过下几味当归、川芎之类,只要先骗几分银子到手,慢慢的便起发买人参,合补药,只指望赚一块大钱,怎容易就得个起瘰的日子? 我今有一个良方,原是先父向年遗下的,竟与医家大不相同,专治女人一切疑难怪病。何不对店主婆说,到李夫人面前,把我吹嘘一声。医好了小姐,不独我有效,连你们都有功了。"

店主满口回答道:"相公,你果有良方,我就对老妻说。"便起身去与店主婆商议。店主婆喜笑道:"相公,你果治得小姐病好,那时待老身与老夫人说,就招相公做个东床女婿何如?"文荆卿正色道:"若如此说,到是我有私意,不是要活人的本心了。"

店主婆笑了一声,出门竟到李府。见了老夫人,把文荆卿治病的话说上。老夫人喜逐颜开,道:"奶娘,既有这样一个异人,适才何不就同了他来?"店主婆道:"老夫人,却也不难,这个人原在我店中住下的,容老身转去,接了他来就是。"连忙便走,起身回到店中,拽了文荆卿,遂要同去。

文荆卿见来相接,恰正是中了机谋八九分,一心思量去见小姐,对着店主婆道:"那小姐难道是这样草草相见得的,待我整了衣冠才好同去。"匆匆走进房中,把衣冠整了一遍,着安童看守房门,遂同店主婆来到李府。

老夫人迎到堂前坐下,细说了女孩儿得病根由。文荆卿假意道:"老夫人,可晓得医书上的望、闻、问、切么? 大凡医人治病,先要望其颜色枯润,闻其声音清浊,问其受病根源,然后切其脉息浮、沉、迟、敷、滑、濇下药,无不取效。"那老夫人听了这一篇正经道理,自然肯信。便托店主婆去打点茶饭，便与文荆卿同到小姐房中，轻轻半揭罗帐，偎着脸儿道："我儿，又接得一位先生来看你了。"你看那文荆卿坐在帐外，两只眼睛向那帐中不住偷瞧。有诗为证：

　　曾记当初两下吟，今朝不比旧时春。

　　相思相见浑如梦，此时此际难为情。

这小姐睡在牙床上，也把秋波向外一转，霎时那里便认得是昔日楼前瞥见之生？却叹了一口气，轻轻向罗帐里把一只纤纤玉手伸将出来。文荆卿看了，甚是可爱，遂将两个指头按了一会脉息。思量欲把几句话儿挑逗小姐，又虑老夫人在旁，不当稳便。千思万想，恰才把一句说话赚老夫人道："老夫人，这小姐满面邪气，却是鬼病相侵，若不经小可眼睛，险些儿十有八九将危之地。早早还向神前虔诚祷告，方保无虞。"

你看那女眷们，见说了这等话，最易听信的，那里晓得是计，便起身出房，向神前焚香祷告。有诗为证：

　　五瘟使欲散相思，只为床前人不离。

　　谁语崇神应速祷，从中点破几联诗。

说这文荆卿，已赚得老夫人去，正中机谋，还自前瞻后顾，又恐有人瞧破，恰才把几句言语挑逗小姐道："小姐的病症，都是那'睡起无聊'，'愁闷不开'的时节，又加'春情缭乱'，'没人排遣上'染成的。"那小姐听这几句，暗自惊疑道："好奇怪，这两句是我昔日在丽春楼上，对那书生吟的诗句，怎么这先生竟将我心病看将出来？"便凝眸在帐里仔细睃了两眼，却有几分记得起。心中又想道："这先生面貌，竟与那生庞儿相似，莫非就是那生，知得我病势沉重，乔作医人，进来探访，也未可知。不免且把昔日回我的诗句，挑他几个字儿，便知真假。"遂低低问道："先生，那'胡麻糁'可用得些儿么？"文荆卿道："小姐，这还要问，'东君欲放'就是一帖良药。"

小姐听他回答，又是前番诗句上的说话，方才知得，果是那生。一霎时，顿觉十分的病症就减了三四分。两下里眼睁睁，恰正是隔河牛女，对面参商。有词为证：

　　玄霜捣尽见云英，对面相看不尽情。借问蓝桥隔几层？恨前生，悔不双双系赤绳。

　　　　　　　　　　　　　　　　　　《忆王孙》

他两个眉迎目送，正要说几句衷肠话儿，你看那老夫人忒不着趣，突的走进房来。文荆卿恰又正颜作色，低头假意思想。老夫人道："先生，神前已祷告了，小女的脉息，可看着么？"文荆卿道："小姐的脉息，来得甚是没头绪。老夫人既祷告了神前，这包在小可身上，医个痊愈。"

老夫人道："先生，只怕小女没缘，如今还用哪几味药？"文荆卿道："老夫人，这不是造次用药的病，待小可回寓，斟酌一个方来。"老夫人道："先生，若不弃嫌，寒家尽有的是空闲书舍，就在这里权寓几时，待小女病痊，再作理会，意下如何？"文荆卿假意推托道："这倒也使得，只恐托在内庭，晨昏起居不便。"老夫人笑道："先生说哪里话。医得小女病痊，就是通家恩丈了，何过谦乃尔。"文荆卿满口应承。

说不了，只见那李岳正在崇祥寺回来，进房见了荆卿，低身唱喏罢，便问老夫人道："嫂嫂，这位先生是那个指引来的？"老夫人道："叔叔，这先生姓文，原在奶娘店房里住下的，因侄女儿病势危笃，特接他来看治。"李岳胡乱应了一声，又把荆卿看了两眼，对老夫人道："这个先生甚是文雅，全没些医家行径。嫂嫂且问你，他看得侄女儿病势如何？"老夫人便照前把文荆卿说的病原，自己要留他的意思，都说与李岳知道。那李岳便不回答。

不多时，那奶娘来对老夫人道："午饭已打点了。"老夫人就着琼娥在房伴了小姐，三人一齐同出房来，便唤李岳陪着荆卿后轩吃饭。

这老夫人与奶娘恰才走出堂前，只见一个没眼睛的星士，敲着报君知，站在天井内。奶娘道："老夫人，何不着他就把小姐八字排一排看？"老夫人点头道："先生，我要你排一个八字，可晓得么？"星士听见唤他，正是财爻发动，回答不及道："老夫人，推流年，看飞星，判祸福，断吉凶，都是我星家的本等。那里有不会排八字的？"

老夫人便着奶娘扶他到堂前坐下，道："先生，壬子年，癸丑月，壬子日，癸丑时。"星士记了八字，便向衣袖内摸了半日，拿出一个小小算盘，轮了一遍，道："老夫人，依小子看起这个八字来，若是个男命，日后有衣紫腰金之贵；是个女命，必有凤冠霞帔之荣。"原来这几句却是星家的入门诀窍。老夫人道："这就是小女的八字。要先生细推一推，看目下主甚吉凶？"恰是这句话，便兜上那星士的心来。

你看那星家，听得问着"吉凶"两字，他就晓得有些尴尬了，假意又把算盘轮了一会儿，道："老夫人，莫怪小子实讲。这个八字里边，日后虽有一步好处,怎当这眼下勾陈劫杀,丧门吊客,一齐缠扰,又加伤官作耗,邪鬼生灾,这一重关煞难过得紧在这里。依小子说,及早至诚禳解一禳解,破财作福,还可保得无虞。"

原来那些星士,若靠着推算流年八字,不过赚得分文道路,若是起发人家禳得一禳星,极少也有三五分送将出来,与夫铺星米、灯油、线索之类,约来共有七八分光景,称心满意。这是他赚钱的乖处。

老夫人听他一说,惊得面如土色,一念爱女之心,凭他发挥,便问道:"先生,若要禳解,这重关煞还过得么?"星士道:"老夫人,你晓得如今的神鬼,都是要些油水的。你若禳解了。包你一日好一日来。"老夫人道:"这也不难,就着院子买办牲礼,接一个阴阳先生来禳一禳罢。"星士摇手道:"老夫人说差了。那些阴阳生走到人家,再没有如我们这样至诚的。不过开口胡乱念得几句,就要思量送神瞻仰。殊不知那些神道,都要人喜神欢,必须动一动响器才好。况且小子口中许出的,寻了别人,那神鬼反要生灾作祟。"老夫人道:"待买了三牲福事,今晚就借重先生禳解了罢。"

星士道:"老夫人,不是小子科派说,那些神道就如我们星家一样,都是看人家打发的。假如一个低三下四的人家,便是一盏汤,一碗饭,也送好了一个病人。你们这样乡宦人家,若不用一副猪羊,做一个半宗愿心,那神道总不放在眼里,便禳解了十遭,也是没效的。"店主婆撺掇道:"老夫人,俗语说得好,依得山人好,泥馒头也好烧纸。只要小姐病痊,就依这先生说罢。"老夫人道:"既然如此,先生今晚少不得要借重过来,命金一并相谢。"星士便作别出门。

老夫人一壁厢吩咐收拾厢房内,与文荆卿暂且住下,一壁厢遂与李岳商量禳解一事停当。霎时宰了猪羊,请了神马,匆匆的洒扫堂前,铺设起来,已是黄昏时候。只见那星士带了三四个后生,挑了一副箱子,竟到堂前摆列。一齐坐下,先吹打了一番,发过了符,接过了神。老夫人吩咐打点两桌晚饭,与众人吃罢。

你看那星士打起油腔,跪在神前,通告了一番。众人吹的吹,打的打又响落了一会儿。那些前文倒也不甚好听,还是后来《十供养》里,各人信口,把逐件件你念一个,我念一个,都是打觑人的,却还念得好。道是:

　　这副骨牌,好像如今的脱空人,转背之时没处寻。一朝撞到格子眼,打得像个折脚雁鹅形。

这把剪刀，好像如今的生青毛，口快舌尖两面刀。有朝撞着生磨手，磨得个光不光来糙不糙。

这把等子，好像如今做篾的人，见了金银就小心。有朝头重断了线，翻身跳出定盘星。

这个银锭，好像如今做光棍的人，面上装就假丝文。用不着时两头，一加斧凿便头疼。

这只玉蟹，好像如今串戏的人，装成八脚逞为尊。两只眼睛高突起，烧茶烧水就横行。

这朵纸花儿，好像如今的老骚头，装出馨香惹蝶偷。脚骨一条铜丝颤，专要在葱草上逞风流。

这只气通簪儿，好像如今的乔富翁，外面装成里面空。有朝一日没了法，挠破头皮问他通不通。

这面镜子，好像如今说谎的人，无形无影没正经。一朝对着真人面，这张丑脸见了眼睁睁。

这个算盘，好像如今经纪的人，厘毫丝忽甚分明。有时脱了钱和钞，高高搁起没人寻。

这枚金针，好像如今老小官，眼儿还要别人穿。一朝生了沿缸痔，挂线寻衣难上难。

众人把那《十供养》逐件念罢，便起身吹打送神。你看，一个就去并了神前油米，一个便去收了马下三牲①。老夫人便吩咐打点酒饭，与众人吃罢，遂着李岳总送出谢银一封，递与那星士。那星士连忙双手接了，同众人揖谢而散。当夜收拾寝睡不题。

且说那文荆卿，自老夫人留寓在家，早晚托言看病，虽是不时进房，可与小姐对面，那老夫人决然紧紧相陪，终不能通片言只语。那小姐不时得见文荆卿，也足慰相思一念。未及六七日，十分病竟去了八九分。

老夫人见女儿病好，唯知文荆卿医治之功，不识其中就里，到说是："文先生果然好个仙方，活活救了女儿一条性命。"把他留住在家，就如至亲瓜葛一般相待。这文荆卿等得小姐病好，那点相思凤念，如何抛撇得开？

毕竟不知几时弄得到手？后来还有什么说话？且听下回分解。

---

① 三牲——古指用以祭祀的牛、羊、猪。后有时也以鸡、鱼、猪为"三牲"。

第二十七回

李二叔拿奸鸣枉法　高太守观句判联姻

诗：

　　萧何①律法古相传，大法昭昭若镜悬。

　　凡事容情多隐漏，此心据理可从权。

　　为官须用存阴骘，处世何妨种福田。

　　切莫营私伤大义，好将方寸坦平平。

　　却说文荆卿自承老夫人款留在府，那店房中一应看管，尽托付了安童。店主婆便把专好饮酒的话说与老夫人知道。那老夫人只要女儿病好，莫说是酒，便是要他性命，也不推辞。就把造下的陈年老酒开将出来，早晚凭他饮个畅快。有诗为证：

　　丽春楼外联诗句，何意今来作酒仙。

　　果是梓潼能有验，天缘辐辏遇婵娟。

　　看看过了十余日，那小姐病体果然痊愈。老夫人十分喜欢，对着荆卿道："文先生，前日若使小女无缘相遇，今日必为泉下人矣。"文荆卿道："老夫人，吉人自有天相，与小可何功之有？"

　　说不了，只见那小姐端然是旧时妆扮，微展湘裙，缓移莲步，着琼娥随了，慢慢的走出堂前。文荆卿见小姐出来，连忙起身下阶站着，偷睛看了几眼。你看那小姐今番初病起来，更比旧时愈加标致。但是老夫人当面，却也要别嫌疑，只得恭恭敬敬，依旧进房而去。

　　老夫人见了小姐，止不住笑逐颜开，道："我儿，你那里晓得，今朝又与我做娘的一同聚首，这虽是文先生的功效，也还亏祖宗护佑，神力扶持。"小姐道："母亲，孩儿前日的病症，已入膏肓，若不是文先生起死回生，今日已游泉下。想将起来，此恩此德，没世难忘。只是一件，还要母亲吩咐，早晚茶饭上务要周旋，不可怠慢了他。"老夫人道："我儿，这是做娘

---

　　①　萧何——汉初刘邦大臣。

的心上事情。况且又是人家体面,我儿不须过虑。"那小姐只得微笑了一声,便一只手扯着老夫人,一只手扶了琼娥。你看他瘦怯怯一个身子,还如柔条嫩柳一般,摇摇颤颤的,与老夫人同进房去。

原来那文荆卿书房,与堂前止隔得一带栏杆,那小姐和老夫人说的言言语语,他句句都听得在耳朵里。轻轻地把窗儿推开一条线缝,悄悄张了一张,只见老夫人、小姐都进房去了,便把气来叹了几声。有诗为证:

云想衣裳花想容,可怜对面隔千重。

何时拟约同携手,直上巫山十二峰。

原来那李府的屋宇甚是宽大,左右书房共有二十余间,都是没人居住,空闲封锁的。你道那小姐适才走到堂前,专为着哪一件? 恰是有心来看这荆卿住在那一间房内。

这文荆卿在李府中将及半个月日,虽是不时得见小姐,他两个从来未出一言,只是暗暗的你思想着我,我顾盼着你。一日是八月十四,只见天边月色渐圆,他却瞒过了老夫人,打发琼娥先去睡了。也是有心要见文荆卿,说几句知心话儿,悄悄掩上房门,走到堂前,见那月光甚是爱人,便向栏杆上倚了一会。

恰好那文荆卿也乘着月色,慢慢踱出来,口里微吟五言律诗一首云:

清风动帏凉,微月照幽房。

佳人处遐远,兰室无容光。

襟怀拥虚景,轻衾拥空床。

居欢惜夜短,在感怨宵长。

拊①枕独啸叹,感慨心暗伤。

见了小姐,即便整衣趋步,匆匆向前唱喏。那小姐俯首含羞,闪避无地,只得回了一礼。文荆卿遂迎笑语,执袂②牵裳。小姐掩口低低笑道:"文先生噤③声,这堂后就是我母亲寝室,倘闻笑语音声,反为不美。"文荆卿腼腆道:"小姐,你岂不闻色胆如天,今日莫说是老夫人寝室在侧,总然刀锯

---

① 拊(fǔ)——用如"抚"。

② 袂(mèi)——衣袖。

③ 噤(jìn)——闭口不言。

在前,鼎镬①在后,拼得一死,与小姐缔结百年,终身之愿足矣。"小姐推托道:"君为读书人,妾岂淫奔女。若不待父母之命,媒妁之言,效桑间濮②上之风,非我二人所为也。"文荆卿正色道:"我想小姐前有贵恙,得小生便能痊起,如小生明日染了些病症,反又在小姐身上送了残生。请小姐三思,万勿固却。"

你看小姐言虽如此,一霎时春心也动,满面娇痴,便无回答。荆卿深深揖道:"果然小姐不嫌卑末,就此星前月下,共设誓盟,以订后来姻眷,尊意如何?"小姐只是掩口无言。文荆卿见他十有八九垂怜之意,便轻轻携手下阶,同向月明之下,双双共结深盟。文荆卿就把个笑脸堆将下来,将小姐挽着香肩,遂要同进房来。那小姐又惊又怯,只得勉强一同进房。文荆卿便去闩了房门。

你看一个媚言媚语,一个半推半就。这文荆卿便与小姐解了绣襦,松了玉扣。那小姐只得含着娇羞,把脸儿背在灯后,凭他锻炼。没奈何露出冰肌玉腕,两个搂抱胸膛,似漆投胶,如鱼得水,霎时欢爱一场。

这小姐站起身来,便整衣对着荆卿道:"文先生,妾实谓今生已做鸳鸯冢,谁知又做凤鸾交。既蒙君心不嫌葑菲③之微,妾意实欲遂丝萝④之愿。只是凤锁鸾缰,飞不出几重华屋;云横树绕,盼不到二六巫山。犹幸今宵得慰相思,便即赴泉台,亦瞑目矣。妾不能为赠,聊赋一诗献上,幸乞见纳:

> 天上有圆月,人间有至情。
>
> 圆月或时缺,至情不可更。
>
> 君为萍水客,妾乃闺中英。
>
> 相去千余里,遂结百岁盟。
>
> 会合真非偶,恩情果不轻。
>
> 坚贞如金玉,永远若碑铭。

---

① 镬(huò)——古时指无足的鼎。今南方话即称"锅子"。"鼎镬"指古代以鼎镬煮杀人的酷刑。

② 濮(pú)——古水名,指流经春秋卫地之水。

③ 葑(fēng)菲——蔓菁和菖(fú)两种蔓草。此为谦词。

④ 丝萝——兔丝与女萝两种蔓生植物,纠结生长在一起。古人以借喻婚姻。

> 一诺千金重，毋玷妾清名。
> 洗心事君子，愿勿愧梁生。"

文荆卿见诗，微笑道："小姐是金屋琼姿，无论闺壶女红，兼通文墨，真女中杰出。小生不过一临邛下士，幸垂青盼，不弃鄙愚，肯谐一息之欢，实亦三生之幸。既蒙佳章宠赐，小生敢不奉酬，敬赋数言，万勿见哂①：

> 金屋贮婵娟，富贵咸瞻仰。
> 百计每攀援，媒妁不能强。
> 而我愚蠢材，安得营妄想。
> 天就美姻缘，月下携仙掌。
> 青天作证明，此心并无两。
> 不惜千金躯，周身何快爽。
> 任彼野花红，敢效王魁莽。
> 卿贤如孟光，裙布毋怏怏。"

小姐道："感君赠诗，爱妾多矣。君既以心爱妾，妾敢不以身事君。但是老母提防，侍儿拘系，两字相思，一言难尽。"文荆卿道："当日若非误入园中，楼前寄咏，怎得今宵灯下交欢，此会实从意外得来，只为衷怀叠叠，霎时难尽绸缪，倘赐矜怜，早晚投闲过叙。"小姐低头想了一会儿，道："文先生，明日是八月十五，我母与叔叔同往崇祥寺中酬愿，至暮始归，君可到园中丽春楼下相会，待我与你共把前情细讲一讲。"

文荆卿不胜欣跃，轻轻开了房门，提灯送小姐出来。欲待叮咛，同行几步，恐老夫人醒来听见，只得作别进房，依旧上床寝睡。你看小姐乘着月光，轻移莲步，赚进自己房中，只见余灯未灭，琼娥深睡未醒，遂悄悄掩上房门，把残灯吹灭了，竟自安寝不题。

却说到了十五日，老夫人侵晨起来，梳洗完备。着院子打点了斋供香烛。便请小姐出房，交付了房门钥匙，乘了轿，与李岳同往崇祥寺中酬愿。

那小姐送得老夫人出门去，已是巳②牌时分，遂进房唤着琼娥，打点午饭吃了，对着他道："琼娥，我自病愈起来，从不曾到园中一看。闻得芙蓉轩后，丹桂盛开。想那文先生，今日见老夫人往崇祥寺去，决然也不在

---

① 哂(shěn)——此为讥笑。
② 巳(sì)——十二时辰之一，九时至十一时。

家。你可到堂前看守,不可与闲人混进,待我去闲步一会儿来。"琼娥便一同出房。小姐锁了房门,把一把钥匙都交付与她收着,两下遂分路而行。

这小姐一到园中,只见花木半凋,恰正是一派仲秋光景。有词为证:

衰柳蝉声哽咽,四壁蛩吟悲切。丹桂发天香,疑似广寒宫阙。八月,八月,又是中秋佳节。

《如梦令》

那小姐到园中各处看了一会,并不见些人影。原来那管园的,也随老夫人到崇祥寺里去了。看看走到丽春楼下,只见文荆卿先已站在荼蘼架边,引颈凝眸,睁睁盼望。蓦然见了小姐走到,胜如天花坠下,连忙堆着笑脸,向前迎迓不及,道:"深承小姐眷意菲人,不爽夜来之约。但是良缘不偶,佳会难逢,须挽臂登楼,早分我一帘风味,半枕云情,真生平大快事也。"小姐笑道:"君非薄幸郎,妾非爽约女。幸得今日母亲、叔叔俱到崇祥寺去,家中寂静无人。那芙蓉轩后桂花盛开,且到那厢去。妾与君正好慢慢的同向花间细数,阁外闲评,以尽竟日之欢。"文荆卿与小姐同到芙蓉轩后,果见桂花盛开。有词为证:

花则一名,种分三色,嫩红娇白妖黄。正清秋佳景,雨霁风凉。郊墟十里飘兰麝①,潇洒处,旖旎②非常。自然丰韵,开时不惹,蝶乱蜂狂。把酒独捱蟾光,问花神何属,离兑中央。引骚人乘兴,广赋诗章。几多才子争攀折,姮娥道,三种清香。状元红是,黄为榜眼,白探花郎。

《金菊对芙蓉》

二人向芙蓉轩内盘桓了半晌,方得略尽衷肠。看看日色过午,文荆卿又把甜言媚语说了几句,小姐却无推托,遂携手同到丽春楼上。

那小姐便长叹一声,文荆卿笑问道:"小姐,记得当初楼前传咏,今日楼上交欢,岂非一段奇异姻缘,小姐何发此长叹邪?"小姐道:"君却不知妾意。妾自当初楼前传咏之后,每每牵系柔肠。每至寝食间,恍然与君对面,如醉如痴,神魂恍惚。偶一日隐几卧去,梦与君同上此楼,欢相笑语,

---

①　麝(shè)——兰与麝香,指名贵的香料。

②　旖旎(yǐ nǐ)——本为旌旗飘扬貌,引申为柔美婀娜。

恩爱绸缪①。却不知为着甚的，猛然惊醒。不想今日又得与君执手同登此楼，正应了昔日梦中情况，岂不令人抚今追昔，对景关情，宁无一叹。"文荆卿道："小姐，正所谓一斟一酌，莫非前定。"说不了，便轻轻将手去与小姐解下裤儿。

那小姐已谙知昨宵滋味，虽是带着娇羞，却也唯唯从命。文荆卿就搂向绣榻上，轻轻扳起腿来，款款放进少许。那小姐禁受不过，便扭着身躯，咬定牙根，止不住泪珠满腮。

你道她怎么做出这般模样？原是个黄花处女，不比那熟罐子。自昨晚弄得忒过度了，这件东西又肿又疼，今日那里容受得起？只得忍着疼，任他弄了一会儿。看看进了大半，便忍不住疼痛，把两只手紧紧按住花心，道："文先生，我这条性命，前日是你手里救活的，今日端然要在你手里断送了。"

文荆卿笑道："小姐既有解怜之心，宁少容人之量。"小姐蹙额道："文先生，你只知有容人之量，全无恻隐之心。这件事可是勉强承受得的？请饶我性命罢。"这文荆卿兴发了，哪里肯放，索性猛狠抽了几抽。那小姐却忍痛不过，只得含泪求告道："文先生，你不能相谅，我今番多应是死。望迟缓我一个时辰儿罢。"文荆卿见他十分难禁，哀求不过，没奈何勉强抽出了。那小姐便站起身来，系了绣裤，整了衣服，口中却咿唔不绝。有诗为证：

> 前车已覆倾，后车可垂戒。
> 图得眼前欢，偿却相思债。
> 掩耳欲偷铃，窃恐人惊怪。
> 可惜美千金，家声从此败。

两个正在楼上携云握雨，以图终日之欢。不想他叔叔李岳在崇祥寺已先回家。看见文荆卿书房静锁，又见侄女儿房门紧闭，两个都不见影，只见那琼娥独自站在堂前，心中便有几分疑虑，遂问琼娥道："小姐哪里去了？"琼娥道："小姐恰才吃了午饭，到园中去看桂花了。"李岳道："那文先生是什么时候出门的？"琼娥道："也是吃饭去的。"

李岳想他两个决然同在园中，做些私情勾当，依旧着琼娥看守堂前：

---

① 绸缪（chóu móu）——此指情意深厚缠绵。

"倘老夫人就到,待我往园中看一看来。"匆匆走到园中芙蓉轩后,竟不见个侄女儿的影子,转身又走到丽春楼下,闻得有男女声音,听了一会儿,却是文荆卿与侄女儿笑语。他便掇起心头火一盆。不多时,只见他两个双双挽手戏谑①,同下楼来。

　　李岳睁睛竖发,厉声大怒,喝道:"嗻,你两个干得好事!"那小姐见是叔叔,吓得面孔通红,魂灵都掉在半空里,连忙掩面跑归。李岳就把文荆卿一把扭住劈面打了几拳,道:"这丽春楼上,又不是贾氏私衙,你两个在此何干?今日你还是愿生愿死?"文荆卿道:"只愿送官。"李岳道:"你这样说,只道我不敢将你送官么?且与你先去见了老夫人,然后同到府堂上去,当官结煞。"就把他扭到堂前。

　　那老夫人方才下轿,见了他们两个,便上前劝住道:"叔叔,为什么事来?"李岳怒道:"嫂嫂,你养得好女儿,今日见我们不在家,同这个无籍棍徒,在那丽春楼上,做了一场丑事。恰好天教泄漏,是我劈头撞见。而今那没廉耻的丫头,嫂嫂你自去教训他罢了。这光棍,待我送到府里去,问他个大大罪名,方才得消此恨。"

　　老夫人听了,顿足捶胸道:"叔叔,原来他两个做出这场丑事来,教我的老面皮放在哪里!"李岳道:"嫂嫂,莫说你没了体面,我叔叔专在人头上说大话的,况且前日一个使婢做了一场话靶,今日又是一个嫡亲女侄,越教我做人不成了。"那文荆卿心中自揣有亏,只是低头含愧,再不敢辩一句儿。李岳把他扭住,一齐来到府前。

　　真个是好事不出门,恶事传千里。那些街坊上人,听得李二相公捉奸,掩得哪个的耳目,霎时间一人传百,百人传千,城里城外,纷纷簇拥来看。原来那店主也知道了风声,欲要到李府去看望,又思想得起前日原是他家指引去的,若沾染到身上来,便洗不干净。连忙打发安童,急奔到府前,看他主人分晓。

　　恰好此时太尊正坐晚堂,李岳就在府前写了一张告状,把他扭到府门外,叫屈连声。太守着人叫进,便问道:"为什么事的?"李岳道:"爷爷,首强奸室女的。"就把状词呈上。太守展开一看,状上写着:

　　告状人李岳,告为强奸室女事。女侄李若兰,宦室名姝;赤棍文

---

　　① 谑(xuè)——开玩笑。

荆卿,色中饿鬼。东家墙搂其处子,不思有耳隔墙;章台①柳已折他人,谩道无心插柳。丽春楼上,强效鸾皇;孽镜台前,叩除枭獍②。上告。

太守高谷,原是赐进士出身,大有才干,决断如流,况且清正慈祥,宽弘仁恕。将状词看了一遍,见是宦家子女,先人体面,心中便有几分宽宥之意。看这文荆卿又不像个下品庸流,便唤文荆卿上来,问道:"看你堂堂仪表,当知理法,何为强奸宦门室女,辱玷宗风,当问死罪矣。"文荆卿哀告道:"老爷,李府花园墙高数仞,不是他侄女开门延纳,小的岂能飞入?奸情不敢隐昧,乃和奸,实非强奸。况小的也是宦门旧裔,可怜两家俱系宦家子女,并未婚娶,今日若打死案下,不如放生。望老爷天恩怜宥。"

高太守道:"强奸重情,当拘李氏执证,才见分明。"便唤公差标臂,把李小姐立刻拘到案前。高太守问道:"你叔子首你奸情,是真是假?"小姐跪在案前,赪颜无语。太守喝了一声道:"奸事必然有的,但是和奸,实非强奸。"小姐事到其间,却也顾不得出乖露丑,只得带着满面娇羞,低低把当日丽春楼前相见,两下传诗,后又乔作医人探病的缘故,从头至尾控诉一番。

高太守道:"你两个既都是宦门子女,也该谨持理法。"小姐道:"一时之错不可返,白圭③之玷不可磨。望老爷仁慈曲庇,泽及闺帏,虽死不忘恩德。"文荆卿见高太守不甚严究,觉有几分好意,便又叩首道:"老爷,今日若一按法,则为鼠为狗;一原情,则为凤为鸾。望老爷高台明镜,笔下超生。"这李岳跪在丹墀下,见高太守只听他两人口词,一问一答,说得不已,只得吞声,不敢向前争执。

高太守道:"你两个既能作诗,文荆卿就把这檐前蛛网悬蝶为题,李氏就将这堂上竹帘为题,各人面试一首。"文荆卿遂信口吟云:

只因赋性太颠狂,游遍花间觅遍香。

---

① 章台——旧指妓院。
② 枭獍(xiāo jìng)——恶鸟。相传枭食母;獍食父。
③ 白圭(guī)——以白圭比喻纯洁美好的品德。圭,古玉器名,长条形。古代贵族朝聘、祭祀、丧葬时所用礼品。

今日误投罗网内,翻身便作探花郎。

李小姐亦遂吟云:

绿筠劈破条条节,红线经开眼眼奇。

只为爱花成片段,致令直节有参差。

高太守听了,赞叹不已,见其供称俱未议婚,便站起身道:"今日若据律法,通奸者各该杖八十,姑念你二人天生一对,才貌兼全,况又俱是宦门子女。古云:君子乐成人之美。当权正好行方便,吾何惜一屈法,不以成人美乎? 就令你二人缔结姻盟,宜室宜家,是亦一大方便也。"遂援笔判云:

审得文荆卿青衿才子,李若兰红粉娇娃。诗咏楼前,欲赞相思寸念,病挨闺内,谁怜儿女私心。乘母氏之酬愿,遂缔约于园亭;适叔子之归家,得真情于婢口。打散鸳鸯,不过直清理法;配成鸾凤,无非曲就名门。欲开一面真还假,要正三纲和也强。从此两偕姻眷后,不须钻穴与逾墙。

李岳禀道:"老爷如此龙判,则萧何律法,不亦虚存? 但非礼成婚,使后人何以为训?"高太守道:"岂不闻卓茂云:'律设大法,理顺人情'。况他两个才貌兼全,正是天生一对。就今日团圆之夜,许令归家,遂缔良姻,恰成一场美事。"李岳不敢再执,一齐叩谢出来。

毕竟他两个回家成亲之后,那李岳与荆卿又有甚说? 再听下回分解。

第二十八回

文荆卿夜擒纸魍魉　李若兰滴泪赠骊词

诗：

> 最苦书生未遇时，遭人笼落受人欺。
> 脚根纵硬焉能立，志气虽存未出奇。
> 仗剑远驰千里道，修词频嘱百年期。
> 前程暗处还如漆，泪满胸襟只自知。

你看这李岳，恰才首奸的时节，何等势头烜赫，如今当官判将出来，只落得满脸羞惭，湘江难洗，那个晓得得弄巧反成拙。那些各处来看的人，见高太守到不问起奸情，反把他二人判为夫妇，个个都说是一桩异事，遂编成一个词儿：

> 临安太守高方便，首奸不把奸情断。当堂几句撮空诗，对面两人供认案。判为婚，成姻眷，这件奇闻真罕见。悔煞无端二叔公，不做人情反招怨。

《鹧鸪天》

这文荆卿当晚就到李府与小姐成亲。那老夫人把前事想了一想，却也便气得过。

你道这李岳是个做好汉的人，眼睛鼻孔都会说话，只指望拼着打出门面去，省得外人知道，体面上不好做人，怎知到求荣反辱。思量起来，心下如何忍得这口呕气？对着老夫人道："嫂嫂，他两个今夜做了夫妻，到也无荣无辱。只是我和你这副嘴脸减了几分颜色。连那门首匾额上'刺史第'三字都辱没了。难道我小叔还好在这临安城中做人摇摆？明早收拾，就到南庄上去，永世也不回来。家中一应人来客往，支持答应，都让与那个光棍的侄儿女婿就是。"老夫人道："叔叔说哪里话。他今日就是明媒正娶的女婿，也任不得我家务事情。"

李岳道："嫂嫂所言差矣。既拜你做岳母，就是你的女婿，便有半子之分。明日你身边私蓄的那丢儿①，拿将出来，女儿一半，女婿一半。终不然肯分些与我小叔不成？"你看他次早起来，果然便要收拾往南庄去。老夫人留住道："叔叔，你今日若到了南庄去，莫说是别人，只是那些做工的，也要笑哂。还是在家消停几日，再去不迟。"李岳想了一会，道："嫂嫂说得有理。我就在家住了一年半载，难道他们撵得我起身？"

说不了，只见店主婆带着安童，挑子一肩行李，两个同走进来，有诗为证：

　　　　昨是偷香侣，今为坦腹郎。

　　　　行踪从此定，书剑尽收藏。

安童歇了担，站在阶前。店主婆见了老夫人、李岳，把身子蔀了几蔀，道："老夫人、二相公，老身特来贺喜。"李岳怒道："啐，谁要你来贺喜！从今以后，你这老泼贱再走进我家门栏，那两只股拐②，不要思量囫囵③。"安童见他着恼，好似丈二和尚摸头不着。只道连他骂也有分，战战兢兢，把舌头伸了一伸，缩不进去，道："新亲新眷，怎么就放出这个下马威来？"

你看这店主婆，见骂了那几句，霎时间把一张老面皮，红了又白，白了又红。横思竖想，又没甚言语抵对，真个就如张飞穿引线，大眼对小眼一般。那李岳的意思，原是怪着店主婆的，只要等他支吾两句，便要挥几掌过来。那店主婆还也识得时务，却没甚说。他只得走出了大门。

店主婆才敢开口，对着老夫人道："老夫人，竟教老身也没甚回答。就是文相公与小姐，昨日做了那件事，虽是外人知道，见当官一判，那个不说好一对郎才女貌。老夫人，你就是踏破铁鞋，也没处寻这样一个好女婿。怎么二相公到把老身发作起来？"老夫人道："奶娘，你也怪二相公不得，二相公也怪你不得。只是他两个做差了些儿。"店主婆道："老夫人，为人要存一点良心。当日小姐染了那场笃病，遍请医人无效，不亏文相公的时节，那小姐的病症，今日还不能够痊愈哩。"

老夫人道："奶娘，我也想起这件事，只得把这口气忍在心头。明日只要他两个会得争气，便是万千之幸。不然，那二相公极是会聒絮的，教

① 那丢儿——方言。犹言"那些"。
② 股拐——脚踝骨。
③ 囫(hú)囵——完整、整个。

我这耳朵里也不得清净。"店主婆道:"老夫人,他两个是后生生性,哪里比得我们老人家,还有几分见识。早晚凡百事务中,教道他争些气儿就是。"

老夫人道:"奶娘,趁二相公不在,你且到他们房里去坐坐。"店主婆道:"老夫人,文相公还有些行李衣囊之类,今就着他随身使唤的安童,一并收拾,担在这里。"老夫人道:"奶娘,唤那小厮担上来我看。"店主婆便唤安重担到堂前歇下。这安童便向老夫人面前殷勤叩首。老夫人站起身,把行李仔细一看,却是:

> 几卷残书,一方古砚。锦囊中三尺瑶琴,铜鞘里七星宝剑。一把空壶,尚剩些酒中糟粕;半箱残简,还间些醉后诗章。紫毡包,装几件精致衣裳;红绒毯,裹一床半新铺盖。

老夫人吩咐道:"你把这些行李,担到那第三间,原是你官人住的书房里去。"安童领命,便担到那第三间厢房里着落了。店主婆道:"老夫人,这小厮可留他在府中罢。"老夫人摇手道:"奶娘,这还打发他到你店里权住几时,待二相公往南庄去了,才好着他到这里来。"便又唤安童道:"你且就在这房里等候一会儿,待你官人出来见一见,还回到店中,略迟几日再来。"安童答应一声,便进房中等候。老夫人与店主婆遂走起身,竟走到小姐房里,着文荆卿出来,吩咐安童回店不题。

说这李岳,自侄女与文荆卿成亲之后,心中大是不忿。只要思量在家与他寻非生事,那南庄上每隔十多日才去料理一次,其余日子俱在家中住下。那文荆卿却是个聪明人,见他嘴脸不甚好看,只得逆来顺受,分外谦虚,小心恭敬。

真个是光阴荏苒,他两人从做亲来,又早是半年光景。这李岳包藏祸心,假意和颜悦色,只思量要寻趁他,又没一条线路。一日,南庄上回来,走到大街路上,见一个人家门首,撑起一个小小布篷,挨挨挤挤,拥了百十余人。李岳仔细看时,原来是一个相面先生。只见那粉墙上挂着八个大字道:

> 眼分玉石　　术动公卿。

那相士口中念着四句道:

石崇豪富范丹①穷,早发甘罗②晚太公③。

彭祖④寿高颜⑤命短,六人俱在五行中。

原来这四句,却是那相命先生开口的拦江网,指望聚拢人来,便好送几张纸帖,思量赚几分道路,糊口的诀窍。这李岳把那相士看了两眼,却是有些认得,只是一时想他姓名不起,就向那人丛里低头想个不了。

那相士正把纸帖儿逐个分过,看看分到李岳身边,抬头一看,却认得是李二相公,便拱手道:"久违了。"李岳便问道:"足下上姓?"相士笑道:"二相公,小子姓贾名秋,绰号是贾斯文,难道不认得小子了?"李岳方才回答道:"恰好是贾先生,得罪,得罪。"

原来这贾秋向年曾相帮李岳过,只是一件,肚内不谙一书,眼中不识只字,专好在人前通假文,说大话,装成设骗的行头。后来人都晓得了,就取一个混名,叫做贾斯文,便不敬重了。他因此过不得日子,走到江湖上去混了几年,学得些麻衣相法,依旧回到临安府中,赚几文钱儿过活。

这李岳见他身上褴褛,不似当初打扮,便把他扯到人丛后问道:"贾先生,你怎么就是这般落寞了?"贾秋道:"二相公,你晓得我们做光棍的,全凭一副巧嘴弄舌,骗碗饭吃。而今都被人识破了,一些也行不通。因此,没了生意,靠着这几句麻衣相法,沿街打诨,糊口度日。"李岳道:"你把门面招牌收拾了,且随我到酒楼上去,有一件事与你商量。若做得来,就扶持你做些生意。"贾秋欢喜,笑道:"二相公若肯抬举小子,就是生人胆,活人头,也去取了来。有甚做不得的事?"便把布篷收了,欣然就走。

麻衣相法真玄妙,理不精通术不神。

道吉言凶无应验,论贫定富有谁真。

凭将设骗为生计,只藉花言惑世人。

---

① 范丹——即范冉。东汉陈留(今河南杞县人)。字史云。桓帝时任官不就,生活贫致绝粮。被称为"甑中生尘,釜中生鱼"者。

② 甘罗——战国时期楚国下蔡(今安徽凤台)人。秦相甘茂之孙。十二岁起做秦相吕不韦家臣。因功任为秦国上卿。

③ 太公——即姜太公吕尚。周代齐国的始祖,姜姓,吕氏,名望,字子牙。

④ 彭祖——长寿的象征。传说故事中长寿八百岁人物。

⑤ 颜——颜渊。名回,字子渊。春秋末鲁国人。孔子学生。生活贫,德行高,31岁卒。被尊为"复圣"。

自恃柳庄今再世，谁知彻骨一身贫。

那些众人哄然走散。两人走到酒楼上，李岳便去拣了一个幽雅座儿坐下。那店主人见是李二相公，甚是小心奉承，吩咐店小二，只拣新鲜肴馔，上品好酒，搬将上去。

那贾秋一头饮酒，一头问道："小子向闻得二相公去年八月间招了一位侄婿，还未恭贺。"李岳道："你怎么知道？"贾秋道："这是小子耳闻的说话，又道是二相公送奸，高太守官判为婚的，不知是真是假？"李岳适才正要与他商量这件事，恰好他先问起，只得就把捉奸官判的前后情由，尽说了一遍。

贾秋道："二相公日常这等威风，这回把你扫天下之大兴了。"李岳道："贾先生，正是这般说，被他贴了面花，多少没趣。如今怎么弄得个法儿，奈何他一场，方才消得那点凤恨。"贾秋想了一会，道："二相公，小子倒有一条拙计，只是做将来，连他性命却有些干系。"李岳道："贾先生，正愁他不得死在这里。你有什么好计？请讲一讲。"

贾秋道："二相公，间壁有个赵纸人，专替那些出丧举殡的人家做那显道人、开路鬼的。明日将几钱银子，去定他做一个纸魍魉，眼睛、手脚都是动得的，要把一件白布衣服，替他披在身上。二相公，你把那文荆卿赚到别国上卿。处，灌得个滥醉，直到更深夜静，着他独自先回。待我钻在纸魍魉肚里，站在路旁等候，见他来时，着实惊吓他一场。纵然不能够活惊得他煞，回到家去病也决要病几时，你道这个计较如何？"

李岳道："贾先生，此计绝妙。且与你饮一个畅快杯。"便把大碗劝贾秋吃了几碗，方才起身下楼，算账会钞。出了店门，李岳便把五钱银子递与贾秋，去做纸魍魉，教他依法行事。贾秋接了，又向李岳耳边鬼诨了几句，方才作别，分路而去。

这李岳回来，见了文荆卿，假迎笑脸道："贤侄婿，我愚叔公思想，去年没些要紧，与你结了冤家，如今我见你夫妻二人过得恩爱，甚是难得。到教我仔细思量，展添惭愧。所以每常间，再不好开口相问一句话儿。我想将起来，日子长如路，在这里虽是招了侄婿与侄女儿的怨恨，俗话说得好，怪人在肚，相叫何妨。况且我与你是骨肉至亲，又不比瓜藤搭柳树的，朝夕相见，那里记得这许多恨？今有一句话与侄婿讲。我叔公一向不曾到南庄去，今日去看一看，那些账目一发清理不开。因此特地转来，要贤侄婿明早同去清理一日。不知意下如何？"

　　你看这文荆卿那里晓得是计，见这李岳每常再不交言，如今他这一通好说话，只道果然意回心转，所以满口应承。次早遂与李岳同到南庄盘桓了半日，那李岳便着庄上人杀鸡为黍，开着几瓮久窨好酒，殷勤相劝。直吃到红日沉西，把他灌得大醉，遂打发他回来，意欲落他圈套。

　　这文荆卿虽有些醉意，心里却是明白的，脚步如腾云一般，回到半路，竟没一毫酒气。此时正是二更时分，家家紧闭门户，处处断绝人踪。看看入了城门，到了大街，只见路旁站着一个长人，生得十分怪异：

　　　状貌狰狞，身躯长莽。眼似铜铃，动一动，摇头播耳；舌如闪电，伸一伸，露齿张牙。蓝面朱唇，不减那怒吽吽①的地煞②；长眉巨口，分明是恶狠狠的山魈③。

　　文荆卿见了，吓得冷汗淋漓，魂不附体，只得壮着胆，上前厉声大喝道："何物妖魔，夜静更深，敢来拦阻大路，戏侮我文相公！"那长人慢慢的摇摇摆摆走向前来。这文荆卿上前不得，退后不得，且是拼着命，又向他吆喝了一声。那长人手舞足蹈起来，文荆卿道："也罢，我文相公一不做，二不休，今日决要与你做个对头，也替地方上人除害。"尽着力，向那长人腿上踢了几脚。那长人忍不住疼痛，一跤跌倒。这文荆卿正待上前再踢他两脚，只见肚里钻出一个人来。

　　你道这人是谁？原来就是贾秋，这长人就是他去做的纸魍魉。你道那纸魍魉会得手舞足蹈的么？也都是做成的关利子④，只要惊吓文荆卿。不想他闪在纸魍魉肚里，被文荆卿踢了几脚，熬疼不过，便跌了一跤，脱身出来飞走。文荆卿连忙上前，揪住头发，打了几拳，便要扭他到府中去，等到天明，送官究治。

　　那人跪倒街心，便道："文相公，这个行径，都是李二相公着我来的，不干小人之事，乞饶我性命罢。"文荆卿听说了这一句，只着他依旧把这个长人拖了去："且饶你这条狗命。"那人就向街中石板上，磕着几个头，

---

①　吽（hōng）——原为佛教咒语用字。
②　地煞——地煞神，恶神。
③　山魈（xiāo）——传说中山里的独角鬼怪。
④　关利子——机关。

拖了长人飞奔走去。文荆卿道："李岳的贼，我文玉与你有甚深仇？设这一个毒计来害我。"有诗为证：

> 设尽机谋欲害人，谁知胆量赛天神。
>
> 登时捉倒假魍魉，招出情词是至亲。

其二：

> 可叹书生未遇时，装聋作哑竟谁知。
>
> 纵然设却千般巧，难出胸中一鉴奇。

文荆卿识破长人，暗忖道："若不是我有些胆量，险些儿遭他毒计，断送了残生。"怒气冲冲，连忙跑将回来，高声向小姐把前事细诉一遍，夫妻二人抱头痛哭。

文荆卿道："我久居在此，决落他人圈套。明早收拾行李，便返姑苏。况试期在迩，顺便进京。倘得一官半职，须替小姐争气。"小姐道："说哪里话。你倘若明日就去，只道你惧他了，岂不是被人笑哂。还等他回来，当面拜辞。"文荆卿道："非我忍心抛撇，就要起身，只是把你叔叔得知，他又去弄一个圈套出来，反为不美。只是明早，着安童收拾行囊，别你母亲前去，再无二意。"

小姐含泪道："官人，你立意要行，我也不敢苦留。只是我和你绸缪日短，一旦平地风波，却不令人怨恨也。"文荆卿道："小姐，你却不知道，我去年初到，曾得梓潼托梦，付我四句诗谜。今日思想起来，恰好都应在我两人身上了。"小姐道："那诗谜如何道来？请官人念与我听。"文卿便念道：

> 好音送出画楼前，一段良缘咫尺间。
>
> 莫怪风波平地起，佳期准拟蝶穿帘。

小姐惊讶道："官人，这几句恰是母亲前年患病，舍与那文昌殿里的签经。"文荆卿道："小姐，便是这般说。我次早寻到那文昌殿里，祈祷一签，果然上面又是这几句。"小姐道："官人，今日虽是应了我们二人，可见'姻缘'两字，良非偶矣。"

文荆卿道："小姐，且与我把随身衣服拿几件出来。"小姐道："官人，我想从此一别，不知何日再得重逢？待我向灯下聊写骊词一套，赠与官人，早晚一看，如妾对面一般。"说不了，泪如雨下。这文荆卿背地里也自哽咽吞声。那小姐揾着泪，便向灯前展开薛涛笺，挨起松烟墨，蘸着霜毫

笔,不假思索,信手写道:

石为盟,金为誓,因凤咏,成鸾配。恁见我意马奔驰,我见恁心旌摇曳。那花前月下,总是留情地,无奈团圆轻折离。眼难抬,秋水迷迷。臂难移,玉笋垂垂。步难移,金莲踽踽。

《四块玉》

和伊,恩情谁拟? 似锦水文禽共随。无端骤雨阴霾起,一思量,一惨凄。恨啼鹃,因别故叫窗西,将愁人聒絮,幸须垂惜玉怜香意,怕等闲化作望夫石。

《大圣乐》

伤悲最关情,是别离。受寂寞,从今夜,想影暗银屏,漏咽铜壶,烟冷金猊。向此际谁知? 休恋着路旁村酒,墙畔闲花,和那野外山鸡。怎教人不临歧,先自问归期。

《倾怀序》

共执手,难分袂。书和信,当凭寄。低语细叮咛,莫学薄情的。旧恨新愁,已被千重系。相欢复受相思味,霎时间海角天涯。

《山桃花》

愿郎君,功名遂,早归来与奴争气。再莫向可意人儿,共咏题。

《意不尽》

文荆卿从头至尾看了一遍,止不住眼中流泪,即便封固,收拾在书箱里面。两人是夜就寝,说不尽两字“绸缪”。次早起来,把行囊打点齐备。一壁厢着院子去唤安童来,跟随前去;一壁厢匆匆上堂,与老夫人拜别。

老夫人问道:“贤婿,你在此半载有余,未尝有思乡之念。今日促装欲去,不知何意?”文荆卿道:“小婿今日此行,一来为探叔父,二来试期在迩,顺便一赴选场。倘或天从人愿,不唯替老夫人生色,实慰小姐终身之望。”老夫人道:“贤婿,今日果然要去,也该接二叔公回来,整酒饯行才是。”文荆卿道:“小婿昨日在南庄上,已曾拜辞二叔公了。”

老夫人道:“贤婿此去,功名成就,早寄音书,莫使闺中少妇有陌头之感。”便对小姐道:“我儿,你到我房中,去取那拜匣出来。”小姐含着泪,取来递与母亲。老夫人取出白金五十两,送作路费,还有一言叮嘱:“路上村醪不比家酿,须早晚撇去几分。”老夫人又把一两小包,递与安童道:“这一两银子,与你路上买草鞋穿,早晚须要小心服侍相公前去。”安童叩头谢了。文荆卿便与老夫人、小姐拜别出门。正是：

欲别心未别，泪染眼中血。

行矣且勿行，说了又还说。

毕竟文荆卿此去，几时才得回来？那李岳又有什么说话？再听下回分解。

第二十九回
赴临安捷报探花郎　返姑苏幸遂高车愿

诗：

胸中自信冠群儒，暂作高阳一酒徒。

平步青云酬凤愿，高车驷马上天衢。

宫花报喜人争羡，衣锦还乡我不迁。

可叹无珠肉眼汉，龙驹错认是疲驽。

老夫人和小姐送得文荆卿出门，恰好李岳南庄回来。他的意思，正来探听文荆卿的消息。一进门，看见侄女儿翠蛾交蹙，玉箸双悬，想有些尴尬。便问老夫人道："嫂嫂，今日侄女儿眉头不展，面带忧容，为着什么事来？"老夫人道："他恰才送得你侄女婿出门。"李岳惊问道："侄女婿出门往哪里去？"老夫人道："叔叔，你却不知道。他一来到姑苏去探望叔子，二来又为试期将近，顺便随赴选场。他道是昨日在南庄上，先与你拜别了。"

李岳道："这个精光棍，我一向要破口骂他几句。只说我做人太轻薄了些，不如吃着现成的，穿着现成的，装出公子心性，受用了这半世也罢。看他一窍不通，肚里滴出的，都是些白水。昨日同我在南庄上，那账目上几个笔画略多些的字，就不认得，也替那读书的打嘴头，去赴什么选？不是讥诮他说，这样的都要思量中举、中进士，我小叔不知做到什么品级的官了。"老夫人道："我看他吟诗作赋，俱是来得。若把他说到这个地步，可不长他人之志气，灭自己之威风了。"

李岳道："嫂嫂，你又来说得好笑，如今世上人，那个不晓得做两句打油诗。除是把那几句打油诗诓骗老婆之外，难道举人、进士也是这等骗得来的？也罢，今日到干净了。我这一个如花似玉的侄女儿，譬如不招得这样一个女婿，侄女儿譬如不嫁得这样一个丈夫，待小叔做主，别选一个门当户对的，做了东床，也替我面上增些光彩。"有诗为证：

赋性顽愚亲不亲，缘何屡屡只生嗔。

怎如李氏三员外，落得施恩做好人。

老夫人道："叔叔，俗语道得好，一家女子不吃两家茶。况且他们又是做过亲的，一发说不得这句话。"李岳摇头道："嫂嫂，你虽是为着侄女儿，是这样说，却不知那侄女儿又怪你说这句话哩！"小姐正色道："叔叔，我与你是嫡亲瓜葛，缘何倒把这样的言语来嘲诮我？莫说是你侄女婿今日才出得门去，就是去了一世，不转回来，我侄女儿也决无移天之理。"李岳道："侄女儿，你既是这样说，只怕捱过了一个月，那场旧病又要发作了。"小姐却不回言，转身竟自进房里去了。

老夫人见小姐进去，知是李岳那几句话儿说得不甚楷当，也觉心中不快。李岳见嫂嫂脸色又有些不甚好看，便道："嫂嫂，那侄女婿今日才去赴选，侄女儿便做出这副嘴脸。若是明日做官回来，我叔叔竟也不要上门了。他便是女孩儿生性，你是个老成人，难道不晓得，我叔叔恰才那些说话都是药石①之言。"

老夫人道："叔叔，你一向在南庄，我嫂嫂耳根头常得清净。一走回来，没一日不为着侄女儿身上，絮絮叨叨，着什么要紧。"李岳道："嫂嫂，我常时见你正言作色，原来是怪我小叔在家里的意思。也罢，我今日依旧到南庄去，直待你女婿做官回来，再来相见。倘是明日家中又做出些什么不清白的事儿，那时连嫂嫂也要吃我几句言语。"老夫人听了这些话，气得两只眼睛突将出来。

这李岳也不与嫂嫂作别，叹一口气，起身出门，竟往南庄上去了。老夫人也只得耐着气，自进房去不题。

说这文荆卿，自与小姐分别，带了安童，出了临安城，但见一路上：

烟水千层，云山万叠，回首家乡隔绝。客路迢迢，难盼吴门宫阙。伤情几种关心事，叹连宵梦魂颠越。对西风，断肠泪洒，不胜悲咽。

《高阳台》

一路上登山玩水，吊古留题，慢慢的盘桓游衍，暮止朝行，将有个把多月，方才得到姑苏地界。安童道："官人，记得这条路，那日同官人往临安，今日又同官人经这条路上回来，不觉转眼之间，又是一年光景。"有诗

---

① 药石——治病的药物和砭（biān）石。砭石，古代医疗工具。经磨制而成的尖石或石片。

为证：

> 昔假临安道，重经此路途。
>
> 山川仍秀丽，草木益荣敷。
>
> 无意还乡国，有心达帝都。
>
> 公卿出白屋①，姓氏起三吴。

文荆卿道："安童，我想去年自与员外斗气，粉壁上题了诗句出门，立志黑貂裘敝，誓不再返故乡，怎知又到姑苏。"安童道："大官人，你只记得粉壁上题诗句，却不记得店房中拷问桐琴的时节。"文荆卿笑道："安童，你若想到那个时节去，顿教我官人霎时间泪洒西风了。"

安童道："官人，今既到了姑苏，再到家下也不多路，何不去与员外相见一面？"文荆卿道："我待回家探望一遭。只是那员外见我仍旧模样，反要被他讥诮。且待今秋后，倘得个侥幸回来，那时再与员外相见，却也不迟。"说不了，又早夕阳西下，两人便去投了旅店安宿。

原来这文荆卿与李小姐成亲后，酒量竟不比前，着实减了一半。那店小二取了一瓶酒，你看他吃了两个时辰，还吃不完，这也是他有事关心的缘故。便吩咐安童先去睡了，他向那灯儿下，取出小姐所赠的骊词，慢慢的细看了一会，不觉霎时间泪珠抛洒。有诗为证：

> 堪嗟平地风波起，鸾凤惊分两处悲。
>
> 半载恩情胶漆固，百年伉俪唱随宜。
>
> 路旁野艳何心顾，箧内骊词着意思。
>
> 若也题名金榜上，泥金②报喜莫迟迟。

这文荆卿看一会儿，哭一会儿，捱了一个更次，渐渐残灯将灭，只得收拾上床安睡。次早起来，谢了店主，两人依旧登程。晓行暮息，宿水餐风，行了两三个月，才进京城。但见：

> 皇极殿正对一轮红日，乾清宫紧罩五色祥云。五凤楼前威仪整肃，紫金城里瑞气氤氲③。三座城池，锁住无穷王业；九重宫阙，镇定

---

① 白屋——用茅草覆盖的屋。旧亦指没有做官的读书人的住屋。

② 泥金——用金箔和脱水制成的颜料。封建社会，新进士及第，以泥金书帖子，附家书中，用报登科之喜。

③ 氤氲(yīn yūn)——气或光色混和动荡貌。

万古乾坤。天子圣明,宵衣旰食;臣工贤谨,有国无家。士民乐业,黎庶安生。五湖四海咸归顺,万国九州庆太平。

正是槐黄时候,天下豪杰,撞撞济济,尽挟生平抱负,竞吐胸中锦绣,献策金门,皆欲夺取天下大魁。文荆卿此时正到,得赴科场,果然首登金榜。及至廷试,又中了探花,方遂平生之愿。先着人竟到临安府李刺史府中报捷。报人禀道:"老爷姓文,怎么要报到李刺史家去?"文荆卿道:"我老爷因赘在李刺史府中,所以先要打头报到那里去。"报人听得是李刺史的女婿,是个大来头了,着实要赚他一块赏赐。星夜飞奔,来到临安府李刺史府中报捷。

那老夫人、小姐正在想念文荆卿,犹虑不能得中。忽然听报了探花,一家喜从天降。就把报人留在府中住下,着院子竟到南庄,迎请二相公回来,打发赏赐。

那临安高太守,闻得文荆卿果然联捷,中了探花,满心欢喜,一个门生稳稳拿在手里。立时备下旗杆匾额,羊酒花红,亲到李府恭贺。

说这李岳,自与老夫人争竞出门,果然许久竟不回来。听得文荆卿报了探花,追悔无及,道:"古人云,凡人不可貌相,海水难将斗量。果是不差。我今若是回去,免不得要说几句势利话儿,却不反被嫂嫂、侄女儿暗中冷笑,只说我是趋势附炎的。但当今之世,到是势利些的还行得通,且回去看个分晓。"连忙备了许多礼物,赶将回来。只见堂前喧阗闹吵,都是各乡宦家来恭贺的。

李岳一走进门,见了小姐,深深唱喏,趋奉不已,道:"探花夫人,小叔特来贺喜。"小姐笑道:"叔叔说哪里话。向日若非叔叔深谋奇计,你侄女婿焉能得有今日?"老夫人道:"叔叔,如今一来也得门当户对,替你面上争了光彩;二来我嫂嫂也省得吃你的言语。"李岳惭愧无地,道:"嫂嫂,君子不念旧恶。你若重提旧事,教小叔颜面何存?"小姐道:"今日接叔叔回来,要你打发报人,却不必把是非争辨了。"

那李岳巴不得脱身出来,听小姐说了这句话,勉强笑了一声,急忙走出堂前,便与报人相见。遂把文荆卿捷中探花的缘故,仔细询问一遍。那报人就要起身,老夫人再四款留不允,只得重重酬谢出门。

你看这李岳,见侄女婿中了探花,把哥哥在日势炎依旧使将出来。从此出入不拘远近,就要乘马坐轿。那些临安城中的人,见他当日是刺史的兄弟,如今是探花的叔丈,愈加奉承几分。他便到南庄上,也去竖两根旗杆起来。正是:一人有福,挈带满屋。这不在话下。

那文员外,自他侄儿不别而行,各处遍访,竟不知些踪迹。忽见廷试录上第一甲第三名文玉,字荆卿,姑苏人。心中便有十分疑惑,暗想道:"天下同名同姓者虽多,哪有这都图籍贯一些不差的。又有一说,姑苏城中,只我文家一姓,那里还有外族?这多应是我酒痴生的侄儿了。

文员外正在将信将疑之际,只见京中下书人到,口称送文探花家报。忙到堂前,接了来书,一一询问,果是侄儿中了探花。霎时间疑城始释,心花顿开,遂把下书人请进客厅,款留茶饭,便拆开书,从头一看,上写着:

不肖侄玉,自违慈颜,已经三载。踪迹不定,温清之礼既疏;湖海久羁,甘旨之供已缺。虽切孝思,实招物议。不肖莫大,负罪良深。幸得分花官里,食粟王家。虽祖宗之福庇,实叔父之义方。准拟新秋告假,驰驿还乡。专人走报,不尽欲言。

叔父大人尊前

不肖侄玉顿首百拜

文员外看了书,满心欢喜道:"谢天谢地,这是我文门有幸了。"连忙进去,取出白银十两,送与下书人,辞谢而去。

次日,姑苏太守得了试录,恭送旗扁,以表其门,又建探花牌坊。文员外大喜过望,把门楣改得齐齐整整。那些姑苏城中的,有晓得的,说是文安员外的侄儿中了探花,应得光表门闾。有那不晓得的,说文安员外何曾有这样一个侄儿,毕竟是扳认的。

到了八月中旬,文探花奉命册封①,便道还乡。文员外听说侄儿回来,不胜欣跃,亲自出城迎迓。你看那郡中官员,没一个不来谒见。文探花到了自家门首,只见改换门闾,鼓乐喧阗。有诗为证:

锦衣今日还乡故,门第堪容车马行。

试问当年题壁者,探花即是酒痴生。

一直进到中堂,下了轿,先向叔父面前拜谢幼年抚养之恩。员外回答不及道:"贤侄今为天衢贵客,愚叔当以礼见才是,何敢转加仆仆之劳,岂不折煞我乎!"文探花道:"小侄向年若非叔父大人良言激励,必沉溺于糟

① 帝王通过一定仪式把爵位封号赐给臣子、亲属、藩属等。

粕中矣。幸得今日金榜联登,宫花宠赐,虽然得沐皇恩,实叔父大人所赐。"

员外道:"贤侄说哪里话。愚叔虽是向年有几句言语,不过要贤侄矢志功名的意思,但恐人生不能立志。今贤侄功名已遂,志愿已酬,诚所谓肉眼无珠,好人未易识耳。便沉溺于糟粕中,亦何害生平矣。"文探花笑道:"叔父,若提起前言,令小侄赧①颜无地。只是一件,幸得驾高车,返故土,虽然得酬素愿,犹未得偿叔父大人二十年来抚养深恩,如之奈何?"

文员外道:"贤侄,岂不闻'哀哀父母,生我劬②劳',虽是愚叔抚养你成人长大,还念身体发肤,受之于父母。今贤侄皇都得意之时,正父母泉台瞑目之日。须早择良辰,到他墓前祭奠一番,以尽人子之情才是。"文探花掩泪道:"叔父大人,小侄在襁褓时,一旦椿萱尽丧,可怜生不能事,死不能葬,真大不幸也。今日便以五鼎荐祀,固小侄分内之事。奈何匆匆到家,交接事烦,无顷刻之暇,暂消停几日,整备牲礼,虔诚祭奠便了。"

文安员外道:"贤侄,愚叔还有一句说话,只是难好启齿。"文探花道:"我与叔父大人,分虽叔侄,恩犹父子。家庭之间,有话不妨明示。"文安员外道:"所虑一件。古人说得好,男大当婚。又云,不孝有三,无后为大。贤侄如此青年,且喜挂名金榜,洞房花烛不可稍迟,必须早聘名门,以谐伉俪,接其宗枝,岂不美哉。"文探花道:"叔父大人在上,小侄初到家中,事物纷纭,但不告而娶,一时难好奉禀。今日重蒙叔父美意,安敢隐瞒。小侄自向年偏见出门,游到临安假寓,幸遇一段奇缘,已入赘李刺史府中了。"

文员外道:"贤侄,我想李刺史府中小姐,千金贵体,非贵戚豪家不能坦腹,贤侄是异乡孤客,行李萧然,既无势炎动人,又无大礼为聘,纵贤侄才貌堪夸,实非门当户对,恐未必然。"

文探花道:"小侄初登黄甲,名列缙绅,叔父面前倘或诈言虚诳,上何以取信于君父,又何以结交于士夫,下何以出治于百姓。所以再三因循者,其中隐情难好与叔父道耳。"文员外道:"贤侄,果然有这样奇事,我愚叔替你喜之无尽。何不把前后事情,大略讲一讲,与我愚叔知道。"文探

---

① 赧(nǎn)——因羞愧而脸红。

② 劬(jú)——劳苦。

花不敢隐瞒，便把梓潼托梦，与小姐楼前题咏，小姐得病扮医，李岳捉奸，太守判婚，贾秋惊恐，前后缘由，备细说了一番。

　　说不了，文员外便拍手大笑道："贤侄，正是天赐姻缘，因此六合相凑。世间一饮一酌，莫非前定。既然如此，可修书一封，差人径往临安，一路驿递衙门，讨些人夫轿马，迎娶侄妇到我姑苏。大家共享荣华富贵，省得人居两地，彼此相悬，却不是好？"文探花道："叔父有所不知，你侄妇是宦门弱质，从来不出闺门。老夫人只生一女，况且十分爱惜，时刻不离膝下，岂肯使他远涉千里程途。前月已着安童先赍①书去，小侄且待明日祭奠先人事毕，也就要到临安去了。"文员外道："愚叔的意思，欲留贤侄在家，或郡中有甚分上，顺理的去讲几桩，也不妨事。这样看起来，又成画饼了。"

　　说话之间，恰好安童从临安转来，竟到堂前，小小心心，先到员外跟前磕了几个头，又向探花面前磕头。文员外见他戴了大顶京帽，穿了屯绢海清，竟是舍人一般，有些大模大样，与当初在书房中伏伺的形相不同，到觉有些不认得了，便对探花笑道："今日若非贤侄中了探花，这安童缘何带挈得他如此齐整。正所谓：一人有庆，万人赖之。"

　　文探花便问道："安童，可有回书么？"安童禀道："只有小夫人一封回书在此。"探花接过手，拆开一看，恰原来是七言绝句二首。

　　其一：

　　　　罗帏寂寞几经秋，泪雨如倾恨未休。

　　　　莫把骊词丢脑后，东头不了又西头。

　　其二：

　　　　自从捷报探花郎，与妾多添半面光。

　　　　寄语郎君归莫晚，谁人不美贵东床。

　　文探花看诗毕，便道："小姐，小姐，我岂是那等之人。一点诚心，唯天可表。"又问："老夫人有甚话说？"安童复禀道："老夫人拜上老爷，途路风霜，保重贵体。只要早早荣归，就是万千之喜。"探花道："我行程在迩，何劳老夫人挂虑。"就吩咐安童："速备鼓乐牲礼，准是明日祭奠太老爷、太夫人坟茔。一壁厢买舟早到临安，毋得违误。"

―――――――――

　　①　赍(jī)——以物送人；带着。

安童领命,急忙打点祭礼,并各项俱已完备。次日,请了叔父,同往先茔祭奠,致敬尽礼。祭毕,便与叔父作别起身。文安员外执意强留不得,只得整备酒席,于十里长亭之外,殷勤饯行。文探花也不忍一旦轻离叔父,但难舍小姐恩爱,虑恐久盼不到,或者再有前番光景,反为不妙。因此顾不得叔侄深情,所以勉强泪别。

却说姑苏隔临安千有余里,计日趱程,不多日就到临安。那李岳叔丈,知道探花侄婿回来,便去换了深衣大服,亲自远远迎接。文探花就与邮亭中相见,一味亲情体面,并不提旧事半句。

你看这李岳体面上虽是这等行,心中自知有愧,不曾唱得一个喏,到说了无数甜言媚语,装了许多奴颜婢膝。世上小人,欺贫抱富,前倨后恭,非止李岳一人而已。

文探花虽是一意容忍,也未免要从中点缀,就说道:"小侄婿是飘流荡子,昔为偷花贼,今作探花郎,皆赖叔丈深情,所以得有今日。不然,非死填沟壑,即流落江湖也。"李岳道:"探花大人,岂不闻君子有容人之量,又道大人不作小人之过。若再提起前言,诚令人赧颜无地矣。"有诗为证:

其一:

> 深谋密网真奸险,罗织贤良恶匪轻。
> 谁想今朝重见面,差惭无地可为情。

其二:

> 黄堂笔下完婚日,预识荆卿是贵人。
> 假使谨持三尺法,而今相见也生嗔。

"但是令岳母与尊夫人,俱悬望多时,万勿迟延。请起驾到府中,待小叔公慢慢的赔一个礼罢。"文探花只得一面含着笑,一面吩咐从人,即便起身。不多时,就到了李府门首。李岳先进去报与老夫人、小姐知道。

你看这文探花,这回喜色轩昂,竟不似当初出门的模样。但不知到府中见了老夫人与小姐,又有什么说话?且听下回分解。

第 三 十 回

饰前非厅前双膝跪　续后韵页上两留题

诗：

何处吹箫绀宇①澄，香肩并倚拥华灯。

题来宋玉②多情赋，谱入文鸳心字经。

我辈风流原有种，娘行诗句自关情。

珠圆玉合浑闲事，笑整云鬟响碧珩③。

这文探花到李府中，先请老夫人出来拜见，然后再见小姐。老夫人便不是当初相诗，愈加殷勤几分，遂说道："恭喜贤婿，今日衣锦荣旋。虽则是你文门之福，实于李氏亦有光辉。"一巡茶罢，小姐出来。文探花与小姐相见，叙了寒温，遂起身一同进去换了公服。

不多时，那李氏门中许多诸亲百眷，各执贺礼，都到堂前拜贺，要请探花相见。文探花从新换了公服，出来堂前，见贺客满堂，仔细一看，十个里头倒有九个不曾会面过的。这也是通俗世情，势发一齐来，所以都是要来趋奉的意思。文探花与众亲逐个个行礼，无论尊卑长幼，都留坐下待茶，内中有两个问道："今日文探花回来，正是二叔公得志之秋，缘何倒不见他？"内中又有几个晓得前番那桩事的，回答道："他却有些没嘴脸来见探花哩。"

说不了，只见门上人进来，报道："本府高太爷赍礼来恭贺，已到大门首了。"众人一齐回避到耳房里去。文探花忙不及步行出来，直到大门首，迎接进来。高太守上堂，行了奉贺之礼，依师生坐下。高太守道："贤契，昔为偷花客，今作探花郎。可见蝶悬蛛网之作，一大姻缘矣。"

文探花微笑道："门生若非老师洪开一面，几为缧绁中人，何敢仰望今日，这正是老师再造之恩。"高太守道："我与贤契有通家之雅，欲请尊

---

① 绀（gàn）宇——天宇。绀，天青色，一种深青带红的颜色。

② 宋玉——战国时楚辞赋家。

③ 碧珩（héng）——佩玉。

夫人一见,不识尊意如何?"文探花道:"本欲令寒荆出来拜谢,但恐见了老师,回想前情,含羞无地矣。"高太守道:"当初是千金小姐,如今是诰命夫人,忝在通家,相见何害?"文探花便吩咐请小姐出堂。

那小姐听说高太守请见,没奈何,含着娇羞出来趋谒。走到堂前,见了高太守,霎时间忍不住两颊生红,连忙退到帘后,低低万福了,转身就走进去。有诗为证:

> 百媚千娇出绣房,含羞无语见黄堂。
>
> 低低万福称帘后,两颊新红上海棠。

高太守又吃了一巡茶,正待起身,忽听门首一派鼓乐喧阗。文探花便问:"鼓乐是哪里来的?"随从的答应道:"是李二相公来作贺的,闻得太爷在此,以故不敢进来,暂在门外。"高太守问道:"是哪一个李二相公?"文探花回答道:"就是妻叔李岳,当日与门生做对头的。"高太守道:"原来就是此人。况且李老先生的令弟,又探花的叔丈,相见何妨,不须回避。快请进来相见。"

李岳在外面听说高太爷请他相见,他便迂阔起来,大摇大摆,走到堂上。见了高太尊,欲行庭参,双膝跪下,口称:"李岳叩见。"高太尊向前一把扶起,道:"兄是太卿令弟,探花叔丈,比别不同,起来只行常礼。"李岳起来,深深作揖,又与探花作了揖,就在旁边坐下。

高太守道:"汝本是好好一个叔丈,只因前番不会做了人情。"李岳道:"当初若不是李岳激励探花一场,恐未必有今日这个田地。"高太守大笑道:"你这两句,虽然近于牵强,无非要探花宥①了前怨的话头。今日我说一个分上,君子有容人之量,贤契万勿以此事介怀。"李岳一眼把探花看定。探花见高太守说这句话,只得微笑道:"谨领。"高太守又把闲话说了一会,遂起身作别。

文探花与李岳直送到大门外,同走进来。刚到堂前,那李岳不知耳房内有无数亲戚在内,一把扯住探花圆领袖子,一个软膝打将下去,探花随手扯起。有诗为证:

其一:

> 只为心中抱不平,曾无委曲待书生。

---

① 宥(yòu)——宽宥;原谅。

今朝一举登科日,眼底须防不认情。

其二:

输情下礼饰前非,不似当初敢作成。

若得探花心转日,死灰还有复燃机。

李岳正要说几句粉饰的话,不想又被众亲戚们在耳房里出来瞧见。内中有两个尖嘴的,连忙叫道:"叔公装这个模样,如何使得?"李岳回转头来,见被许多人瞧破,气得两只眼睛突将出来,羞得一副脸皮没处遮掩,只得勉强与众人作了几个揖。本欲抽身便走进去,被这班人扯住了,缠缠绵绵,热一句,冷一句,春秋了好一会儿,弄得他十分不快活起来。众人晓得他性子平常是暴躁的,恐他反了面,不好意思,只得放他进去。

李岳见了侄女儿,一心只要奉承他喜欢,没奈何,管不得自家家里人取笑,就深深唱几个喏。小姐道:"叔叔,你日常间不肯过礼于人,今日见了侄女儿,缘何做出这个光景?"李岳迎着笑脸道:"侄女儿,你说来的话好不伶牙俐齿,不枉做了探花夫人。如今世上前倨后恭的人尽多,岂止小叔一个,望小姐看你父亲一面。况你父亲身上,又无三男四女,只得小姐,余外只得小叔。一家唯有和你是亲人。我为因性拗,平昔常有冒犯,万乞宽恕,不要挂怀。少刻侄婿进来,要求好言帮衬。"

正说之间,文探花已送众亲出门,走到面前。李岳又深深作了几个揖,说道:"小叔公已具有贺礼在外,虽然菲薄,聊表芹意①。若不禀过贤侄婿,不敢着他进来。"文探花道:"小侄婿自来无一些好处到老叔公,何敢当此厚赐。"李岳见有些好口风,连忙跑出大门外去,叫众人拿了礼物,送到堂前。打开拜匣,取了礼帖,恭恭敬敬,双手送上。文探花展开一看,上写道:

谨具:

金花贰对,彩缎肆端。生鹅贰对,生鸡贰对,活肉壹方,活鱼肆尾,荔枝壹盘,龙眼壹盘,胡桃壹盘,胶枣壹盘,山羊贰牵,鲁酒贰尊。

奉申

贺敬

眷侍教生李岳顿首拜

---

① 芹意——谦词。微薄的情意。

文文探花道："既承老叔公厚情,不好见却。只领了羊酒,余皆返璧。"李岳道："些须薄礼,都是自己的,并非借办,望乞全收,方为见爱。"至再至三,文探花见他恳求不过,又是老夫人撺掇,尽数收下,赏赐来人。就令整酒,这回却是个家筵,不请外客。上面坐的老夫人,下面李岳,左边探花,右边小姐。有诗为证:

> 丈夫自古谁无毒,今日相逢不认真。
>
> 只为李家骨肉少,强教仇敌当亲人。

当夜满门欢聚,畅饮到二更时分,兴还未阑。李岳道："贤侄婿鞍马辛苦,请早安息罢。"一齐立起身来,各去安寝。文探花与小姐遂携手同进绣房,这一个欢爱光景,两个都是久渴的,说不尽许多详细。有诗四绝,诗曰:

其一:

> 恩爱轻分两度秋,罗衫湿尽泪空流。
>
> 今宵重整鸳鸯被,撇却年来几许愁。

其二:

> 灯前诉尽别离愁,只有相思无尽头。
>
> 最是清风明月夜,痴心一片倩谁收。

其三:

> 花开花落又开花,得意皇都便省家。
>
> 不是一番能努力,几乎落魄滞天涯。

其四:

> 从来久别赛新婚,握雨携云总十分。
>
> 莫把工夫都用尽,留些委曲再温存。

次日起来,叫打轿先去拜高太守。太守就留进后堂,整酒款待。两人饮到半酣,高太守叫传梆取那个手卷来,上面共有五六十首诗赋。文探花展开一看,原来当初那一首蝶悬蛛网与咏竹帘的,都载在上边。

高太守道："实不瞒贤契说,我只目下要起身回去,囊中却无一文私蓄,刚刚只有这个手卷,都是这临安府中众乡绅先生与名人妙作,特采集将来,类成一个手卷,也不枉在临安做官几年。只是后面还空几页,尚悭题咏,敢求贤契再赐妙作二绝,全美其事,永为光彩。"文探花道："老师乃是当代名公,硕德重望,声闻天下,誉入九重。今作大邦贤守,一文不染,万姓衔恩,非寻常士大夫可及。即先辈乡绅,尚不敢妄措一言,门生以新进小子,年轻德薄,又无班、马①之才,诚不足为老师轻重。倘赘片词,贻人议论。"

高太守道:"贤契青年甲第,名播乡邦,又翰林雅望,加人一等矣。仰仗休光,幸勿再却。"文探花道:"重承老师注意,敢有他辞。敬求老师命题。"高太守笑道:"任凭尊裁。"文探花道:"谨领。"站起身来告别。高太守道:"只是简慢,不敢久留。"就教送过大觥,两下立饮五六觥,然后送出府门。

说这文探花回来,当夜就与小姐商议,作诗送与高太守。夫妇二人各赋一首,以酬当时作合之恩。文探花遂作诗曰:

珪璋瑚琏②器,作郡守一方。

三载仁恩大,千秋俎豆③香。

盗息民安业,年丰谷满仓。

政成还复命,不日佐岩廊。

李小姐诗云:

汉有会稽守④,临行取一钱。

投之千仞渊,澄清今尚传。

复见高公祖⑤,士民呼青天。

遮道泣留挽,借冠愿一年。

文探花便把册页展开,将诗二首写上。但见笔势纵横,墨迹淋漓,真有走动龙蛇之妙。次早着人送上高太守,高太守满心欢喜道:"好一个才子,写作俱全。我得了这一个门生,也不枉在临安做一任太守。"随即打发来人,致谢文探花。

不数日,高太守就来作别。文探花备办赆仪,整酒饯行,十分齐整。

---

① 班、马——也称"马班"。汉代史学家司马迁和班固的并称。

② 瑚琏——古代宗庙中盛黍稷的祭器。用以比喻人有主朝执政的才能。

③ 俎(zǔ)豆——俎和豆都是古代祭祀用的器具。引申为祭礼、崇奉之意。

④ 会稽守——指东汉顺帝时任会稽守的马臻。曾在会稽、山阴(即今浙江绍兴)地区创建一座周围三百余里的灌溉、蓄洪水库镜湖,造福一方,万民传颂。

⑤ 高公祖——汉高祖刘邦。

高太守只收赆礼，辞免酒席。又辞临安各乡绅，择日起行。文探花直送出数百里之外，方才回转。好一个高太守，三载黄堂，半文不染，行李萧然，只有仆从数人相随而已。临安士民思慕恩德，脱靴造祠，还欲诣阙保留，送之者如市，有诗为证：

> 红缨白马嘶方草，一路清风拂去旌。
>
> 三载黄堂不爱钞，万千士庶诵神明。

高太守去不多日，各衙门奉章特荐，钦取进京。圣上召见便殿，多方慰劳。又问为治之要，对其详悉。遂超擢九卿之列，眷注优渥①，行将付以重任矣。此高太守清廉为天下第一，所以有此宠任。

且说文探花，送别高太守，回到府中，未及大门，只见安童报道：“老员外即刻便到。”文探花下轿迎接。叔侄同进府中，相叙礼毕，老员外就请老夫人与小姐相见，便起身对探花道：“好一位夫人，又兼贤侄才貌，佳人才子，天生一对，世间少有，真吾门之福也。”

文探花道：“叔父不远千里而来，有何见谕？”老员外道：“可喜吾侄发此巍科，宗族亲戚，无不欣悦。久住临安，旁人议论。古云，树高千丈，叶落归根。又云，富贵不归故乡，如衣绣夜行。况吾老年亦在风烛，家无正主，望吾侄三思。”文探花道：“侄亦久欲作一归计，怎奈岳母在堂，只生一女，无人倚傍，难以启齿，因循至今。”老员外道：“既老夫人膝下无人，请与小姐同到姑苏，奉养终身，岂不两尽。”文探花俯首道：“叔父之言是也。叔父在此多住几时，待侄儿缓缓图之。”探花便与小姐商议，老夫人面前微说，毫不应允。

李岳闻知此事，心中大喜，巴不得夫人、小姐同往姑苏，巨万家资，一拳到手。因此在老夫人面前，不作留难，万意撺掇。老夫人暗想道：“女生外向，怎留得在家中？倘我百年之后，二叔又是不仁之人，决不相容。女婿况中探花，安肯下气于他，两边终究结怨。不如与女婿、女儿商议，寻个长便。”因此就与探花、小姐将此情备说。探花道：“岳母之见，甚是有理。且李府家财，应该是二叔公的，谁敢争执，不如交付与他。岳母、小姐同到我家，共享荣华。情则通，理则顺，请岳母万勿变更。”夫人十分应允。

---

① 优渥（wò）——优厚。此指待遇丰厚。

次日,文探花与老夫人把家产悉付李岳。老夫人把细软、金银、珠宝作小姐嫁资,家产尽与李岳。标拨已定,李岳亦不敢妄出片言,唯唯从命。况一介穷人,从此即陶朱倚顿①矣。文探花便着人去雇座船二只,一只装夫人、小姐,一只装叔侄二人。不日便到姑苏,骨肉团圆,合家欢乐。后人有诗赞云:

> 人生在斯世,万事皆有缘。
> 纵或遭奸险,人定能胜天。
> 试观荆卿氏,才貌称两全。
> 风流多潇洒,翩翩美少年。
> 良缘千里外,太守合姻缘。
> 青春得科甲,状元相后先。
> 美妻已如意,美职真神仙。
> 昔有毒害人,宁不心骇然。
> 前情都不计,大度能包含。
> 福人有福器,福禄自绵绵。

---

① 陶朱倚(yǐ)顿——指春秋时越国大夫范蠡(lí)和战国时大商人猗顿。范蠡别号陶朱公,以经商致富;猗顿以池盐发家。后以陶、猗代称富人。

第三十一回

嫖赌张大话下场头　仁慈杨员外大舍手

词：

转眼繁华旧复新，朱颜白首几曾真？生平谩作千年调，世上谁为百岁人。　　身后事，眼前名，争强较胜枉纷纭。古今多少英雄客，博得荒郊一土坟。

这一首词，名为《鹧鸪天》，却是唤醒那些奔竞世途，争名逐利的几句好言语。但看眼前多少宿巧聪明的，反被智巧聪明误了一世。又有多少痴呆懵懂的，反亏痴呆懵懂好了一生。任从你贪厚禄，恋高官，附势趋炎，怎得个有终有始？倒不如蒻笠翁，田舍老，草衣藿食，落得个无辱无荣。这也不在话下。

却说洛阳县中有一个人，姓张名秀，排行第二，原是金陵人氏。积祖是个有名财主，因十五岁上父母双亡，就弃了书，不事生业，日逐被那干地方上无籍棍徒哄诱，不上两三年，把父亲遗下多少金银珠宝，庄屋田园，嫖赌得干干净净。那些亲族们见他不肯学好，都不偢睬他。可怜一个身子，就如水上浮萍，今日向东，明日向西，竟无一个拘系。后来设处了些盘缠，来到洛阳过活。你看他衣衫褴褛，囊箧空虚，身同丧家狗，形类落汤鸡，那个把他放在眼里。只是嘴喳喳，夸的都是大口，说的都是大话。因此人就叫他做"张大话"。

时值严冬天气，朔风凛凛，瑞雪纷纷。但见那：

簇簇瑶花飞絮，纷纷玉屑飘空。荒村鸡犬寂无踪，野渡渔人骇冻。

顷刻妆成琼砌，须臾堆就银峰。东君为国报年丰，四海八方咸颂。

《西江月》

张秀见了这般大雪，尽捱了一日，哪里走得出门。身上只穿得一件旧布单衣,脚下着一双草蒲鞋,头戴一顶旧毡巾。看看坐到傍晚,朔风愈紧,张秀哪里禁得过,只得叹了一声道:"嗳,朔风,朔风,你好炎凉也!这时节,那有钱的,红炉暖阁,美酒羊羔,何等受用,却不去刮他。你看我张秀这般苦楚,身上无衣,肚中无食,偏生冷飕飕扑面吹来。也罢,你真要与我做对头,只索没奈何了。"便抽身走向草中席下,取了几文钱,提着一只酒罐,拽上门,一头走,一头叹,正要到村中沽酒。

只见那土地庙中,坐着四五个乞儿,热烘烘的烫了一罐浊酒,你斟一瓢,我斟一瓢,齐唱着太平歌,打着莲花落,一个个吃得红头赤脸。醉醺醺的。内中有一个乞儿道:"列位哥哥,好笑如今街坊上的人,开口就叫我们做神仙。我想神仙还不如我们这样快活哩。"又有一个乞儿,却是认识张秀的,回头看见了他,厉声高叫道:"张大话站着,莫要走。你是做过大老官的,也在歌唱行里走过,决是会得歌,会得唱,走来见教我愚弟兄们一个儿。这热烘烘的酒,便与你一瓢吃。"

张秀听了,止不住心头怒发,就要向前与他厮打。心中又忖道:"我待打他一顿,俗语说得好,双拳难敌四手,怎么抵当得那四五个?也罢,这是龙潜浅水遭虾戏,虎落平阳被犬欺。"只得忍着气,抽身便走。那一个乞儿道:"众弟兄,这囚养。来得大模大样,买干鱼放生,不知些死活。我们是一个前辈老先生,抬举唤着他,明明好意要与他瓢酒吃,便做作起来。教他不要着忙,少不得明日入我们贵行,学我们贵业,那时把他个辣手段看看!"大家散去不题。

说这张秀,缩着颈,曲着腰,冒着风,熬着冷,走一步打上一个寒噤,来到村中,沽了一罐酒,回到半路,扑的滑倒,把个酒罐打得粉碎,眼睁睁地看着地下,泪如雨滴,叫苦连声。噫!这荒村野僻之处,莫说跌倒了一个张秀,就是跌倒了十个张秀,毕竟无人看见。

这也是他造化到来,忽遇村中有个杨员外,正在门前看雪,见他跌倒,连忙撇下拄杖,向前一把扶起,仔细看了两眼,心中便有怜悯之意。又见他身上止穿得一件单衣,愈加恻隐,就携他到门楼下坐着。问道:"足下姓甚名谁?这样天气,雪又大,风又狂,别人着了几件棉袄,兀自叫冷叫冻,看你身上,刚刚着得这一件单衣,有甚紧要,出来跌这一脚?又遇得老朽看见,不然,冻倒在这雪中。却怎么好?"

张秀两泪交流,一头拭雪,一头回答道:"不瞒老员外说,小子姓张名秀,原是大家儿女。只因运蹇时乖,身遭狼狈。值此寒冬天气,冻馁难熬,特到村中沽酒御寒,不期滑倒雪中。若非老员外搭救,险些断送残生矣。"杨员外听说,呵呵笑道:"足下莫非就是张大话么?"张秀道:"小子正是。敢问老员外尊姓大名,高寿几何?"杨员外道:"老朽姓杨名亨,今年虚度七十五岁。"张秀道:"老员外既有这些高寿,曾得几位贤郎?"杨员外摇头道:"不要说起。刚刚只有一个小儿,唤名杨琦,今方弱冠,尚未成人。"

说不了,里面一个后生走将出来,说:"请员外进去吃晚饭。"张秀听了,假意要走。杨员外一把扯住,道:"这样天寒地冻,怎生行走? 倘到前村又滑倒在那雪中,反为不美。足下若不弃嫌,何不同进草堂,着家童丛起火来,把身上衣服烘一烘干,再暖些酒,御一御寒,就在此草榻了一夜,待明早地上解了冻,再去何妨。"

张秀听说个暖酒,便不推却,就随杨员外同进草堂。杨员外唤那后生取一件青布夹道袍,一件土丝绸绵袄,一双新半旧鞋袜。又把头上戴的毡巾除来,与他戴了,自家去换了一顶狐帽。这却是造化逼人来。张秀竟不推辞,欢欢喜喜,一件件都来换了。

杨员外又吩咐后生道:"快叫厨下先丛些火,多暖些酒,再备晚饭出来。"原来这后生又是认得张秀的,心中暗想道:"好笑我家老员外忒没分晓,我们跟随了他半世,几曾割舍得撇下一块旧布头,一缕粗麻线,还自要打要骂,只说服侍不周。这一个会说大话、穷骨头的精光棍,与他非亲非故,从头上至脚下,替他换得齐齐整整,还要暖什么酒把他御寒,不免悄悄去说与大官人知道,弄个法儿,撵他出去。"

却说杨员外是个仁慈长者,陪他吃了些晚饭,将自家房中铺盖着人打点停当,让他先去睡了。

原来这大官人正是杨琦,乃员外亲生儿子。这后生果然去把员外留张秀换衣服的话,一件件说与大官人得知。你看这大官人,终是个财主家儿女,宽宏大量,闭口无言,再不问起一句,慢慢地走到堂前。只见父亲独自靠着围炉向火,更不见那张秀,也不问起。只借口道:"爹爹,今夜这般寒冷,不知村落里冻死了多少乞儿?"杨员外道:"我儿,你爹爹恰才做了一件阴骘事,你可晓得么?"这大官人是读书人,聪明伶俐,听父亲说个阴骘,分明晓得说着张秀,佯做不知,笑吟吟地道:"爹爹若积了阴骘,恰是儿孙们有幸了。"杨员外道："你爹爹适才正到门前看雪,只见一个汉子滑倒在那雪中,我怜他身上单薄,扶他回来,将些旧衣服儿与他替换。若非你爹爹看见,却不眼前冻死一个,这难道不是阴骘?"大官人道："爹爹,那汉子姓甚名谁?"

你看杨员外起初时再不说出"张大话"三字,后来被孩子儿盘问,只得笑道："我仔细问他,叫做什么张大话。"大官人道："孩儿也时常听得人说,城中有个什么张大话,敢就是此人? 如今却在哪里? 何不待孩儿去看他一看,不知怎么样一个人? 生怎么样一张大嘴,会得说大话?"杨员外道："孩儿不要没正经,这是他的绰号,叫做张大话。我陪他吃了晚饭,打发进房先去睡了。料他这时决然熟睡,莫要去惊动他,明早起来相见罢。"这大官人只得遵依父命,就进去睡了。你看那老人家,有了几分年纪,吃了几杯酒,脚踏着火炉,呼呼的竟睡熟在那醉翁椅上。

原来杨员外的卧房,止隔得一层板壁。这张秀睡到三更时分,身上渐渐温暖,正要起来出恭,只听得耳边厢呼呼声响。他便披上衣裳,轻轻走到门隙里张了一张,却是杨员外睡熟在那里。原来雪影照进房来,四下明亮,就如白昼。回头一看,只见桌上有一个小小金漆皮拜匣,半开半锁。他悄悄揭起来一看,里面却是一个布包,包着六锭银子,约有三百两重。

正是财利动人心,张秀看了,又惊又喜,痴呆了半晌,心中暗想道："我想一个人若要安贫守分,终不然天上掉下一块来,毕竟不能够一个发迹日子。古人道得好,见物不取,失之千里。只是一件,我若拿了这些银子走去,只难为他老人家一片留我好心。若放过了,又错失这场机会。不要管他,还拿了走罢。"你看张秀,一时便伶俐起来,穿上那套衣服,又去寻了一块旧布头,将银子裹着,紧紧拴在腰边,依旧把那小拜匣,半开半锁,放在桌上,转轻的掇去两扇窗儿,纵身跳出墙门,竟寻小路而走。

此时将近三更光景,看他拴了那些银子,手酥脚软,意乱心忙,胸前就如小鹿儿乱撞。走一步,回头一看,只恐后面有人追来。心中想道："我张秀一向是个穷骨头,谁不晓得。换了这些衣服,带了这些银子,撞着个熟人,盘问起来,怎么回答他好? 也罢,这叫做将计就计。转弯有个李琼琼,是我向日相处的,且到那里快活他娘一夜,明日再做理会,有何不可。"一直来到李琼琼门首。

原来那娼妓人家,三更时分,人还未散。只见里面灯烛辉煌,吹箫的吹箫,唱曲的唱曲,猜拳的猜拳,掷色①的掷色。张秀听了一会儿,心头却痒起来,便熬不过,大呼小叫,依旧使出昔日做大老官的派头,不管他有客无客,把门尽力乱敲。

那李妈妈不知什么人,慌忙提灯出来,问道:"是哪一个,夜半三更,大呼小叫?"张秀道:"我是你女儿的旧相知张二相公,难道声音都听不出了? 快开门便罢,若迟一会儿,便教你看一个手段!"李妈妈道:"啐,我道是谁,原来是那说大话的张穷。我们开门面的人家,要的是钱,喜的是钞。你若有钱有钞,便是乞丐偷儿,也与他朝朝寒食,夜夜元宵。你若无钱无钞,总是公子王孙,怎生得入我门? 哪里管什么新相知、旧相知? 看你这副穷骨头,上秤也没有四两重,身边錾口②也没一厘,兀自说着大话,什么张二相公、张三相公,休得在此胡缠,快到别家利市去!"

张秀听说,一霎时怒从心上起,恶向胆边生,也不要他开门,尽着力一脚踢将进去。李妈妈抵挡不住,扑的一跤,晕倒在地。吓得那些在里面吃酒的人,不知什么事情。有两个怕惹祸的,撇了酒杯,先走散了。有两个好事的,远远站着,要看他动静。

却说李琼琼急忙点着灯,提将出来,看见妈妈晕倒在地,不晓得是张秀,开口便喊叫道:"地方救人!"张秀听得是李琼琼声音,尽着力,上前也是一脚。这回却是张秀祸到头来。可怜一个:

　　月貌花容红粉女,化作巫山一片云。

张秀看见琼琼死在地上,自想事势不好,抽身便要走脱。只见那两个远远站的人,赶近前来,将他一把扯住,道:"快快救醒李妈妈,饶你这条穷命去。不然,和你到官,问你黄夜入人家,却怎么说?"两个扭扭结结,正要来救妈妈,只见李琼琼先绝气在地上。

妈妈醒来,看见琼琼已死,止不住放声大哭。一把扭住张秀,劈面乱撞,道:"我一个如花似玉的女孩儿,靠着他根生养命。当初费了百金,只望与我养老送终。你今日把他活活打死,终不然与你干休罢了! 且与你到官去,偿他命来!"张秀此时正无布摆,听他说个百金,便道:"妈妈噤声,这告到官司,不过问个误伤人命。况且身上又无伤迹,难道说得是我

---

① 掷色(shǎi)——即"掷色子"。打麻将。
② 錾(zàn)口——制钱。

活活打死的？决不致着我偿命。也罢，你莫说是一百两，我情愿赔你二百两，省得到官又费了一番唇舌，大家私和了罢。"

张秀事到其间，也管不得银子的来头，急向腰边摸出四锭，递与李妈妈。李妈妈接过手，仔细一看，心下惊疑道："呀，好古怪！这一个穷嘴脸的精光棍，哪里得这几锭银子？"就递与那两个人看。有一个认得这银子是杨员外家的，扯过李妈妈，说："果然古怪。这银子，你道是哪一家的？却是杨员外家放的生钱，上面都凿着'杨亨'二字，怎么落在他手里？决是来得蹊跷的。"

那张秀适才心忙意乱，虽是拿到手，也不曾看得仔细。李妈妈接过手又看，果然四锭上都有"杨亨"两字。便道："如今到难放他，还是怎么计较？"两人道："这个决难放他去。明日露了赃，连你都不好了。且紧紧伴着，莫要等他走了。只说待到天明，同去买些衣裳棺木，殡殓你女儿就是。"妈妈依言，揾①着泪，便牢守着张秀。两人拿了那些银子先去不提。

原来张秀是惊慌的人，此时魂魄也不知掉在哪里，怎知他们是一个计策，只得伴着琼琼尸首，等到天明。

毕竟不知这事后来如何结果？张秀怎么释放？且听下回分解。

---

① 揾（wèn）——揩拭。

第三十二回

腐头巾拦路说人情　醉典史私衙通贿赂

诗：

世态炎凉朝夕非，黄金交结总成虚。

有恩还向恩中报，无义何须义上培。

人情薄似三春雪，世事纷如一局棋。

缅想醉翁亭①在否？至今遗得口中碑。

却说杨员外到了天明，不见张秀起来，哪里知他先已走去，还只道睡熟未醒。拿了一碗姜汤，殷殷勤勤，推进房门。四下一看，哪里见个张秀？只见两扇窗子，丢在地上。心中暗想道："有这样事，终不然悄自不别而行去了？"再把皮匣开来，仔细一看，单单只剩得两本账簿，银子都没有了，便叹一口气道："古人云，画虎画皮难画骨，知人知面不知心。果然不差。我到好意怜悯他贫苦，与他几件衣服换了，又留在此歇宿一夜，怎知恩将仇报，反把我三百两生钱尽皆拿去，将我一片热肠化为冰雪。若是呈告官司，揖获起来，恐那孩儿又埋怨我老人家惹这样闲气。"只索含忍不提。

却说那两个在李妈妈家拿银子去的，你道是什么人？一个叫做方帮，一个叫做李篾。原是终日在那些娼妓人家串进串出趁水钱、吃闲饭的白日鬼。

你看他两个拿了这几锭银子，一路商量计较。李篾道："哥哥，我和你两个在娼家走了半世，眼睛里见过了多少公子王孙，几曾有这样一个撒漫使钱的，一口气拿出二百两银子来？这个定是杨员外家弟兄子侄。我们如今也不要管他什么生钱不生钱，且把这三锭拿来，和你分了。只将一锭竟到县中，连那李妈儿一齐首告，说他私和人命，现有真赃为证。那时

---

① 醉翁亭——在滁州（今安徽滁县）琅琊山。北宋欧阳修被谪为滁州太守时，常来此亭宴饮，因以"醉翁"自号，亦以名亭。写有散文名篇《醉翁亭记》。

他们各自要保守身家,自然上钩,来买嘱我们,却不是一举两得,也强如做一场大大的买卖。你道如何?"方帮道:"说得有理,说得有理。兄弟,只把两锭和你先分,将一锭去首告,再把这一锭出些银水,留做衙门使用便了。"李篓道:"哥哥言之有理。事不宜迟,快与你到县前去。"方帮道:"兄弟,还有一件熟商量,这还是你嘴舌停当,到要你去当官出首。"李篓道:"哥哥又来说得没搭撒,终不然坐在家里,那银子肯滚进门来?"方帮道:"我就去,我就去。"

他两个急忙忙一齐走到县前。恰是巳牌时分,正值知县坐堂。李篓在大门外连声喊叫:"出首私和人命!"你看,霎时间县门上围了百十余人。你也来问一句,我也来问一句。李篓只不回答,只是喊叫。

好笑这方帮,原来平日只好私下出头,说起见官,便有些害怕。看见李篓不住叫喊,恐怕到官干系自身,就往人队里先钻了回家。

知县便问皂隶:"看是什么人喧嚷,快拿进来。"那皂隶走出大门,一把扭了李篓,竟到堂上跪下。李篓道:"爷爷,小的出首私和人命。"知县道:"人命关天,岂容轻息。且问你凶身是什么人? 苦主是什么人?"这果然是李篓嘴舌停当,哪里晓得张秀姓名,又不敢支吾答应,便想到那锭银子上去,随口答应道:"爷爷,苦主是李氏,凶身叫做杨一"。知县道:"私和人命,事关郑重,有甚作证么?"李篓正要说出方帮是个干证,回头一看,哪里晓得他先钻过了,便向袖中取出那锭银子,道:"爷爷,这锭银子是杨一行使的真赃,望爷爷龙目电察。"

原来那知县是个纳贡出身①,自到任来,不曾行得一件好事,只要剥削下民。看他接过这锭银子,就如见血的苍蝇,两眼通红,哪里坐得稳?走出公位,站在那滴水中间,问道:"你这首人,叫做什么名字? 快说上来。"李篓便改口道:"小的叫做李元。"那知县唤过公差,把朱笔标在臂上:"速押首人李元,立刻拘拿私和人命犯杨一、犯妇李氏赴审毋违!"

李篓同了公差,先去扣方帮门。他妻子回说:"适才走得回来,偶患头疼,还睡倒在床上哩。"李篓本要回他几句,见公差在旁,便不开口,竟到李妈妈家。只见那李妈泪纷纷的看着地,张秀眼巴巴地望着天,忽见他两个走到,心中打上一个疙瘩。连那李妈妈,丈二的和尚摸头不着,也不

———————————

① 纳贡出身——即捐监之人。花钱买官做的人。

知什么势头,便扯过李箴,问道:"银子的根脚访着了么?"李蓂大叫道:"你们私和人命,赃银都在当官,这泼贱还不知死活!且看他臂上是什么东西?"张秀看了,惊得魂不附体,目定口呆,止不住号啕大哭。

那公差不由分说,竟把张秀,李妈两个,扭了便走,一齐扭到县前。纷纷来看的人,不计其数。有说是捉奸的,有说是送忤逆①的。那张秀两件衣服,都被大门上的人剥得精光,只穿得一个旧白布衫,把两锭银子紧紧的拴在裤腰里。曲着身,熬着冷,仍旧是昨日的穷模样。

恰好知县此时还未退堂,公差把他三人一齐带下。知县看见张秀,心中十分疑虑,便问李箴道:"这就是凶犯么?"李箴满口答应道:"爷爷,他正是凶身。"知县又把张秀看了两眼,暗想道:"这样一个穷人,怎得有哪一锭银子?"便唤道:"叫那杨一上来审问。"张秀答应不来,道:"爷爷,小的叫做张秀,并不叫做杨一。"

知县听说,一发疑惑起来,便对公差骂道:"这奴才好大胆,一件人命重情,老爷水也不曾沾着一口,你就得了他许多赃,卖放了正犯,把这一个三分不像人,七分不像鬼的来当官搪塞!"喝声:"打!"倒把公差打了四十,叫把这张秀快赶出去。张秀听说声"赶",磕个头,就往县门外一跑,不知去向。知县道:"速拿正犯来便罢,不然,每人各打四十!"

这公差也是晦气,一步一拐,走出大门,和李箴商量道:"怎么好?如今哪里去寻个正犯还他?"李箴道:"只是难为了你。我今有个计策在此,适才那锭银子上凿着杨亨姓名,我们再同进去,当官禀一禀,拘那杨亨来顶缸,却不是好。"公差道:"说得有理。火烧眉光,且救眼下。"

二人商量停当,同了李妈妈,径到县堂上,知县道:"正犯在哪里?"李箴道:"爷爷,那张秀原是杨一家雇佣的,爷爷要拿正犯,只求再出钧牌,去拘他家长杨亨身上着落,就有杨一。"知县听说个"杨亨",便想得起他是县中一个有名巨富。眉头一蹙,计上心来,就要思量起发他一块儿。便唤原差过来,标臂"速拘杨亨听审"六字,一壁厢又委典史官相验尸首报伤。

却说那原差同李箴,竟到杨员外家。只见那杨员外,正在忧郁之际,见他两人走到,回嗔作喜,道:"二位何来?"公差道:"本县老爷,特着相请

①　忤(wǔ)逆——即忤逆。违反、背逆。此指违反刑律的人。

老员外。这臂上朱笔标的就是大名。"你看那老人家,终究惯练世务,目不变睛,脸不改色,从从容容的问道:"二位见教,老朽一时不明,有话还请进草堂细讲一讲。"便叫家童,快治酒饭相待。公差便与李篾,同进草堂坐下。

酒至数巡,杨员外袖中取出五两一锭雪花银子,送与公差。公差看了,假意推却道:"这个怎么好收?"杨员外道:"二位若不嫌少,权请收下。老朽还有一言奉渎。"公差只得收了。杨员外道:"二位大哥,老朽祖居在此二百余年,屡遗德行,极是个良善人家。只有一个孩儿,年不满二十岁,日夜不出门庭,苦攻书史,从来不肯占人半分便宜,做一件非为的事。不知县主老爷今日拘我老朽,有甚公干?"那衙门里人,走到人家,不论贫富,先有一个入门诀窍,惊吓一番,才起发得钱钞出来。这公差见杨员外先送出银子,然后讲话,晓得他是在行的,便对他实说道:"老员外,自古道:官差吏差,来人不差。宅上有个后生叫做杨一,又名张秀,不知是老员外家中什么人?昨夜三更时分,走到村中李妈妈家去嫖。那李妈妈因女儿有客,不留他,便一时怒发,打进大门,把他女儿立时两脚踢死。李妈妈连夜要到官司讨命,他见事势不好,就向身边取出五十两一锭银子,要与李妈妈私和。这一位李元,在一旁看见,拿住赃银,当官出首。适承县主大爷钧命,只要老员外去讨个正犯下落。"

那杨员外起初听说个"张秀",就有十分疑惑,后来又见说个五十两一锭银子,晓得决然是他,便推托道:"老朽家中,并没有个什么杨一和什么张秀,怎么好教老朽当官承认?"公差道:"本县大爷只因那锭赃银上錾着大名,故此要拘老员外去。"杨员外道:"这一件事,虽然不致着我偿命,却也要费些唇舌。便问公差大哥,这事如何分解?"公差笑道:"老员外,你这样财主人家,莫说是干连人命,便活活打死了一个人在这里,也不用着忙。依我愚见,这时候四爷已去相验过了,你明早央几个秀才,拿了手本,先去当堂见他一见。你晓得我们老爷,一味朦胧,又是不肯做清官的,再将百十两银子,托一个心腹衙役,着肉一捏,强如去讨人情。不是一件天大事情,脱得干干净净?"杨员外勉强笑道:"大哥见教有理。"吩咐家童,再暖酒来。二人就走起身,作别先去。

那杨员外事到燃眉,出于无奈,只得唤出孩儿,把前事细说一遍,商量明早要寻几个秀才出官。孩儿道:"爹爹,你是老年人,且放开心绪。村中有几个秀才，都是先生日常间相处的好朋友。只要今晚着人先去送下请帖，明早一齐来了。"杨员外当晚便着人先去接下。

却说那些秀才，个个都是酸丁。原在各处乡村，训蒙①糊口的，因到冬尽，都歇馆在家过年。听说杨员外家要接去出官，个个应承。次日，未到天明，老成的，后生的，欣欣然来了二三十。有头巾的没了蓝衫，有蓝衫的没了皂靴。杨员外见了，也不嫌多。就齐整先治酒肴款待，各送轿金五钱，再把事情细说一遍："事妥回来，每位再谢白金二两，白米三石。"众人听说，欣然齐到县前，都会集在公馆里。那公馆原是县官见宾客的所在。只听得乱纷纷，有说去写手本的，也有说只用口禀的。那管门皂隶看见，把他众人一齐推出。

恰好知县远远拜客回来，你看那些秀才，急急忙忙，跑的跑，提的提，一齐簇拥上前，围住轿子，把手本乱递。知县问道："这些生员，为着甚事？"众人道："生员们是为保良民杨亨的。"知县听得说保杨亨，思量自己一厘尚未到手，难道就肯干休罢了？便着恼起来，把手本劈面丢去，厉声怒骂道："你这些无耻生员！朝廷与你这顶头巾，教你们去习个进路，难道是与你们揽公事，换酒肉吃的？况且如今宗师岁考在迩，还不思量去早早着紧攻书。终日缠官扰民，今日是手本，明日是呈子，兴讼也是你们，息讼也是你们。莫说我做官的竟没个主张，就是孔仲尼②的体面，也不替他存些！"喝声："快快赶去！"

你看那些小胆的，恐怕干系前程，远远先退去了。有几个老年的。拼着这顶头巾，一心只是想着杨员外的二两银子、三石白米，紧紧扯住着知县的员领，只叫："求老父母开恩！"知县被他缠扰不过，止得勉强应承，收下手本③，方才散去。

哪知县回到堂上，只见典史亲自上堂送递尸单，看了知县气冲冲的，便问道："堂尊原何着恼？"知县就把杨亨央生员扳轿子的事，细说一遍。典史摇头道："说起那些生员，真个恚赖④。莫说是堂尊，就是典史衙内，

---

① 训蒙——教书。蒙，蒙音。

② 孔仲尼——孔子。字仲尼。

③ 手本——求见的帖子。

④ 恚赖——泼赖，不讲理。

日日被他吵吵闹闹,缠扰不过。这是杨亨那刁民的诡计。终不然大大一桩人命,可是央得这几个小小生员,讲得人情,也必先来尽堂尊一个礼才是!"那知县听见典史说来正合心窍,便道:"那杨亨虽是个财主,就有许多大,难道不服本县拘唤的? 也罢,我敢劳你去亲提他来。"那典史听说委他亲提,辞了知县,带领从人便走。

却说那些秀才,回见杨员外,你也夸逞,我也夸逞,各自要表殷勤。杨员外道:"多承列位盛情,得与老朽鸣此冤抑。事毕,另当重酬。"吩咐快备午饭,先暖些酒出来,御一御寒。家童连忙整治。

杨员外正在堂前陪那些秀才饮酒,只听得门外远远喝道声来,闹嚷嚷的说:"休放走了杨亨!"正开门,那典史便下了马,摇摇摆摆,竟到堂前坐下。这杨员外此时觉也心慌。内中有两个在行的秀才,吩咐跟随从人,俱出去伺候。掩上大门,独留典史。便与杨员外计议,齐齐整整重治酒肴。不想这典史又是个好酒的,听说个"酒"字,竟把亲提杨亨一件公事撇在东洋大海。与那些生员,逐个个见了礼,上下分席而坐。杨员外吩咐开了陈年香雪酒。你看:

　　众生员一个个齐来劝饮,这典史逐杯杯到口便吞。斟一盏,饮一盏,那等得催花击鼓;你一巡,我一巡,说什么瓮尽杯干。顷刻间醉魔来摇头咬齿,霎时节酒兴至意乱心迷。也不管乌纱斜戴,也不管角带横拖。虽不是狠判官执笔行头,恰便是怒钟馗①脱靴模样。

你看那些生员,落得官路当人情,你一杯,我一杯,霎时间把一个清清白白的典史,灌得糊糊涂涂。杨员外又去取了两个元宝送上,这典史接在手,把眼睛睁了一睁,认得是两个元宝,便笑吟吟对众生员道:"这个,学生怎么好受? 待学生还转送到堂尊那里去罢。"众生员晓得是替知县开门路的说话,便又扯过杨员外计议,取出二百两来,送与典史,道:"这二百两,烦老父母转送上堂尊,把舍亲事体周支一周支。"

典史欣欣然把自家两个元宝先藏在右手袖里,再把送堂尊二百两,收在左手袖里,作别上马,竟回衙内。放了那一百两头,便将那二百两送与

---

①　钟馗(kuí)——传说唐明皇梦见一大鬼捉一小鬼吃。问他,自称名钟馗,生前曾应举未中,死后决心消灭天下妖孽。明皇醒后,命画工吴道子绘成图像。旧俗除夕端午多悬其像,谓能打鬼除邪。

知县。心中思忖道："青天白日，送将进去，岂不昭彰耳目？且等到黄昏，悄悄送进私衙里去罢。"他就除了官带，呼呼的直睡到更尽方醒。

那知县正在衙里思想："典史去了一日，不见回报。"只见那典史，还是醉醺醺的，拿了四个元宝，轻轻走到私衙门首，把梆乱敲了几下，直宿的连忙走来，看见是四爷，便传进私衙。知县道："悄悄的，快请进来相见！"这典史扶墙摸壁，那里站得稳，两只脚就是写"之"字的一般。见了知县，送上元宝，只管作揖。把"杨亨"两字，口中念了又念，咿咿唔唔，再也不知讲些什么。知县晓得这银子是杨亨的来头，恐怕泄漏风声，便向袖中一缩，竟不问起一句，便着家童扶回衙去。

知县次日侵晨出堂，唤那拘杨亨的原差过来比较。原来这公差也是受过杨员外厚贿的，只得蒙眬回答道："只求老爷转限。"知县道："快唤首人李元和李氏来！"二人慌忙跪下。知县对李篯骂道："那杨亨原是本县一个良民，怎么反把人命去扳陷他？你出首私和，拿了两三日，凶身却在哪里？难道官府与你戏耍的？良民把你扳害的？"喝叫："打！"李篯知他有了钱路，浑身有口，也难分解，只得熬了四十。知县道："把那一锭出首的赃银，贮库入官，快出去买下衣衾棺木，收殓他女儿尸首。仍断银十两与苦主李氏烧埋。"大家一齐逐出。

噫，这正是弱莫与强争，贫莫与富斗。这回也是李妈妈晦气，一个如花似玉的女儿，可惜一旦死于非命，反把一件天大人命事情，弄得冰消瓦解。李篯回去就把和方帮分的那一锭银子兑了十两，与了李妈妈。不想那方帮是个呆里藏乖的人，打听得消息不好，又恐李篯怀恨，当官实说出来，竟拿了那些银子，先自挈家而走。

毕竟不知那张秀自赶出了县门。奔投何处？再听下回分解。

第三十三回

乔小官大闹教坊司　俏姐儿夜走卑田院

诗：

> 烟花寨是陷人场,多少英雄误坠亡。
> 红粉计施因恋钞,黑貂裘敝转还乡。
> 云雨未谐先作祟,机关不密后为殃。
> 纵使绸缪难割断,到头毕竟两参商。

却说张秀自那日赶出县门,脱了这场大祸,尽着身边还有百两银子,竟去买了几件精致衣服,也不管李妈儿事情怎生结果,乘着一只便船,星夜回到金陵。但见一路风景,更比旧时大不相似,偶然伤感,口占一律云。

> 关河摇落叹飘蓬,萍水谁知今再逢。
> 乌江不是无船渡,苍天何苦困英雄。

张秀吟未了,只听得船后有人叫道:"张大哥,你一向在那里经营,如今才得回来。"张秀回头仔细看时,只见那人面如傅粉,唇若涂朱,不长不矮,整整齐齐,一脸络腮胡,一口金陵话。便问道:"哥哥高姓大名? 小弟许久不会,顿忘怀了。"那人笑道:"张大哥,你怎的就不认得我了? 我姓陈名通,六七年前,曾与老哥在教坊司里赌钱玩耍,可还想得起么?"张秀想了一会,笑道:"我道是谁,原来是陈通哥哥。"

你道这张秀适才如何不认得? 这陈通两三年内生了一脸髭髯,因此他一霎时便想不起。陈通见张秀身上衣服儿穿得齐整,只道还是向年一般撒漫,便走近前来坐下,问道:"张大哥,许久抛撇,便是书信也该捎一封来与我弟兄们。"张秀道:"哥哥,那路途迢远,纵有便鸿,也难捎书信。"陈通笑道:"这也错怪你了。张大哥,闻你这几年在外,着实赚钱,那把刀儿还想着么?"张秀道顺口回答道:"小弟托赖哥哥洪福,这几年虽不致落魄他乡,就是赚得些少银子,不够日逐盘缠费用,哪有余钱干这歹事。只是今日束手空归故土,怎生重见江东父老? 可不令人羞涩也!"陈通道:"张大哥,休得取笑。"

说不了,早到金陵渡口。二人登了岸,携手而行。陈通便邀张秀到酒肆里去洗尘。只见那酒楼上有四五个座儿,尽是坐满的人。正待下楼,原来座中有两个是认得张秀的,上前一把扯住道:"张大哥,一向在哪里经营? 把我弟兄们都抛撇了。"你一杯,我一盏,就似车水一般。张秀道:"小弟偶与陈大哥同舟相遇,蒙他厚情,要与小弟洗尘。不期到此,又得与众兄长们相会。真是萍水重逢,三生有幸。"

众人问道:"张大哥,行囊还在哪里?"张秀便道:"小弟因只身行路不便,并不带一些行李。"众人又道:"张大哥敢是还未寻寓所么?"张秀道:"端的未有。"众人听说未有寓所,有的道:"就在我家住罢。"又有的道:"在我家去。"陈通道:"你们俱没有嫂子,早晚茶饭不便,只是到我家去,还好住个长久。"

你道他众人缘何如此奉承? 都是向年将他做过酒头的,见他回来,只道还是当年行径,因此你也要留,我也要留。张秀只是推辞,哪里肯去,自寻了一个客寓住下。

你看那三两日内,来往探望的旧朋友,足有上百。今日是你接风,明日是我洗尘。张秀却不过意,一日与陈通道:"哥哥,小弟几年不到勾栏里去,不知如今还有好妓女么?"陈通道:"张大哥,你还不知道,近来世情颠倒,人都好了小官,勾栏里几个绝色名妓,见没有生意,尽搬到别处去赚钱过活。还有几个没名的,情愿搬到教坊司去,习乐当官。"

不想这张秀也是南北兼通的,又问道:"陈大哥,勾栏里既没有了好妓女,哪里有好小官么?"陈通满口应承道:"有,有。旧院前有一个小官,唤做沈七,年纪不过十五六岁,头发披肩,果然生得十分聪俊。更兼围棋双陆,掷色呼卢①,件件精通。张大哥若是喜他,明日小弟就去寻他到寓所来耍一耍。"张秀见说得标致,一时等不得起来,道:"陈大哥,此去旧院前也不多路,何不就同小弟去访他一访?"陈通道:"使得,使得。"两个欣然便走,竟来到旧院前。

此时正值新正时节,只见那里共有四五个小厮。也有披发的,也有拢头的,一个个衣服儿着得精精致致,头髻儿梳得溜溜光光,都在那里斗纸牌儿耍子。走过几家,只见小小两扇避毙,挂着一条竹帘。陈通把门知扣

---

① 呼卢——卢,古时樗(chū)蒲戏(赌博)一掷五子皆黑的名称,最为胜采。

两下,忽见里面走出一个伴当①来。张秀仔细看时,只见他:

> 眼大眉粗身矮小,发里真珠无价宝。
>
> 头戴一枝九节兰,身穿一件棉花袄。
>
> 川绢裙,着地扫,未到人前先笑倒。
>
> 年纪足有三十余,指望赚钱还做要。

张秀见了,吃惊道:"哥哥,这难道就是沈七么?"陈通笑道:"张大哥,莫要着忙。这是他家的伴当,沈七还未出来哩。"张秀笑道:"我也说,终不然这样一个小厮,都要思量赚钱?"

说不了,那沈七在帘内走将出来,便与陈通唱喏道:"哥哥,今岁还未曾来贺节哩。"陈通道:"彼此,彼此。"回见张秀,便问道:"此位何人? 自不曾相会过的。"陈通道:"这一位是我莫逆之交,姓张名秀,一向在外作客方回。因慕贤弟风姿,特地同来相访。"沈七便与张秀唱了喏,同进堂前坐下。张秀仔细偷觑,果然那沈七生得十分标致。只见他:

> 脸似桃花眉似柳,天生一点樱桃口。
>
> 未语娇羞两颊红,小巧身材嫩如藕。
>
> 赛潘安,输延寿,国色天姿世罕有。
>
> 虽然不是女佳人,也向风月场中走。

张秀看了,暗自喝彩道:"果然话不虚传。"只见那伴当捧着三杯茶来。沈七先将一杯递与张秀,便丢了一个眼色。张秀接在手,也把眼儿睃了一睃。陈通在旁,见他两个眉来眼去,只要张秀心内喜欢,开口便道:"我们往那里嬉一嬉去?"沈七道:"哥哥,今日是正月十三,上元佳节,新院前董尚书府中,大开官宴,张挂花灯,承应的乐工,都是教坊司里有名绝色的官妓,何不到那里去走走?"

你看张秀听说个官妓,尽着身边还有几十两银子,拴不住心猿意马,跳起身,拽了陈通,就要去看。那沈七虽然年幼,做小官的人,点头知尾,眼睛就如一块试金石头,不知磨过了多少好汉,好歹霎时便识,他见张秀要走,晓得他是不肯在男色上用滥钱的,便改口对陈通道:"哥哥,趁早同这一位张兄先去,小弟还有些小事,随后便来相陪。"陈通见他有心推托,一把扯了同走。

---

① 伴当——代代相传的世仆。

三人来到董府门前，正值上灯时候。只见大门上挂着一盏走马灯，挨挨挤挤，围有上千余人。三人挨上前去，仔细观看。那灯果然制得奇巧，四边俱是葱草做成人物，扮了二十八件戏文故事。只见那：

董卓仪亭窥吕布，昆仑月下窃红绡。时迁夜盗锁子甲，关公挑起绛红袍。女改男妆红拂女，报喜宫花入破窑。林冲夜上梁山泊，兴宗大造洛阳桥。伍子胥阴拿伯嚭，李存孝力战黄巢。三叔公收留季子，富童儿搬谍韦皋。黑旋风下山取母，武三思进驿逢妖。韩王孙淮河把钓，姜太公渭水神交。李猪儿黄昏行刺，孙猴子大闹灵霄。清风亭赶不上的薛荣叹气，乌江渡敌不过的项羽悲号。会跌打的蔡拐搭飞拳飞脚，使猛力的张翼德抢棒抢刀。试看那疯和尚做得活像，瞎仓官差不多毫。景阳冈武都头单拳打虎，灵隐寺秦丞相拼命奔逃。更有那小儿童戴鬼脸，跳一个月明和尚度柳翠，敲锣敲鼓闹元宵。

众人看了，称赏不已。三人走进二门，只见那公堂上遍挂花灯。有几位官长，正在那里逊坐。沈七道："我们看看官妓去。"三人便向人队里挨身进去。果然有三五个官妓，在那里弹丝的弹丝，品竹的品竹，吹打送坐。众官长坐齐，那管教坊司的官儿，领了众官妓过来磕头。

原来那内中有一个妓女，叫做王二，却是陈通的旧相处。向在勾栏里住，因没了生意，就搬在教坊司承应过日起来。回身看见陈通，便招手道："陈哥哥，这里来坐坐去。"陈通认得是王二，便唤了张秀、沈七同走。这沈七一向原在王二家走动，因有些口过，两人见面便有些不和。王二看见沈七，悄悄把陈通拽到人后去，对他说道："陈哥哥，你一向怎的再不肯来望我一次？"陈通道："时常要来望你，你晓得我是撇不下工夫的，再没一个空闲日子。"

王二又问道："这一位是何人？"陈通道："他姓张名秀，是个大撒漫的财主。"王二听说是财主，便起心道："哥哥，你明日何不同他到我家来耍耍。"陈通满口应承道："使得，使得。"王二道："只是一件，千万莫要带沈七同来，便是个知趣着人的哥哥。"说不了，只见管教坊司官儿又在那里唱名。王二只得撇了陈通，便去答应。

原来王二与陈通背地里说的话，一句句都被沈七在后听见。沈七只牢记心头，却不出口。看了半晌，灯阑人散，三人竟转回来。陈通和张秀要送沈七归家，沈七只是推却，各自分路不题。

却说陈通次日侵晨，走到张秀寓所。张秀尚未梳洗，正在那里凿银使用。陈通走来，看见桌上是一包银子，心痒难搔，恨不得抢将到手，便假意道："张大哥，昨日董尚书府中承应的官妓王二，他识得你是个撒漫姐夫。今日侵早，特着长官来对小弟说，要接你去耍一耍。"张秀听说，便去梳洗打扮得齐齐整整，正要出门，对陈通道："哥哥，何不寻了沈七同去？"陈通道："张大哥，你就讲不在行的话，那妓者人家，最恼的是带着小官进门。只是我和你去罢。"

张秀见他说得有理，便不回言，携了手，一直来到教坊司里。陈通站了一会，看了半晌，不知是那一家。忽有一个后生在那里看踢气球。陈通向前道个问讯。那后生道："这靠粉墙第三家。门首挂着一条斑竹帘儿的，就是王二姐家里。"

陈通别了后生，同张秀竟走到粉墙边，果见一条斑竹帘儿。轻轻推门进去，只见那王二坐在帘内吃瓜子消闲。见他二人走到，满心欢喜，便站起身，迎着笑道："贵人踏贱地，快拿两杯茶来。"陈通笑道："烧茶不如暖酒快。"王二道："还是先看茶后沽酒。"说不了，长官托着一个雕漆八角桶盘，送两杯茶来。你道三个人如何止得两杯茶？这原来是娼家的忌讳。孤老到时，婊子再不肯陪茶的。

张秀执了一杯，喜滋滋向前问王二道："二姐，新年来曾得过利市么？"你看王二是个久惯妓家，开口便知来意，低低答应道："不瞒哥哥说，如今世道艰难，哪得个舍手姐夫，来发利市？"张秀便向袖中取出银包，只拣大的撮了一块，约有二三两重，递与王二。王二将手接了。陈通在旁见了，笑道："二姐，你的利市是这一块银子，我的利市，只是几杯酒罢。"王二道："这个自然有的。"便吩咐快些暖酒，就请二人到房里坐。张秀进房一看，甚是铺设得齐整。但见那：

香几上摆一座宣铜宝鼎，文具里列几方汉玉图书。时大彬小瓷壶，粗砂细做；王羲之兰亭帖，带草连真。白纸壁挂一幅美人图画，红罗帐系一双线结牙钩。漆盒中放一串金刚子，百零八粒，锦囊内贮一张七弦琴，玉轸金徽。消闲的有两副围棋双陆，遣闷的是一炉唵叭龙涎①。正是一点红尘飞不到，胜似蓬莱小洞天。多少五陵裘马客，进

---

① 唵叭(ǎn bā)龙涎——两种名贵的香料。

时容易退进难。

张秀仔细看玩,称扬不已。只见那长官捧着一个小小攒盒,走进房来,陈通洒开一张金漆桌儿,替他摆下三副杯箸。张秀坐在左首,陈道坐在右首,王二坐了下席。酒换了三四壶,陈通道:"二姐,你晓得我平日是吃不得寡酒的。"王二见说个"寡酒",只道是看巽不够,连忙便叫道:"快整些好下饭来。"原来那陈通也是双关二意,便笑道:"再整好下饭,却是二姐美情。我适才说吃不得寡酒,要问你借一副色子,求张大哥行一个令,大家饮个闹热。"王二道:"哥哥讲得有理。"连忙开了文具,取出一副小小的牙骰子,递与陈通。陈通便斟了一满杯,送与张秀行令。这张秀哪里肯受,二人推逊不题。

说那沈七坐在家中,看看等到天以将晚,不见他们两个走到,心中思想道:"我昨日听得王二曾与他们有约,敢是今日到他家里去了? 此时我若撞去,决然在那里吃酒。只是王二,昔日曾与他有口过的,今日走上他门,却不反被他讥笑。也罢,且到教坊司里去访个真假,明日只要吃张秀的东道便了。"出得门,一头走,一头想,看看到了教坊司门首。

原来那伙踢气球的才散,沈七向前扯住一个,问道:"老哥,适才曾见一个胡子,同着一个后生进去么?"不想这个人就是陈通适才问讯的,连忙答应道:"有,有,有,都在那挂斑竹帘儿的王二姐家里。"沈七得了实信,也不去扣王二的门,一直竟到教坊司堂上。

只见那教坊司官儿,正在那里看灯。沈七上前,一把扯住,怒骂道:"你就是管教坊司的乌龟官么?"那官儿吃了一惊,见沈七是一个小厮,却不好难为他,只道:"这小厮好没来由,有话好好地讲,怎的便出口伤人? 难道乌龟官的纱帽,不是朝廷恩典!"沈七道:"不要着恼。我且问你,这教坊司的官妓,可容得他接客么?"官儿道:"这小厮一口胡柴,官妓只是承应上司,教坊司又不是勾栏,怎么容他接客?"沈七道:"你分明戴这顶乌龟纱帽,干这等乌龟的事情,指望那些官妓们赚水钱儿养你么? 且与你到街坊上去讲一讲。那王二家的孤老,你敢得了他多少银子?"这官儿说得钳口无言,痴呆半晌,哪里肯信? 只说:"难道有这样事?"凭那沈七大呼小叫,这官儿却忍气不过,便唤几个乐户,来到王二门前,喊叫道:"要捉王二的孤老!"

张秀此时,正与陈通掷色赌饮,听得长官来说:"门外闹嚷嚷的,要捉甚么孤老哩!"张秀那里晓得是沈七使的暗计,只道是洛阳县那桩旧事重发,慌忙丢了酒杯,便把门扇踢倒,抽身就走。陈通见张秀走了,不知什么势头,也慌忙往外一跑。

那些乐户一齐拥进房来,看见人都逃散,桌上只剩得三个酒杯。众人拿了,忙来禀上官儿道:"孤老不知实迹,只拿得三个酒杯。"官儿道:"有了酒杯,就有孤老的实迹。快捉王二出来,便有着落。"那王二原躲闪在软门后,听说要捉他出去,惊得魄散魂飞,便往后面灶披上跳出墙去。众乐户寻不见王二,便捉那撑火的长官,送到教坊司来,着实拷打一顿。这回才见得官妓接孤老的真踪,又消了沈七怪王二的夙恨。

毕竟不知王二跳出墙来,怎生下落?再听下回分解。

第三十四回

邻老妪搬是挑非　瞎婆子拈酸剪发

诗：

> 古来薄命是红颜，飘泊东西谁见怜？
> 掩泪每时闻杜鸟，断肠尽日听啼猿。
> 村酒山醪偏惹醉，墙花路草愈增妍。
> 谩言老蚌生珠易，先道蓝田①种玉难。

却说王二跳出墙来，此时将近初更时分，只见街坊上人踪寂静，都看灯去了。你道那墙外是什么去处？却是一所卑田院。这卑田院，尽是一带小小官房，专把那些疲癃②残疾乞丐居住的。王二思忖道："这时节有家难奔，倘被那些乐户捉将转去，送到官家，一顿皮鞭，多死少生，性命难保。我想蝼蚁尚且贪生，人生岂不惜命？不免就到这卑田院里躲过了今夜，看个下落，明早再做理会。"正要走，忽听得后面有人叫道："二姐慢走。"

王二此时，正在上天无路，入地无门，听他叫他名字，只道还是那些来捉他的乐户，吓得面如土色。回头看时，恰是陈通、张秀。原来他两人，虽是先走，还在这里打听王二下落。王二见了他两个，纷纷垂泪，道："二位哥哥，我们只指望一宵欢笑，怎知平地风波。如今到是我连累着二位哥哥。想这件事，却怎么好？"陈通道："这还是我们连累着二姐。事到其间，也讲不得这句话，只是早早寻个躲避去处便好。"王二道："但凭二位哥哥做主。"张秀道："这件事料来便也不妨，只是明日到有些难得出头在这里。"王二道："哥哥，你晓得我们做姐妹的，一日若不出头，一日便没有饭吃。还是教我在哪里去安身？哪里去觅食？"

陈通道："我有个计策在此。今夜悄悄的且同到我家去，与拙妻权睡

---

① 蓝田——县名。在陕西省渭河平原南缘。有玉石矿产。

② 癃（lóng）——癃病。手足不灵活之病。

了一夜。我有个嫡亲哥子,唤名陈进,见在监前大土库内居住。门首开着一个字号店,里面尽多空房,又没有一个闲杂人来往。我明早叫了轿,送你到他家里,躲避几时,待事情平息,然后出来,却不是好?"王二只得应承,便揾了泪。是夜就与张秀同到陈通家里。那陈通回去,便着妻子安排晚饭,大家吃了,各各安寝不题。

说这陈进与陈通两个,原是同胞兄弟,他父亲一样分下家资。这陈通因游手好闲,不务生业,嫖嫖赌赌,日逐都花费了。这陈进是个损人利己,刻众成家的人,不上四五年,蓄有万金家业。他就在监前买了一所大土库房子,门首开着个字号店,交接的都是川、广、闽、浙各省客商。只是一件,年纪五十余岁,从来没有一男半女。只有一个妻子,性最妒悍,又是双目不见的。这陈进因无子嗣,尝时与亲族们计议,另要娶个偏房。那妻子知了这个风声,便作孽了几个月。因此陈进见他,就有些害怕,再也不敢提起。

只见次早王二坐了一乘轿子,抬到他家。陈通同张秀先进,见了陈进。王二下轿,陈进便迎到外面客楼上坐下,问道:"王二姐,今日那里风顺吹得你来?"陈通道:"哥哥,说起话长。二姐当日在勾栏里住的时节,原与这位张大哥是旧相处。他出外作客六七年才回,昨日同我兄弟到他家去望一望,多承二姐盛情,整治酒肴,正要叙叙寒暑,不知是什么人知了风声,连忙去说与那教坊司的官儿知道。那官儿立时就着无数乐户,围住门前拿捉。我们三人见风声不好,一齐跳出墙来。众乐户搜寻不着,那官儿便去禀了官家,如今四路着人严缉。我想这件事,若是男子汉还好带些起盘缠,且到外州外府权住十日半月。他这女人家,有口不能说,有脚不能行,怎生区处?我兄弟思想得哥哥这里,尽有的是空余房屋,又没个闲人来往,特送他来寄住几时,待事情安息,才好出去。"

陈进笑道:"兄弟,又来说得没正经。别样家伙器皿什物,还好寄得在我哥哥这里。你说一个女人,可是寄得在我哥哥家里的么?"陈通道:"哥哥这样说,莫非是要兄弟帮贴些饭米钱儿?"陈进道:"兄弟,你哥哥活了这一生,自不曾这样算小。"便吩咐承值的,快去打扫两间空房。又恐自家妻子得知,却不稳当,就在客楼上安排酒饭管待。

你看王二,终是妓家生性,吃起酒来,便要猜拳掷色,竟把一天愁闷,都不知撇在那里。

却说这陈进的妻子,因没了双目,整日就如梦中过活,坐在房中,再不行走一步,送茶吃茶,送饭吃饭。只有一件,双目虽丧,两耳最聪。他听得外面客楼上,却是女人声音,便叫随身服侍的一个老丫环,出来打探消息。那老丫环轻轻走上半梯,把眼瞧了一瞧。不想王二正站起身,忽听得脚踪走动,回头一看,忍不住笑了一声。你道他如何便笑?原来这老丫环,年纪足有六十余岁,生得十分丑陋。你看他:

> 头发蓬松紧合眼,插着一条针和线。颈上黑漆厚三分,脚下蒲鞋长尺半。哑喉咙,歪嘴脸,披一条,挂一片,浑身饿虱如牵钻。破布衫,油里染,裤脚长,裙腰短,走向人前头便颤。远看好似三寸钉,近看好似黑桴炭①。年纪足有六十多,从来不见男人面。

王二忍不住呵呵大笑,便问陈进道:"陈哥哥,恰才上楼来瞧我们的那老婆子,是你家什么人?"陈进道:"我家没有什么老婆子,如今在哪里?"王二道:"还站在半楼梯上哩。"陈进却也关心,便道:"待我去看。"急抽身走到楼门首,只见那老丫环正拖着两片蒲鞋,紧一步,缓一步,慢慢的走进墙门去哩。

陈进回身,便低低对陈通说:"兄弟,你道是谁?原来是里面服侍你嫂子的老丫环。敢是你嫂子知道了什么消息,悄悄着他出来探听我们的了。"这陈通一向原是怕嫂子的,听见陈进一说,心中便有十分害怕,低声道:"哥哥怎么好?倘被嫂子知道,连我兄弟下次也不好上门。如今省得累你淘气,我和张大哥先回去了。你只悄悄安顿二姐罢。"二人撇下酒杯,抽身便走。陈进把王二安顿在一间空房里,依旧下楼不题。

原来那老丫环瞧见王二姐不是良家妇女打扮,又见陈通、张秀一伙饮酒。连忙走进房去,说与瞎婆子道:"奶奶,外面客楼上,你道是什么人?却是二爷带着一个私窠子,在那里同员外吃酒哩!"婆子听说,就有些着恼,便跌脚道:"天呵!怎知那老杀才干这样事,你快扶我出去!连那第二个现世报的,也是一顿拄杖,教他见我老娘的厉害!"丫环道:"奶奶,且耐着性子,少不得员外进来,慢慢与他讲个道理罢。"

那婆子哪里耐得过,便去床头摸了一根拄杖,扶墙摸壁,高一步,低一步,走到墙门首,厉声高叫道:"老杀才,吃得好酒,快走进来,与老娘见个

---

① 桴(fú)炭——亦称"浮炭"。一种质轻而松,极易着火燃烧的木炭。

手段!"陈进听见婆子发恼,便走到间壁铺子里坐下。王二在楼上,惊得魂不附体,心头就如小鹿儿乱撞一般,只恐那婆子走上楼来。

这婆子叫了一会儿,站立多时,并不见有人答应,又对老丫环道:"你与我再上楼去,唤那第二个现世报的下来,大家讲个明白,免得耽误了我!"丫环下楼回答道:"奶奶,二爷和员外都散去了。"婆子又道:"那个泼贱的丫头,还在楼上么?"丫环道:"也去了。"婆子只得纳了一口气,提了拄杖,依旧走到房里,跌脚捶胸,号天泣地,哭一声,骂一声,絮絮叨叨,数长数短,哪里肯歇。

陈进自此便有三四个月不敢走进房来,终日紧紧恋着王二,凭他要张就张,要李就李。这王二是个水性妇人,见受用得好,穿着得好,也不想起那"教坊司"三字,就要思量从良。陈进见他说肯从良,满心欢喜,替他置办了无数精致衣饰器皿,别赁间壁一所房屋,拣择了吉日良时,迁移过去,从新又撑持了一个人家。

王二却是快活惯的,哪里肯熬得嘴。日逐使费,瞎婆子哪里只用得一分,王二这里就要用一钱。瞎婆子那里只用得一钱,这里就要用一两。只管家下使费一倍,这里便要使费十倍。那王二身上,隔得两三日,就换一套新鲜衣服,俱是绸绫缎绢。

可怜这瞎婆子,冬也穿着这件,夏也穿着这件,要茶不得到口,要饭不得到口。这婆子懵懵懂懂,还睡在梦里,那里晓得丈夫另娶了一个偏房在外。终日哭着天,怨着地,吵吵闹闹。那东邻西舍,也是晦气,耳根头再没有一里清净。

一日,邻家有个老妪特地进来望那婆子。婆子把自家的苦楚,备细告诉他一遍。这老妪却冷笑一声,也是有心问道:"奶奶,你家员外,近日来另娶了一个二娘,你可知道么?"婆子摇手道:"老妈妈,你莫要替那老杀才开这一条门路。肯不肯,俱要凭我老娘主张。难道是遮瞒得过的?决没有这样事。"老妪道:"奶奶,你莫怪我讲,果是娶了一个哩。"婆子道:"终不然这老杀才干这等没天理的事?"便问老妪:"你晓得他娶在哪里?"老妪道:"奶奶,你是个聪明的人。试猜一猜,远不过一里,近不出三家。"婆子道:"老妈妈,你实对我讲了罢。"老妪道:"奶奶,明日员外知道,只说我进来搬谍是非,可不埋怨着我?"婆子道:"老妈妈,不妨事,这都在我身上。"老妪道:"奶奶原来果是不知,就娶在间壁空房子里。哎,这个员外却也非理，要做这件事，便该先来与奶奶讲一讲才是。"

婆子听见这句话，止不住心头怒发，把胸前着实敲了几下，也不管蓬头垢面，提了拄杖，便叫老丫环："快扶我到间壁去，和那老杀才做场死活！"老姬一把扯住道："奶奶，你且耐烦着。员外是要做好汉的，你走到外面去，未免出几句言语，教他老人家怎么做人？依我说，不如寻思一个计较，只是哄诱他回来，和他讲个明白就是。"婆子道："老妈妈，你说，有什么和他讲得？"

老姬道："奶奶，我与你讲。譬如那女人家在外，另寻了一个二老，男子汉知道，打打骂骂，他就要正一个夫纲。如今男子汉在外另娶了个偏房，只正他一个妻纲便了。"婆子道："老妈妈，怎么哄诱得他回来？"老姬道："你着人去，只说奶奶一时偶患心疼，快请员外回去，接个医人看治。他自然丢了工夫，也要来走一次。那时你再也不要放他出门，收拾了他的巾帽，藏匿了他的衣服。这遭凭你剥他的皮，咬他的肉，还走到哪里去？那妇人绝了几日口粮，要东不得东，要西不得西。那时便把碗大的绳子也缚他不住，自然会生别意。你道如何？"婆子道："有理，有理。"老姬说了，便要告回。

那婆子送得老姬起身，走进房中，伏在床上，缩做一团，叫疼叫苦，便做作起来。那承值的听见婆子叫倒在房里，连忙去报与陈进知道。

陈进正在间壁同那王二吃着午饭，听见说，吓得手酥脚软，哪里晓得是计，慌慌张张，撇了饭碗，赶将回来。走进房里，抱着婆子问道："奶奶，怎么有这等急症，还不妨事么？"婆子趁他低着头，便把一只手扯去帽子，一只手揪住头发，口中乱骂道："负心的老杀才，终日东遮西掩，讨得好小阿妈，指望受用快活。快快着他收拾回来服侍我便罢，若说半个不字，看你这几根老骨头，今日就教你断送在我手里！"说不了，就是劈面一头撞将过去。

陈进听说，惊得目瞪口呆，就如泥塑的一般。凭那婆子骂一声，咬一口，半日不敢回答一句。婆子道："我一日没结果，你一日讨不得出门！看那贱婢受用些什么？"陈进道："你这许多年纪，不思量自在享个福儿，终日在家吃醋捻酸，闹闹吵吵。别人家还有一妻几妾，谁似你着不得一个，成什么模样？"就把手来一推道："也罢，我便去着他回来服侍你。"那婆子抵挡不住，扑的一跤，跌倒在地。怎知这陈进是个脱身之计，把他推倒，竟往间壁就走。

　　这婆子一骨碌爬将起来，跌脚搥胸，打碗打碟，敲桌敲凳，哭一回，骂一回，道："前世不修，自嫁了他三四十年，不曾讨得个出头的日子。天呵，我好命苦！"你看他絮絮叨叨，竟哭了一日一夜，还不见那陈进回来，便去摸了一把剪刀，对着老丫环道："罢，罢。与他们做什么对头，争什么闲气？我自剪了头发，便到庵观里去住了。等他两个回来，做一伙儿受用罢！"说未了，搜搜的把一头头发，剪得精光。

　　你看那老丫环，拾了头发，一步一跌，哭到大门前，喊叫道："员外，不好了，快些回来！奶奶把头发都剪下了。"陈进在间壁听得剪了头发，恐这婆子又寻短见，连忙便去邀了几个老成邻友回来，小心劝解。那婆子见众人相劝，只得把人情卖了，便对众邻人道："多承列位劝解，只是那老杀才，不该干这样没天理的事。"众人道："这也难怪着奶奶，原是老员外欠了些。"婆子道："如今把前言后语一笔都勾，只是他依得我三件事，就容他罢。"众人道："奶奶，莫说三件，就是三十件、三百件，也俱是要依的。"婆子道："第一件，今夜就要他去搬将回来，只在我房中服侍，低头做小。若是一毫不顺，便是一百挂杖。他可依得我么？"众人道："这件却也容易。"婆子道："第二件事，要他一年内，包我生一个肥肥胖胖、齐齐整整的好儿子。"众人笑道："这个先要与老员外计较，便包得过。"婆子道："第三件，要他两个月里，还我一双好眼睛。"众人道："奶奶，这个怎么保得？"婆子道："列位不知道，我老身当初因没个孩儿，终日在家哭哭啼啼，损了双目。今日有他来替我生了儿子，作成老身做个现成的娘，难道我这两只眼睛也不要开一开？"众人呵呵大笑。婆子道："还有一件，是今日便要依我的。"众人道："还有那一件？也请讲个明白。"婆子道："把我昨日剪下来的那些头发，要他一根根都替我接将上去。"众人道："岂有发落重生之理？这个太疑难了。"婆子道："终不然他们今日搬将回家，教老身就没法了。"众人大笑出门。

　　陈进便去与王二商议停当，便把那些家伙器皿，都封锁在一间房内，两个连夜搬将回来，方才一家大小和顺。

　　你道王二怎么便肯下气吞声，低头做小？只因腹中已有两个月身孕，却也没奈何，要去又难去了。看看十月满足，毕竟不知分娩下是男是女？还有什么说话？且听下回分解。

第三十五回

假秀才马上剥衣巾　老童生当堂请题目

诗：

两字功名悉在天，人生梦想总徒然。

数仞宫墙肩易及，一枝丹桂手难攀。

谩言苦志毡须破，要识坚心石也穿。

莫将黄卷青灯业，断送红尘白昼间。

却说王二自搬回来，已有二个月身孕。耽辛受苦，捱了多少凄惶，看了多少嘴脸，待到十月满足，生下一个儿子。丫环连忙去报与婆子道："奶奶，恭喜，恭喜。二娘分娩了。"婆子听说，却贤惠起来，便道："谢天谢地。一来是陈门有幸，二来也不枉我想了一世的儿子。"说不了，只见陈进从外面放声大哭进来。婆子道："老杀才，养了儿子倒不欢欢喜喜，兀自哭哭啼啼，想着甚的哩？"

原来陈进有些年纪，便觉有些耳病，一边揾泪道："奶奶，你不知道，适才我一个好朋友张秀来报讣信，说我陈通兄弟，昨夜三更时分，偶得急症而亡。"唯有妇人家最多忌讳。这婆子听说陈通死了，心中打了一个疙瘩便叫道："老杀才，你敢是想他去年正月间牵那个私窠子来得好情么？这样的人，莫说死一个，便死一千一万，也不干我甚事。等他死得好，我家越生得好。哭些什么？"

陈进方才听得，便道："奶奶，我家生些什么？"丫环道："员外，二娘生下一个小官哩。"陈进连忙拭了两泪，走到房中一看，果然生下是个儿子。那老人家五六十岁，见生了一个孩儿，止不住心中欢喜，便吩咐丫环，早晚好生服侍调理不题。

真个光荫转眼，日月飞梭。那孩儿将及一岁，看看晓得啼笑。陈进爱惜，就如掌上珍宝一般，满身金玉，遍体绫罗。雇了乳娘，日夜小心看管。到了五六岁，取名就唤做陈珍，便请先生在家教习书史，训诲成人。那先生见他父母十分爱惜，却也只得顺着他意儿，凭他说东就东，说西就西，再不去考校他一毫课程,也不去理论他一毫闲事。

　　这陈珍渐渐长成,晓得世事,倚着家中多的是钞,有的是钱,爹娘又加爱护,把一个身子浪荡惯了。今日花街,明朝柳巷,没有一个娼妓人家不曾走到。你看,不上两三年内,把父亲上万家资,三分里败去了一分。这也是他父亲损人利己,刻众成家,来得容易,去得容易。

　　陈进自知衰老,日近桑榆,替他娶了一房妻小。不想那陈珍,自做得亲后,听了妻子枕边言语,也不晓得王氏亲娘当初受了万千苦楚,不思量报答他些劬劳养育之恩。买了物件,不论贵贱好歹,悄悄都搬到自家房里。把这个没眼睛的嫡母,就如婢妾一般,朝骂一顿,暮骂一顿。若还说起"父亲"两字,略有三分怕惧。

　　那婆子那里受气得过,一日扯住陈进骂道:"老杀才,当初没有儿子的时节,耳根头到得清净,吃饭也得平安,穿衣也自在。如今有了这个忤逆种,到把我做闲人一般,件件都防着我。我虽然不是生他的亲娘,也是一个嫡母,要骂就骂,要打就打,便是生我的爹娘,也还没有这样凶狠。我今番想着了,敢是与王氏亲娘做了一路,要结果我的老性命哩。"陈进道:"奶奶耐烦,这不肖畜生,终不然果有这样事? 待我唤他出来。"

　　陈珍听得父亲呼唤,便到堂前相见。陈进道:"畜生,当初你嫡母与亲娘,不知为你费了多少心机,受了多少辛苦,抚养得你成人,择师训诲,今日却不愿你荣亲耀祖,显姓扬名,只指望挣得一顶头巾,在家撑持门户,不唯替爹娘争一口气,就是丈人、妻子面上也有光耀。谁知你娶亲之后,把文章两字全不放在心上,可是个长俊习上的畜生么?"陈珍听了,只是低着头,不敢回答。

　　陈进道:"我有个道理。家中妻子是爹爹娶与你的,不怕外人夺去,终日苦苦恋着怎的? 明早着家童收拾书箱,依旧到馆中去看书。若逢朔望日,才许回家。"陈珍见父亲吩咐,岂敢有违,只得遵依严命。次日侵晨,果然收拾书箱赴馆。

　　却说那先生,原是个穷秀才,这陈珍若从他一年,就有一年快活。一日不去,便没一日指望。那馆中虽有四五个同窗朋友,都是家事不甚富实的。唯独有他还可叨扰,大家都要刮屑他些。众人见陈珍到馆,一个个齐来趋奉,就如几十年不曾会面的一般。有的说:"陈大哥,恭喜娶了尊嫂,还未曾来奉贺哩。"有的说:"陈大哥,新婚燕尔,如何割舍撇了,就到馆来?"

先生道:"我前日有一副金花彩段,特来恭贺老弟的,怎么令尊见却,一件也不肯收?"陈珍道:"学生险些到忘怀了。先生说着那副礼,学生还记得起。家父几遭要收,到是学生对家父说:'这个决收不得。'家父说:'这是先生厚情,怎么收不得?终不然到见却了?待明日请完了众亲友,整齐再备一席,独请先生就是。'学生回说得好:'孩儿那日在馆中,曾看见先生送过一个朋友,那朋友接了一对纸花,还请吃了三席酒,先生也把他骂了十多日。若是收了这副全礼,莫说三席酒,就是十席酒也扯不来。终不然教孩儿这一世不要到馆里去了?'"先生笑道:"说得有理。这个还是不收,到馆里来的是。"

众人道:"今日陈大哥赴馆,先生做一个领袖,众朋友各出分银,办一个暖房东道。"先生道:"言之有理。你每人各出时钱一百文,斗来与我。昨日旧院里有个妓者,我替他处了一件事,许我一个大大东道,我们同到那里去消账罢。"众人听说妓家的东道,都欣然斗下分子,邀了陈珍,竟到院里不提。

陈珍自从这遭东道,引动心猿意马,惹起蝶乱蜂狂,朔望日也不思量回家探望爹妈,终日在那些妓家串进串出。好笑一个授业先生,竟做了帮闲篾片,也不知书是怎么样讲的?也不知文章是怎么样做的?

偶值宗师行牌①,郡中岁考,陈进对王氏道:"如今郡中行牌,岁考童生,日期在迩。孩儿一向在馆,想是撇不得工夫,因此许久不见回家,心中好生牵挂。"吩咐家童:"快去接大相公回来。"

陈珍见父亲唤他回去,不知什么头脑,走进门,悄悄先到房中,问了妻子,方才放心出来,再请爹妈相见。陈进道:"孩儿,十五日已是岁考日期,你爹爹昨日先替你买了卷子,不知还是寻哪一个保结?"陈珍听说个岁考,一霎时面皮通红,心是暗道:"这回却做出来。"便随口回答道:"孩儿还去馆中,与先生商议。若寻得一个相熟的,还省些使用盘费。"

不想他嫡母在房中听见,厉声高叫道:"恭喜,贺喜。今年秀才决有你份了!"陈进笑道:"奶奶,你怎么晓得?"婆子道:"他这样会省银子,难道买不起一个秀才?"噫,这正是:

---

① 行牌——主持。

只因一句话，惹起满天愁。

陈进道："事不宜迟，你快到馆中去。早早与先生商议停当，打发家童速来回复。"陈珍别了爹妈，竟到馆中，与先生计议考事。先生道："这个怎么好？日常间，书也不曾看着一句，题目也不曾讲一个，却难怪你。也罢，我有个计策在此。明日与你寻个保结，先纳下卷子。到十五日，不要与外人知道，悄悄地待我替你进去做两篇罢。"陈珍恰才放宽心结，撇下肚肠，着家童回复不提。

却说到了十五日，果然是先生进去代考。喜得县里取了一名。看看府试将近，陈珍道："先生，如今府试，还好进去代得么？"先生道："府试不比县试，甚是严厉，怎么去得？若是做将出来，连我的前程也弄得不停当了。我到有一条上好门路，劝你做了罢。"

陈珍道："先生若有好门路，何不就做成了学生？"先生摇头道："门路虽有，不是我先说不吉利，明年宗师岁考起来，这顶头巾怕不能够保得长久。"陈珍道："先生，我老父算来也是有限的光景。一来只要眼前替他争一口气，二来还是先生体面。到了明年，又作明年道理。"先生道："我与你讲，有个门路，却是府尊的座师，又是宗师的同年，只要三百两现银子，就包倒了两处。"陈珍喜道："此事极妥，学生便做三百两银子不着，只要做了秀才，街上迎一迎，就把衣巾脱还了他，也是心下快活的。"

先生道："做便去做，明日试期还要你自进去。"陈珍道："先生，若说起做文章，这个就是难题目了。学生若亲自进去得，也不消推这三百两银子上前。"先生道："不妨事的。走将进去，接了卷子，写下一个题目，难道一日工夫，之乎者也，也涂不得些出来？明日取出名字，也好掩人耳目。"陈珍只得应承，便去将银浼先生打点门路停当。果然府试、院试，都是亲身进去，两次卷子单单只写得一行题目。这也是人情到了，府里有了名字，院里也有了名字。

那陈进听人来报说孩儿入泮，一家喜从天降，也等不得择个好日，便去做蓝衫，买头巾，定皂靴，忙做一团。那些邻里亲友，听得陈员外的孩儿入泮①，牵羊担酒，尽来恭贺。

却说他馆中有个朋友，姓金名石，家内虽然不足，腹中其实有余，只是

---

①　入泮(pàn)——泮，泮宫，古代学校。

数奇不偶,运蹇时乖。自考二十多年童生,并不曾进院一次。他见陈珍入了泮,心下便不服起来,暗自思忖道:"他一窍不通,便做了秀才。我还有些墨水,终是个老童生。这决有些蹊跷。不免且到府里去查他卷子出来,仔细看一看,还是哪一篇中了试官眼睛?"这金石走到府里一查,原来是个白卷,上面单单写得一行题目。他就将几钱银子,悄悄买将回来。只等到送学的那一日,便去邀了无数没府考和那没院考的童生,共有五六百,都聚集在大街三岔路口。

你看那陈珍,骑着一匹高头骏马,挂着一段红纱,头巾蓝衫,轩轩昂昂,鼓乐喧阗,迎出学门。众人看见,都道:"陈员外想了一世儿子,到也被他想着了。"看看到了大街,只见金石带了众人,一声呐喊,大家簇拥上前,将他扯下马来,剥蓝衫的剥蓝衫,脱皂靴的脱皂靴,踹头巾的踹头巾。好笑那些跟随从人,竟不晓得什么来由,各各丢了红旗,撇下彩亭,都跑散了。陈珍心内自知脚气,吓得就如木偶人一般。随那众人扭扭结结,扯了就走。连那些街坊上看的人,也不知什么头脑。内中有两个相熟的,连忙去报与陈员外知道。

你看那陈员外家中,正打点得齐备。只见那:

画堂中绛烛高烧,宝炉内沉檀满爇。密层的彩结高球,簇拥的门盈朱履。这壁厢闹攘攘鼎沸笙歌,那壁厢乱纷纷喧阗车辙。佳客良宾,一个个亲临恭贺;金花彩缎,逐家家赍送趋承。又见那门外长杨频系马,街前稚子尽牵羊。陈员外喜上眉梢,呼童早煮卢仝茗;欢迎笑口,命仆忙开仪狄埕。这正是,庭院一朝盈鸟雀,亲者如同陌路人。蓬门有日填车马,不因亲者强来亲。

那些亲族邻友,一个个欢欢喜喜,都站在门前盼望等候,迎新秀才回来。忽听得这个风声,一齐连忙赶到提学院前,只见金石正扭住陈珍叫喊,众人又不好向前劝解。只是在旁看个分晓。

恰好宗师那日还在馆中发放那些岁考秀才。金石一只手扭住陈珍,一只手便把大门上的鼓乱敲几下。宗师问道:"为什么事的? 快拿进来。"金石就把陈珍扭将进去,当堂跪下。此时门上看的人,挨挨挤挤,好似蚂蚁一般。金石道:"爷爷,童生是首假秀才的,见有他府试白卷呈上。"便向袖中取出卷子,送上宗师。宗师看了,却也要避嫌疑,便问陈珍道:"这果真是你卷子么?"陈珍此时已吓得魂散九霄,哪里还答应得一句。金石道："爷爷,只验他笔迹,便分泾渭。"宗师道："一个白卷,亏那下面糊糊涂涂取了一名上来。"便叫礼房吏书,再查他院考卷子对看。连那宗师自也浑了,那里记得他原是有门路来的。

吏书取了卷子送上。宗师仔细一看,原来只写得半篇,还是别人的旧作。便对陈珍道："也罢,你两个只当堂各试一篇,若是陈珍做得好,便还你衣巾,把金石究个诓首之罪。倘是金石做得好,就把你的衣巾让与他,仍要依律拟究。"金石听说,便跪到公案前,叩首道："童生是真才实学,只求爷爷命题,立刻面试一篇,免致有沧海遗珠之叹。"这陈珍只是磕头哀乞道："只求爷爷饶命!"宗师吩咐吏书,每人各给纸笔,再把《四书》想了一遍,道："就把那《论语》中'秀而不实者有矣夫',各试一篇罢。"

你看这金石,领了题,拿起笔,蘸着墨,伏在案前,不上一盏茶时,倏忽扫了一篇呈上。宗师看了,满心欢喜,道："这果是沧海遗珠了。"圈的圈,点的点,只叫："做得好!"你看那陈珍,眼望半空,攒眉促额,一个题目还未写完。宗师怒道："这明明是一个假秀才,快把衣巾让与他去。"吩咐皂隶："把这陈珍拿下,重责三十板,枷号两月示众。速唤他父亲,罚银二百两,解京助充辽饷,姑免教子无方之罪。"这回陈珍白白断送了三百两银子,金石白白得了一顶头巾。噫,正是:

　　　没墨水的下场头,有才学的大造化。

这陈进恐被外人谈笑,只得忍着气,纳银赍助,不上两个月内,遂染气臌①而亡。那瞎婆子见陈进身故,那个还肯来顾恋着他,只得自缢而死。

但不知那陈珍后来守了爹娘服满,还有什么话说?再听下回分解。

---

①　气臌(gǔ)——中医指由于体气凝滞不通而引起的鼓胀。

第三十六回

遭阉割监生命钝　贬凤阳奸宦权倾

诗：

朝夕炎凉大不同，谩将青眼觑英雄。

半世功名浑是梦，几年汗马总成空。

附势自然生羽翼，肆奸何必说雌雄。

不如解组归林下①，消遣年华酒数钟。

说那陈珍，受了那场耻辱，恐怕亲族邻里中有人谈笑，也不归家，也不到馆，带了些盘缠，竟到苏州虎丘散闷。来得三四个月，金陵有人来报讣信，说他父亲和嫡母，双双都亡过了。陈珍听说，自忖道："今番若是回去，怎么好见那些亲戚朋友？便掬尽湘江，也不能洗我前羞。若是不回去，又恐被外人议论。终不然父母双亡，不去奔丧，可是个做人子的道理？"即便收拾行囊，买下船只，星夜赶将回来。

家中果然停着两口灵柩，只见左边牌位上写着："先考陈公之位，孝男陈珍奉祀。"陈珍看了，抱住棺材，止不住放声号啕大哭道："爹爹，孩儿不能够替你光门耀户，反累你受了万千呕气，教孩儿今日怎么想得你了？怎么哭得你了？"

众亲友见他痛哭不住，齐来劝解道："陈官人，死者不可复生，今日不须悲苦，往事也不必重提。趁你年当少壮，正好努力前程，一来替你老员外、老安人争了生前的气，二来他在九泉之下，也得双双瞑目。"那众人有慈心的，听说得凄惨，纷纷都掉下泪来。陈珍转身又拜谢众人道："小侄虽是不才，不能够与先人争气，今日先人亡过，凡事还望众尊长亲目一亲目。"众人道："惶恐，惶恐。"陈珍便去筑下坟茔，拣了日期，把爹妈灵柩殡葬。自此杜门不出，在家苦读了两年。

---

① 归林下——归隐。

　　真个光阴迅速,看看守制①将满。一日与母亲王氏道:"不瞒母亲说,孩儿向年被先生愚弄,做得不老成,费了三四百两银子,买得个秀才。不想金石来做对头,当堂面试,反被他夺了去,只当替他买了。如今孩儿饮恨吞声,苦志勤读,两年不出门,书句也看得有些透彻,文章到也做得有些意思。目今守制将满,孩儿要把身下住的这间祖房,将来变卖了几百银子,再收拾些盘缠,带了母亲、媳妇,进京纳监。明日若挣得一顶小小纱帽,一来不负孟母三迁之教,一来不枉爹爹生前指望一场。"王氏道:"孩儿,你既指望耀祖荣亲,这也任你张主。只恐又像向年,做得不甚好看。那时再转回来,却难见江东父老。"陈珍道:"母亲,古人云,男子志在四方,孩儿这回若到得京中,指望要发科发甲,衣紫腰金,却不能够;若要一个小小纱帽,不是在母亲跟前夸口说,就如瓮中捉鳖,手到擒来。"王氏见陈珍说得嘴硬,只得依着他。

　　陈珍就把房屋卖了五百两银子,零零碎碎,把家中什物又典卖了六七百两,共约有千金余数。拣了好日,拜辞故乡亲友,即便启程。众亲友晓得他进京纳监,都来整酒饯行,纷纷议论说:"看他这遭进京,定弄个前程回来,要和金秀才做场头敌哩。"

　　那陈珍带了母亲、妻子,逢山玩景,一路游衍,直至三个月,才到得京师。先去纳了监,就在监前赁下一间房屋居住不题。

　　却说此时,正是东厂太监魏忠贤②当权的时节。京师中,有人提起一个"魏"字儿,动不动拿去减了一尺。那魏太监的威势,就如山岳一般,哪个敢去撼动分毫。一应官员上的奏本,都在他手里经过。若是里面带说个"魏"字,不管在京的、出京的,他就假传一道圣旨,立时拿回处死。因此不论文臣武职,身在矮檐下,岂敢不低头,只得都来趋附他的炎势。不上一二年,门下拜了百十多个干儿子。那第一个,你道是谁? 姓崔名呈秀,官任江西道御史。

　　这崔呈秀,自拜魏太监做了干爷,时常去浸润他。魏太监见他百般浸润,着实满心欢喜,便与别个干儿子看待不同,有事就着他进去商议。两

---

　　① 守制——守丧。一般三年。
　　② 东厂太监魏忠贤——魏忠贤,明宦官,兼掌东厂。专断国政,杀异党。崇祯帝继位后将其黜职,逮治途中畏罪自缢。东厂,明朝特务机关。

个表里为奸,通同作祟,要动手一个官儿,竟也不要讲起,犹鼓洪炉于燎毛,倾泰山于压卵,这般容易。

一日,是魏太监的生辰。崔呈秀备下无数稀奇礼物,绣一件五彩蟒衣,送与魏太监上寿。魏太监看了那些礼物,便对崔呈秀道:"崔儿,生受了你这一片好心。怎的不留些在家与媳妇们享用? 都拿来送与咱爷。"崔呈秀道:"今日殿爷寿诞,孩儿便剖腹剜心,也不能尽孝。怎惜得这些须微物?"魏太监道:"这五彩的是什么物件?"崔呈秀道:"是一件蟒衣,儿媳妇与孙媳妇在家绣了半年,特送殿爷上寿的。"魏太监道:"好一件蟒衣,只是难为了媳妇们半年工夫,怕咱爷消受不起哩。"便接过手仔细一看,道:"崔儿,怎的这两只袖子,就有许多大哩?"崔呈秀笑道:"袖大些,愿殿爷好装权柄!"魏太监笑了一声,便吩咐:"孩子们,都收下罢。"

崔呈秀道:"殿爷,这几日觉得清减了些?"魏太监道:"崔儿,你不知道么? 近日为起陵工,那些官儿甚是絮烦,你一本,我一本。你道哪一个不要在咱爷眼里瞧将过去? 哪一件不要在咱爷手里批将出来? 昼夜讨不得个自在,辛苦得紧哩。"崔呈秀道:"殿爷,陵工虽系重务,贵体还宜保全! 何不着几个孩儿们进来,替殿爷分理一分理?"魏太监道:"咱爷常是这样想,只是那些众孩儿们,如今还吃着天启爷家俸粮,教咱爷难开着口哩。咱爷到想得一个好见识,却是又难出口。"

崔呈秀道:"殿爷权握当朝,鬼神钦伏。威令一出,谁敢不从? 有什么难出口处?"魏太监道:"崔儿,讲得有理。咱爷思量要把那些在京有才学的,监生也使得,生员也使得,选这样二三十名,着他到咱爷里面效些劳儿,到也便当。"崔呈秀道:"殿爷见识最高,只恐出入不便。"魏太监道:"崔儿,这个极易处的事。一个个都着他把鸡巴阉割了进来就是。"崔呈秀道:"殿爷,恐那些生员和监生,老大了阉割,活不长久哩。"魏太监道:"崔儿,你不知道。咱爷当初也是老大了阉割的,倒也不伤性命。只是一件,那有妻小的却也熬不过些。"

这崔呈秀欣然领诺,辞了魏太监出来。一壁厢吩咐国子监,考选在京监生二十名,一壁厢吩咐儒学教授,考选生员二十名,尽行阉割,送上东厂魏爷收用。你看那些别省来坐监的监生,听说是要阉割了送与魏太监,一个个惊得魂飞魄散,星夜逃去了一大半。

却说陈珍是个小胆的,听见这个风声,便与母亲计议道:"孩儿指望挈家到京，做个久长之计。怎知东厂魏公，要选二十名监生，二十名生员，都要阉割进去。孩儿想将起来，一个人阉割了，莫说别样，话也说不响，还要指望做什么前程？不如及早趁他还未考选，且出京去寻个所在，躲过了这件事。待他考选过了，再进京来，却不是好？"王氏道："事不宜迟。若选了去，莫说你的性命难保，教我姑媳二人，倚靠着谁？快连夜早早收拾出京便好。"噫，这正是福无双至，祸不单行。这陈珍带得家小出京，不上一月，那王氏母亲不服水土而亡。他便带了妻子，奔了母亲灵柩，回到金陵，与父亲、嫡母合葬不题。

说那崔呈秀，考了二十名生员，二十名监生，阉割停当。两三日内，到死了一二十。崔呈秀便把那些带死带活的，都送与魏太监。这魏太监一个个考选过，毕竟是生员比监生通得些。魏太监道："崔儿，这二十名监生，还抵不得十个生员的肚量。"崔呈秀笑道："殿爷，这也难怪他，原是各省风俗。那通得的，都思量去讨个正路前程出身。是这样胡乱的，才来纳监。"魏太监道："教那朝廷家，明日哪里来这许多胡乱的纱帽？"崔呈秀道："殿爷还不知道，这都是选来上等有才学的。还有那一窍不通的，南北两监，算来足有几千。"魏太监笑道："这也莫怪他，亏杀那一窍不通，留得个鸡巴完全哩。崔儿，咱爷虽有百十多个干儿子，那个如得你这般孝顺，做来的事，件件都遂着咱爷意的。"

崔呈秀便道："前日孩儿铸一个金便壶，送上殿爷，还中用得么？"魏太监笑道："若不是崔儿讲起，咱爷险些儿到忘怀了。怎么一个撒尿的东西，也把'崔呈秀'三字镌在上面，可不把名污秽了？"崔呈秀道："孩儿只要殿爷中意，即便心下喜欢，就再污秽些何妨。"魏太监拍手大笑道："好一个体意的崔儿，好一个体意的崔儿。咱爷便是亲生了一个孩儿，也没有你这样孝顺。"

崔呈秀道："如今十三省百姓，诵殿爷功德，替殿爷建立生祠，可知道么？"魏太监道："这个咱爷到没有知道，什么叫做生祠？"崔呈秀道："把殿爷塑了一个生像，那些百姓朝夕焚香顶礼，愿殿爷与天同寿。"魏太监道："崔儿，这个使不得。如今咱爷正待做些大事，莫要折杀了咱爷，到与地同寿哩。"便呵呵笑了一声，又道："崔儿，既是十三省百姓诵咱爷功德，替咱爷建立生祠，也是难得的，莫要阻他的好意。只是一件，那河间府，千万要传一道文书去，教他莫替咱爷建罢。"崔呈秀道："殿爷，这却怎么说？"

魏太监道:"崔儿,你不知道。咱爷当初未遇的时节,曾在那肃宁地方,做了些卑陋的事儿,好酒贪花,赌钱玩耍,无所不至。那里人一个个都是认得咱爷的。明日若建了生祠,不是流芳百世,到是遗臭万年了。"崔呈秀道:"偏是那里百姓感诵得殿爷多哩。"魏太监笑道:"这等讲,也凭他建罢。"

这魏太监见各省替他建了生祠,威权愈炽。从天启二三年起,不知害了多少官员。那周、杨、左、万一班大臣,被他今日弄死一个,明日弄死一个。看看满朝廷上,都是些魏珰①。

这也是魏太监气数将终,该退运来。不想天启爷做得七年皇帝,就崩了驾。他便日夜酌量,欲图大事,与崔呈秀众干儿子商议道:"众孩儿,如今圣驾崩天,既无太子,信王居于外府,尚未得知。咱爷的意儿,欲效那曹操代汉,众孩儿议论若何?"崔呈秀道:"如今圣驾崩天,威权正在殿爷掌握,这大位正该殿爷坐。殿爷若不坐,终不然教孩儿们去坐了不成?"魏太监道:"崔儿,这也讲得是。又有一件,你道古来也曾有宦官得天下的么?"崔呈秀道:"怎么没有? 那曹操就是曹节之后。"魏太监喜道:"崔儿讲得是,咱爷到忘怀了。这样看起来,不怕大事不在咱爷了。"

谁知崇祯圣上即位,十分聪慧,满朝中玉洁冰清,狐潜鼠遁,怎容得阉宦当权,伤残臣宰,荼毒生灵。把他逐出大内,贬到凤阳。那些科道官,见圣上贬了他,就如众虎攒羊,你也是一本,我也是一本,个个都弹劾着魏忠贤的,崔呈秀一班干儿子,削职的削职,逃躲的逃躲。那些魏珰的官员,尽皆星散。

魏太监晓得祸机窃发,便与众孩子们道:"咱爷只指望坐了大位,与你众孩子们同享些富贵。怎知当今圣上十分伶俐,把咱爷贬到凤阳。你众孩子们可晓得,古人讲得好,大厦将倾,一木怎支? 快快收拾行囊,只把那随身细软的金银宝器,各带些儿,做了盘缠,随咱爷连夜回到凤阳,别寻个生路儿罢。"众孩子纷纷垂泪道:"当初殿爷当权,众孩子们何等煊赫,如今殿爷被逐,众孩子哪里去奔投生路?"魏太监道:"事已到此,不必重提。咱爷想起古来多少欲图大事窃重权的豪杰,至今安在? 这也是咱爷今日气数当绝,你众孩子们也莫要啼哭,只是早早收拾行囊,还好留个吃

____

① 珰(dāng)——宦官代称。

饭家伙在颈上罢。"众孩子听说，不敢迟滞，即便去打点起程。

这魏太监星夜逃出京城，来到密云地方，忽听报子来说："圣上差五城兵马汹涌追来，要捉爷回京取斩哩。"魏太监垂泪道："我那孝顺的崔儿，却往哪里去了？"报子道："那崔呈秀先已缢死了。"魏太监便把胸前敲了几下，仰天叫了几声"崔儿"。他也晓得风声不好，连夜寻了一个客店，悄自服毒而亡。众孩子各各四散逃生。那五城兵马追到密云，见魏太监服毒身死，星夜回京复旨不提。噫，正是：

　　　人生枉作千年计，一旦无常万事休。

后人以词讽云：

　　　世事纷纭，人情反复，几年蒙蔽朝廷。一朝冰鉴，狐鼠顿潜形。
　　可愧当权奸宦，想而今，白骨谁矜？千秋后，共瞻血食，凛凛几忠魂。

《满庭芳》

再说那些阉割的监生，也是晦气，活活的苦了四五年，见魏太监贬去，尽皆逃出。你道那生员去了鸡巴，难道指望还去读得书？那监生没了卵子，指望还去坐得监？只得到太医院去授些方儿，都往外省卖药过活。

却说陈珍奔得母丧回去，便生下一个孩儿。原来四五年里，守了亲娘服满，依旧进京，干了个袁州府判。随即出京，带着妻子，竟临任所。不想那袁州府九龙县知县，半月前已丁忧①去任，他到任就带署了县事。次日是十五日，众吏书齐来上堂画卯。陈府判就将卯簿过来，逐名亲点。却有陈文、张秀二名不到。陈府判便着恼起来，对众吏书道："你这九龙县吏，就有多大？明明欺我署不得堂事，朔望日②画卯也不到齐，快出火签③拿来！"众吏书禀道："禀上老爷，这陈文因送前县老爷回去，至今未到。这张秀是一月前得了疯症，曾在前县老爷案下告假过的，至今在家调理。"陈府判哪里肯信，便出火签拿捉。众吏书见他初任，摸他性格不着。都只得起来躬身站立，两旁伺候。

毕竟不知拿得张秀到来，如何发落？还有什么说话？再听下回分解。

---

①　丁忧——旧称遭父母之丧。

②　朔望日——夏历每月初一、十五日。

③　火签——称传达命令的信符。

第三十七回

求荐书蒙师争馆　避仇人县尹辞官

诗：

> 枉自孳孳朝夕余，名缰利锁总成虚。
>
> 事到头来遭折挫，路当险处受崎岖。
>
> 利己损人终有害，察言观色永无虞。
>
> 水萍尚有重逢日，岂料人无再会时。

话说张秀，自洛阳回到金陵，又住了一二年光景，身边还剩着有五六十两银子。见陈通死了，他好似失群孤鸟，无倚无依。却便意回心转，竟不思量花哄，指望立业成家。来到袁州府九龙县，干了一个吏员，后来衙门里赚得些儿钱钞，就在那里娶了一房妻小。只是一件，有了几分年纪，县中一应公事，懒于承值。忽听得新任陈府判带署县事，点卯不到，出火签拿捉，便去换了公服，竟到县中参见。

陈府判道："你就唤做张秀？今日十五是点卯日期，你这吏员，却有多大职分，公然傲坐在家，藐官玩法，就不来参谒，却怎么说？"张秀听得他是金陵声音，即便把金陵官话回答了几句。陈府判见张秀讲的也是金陵说话，把他仔细看了两眼，心中暗想道："看他果然像我金陵人物。想我父亲在时，常说有个张秀，与他交好。莫非就是此人？"便唤他站起来，且到府衙伺候。你看那两旁吏书，好似丈二和尚摸头不着，竟不知什么分晓。

这陈府判理完了县事，回到府衙，即唤张秀过来，问道："我适才听你讲话，好似我金陵声音。你敢不是这袁州府里人么？"张秀道："小的原是金陵人，因在此作客多年，消乏资本，就在本县干纳前程，多年不曾回籍去了。"

陈府判道："你既是我金陵人，必然知我金陵事。我且问你，那监前有个陈进员外，可知道他么？"张秀道："小的知道，那陈进员外还有一个兄弟陈通。向年小的在金陵时节，原为刎颈之交。那陈通已身故多年。

小的到这袁州,将及二十载,至今音信查然。但不知陈进员外至今还在否?"陈府判道:"那陈进你道是谁,就是我亲父,今已弃世了八年。这样讲起来,我与你是通家叔侄了。"张秀听说,吃了一惊。陈府判吩咐快治酒肴,即便取巾服来,张押司换了。张秀不敢推辞,只得领诺。酒至数巡,便问陈府判道:"令堂王氏老安人同之任么?"陈府判掩泪道:"老叔不须提起,老母已弃世多年。"张秀叹道:"哎,原来王氏老安人已过世了。"

陈府判道:"敢问老叔,曾带有尊婶来否?"张秀道:"拙荆也就在袁州府里娶的。"陈府判道:"老叔,小侄有句不知进退话儿,未识肯见纳否?"张秀道:"自当领教。"陈府判道:"小侄前因任所迢递,并未得携一亲友同行,老叔若不嫌官署凄凉,敢屈在我衙内,朝夕也得指教一二。尊婶在外,待小侄逐月支请俸粮供应,不识意下何如?"张秀道:"谨当领教。但恐老朽龙钟,不堪职役。"陈府判笑道:"老叔太谦了些。"

原来张秀做过多年押司,衙门径路最熟,上司公文怎么发落,衙门弊窦①怎么搜剔,都在他肚里。不上半年,把陈府判指引得十分伶俐,上司也会奉承,百姓也会抚养。

一日,陈府判对张秀道:"老叔,我孩儿今年长成五岁,甚是顽劣,欲要请一个先生到衙里来教习他些书史,史恐这里袁州府人语言难辨,却怎么好?"张秀道:"这近府城大树村中,陈小二官店里,有一个秀才,姓王名瑞,是我金陵人,原是笔下大来得的。他在此寄寓多年,前者曾对我说,那里乡宦人家,有好蒙馆,替他作荐一个。今令郎既要攻书,何不将些礼物,聘他进来就是。"陈府判道:"若又是我金陵人,正是乡人遇乡人,非亲也是亲了。"便写下请帖,封了十两聘礼,着两个衙役,竟到大树村里陈小二家聘请。

恰好那王秀才正出门去探望朋友,不在寓所。两个衙役便问陈小二道:"你这里有个金陵王相公,还在此寄寓么?"陈小二道:"还在这里。只是适才出门探友去了,二位寻他何干?"衙役道:"我们非别,本是府新任陈爷差来,接他到衙里去训诲公子的。你与他先收下请帖在此。还有一封聘礼,待我们亲自来送。"陈小二便替他收下请帖,两个衙役作别就行。

却说他客楼上有一个江南秀才,姓李排行六十四官,因此人便唤他做

---

①　弊窦(dòu)——弊端疑点。弊,此指营私舞弊;窦,端倪。

李八八。这李八八原是个庠生，因岁考了五等，恐怕家中亲族们讥诮，便弃了举业，来到袁州府里，尽有两年，靠弄些笔头儿过活。他听得陈府判差人请王瑞去教书，心中暗忖道："古怪，我老李想子两年的馆，再没个荐头，这是谁人的主荐？弗用忙。我想，两京十三省，各州各府，哪处不是我江南朋友教书，难道倒把金陵人夺担子个衣饭去？终不然我还是肚才弗如这娘嬉，人品弗如这娘嬉？也罢，趁他出门未回，古人话得好，先下手为强，后下手为殃。有采做没采，去钻一钻，不免去与我表兄陈百十六老商量，就求他东翁杨乡宦老先生写封荐书，去夺子渠个馆来，却弗是好。"

你看他连忙去带上一顶孝头巾，着上一件天青布道袍，急忙忙来到杨乡宦家。只见陈百十六老正在那里吃午饭，见李八八走到，便站起身来，道："表弟来得恰好，便饭用一碗。"李八八笑道："我小弟正来与表兄商议，要夺别人个饭碗，撞得个好彩头，弗要错过了，定用吃一碗。"

李八八正拿起碗箸不上吃得两三口，陈百十六老问道："表弟，你刚才话，要夺何人个饭碗？"李八八便把碗箸连忙放下，摇头道："表兄，弗用话起。我那陈小二店里，有个金陵秀才，唤做王瑞。弗知是何人荐渠到新任陈三府公衙里去教书，早间特着两个衙役，拿了一封聘礼，一个请帖来接渠。表兄，我想这个馆甚是肥腻，一年供了膳，十数两束脩①，定弗用话的。小弟仔细思量，两京十三省，各州各府，城市乡村，十个教书先生，到有九个是我江南朋友。难道把一块肥肥腻腻的羊肉，白白的喂在狗口里？因此特来要表兄转达杨东翁老先生，替小弟话个人情，求他发一封书去，把小弟作荐一荐，大家发头一发头。"陈百十六老摇手道："表弟，这个实难奉命。你晓得我杨东翁不比别个乡先生，开口定用一名水手，白话定弗能够。"李八八道："表兄，话得停当，小弟便把半年束脩，作了荐馆钱罢。"

陈百十六老道："表弟，我表兄到有一个绝妙计较。你只用一季馆资，送子我表兄，就得停妥。"李八八道："表兄，我表弟做人倒也是大量的，只要身去口去，弗过一年，只用驮头二两到家去，与老妈官买些鞋面线索，其余的都驮担来送子表兄便歇。"陈百十六老道："表弟，你晓得君子一言，如白染皂，也勿用再话。只是一件，你明日回家去，切弗可对别人话，我表兄除你的贾头。"李八八道："表兄，俗语话得好，吃酒图醉，放债图利，荐馆图谢。

---

① 束脩（xiū）——旧时教学的酬金。古时称干肉为"脩"。

表兄若弗思量除些贯头,如何肯替我表弟用一番气力?"

陈百十六老笑道:"话得有理。表弟你不知道,我杨东翁的书柬,都是我表兄替渠发挥,如今把杨东翁出名,替你写一封荐书送去,弗怕渠个馆弗是你表弟坐。"李八八道:"表兄个话,我小弟同你先去发头,便好润笔。"陈百十六老道:"表弟,我同你是至亲兄弟,怎用个话? 你到先去阿太庙里,许下一个大大愿心。停妥了,再作成我表兄散福罢。"李八八笑道:"表兄,个一发弗用得话。"陈百十六老道:"表弟,事不宜迟。只管白话,倒耽误了工夫。我替你及早挥下一个书稿,你快去设处几钱盘缠,把下书人买酒饭吃。"

李八八欣然应允,转身就走。来到下处,只得把一件截腰绵袄当了二钱,便转身来见陈百十六老道:"表兄,书曾停当么?"陈百十六老道:"写停当了。表弟,绝好利市,一个字也弗用改。把草稿看一看。"李八八接过草稿,从头看了一遍,点头欢喜道:"表兄,妙得紧,妙得紧。话得极明白,写得极委曲,必然稳取荆州。"便向袖中取出银子,道:"这酒饭银子两钱,还圆二三厘,倒是一块白脸松纹,一厘搭头弗搭。表兄,到要寻思一个会答应的人去下书,才见我表兄表弟之情。"陈百十六老摇头道:"你表弟个事,就同我表兄个事一般,再弗用话得。"

你看他走出门,不多时便去央了一个下书人来。李八八那里等得回复,随后跟了同去。来到县前,只见陈府判正待出门拜客。下书人就在大门首跪禀,道:"禀上老爷,家主乡宦送荐书在此。"陈府判听说,不知什么分晓,便吩咐住了轿,把书接在手,拆开一看,呵呵冷笑道:"这些小事,可惜废了你家老爷一个大人情。你去拜上老爷,说我衙署寂寥,馆资菲薄,适间已接一位金陵相公到了,万分不能从命。我这里不及回书,只说多多拜上罢。"

这李八八在旁听说,吃了一惊,打发下书人先回,看他气冲冲竟到府门上,问道:"老哥,陈三府接一个金陵相公进衙坐馆,曾到了么?"门上人道:"适才到了,还坐在宾馆里。老爷吩咐,拜客回来,才请相见。"

李八八听说他在宾馆里,便走进去。只见王瑞果然坐在那里,他便向前假意问道:"王兄,在此何干?"王瑞道:"小弟蒙陈三府宠召,特来坐馆。因三府公拜客未回,在此相候。"李八八便改口道:"有这样事,老兄,你也是我同袍中朋友,难道弗晓得,古人话得好,抢人主顾,如杀父母。这馆是三府公请我小弟坐的,是何人又做成了老兄?"王瑞笑道:"李兄,你既是吾辈朋友,还去想一想看,那三府公既然请了老哥,何必又将聘礼请帖,来接小弟?"李八八道:"你就驮请帖我看。"王瑞便向袖中摸出请帖,道:"你看还是请你的,是请我的?"李八八晓得自家非礼,接过请帖扯得粉碎。

两个在宾馆里,争得不歇。但看着:

这一个,擦掌摩拳,也不惜斯文体面。那一个,张牙努目,全没些孔孟儒风。这一个,颜面有惭,徒逞着嘴喳喳,言谈粗暴。那一个,心胸无愧,任从他絮叨叨,坠落天花。一个道,你抢人主顾,仇如杀害爹娘。一个道,夺我窝巢,类似襟裾牛马。一个道,我江南人,不甚吃亏。一个道,我金陵人,何尝怕狠。

他两个正未绝口,恰值陈府判拜客回来,正要落县理事,听得宾馆中闹嚷,便问道:"那宾馆里什么人喧嚷?"把门人道:"就是老爷适才接来那位金陵相公,与一个江南生员,在那里争馆厮闹。"陈府判想道:"这敢是杨乡宦荐书不效,故来寻趁了。"吩咐阴阳生:"快撺那江南生员出去。好生伺候那位金陵相公,待我理完县事,再请相见。"

阴阳生拿李八八乱推到宾馆门首。看他怒气冲冲,连忙又到杨乡宦家去,见陈百十六老道:"表兄,有这样事,馆到弗曾夺得到手,先丢了二钱敲纹。小弟想将起来,终不然我江南朋友再弗要出来教书了?表兄,趁他此时还在宾馆,我有个道理,馆就坐子渠坐,只去邀几个乡里朋友,拿渠出来,打一个半死,慢慢再话个道理。"陈百十六老道:"表弟话得好,先打后商量。不然,明日我江南朋友得知,到话得弗好看。"李八八道:"表兄,个弗用话。"

你看他,不用一餐饭间,去寻了无数乡里亲戚。你道是些什么人?却是那东村内的赵皮鞋,南城里的陈泥水,西街上的张木匠,北桥头的李裁缝,各带了几个徒弟,约有四五十人,都打着江南乡语,一个个摩拳擦掌,齐集在宾馆门前。

原来陈府判此时正理完县事,恰在宾馆里与王瑞相见。阴阳生看见那一伙人,连忙禀道:"禀上老爷,适才那个江南生员,又带领了一伙江南人,在大门上,口口声声要与王相公厮打哩。"陈府判对王瑞道:"乡亲莫要着忙,那江南人最是放肆,惹着他便使一通气力。"吩咐皂隶:"快走出去,把那随从来的,捉几个进来处治他便了。"皂隶走出大门,便扭了两个进来。陈府判喝声："打!"每人打了三十。

你看外面那些人，首初时个个嘴硬，后来听得捉将进去便打，大家吓得就如雪狮子向火，酥了一半，跑的跑、躲的躲，各自四散走了。李八八见众人走散，恐怕严究起来便难摆脱，连忙走回下处，收拾了衣包，也不去与陈百十六老作别，急急逃回家去不提。

陈府判吩咐："把这两个快赶出去。"你看，这两个人也是晦气，白白的打得两腿通红，哪里去讨一毫调理？噫，正是：

> 是非只因多开口，烦恼皆由强出头。

这陈府判迎王瑞到了衙里，先与张秀相见，整酒款待，再令孩儿出来拜见。王瑞自得张秀作荐进去，每日完了功课，便去弈棋饮酒。陈府判若有疑难事情，就来请教他们两个。不上署得县事半年，到赚得有几千银子。这也是他会奉承上司，上司也作成他。

一日，送京报来说："九龙知县已有官了，姓金名石，系金陵人，选贡出身。"陈府判暗想道："我金陵止有当初与我做对头、夺秀才的那个金石，终不然再有个什么金石，与他一般名姓相同？且住，明日待他到任之时，若果是这个金石来做知县，却也是冤家偏遇对头人，便与他慢慢算一算账去。"

不想到任果然是他。陈府判交了堂印，便掇起当年夙恨，也不管他上任吉辰，便对金知县道："乡兄，还记得向年马上剥衣巾，当堂请题目的时节么？"金知县晓得冤家凑巧，遂躬身回道："知县本一介草茅，判尊乃千寻梁栋。当年虽触雷霆之怒，今日须驰犬马之劳。在判尊则不念旧恶，在知县已难赎前愆。罪甚弥天，噬脐①何及。"陈府判道："乡兄，岂不闻古人云，一叶浮萍归大海，人生何处不相逢？"说不了，便呵呵冷笑一声。这陈府判见他初到，又不好十分激触，只把这两句话儿打动了他，便起身作别，各自回衙。

金知县自知撞着对头，却难回避，次日备下一副厚礼，写了一个晚生帖子，送到陈府判衙里。陈府判见了，一些不受，就把帖子上写了几句回出来，道：

> 昔日秀而不实，今日冤家路窄。

---

① 噬(shì)脐——喻后悔不及。噬，咬。

一朝萍水相逢，与君做个头敌。

金知县看了，便叹道："早知今日，悔不当初。昔年原是我与他做对，没奈何，忍耻包羞，这也难怪他记恨到今。怎知冤家路窄，他今是个府官，我是个县官，若不见机而去，后来必要受他一场耻辱。正是识时务者呼为俊杰，知进退者乃为丈夫。不如明日拜辞太府，送还县印，早早回避前去，却不是好。"这金知县计议停当，次早正值知府升堂理事，你看他果然捧着印上堂拜辞。知府惊问道："金县尹，你莅任未及一旬，便欲辞任而归，其中缘故，令人莫解。"金知县事到其间，不敢隐讳，只得把陈府判当年事情，一一备说。

知府听罢，便笑道："金县尹，岂不闻冤家两字，宜解不宜结。你做你的官，他任他的职，两家便息了是非。就待我去见三府公，讲一讲明，与你们做个和事老罢。"金知县道："知县记得书中云，人无远虑，必有近忧。又云，礼貌衰，则去之。今日虽承太府款留，明日终被一场讥诮，反为不美。知县只是先酌远谋，毋贻后悔。"知府强留不住，见他再四苦辞，立心要去，却又不好十分拦挡，止得凭他起身去任。

这陈府判见他去了，恰才的：

撇却心头火，拔去眼中钉。

依旧署了印，带理着九龙县事。这也是他官星当灭。未及一月，京报到来，说他已罢职了，这陈府判虽是罢了职，却也心遂意足，想那切齿之仇已释，生平之愿已伸，便无一些愠色，遂与张秀商量道："老叔，小侄相屈多时，晨昏有亵，于心甚为欠欠。稍有白金二百两，送上老叔，聊为进京干办前程之费。倘得个好缺出来，那时千乞还到金陵一往，以叙通家交谊之情。"张秀收下银子，即便躬身拜谢。两个各泪汪汪，不忍别去。正是：

流泪眼观流泪眼，断肠人送断肠人。

张秀辞别出来，回家遂与妻子商量进京一事。那王瑞见张秀辞去，他也再三推辞。陈府判哪里肯放，即便打点船只，收拾同回。噫，这却是：

大限到时人莫测，便教插翅也难逃。

这也是他们该遭水厄。恰值七月二十三夜，坐船正泊在三浙江中，忽遇风潮大变，可怜一齐溺水而亡。

张秀哪里晓得陈府判一家遭此异变，竟带了妻小，择日进京。

毕竟不知后来如何得他溺水消息？进京干得什么前程？且听下回分解。

第三十八回

乘月夜水魂托梦　报深恩驿使遭诛

诗:

奔走风尘叹客身,几年落魄汗颜深。

千金不贵韩侯报,一饭难忘漂母恩①。

捐生若梦英雄志,视死如归烈士心。

世事茫茫浑未识,好留芳誉与君闻。

话说张秀自与陈府判送别起身,便收拾盘缠,带了妻小,买下船只,一路行来,已到浙江桐庐地界。时值八月十五中秋佳节,但见那:

皓魄初圆,银河乍洁。三江有色,万籁无声。几点残灯,远远映回南岸;一声悲磬,迢迢送出江关。夜半远星飞,坠落乌巢惊弹落;中天孤雁叫,唤回客梦动乡思。正是:渺渺钱塘,不识曹娥②殉父处;朦朦云树,空遗严子钓鱼台。

张秀站在船中,看玩多时,赞赏不已,遂口占一律云:

月轮如约到中天,叹息姮娥悄自眠。

遥望故乡何处是?重重烟雾锁山峦。

张秀吟罢,便问梢子道:"那前面山头峻处,是什么所在了?"梢子道:"客官,我只道你是个老江湖,原来是新作客的。那是严子陵③的钓台,便不晓得?"张秀笑道:"这就是子陵台。我尝闻得有此古迹,原来却在这里。俗话云,千闻不如一见。"便吩咐梢子:"今夜把船就泊在那山头下去,明日上岸看一看再行。"梢子依言,便把船撑到那里泊住,先去睡了。

---

① 漂母恩——汉初淮阴王韩信年轻时遇难被一农妇救助。

② 曹娥——东汉时孝女。

③ 严子陵——严光。字子陵。东汉初会稽余姚(今属浙江)人。曾与刘秀同学。刘秀即位曾召其任谏议大夫,他不肯就任而归隐于富春山。

此时已是三更时分，又见那古寺停钟，渔灯绝火，那月光渐渐皎洁。这船中的人，个个睡得悄静。张秀哪里割舍得去睡？开了船窗，四下看玩。猛然间，一阵阴风冷飕飕扑面吹来。他便打了一个寒噤，觉有些身子困倦，蒙眬合眼，是梦非梦。忽见一人散发披襟，颦眉促额，浑身水湿，两眼泪流，站在张秀跟前，口中只叫："度我一度。"张秀惊问道："足下是人是鬼？潜夜入我舟中，有何缘故？"那人垂泪道："老叔，我就是袁州府判陈珍的便是。自前月与你在任分手之后，只指望带了妻子还乡，满门完聚。不想前月二十三夜，泊船于三浙江中，忽遇风潮大变。可怜一家数口，尽溺死在钱塘江里。他们尸骸，东西飘散。我闻知老叔不日进京，必从此路经过，专在此等候良久。望老叔垂念乡情，看平昔交情之面，把我冤魂招到金陵，得与爹妈黄泉一会，保你前程永吉也。"说罢，悄然而去。

张秀猛然惊醒，却是南柯一梦。便把梦中言语，牢记心头，只是将疑将信。次日天明，问梢子道："前月二十三夜，你这里曾有风潮么？"梢子摇头道："客官，说起甚是寒心。那一夜，足淹死了几十万人。这样的船只，江底下不知沉没了几千。"张秀道："如何有这般汹涌？"梢子道："客官，不要讲起。只见那：

　　骤雨盆倾，狂风箭急。千年古树连根倒，百尺深崖作海沉。半空中势若山摧，只道是江神怒捣夫，他不肯就任而归隐于富春山。蛟龙穴；平地里声如雷震，还疑是龙王夜吼水晶宫。白茫茫浪涌千层，霎时节桑田变海；碧澄澄波扬万丈，顷刻间陆地成津。但见那大厦倾沉，都做了江心楼阁；孤帆漂泊，翻作那水面旌旗。可怜的母共儿，夫共妇，脸相偎，手相挽，一个个横尸缥缈；可惜的衣和饰。金和宝，积着箱，盈着篓，乱纷纷逐水浮沉。这一回，蝼蚁百万受灾危，鸡犬千群遭劫难。真个是山魈野魅尽寒心，六甲三曹齐掉泪。"

张秀道："这样讲来，正是古今异变。我且问你，后来那些淹死的冤魂，怎么得散？"梢子道："客官，你不知道，前那几时，未到黄昏，这一带江口就悲悲咽咽，哭哭啼啼，莫说岸上的行人听了惊心，就是我们舟中的梢子，闻之丧胆。后来到亏了杭州城里几位乡宦老爷，情愿捐出私囊，请了几位高僧，在那云栖寺里，做了七日七夜水陆道场，把那些纸钱羹饭，一路直送到六和塔下。如今这几时，略得平静。"

张秀听说，心中才信，便向妻子把陈珍托梦言语，备细说知。他妻子道："鬼神之事，虽则难明，但宁可信其有，不可信其无。你就依他梦中叮嘱，快登岸去寻个寺院，请几众僧人，做些道场，连那各路的水魂，共超度一超度，也是你我一点好心。再顺便替他招了魂，去到金陵，真假便知分晓。"张秀道："讲得有理。"就上岸去寻了一座禅林，便请几众僧人，做了三日超度水魂道场。又替他做了一首魂幡，招了魂，动身竟到金陵。

张秀来到金陵，仔细一看，全不是那二十年前风景。但见那：

六街三市，物换人移。当年败壁颓垣，翻做了层楼叠阁；昔日画栏雕槛，尽安排草舍茅檐。一带荒芜地，今植着两亩桑麻；几间瓦砾场，新种着数株杨柳。正是：去日儿童皆长大，昔年亲友半凋零。桃花岁岁皆相似，人面年年尽变更。

张秀来到监前，只见当年陈员外住的那一间土库房子，尽改作一带披房，猛然伤感，便叹一口气道："我想起昔年，自洛阳转到金陵时节，不知经过了几度春秋，捱过了几番寒暑，恍如一朝一夕。到如今，见鞍思马，睹物伤情，真个是一场蝶梦。"遂口占一律云：

流落天涯二十年，那堪世故尽推迁。

风尘久滞英雄迹，赢得萧萧两鬓斑。

吟罢，感叹不已。便来到各家铺子里，细细访问陈府判消息。只见那里人都回说："这几时并不曾见他有亲人到来。若要访他消息，那新院前刘员外是他丈人家，还到那里问一问看。"

张秀转身，便来到新院前，寻刘员外访问。刘员外道："老汉闻说他那里前月十三日，已收拾动身，若是家眷船同回，算来也只要得二十多日，怎么一个月余，还未见到，不知什么缘故？老汉也在这里朝夕悬望。"张秀听说，想来必是溺水而死，只得便把托梦事情，一一与刘员外说知。刘员外惊讶道："有这样事。老汉十五夜，也曾得此一梦，时刻忧忧郁郁，萦系在心，未敢出口。今日老丈讲起，老汉才敢明言。原来老丈所得的梦，竟与老汉之梦无异。看将起来，我小婿并小女，敢都是溺水而亡了。"说不了，便放声大哭起来。

张秀道："老员外，且揾着泪。老人还有一言奉告，欲待在此等候一个消息，只因进京要紧，不得久迟。这一首招魂幡，老员外请收下了，还再待三五日，自然有音信到来，便见下落。"刘员外道："既承老丈盛爱，不惮千里而来，便在寒家盘桓数日，待他一个消息回来，再去何妨？"张秀道：

"老夫本当领命,只是还有家眷船只,泊在金陵渡口,因此不敢淹留。"刘员外苦留不住,便取白银二十两,送作进京盘费。张秀再三推却不过,只得受了,就辞别刘员外,动身前去。

说那刘员外,过了五六日,果然得他真信,说全家溺水而亡。便替他设立灵座,请了僧人,追荐超魂不提。

却说张秀自别了刘员外,朝行暮止,水宿风餐,不知捱了多少日子,才到得京师,竟去干了一个桃园驿驿丞。这桃园驿,却是山东地方,是一个盗贼出没的去处。那四围俱是高山峻岭,只有一条小小径路,却是进京的通衢。不拘出京入京,官长客商,必从此路经过。这张驿丞自莅任来,迎官送府,不辞衰迈,不惮辛苦,日夜奔驰跋涉。讨人夫的也要他发付,讨轿马的也要他承应。这是他自家能事,上司屡给匾额旌奖。

一日,洛阳县解一名徒犯来。张驿丞便收了公文,打发解人回去,再唤他过来,问道:"你这囚徒,既是洛阳人,也该晓些事体。怎么拜见礼儿也没一些送我老爷?"徒犯回答道:"小的到此,千有余里,沿路求粮,逢人觅食,止捱得一条蚁命。身边便是低烂钱儿也没一文,哪讨得拜见礼来送与老爷?"

张驿丞怒道:"这囚养的,好不知世事。你晓得管山吃山,管水吃水,我老爷管着你们这些徒犯,也就要靠着你们身上食用。都似你这样拜见礼儿也没一些,终不然教我老爷在这驿里哈着西风过日子?"叫那夫头过来,用一条短短麻绳,把这囚养的,紧紧缚在这石墩上,先打一百下马鞭,作拜见礼罢。徒犯垂泪道:"小的委是不曾带得。望老爷开恻隐之心,活蝼蚁之命,饶过了这次。容过半月后,有一个乡里到此,那时多多借些钱钞,加倍送与老爷。"

张驿丞笑道:"这囚养的,苍蝇带鬼脸,好大面皮。你的乡里,不过些乞丐穿窬①之辈,难道倒有个戴纱帽的不成?兀自在老爷跟前说着大话。"徒犯道:"不瞒老爷说,小的有个乡里,唤做杨琦,前科忝登三甲进士,如今已选了广西太守,不日出京上任,必由老爷驿中经过。"

张驿丞听他说个杨琦,沉吟了半响,方才想得,知是那洛阳杨亨员外的孩儿,便打动了他一点儿良心,低头思忖道:"古人云,一饭之德必酬,

---

① 穿窬(yú)——本义为钻墙和爬洞,借指贼。

纤芥之恩必报。想我昔年，若非他父子仁慈舍手，今已命丧沟渠。屡屡欲思酬报，奈无门路。明日若果是这杨琦，正是我欲偿其父，并偿其子，有何不可？"便问徒犯道："我且问你，适才讲的那杨琦太守，敢是那洛阳县中杨亨员外的孩儿么？"徒犯道："正是杨亨员外的孩儿。老爷缘何知他来历？"张驿丞道："我二十年前，曾在洛阳与他相会。你可知道他父亲杨亨员外，而今还在么？"徒犯道："那杨亨员外，亡过已将及有二十年了。"

张驿丞道："也罢。你且站起来，还要仔细问你。你唤做什么名字？"徒犯道："实不瞒老爷说，小的在洛阳县时，专靠篾几个大老官，赚些闲钱儿过活。后来出了名，绰号就叫做李篾。"张驿丞听说是李篾，便记得起向年在洛阳时节，曾与他做过人命对头。

这还是他度量宽宏，包容含忍，恰不提起旧事，只做不识的一般，便问道："那洛阳向年有个张大话，你可曾见来？"李篾道："老爷不要提起，那个囚养的，倒是个厉害的主顾。二十年前，在洛阳县惹了一场大祸，自逃出了县门，许久竟无下落。而今也不知流落在哪里？"张驿丞道："可记得他的面庞模样么？"李篾道："那囚养的，便是烧作灰，捣作末，小的一件件都记得明白，比着小的身材还生得卑陋，一副尖嘴脸，两只圆眼睛，行一步跳一跳的。"张驿丞道："凡人不可貌相，海水不可斗量。那样的人，是一个鹤形生相，日后到得个长俊。"李篾道："老爷，那副穷骨头，莫说这一世，便是千万年，也不能够长俊。"张驿丞笑道："你莫要太说得轻贱了。我老爷就是二十年前与那李妈儿做人命的张大话，你怎么便不厮认？"这李篾好似和针吞却线，刺人肠肚系人心，两只眼痴痴的把这张驿丞瞧定，心下却也将信将疑。

张驿丞道："再与你讲个明白，我昔年带了二百两银子，来到李琼琼家，不料惹了那场大祸，你将五十两当官出首，说我与李妈私和人命，便匿了一百五十两。后来因县主把我张秀姓名，误唤做了杨一，那时当堂面证，将我逐出县门。这可是有的么？"李篾见说得点对，方才肯信，倒身下拜，磕头就如捣蒜一般，却便哀告道："小的有眼不识贵人，罪该万死。若说起向年事，原不是小人的见识，都是我原结义哥子方帮的诡谋。小人今日摆站到此，也还是那时根脚。望老爷洪开一面之恩，既往不咎罢了。"

张驿丞连忙下阶揽起道："说哪里话，而今世态，仇将仇报者虽有，那仇将恩报者尽多。这是宁使你不仁，莫使我不义。我仔细想来，向年若非你每将我激转金陵,缘何得有今日?果然不知置身于何地矣。"便取出衣帽,着他换了,再问道:"你可晓得书写么?"李箴道:"略晓一二。"张驿丞道:"我这驿中,正少一个写公文的。你既会得书写,何不就在我衙中居住了罢。"李箴道:"小人实当万死之徒,深蒙老爷不咎前非,转加恩赐,已出望外,自当供鞭凳之役,效犬马之劳,敢不唯命。"张驿丞道:"古人道得好,饮不饮,村中水,亲不亲,故乡人。今后把前事一笔都勾,早晚百凡公务,全赖检点,足见腹心。"这回李箴真个是脱灾致福,转祸为祥。从此,张驿丞把他留在衙内,就如弟兄相待一般。

看看过了半月,只见广西太守杨琦经过,要讨人夫十名。张驿丞想道:"我几欲偿他父子深恩,若此时不报,更待何时?只有一件,我官卑职小,怎么好与他相见?哦,我有个道理。"便去取了三百两银子,整齐六锭,双手托着,跪在路旁。

只见那杨太守坐着一乘京轿,远远抬来,看见张驿丞,便问道:"那路旁跪的是什么官儿?"张驿丞道:"桃园驿驿丞迎接老爷,送有下陈在此。"杨太守仔细一看,见是几个元宝,便觉有些疑惑,问道:"那驿丞既送下陈,如何要这许多银子?"驿丞道:"驿丞有一言禀上。驿丞向年曾流落在老爷贵县,深蒙太老爷宽仁厚德,仗义疏财。至今二十余载,每思酬报无门。今幸老爷驾临,特效衔结之意。"杨太守道:"你这驿丞,唤甚名字?"张驿丞道:"驿丞唤名张秀。"

你看杨太守,毕竟是做官的人,心下聪慧,低头一想,便记得起有个张秀,曾窃他父亲三百两生钱去的,微微笑道:"你这驿丞,敢就是洛阳的张大话?怎知今日与你宦途萍水。原来如此,怎么拂你好情?"叫长随①的,快扶起来。张秀便把银子递与长随收下。杨太守道:"张驿丞,我看你如此迈年,怎供得这般贱役?待我明日荐你转一个好衙门去。"张驿丞道:"若得提掇泥途,实老爷再造之恩。"便向袖中取出一个手本送上,道:"这是人夫十名,求老爷逐名亲点。"杨太守即唤长随,逐名点过,果然人数俱齐,便道:"张驿丞,多多生受你了。"这张秀磕头起身便去。

原来那桃园驿,过去十余里路,有个高冈,唤做黄泥岭。这黄泥岭,是最多盗贼的去处。不想这张驿丞送杨太守的三百两银子,先漏泄了风声。

---

① 长随——跟班,贴身随从。

那一伙毛贼，各持器械，专在那里等候。这杨太守正来到石亭子下，你看那一伙强人，上前大喝道："咄，这官儿快下轿来，送出买路钱，饶你性命去！"惊得那些人夫，抬杠的撇了杠，抬轿的丢下轿，一个个尽皆躲去。有两个为首的强人，竟把杨太守扯下轿来，将绳子捆住，好似那四马攒蹄一般，掣剑大喝道："快快送出金银便罢，牙迸半个不字，把你一剑挥为两段！"这杨太守吓得一身冷汗，口中就如吃蒙汗药的，只好眼睁睁看着那些强人，把这几杠行李尽行劫去。

说那张驿丞，正在衙里坐卧不宁。忽见两个夫头，慌慌张张，赶来报道："不好了。杨太守老爷在黄泥岭被盗劫了，还捆缚在那里。"张驿丞听了，大惊道："决是那三百两的祸胎。罢，罢，罢。这是我送他偿恩，终不然送他陷命。"便唤了李篆，各带防身器械，一口气连忙赶到黄泥岭上。

只见那杨太守还捆缚在亭子上，那些行李杠，俱被劫去，单单剩得一乘空轿。杨太守见他两人赶到，眼中流泪，那里还说得一句。李篆便去解了缚，扶到石墩上坐着。这张驿丞厉声喊叫道："什么毛团，敢来寻死！"

你看那伙强人，听得山冈上有人叫喊，撇下行李杠，手持器械，赶上山坡。那张驿丞挺身上前，交了数合，措手不及，被他劈面一刀，砍倒在地。可怜一个多年张秀，霎时送命在这伙毛团手里。李篆见张驿丞杀死，忍不住心头火发，便向腰间掣出明晃晃钢刀，拼命向前抵敌。那伙强人，那容分说，尽着力，也是劈面一刀，又把李篆砍倒在地，急急奔下山坡而去。噫，这回张驿丞为杨太守丧了残生，李篆又为张驿丞送了性命。恰正是：

　　棋逢对手难回避，两个将军一阵亡。

毕竟不知后来这张驿丞与李篆两个尸骸怎生结果？那杨太守如何脱得下山？再听下回分解。

第三十九回

猛游僧力擒二贼　贤府主看演千金

诗：

> 从来豪杰困蓬蒿，埋没形踪可自嘲。
> 一身虽逐风尘浑，素志还期岁月消。
> 名利两捐还敝屣，千金一掷等鸿毛。
> 漫将青眼频相觑，笑杀区区儿女曹。

　　却说杨太守见他两人杀死，无计可施，正是羊触藩篱，进退两难之际。忽听得后面远远喊来，恰是那两个去报张驿丞的夫头，带领一伙徒夫，一个个执着器械，拿着石子，齐赶到亭子边。只见本官和李蓂，都被砍倒在地，单单留得个半死半活的杨太守。众徒夫问道："老爷，不妨事么？"杨太守道："只可惜了你本官。你们下冈，快去取两口棺木来，且把他二人尸骸收殓。便着几个抬我下山，寻个僻静寺院，暂寓几时。慢慢的筑下坟茔，将他二人殡葬，才好起身。"众徒夫道："老爷还转到驿中，消停几日便好。"杨太守道："你们却不知道，或上任的官，只走进路，再不走退路。只是下山寻个寺院借寓了罢。"

　　说不了，两个徒夫，扛了一口棺木，走上冈来。杨太守问道："如何两个尸骸，止取得一口棺木？"徒夫道："老爷有所不知。我本官在日，常是两名人夫，止给得一名口粮。而今只把一口棺木，殓他两个，却是好的。若用了两口棺木，我本官在九泉之下终不瞑目。"杨太守喝道："唗，休得闲说。这是什么好去处，再站一会儿，连我的性命也断送在此了。"两个徒夫见杨太守着恼，急转身奔上山冈。不多时，又扛了一口棺木上来。杨太守就在山冈上，只拣上号一口双掭的，殓了张驿丞，一口次号的，殓了李蓂。收殓停当，又着二十名人夫轮流看守。

　　他端然乘了轿，着几名精壮徒夫，前后拥护，抬下山来。不上一二里，只见那些跟杨太守的长随和那抬杠的人夫一伙，尽躲在山坡下深草丛中，伸头引颈，窥探消息。看见杨太守抬下山来，一齐急赶上前，假献殷勤，你也要夺抬,我也要夺抬。杨太守大怒道:"你这伙狗才,见死不救!适才我老爷在危急之处,一个个尽躲闪去。而今老爷脱离虎口,一个个又钻来了。且下山去,送到平里,每人各责四十。"众人不敢回说,只是小小心心,低着头抬着轿,飞奔下山。

此时已是酉时光景,只见那金乌渐坠,玉兔东升,行了半晌,全不见些人烟动静。杨太守心中害怕,道:"你们下山,又有多少路了?"众人道:"离了黄泥岭,到此又有三十余里。"杨太守道:"天色将晚,你众人已行路辛苦。怎么来这半日,前不着村,后不着店,又没个道院禅林,又向哪里去投宿?"众人道:"爷请自耐烦。下了这一条岭路,再行过五六里,就有一座禅林,唤做白云寺,那里尽多洁净僧房,尽可安寓。"

杨太守听说,只得耐着性,坐在轿中,一路凝眸盼望。看看下得岭来,忽听得耳边厢远远①晚钟声报,满心欢喜,道:"那前面钟声响处,敢就是白云寺了?"众人道:"那里正是。只求老爷到了寺中,将功折罪罢。"杨太守道:"也罢。古人云,慈悲看佛面。这般说,且饶过你们这次。"

霎时,到了山门,杨太守慢慢走下轿来。抬头一看,只见山门首有一个朱漆匾额,上写着五个大字云:敕建白云寺。有两个小沙弥,恰好坐在山门上,拿着一部《僧尼孽海》的春书,正在那里,看一回,笑一回,鼓掌不绝。忽见杨太守下轿,连忙收在袖中,走进方丈,报与住持知道。

那住持长老,急急披上袈裟,出来迎迓。同到大雄宝殿上,逊了坐,送了茶,便问道:"老爷还是进京去的,还是上任去的?"杨太守便把黄泥岭劫去了行李杠,杀死张驿丞的事,一一从头至尾细说。住持道:"老爷,这样讲,着实耽惊受害了。"便唤道人整治晚斋侍候。

杨太守道:"这到不劳长老费心,止是寻常蔬食,便充馁腹,不必十方罗列。只把那洁净的静室,洒扫一间,下官还要在此假寓旬日,待殡葬了他二人,方可动身。早晚薪水之费,自当重酬。"住持躬身道:"老爷,太言重了。只恐接待不周,量情恕宥就是。但只一件,荒山虽有几间静室,日前因被雨露倾塌,至今未曾修葺。那方丈中到也洁净,只是蜗窄,不堪停老爷大驾。"杨太守道:"你出家人,岂不晓得,心安茅屋隐,性定菜根香的说话。"

---

① 远(háng)——此处为象声词。

　　说不了，道人摆下晚斋，整治得十分丰盛。杨太守见了，便对住持道："我适才已讲过，不必十分罗列。况且你出家人，这些蔬菜俱是十方募化来的，我便吃了也难消受。"住持道："老爷有所不知。而今世事多艰，十分檀那竟没有个肯发善心。去年正月十三，佛前缺少灯油，和尚捐了五六两私囊，蒸了二百袋面的斋天馒首，赍了缘簿，踵门亲自到众信家去求抄化一抄化，家家尽把馒首收下，哄和尚走了，半年依旧把个空缘簿撒将出来。和尚忍气不过，自此以后，就在如来面前焚信立誓，再不去化缘。"杨太守道："既是你出家人自置办，一发难消受了。"没奈何，只得凭他摆下，各件勉强用些。便唤长随吩咐："众人行路辛苦，都去图一觉稳睡，明早起来听候发落便了。"住持又吩咐道人："再打点两桌晚斋，与那些服侍杨老爷的人夫吃了再睡。"

　　这杨太守吃了晚斋，便要向静室里睡。那住持殷殷勤勤，捧了一杯苦茶，双手送上。杨太守接过，道："生受了你。只是一件，我一路劳顿，却要先睡了。你请自去安寝罢。"那住持哪里肯去，毕竟站立在旁，决要伺候睡了才去。这杨太守睡在床上，一心想着张驿丞、李篏二人，为他死于非命。唧唧哝哝，翻来覆去，哪里睡得着。早惊动了间壁禅房里一个游方和尚。

　　这游方和尚，原是陕西汉中府白河县人，只因代父杀仇，埋名晦迹，云游方上，尽有二十多年。后来到少林寺中，学了些防身武艺，专好替世间人伸不白之冤，除不平之事。他正在禅房练魔打坐，听得杨太守唧哝了一夜，次日黎明，特地推进房来，只见杨太守恰才呼呼睡熟，厉声高叫道："呀，官家唧哝了一夜，搅乱洒家的魔神，却怎么说？"杨太守猛然惊醒，定睛一看，只见这和尚形貌生得甚是粗俗：

　　　　身长一丈，腰大十围。戴一顶毗卢帽，穿一领破衲衣。两耳上铜
　　环双坠，只手中铁杖轻提。喝一声神鬼怕，吼一声山岳摧。虽不是聚
　　义梁山花和尚，也赛过大闹天宫孙剥皮。

　　吓得杨太守一骨碌跳起身来，连忙回答道："下官不知老师在此，夜来获罪殊深，望乞宽宥。"那和尚道："官家莫要害怕，洒家乃陕西汉中府人氏，幼年间曾为父祖杀仇，埋名隐姓，在方上游了二十多年，专替世人伸不白之冤，除不平之事。官家有甚冤抑，请说个详细，待洒家效一臂之力，与你报除也。"这杨太守听说，欲言不语，半吐还吞，心下仔细想了一想，事到其间，不容隐晦，只得把前事一一实告。

那和尚大笑一声，道："官家何不早言，待洒家前去，只手擒来，替那驿丞偿命就是。"杨太守道："老师，说起那伙强人，甚是凶狠，若非万夫不当之勇，莫能抵御。还请三思而行。"和尚大喝道："，官家长他人志气，灭自己威风。洒家云游方上二十余年，不知这两只精拳里断送了多少好汉，这一条禅杖上结果了多少英雄。便是重生几个孟贲、乌获，也免不得洒家只手生擒，哪数着这几个剪径的毛贼。只是一件，那黄泥岭此去恰有多少路儿？"杨太守道："此去尽有三十余里，但是山冈险峻，只身难以提防。老师还带几个精壮从人，才可放心前去。"和尚道："官家，莫道洒家夸口说，便是上山寻虎穴，入海探龙潭，洒家也只用得这一条防身禅杖。要什么人随从？"杨太守听说，不敢阻挡，便吩咐住持，先整早斋与他吃了。

你看这和尚，尽着肚皮，囊了一顿饱斋，急站起身，按了毗卢帽，披上了破衲衣，提着禅杖，奔出山门。不多时，早到了黄泥岭。站在那高冈上，低头一看，只见果有两口棺木，恰正拨起心头火一盆，厉声高叫道："清平世界，什么毛团，白昼里杀人劫掠！快快送出杨太守的行李杠便罢，牙迸半个不字，便将你这几个毛团，一个个打为肉饼，才见洒爷手段。"

那伙强人听他喊叫，各持利器，急急赶上山坡，仔细一看，见是个恁赖和尚，到有几分害怕。那两个为首的，却也顾不得生死，只得拼命上前，与他撕斗。你看：

那两个举钢刀，挺身对敌；这一个提铁杖，劈面相迎。那两个雄赳赳不减似天兵下界，这一个恶狠狠恰便是地煞亲临。你一来，我一往，不争高下；左一冲，右一撞，怎辨输赢？这的是棋逢对垒，两下里胜负难分。

他两家在山冈上斗了十余合，不分胜负。这和尚便使一路少林棍势，转一个鹞子翻身①。那些为从的强人看了，一个个心惊胆战，暗自夸奖道："好一个厉害和尚！怎么斗得他过？"各各持了器械，站在山冈上，大喊一声。这和尚趁着喊，拖了禅杖佯败而走。这两个强人如何晓得他是诈走，也不知些死活，兀自要逞手段，追赶上前。这和尚便转身提起禅杖，又使一个拨草寻蛇势，那两个抵挡不住，被他一杖打倒。这些为从的强

---

① 鹞(yào)子翻身——西岳华山山崖上一绝险景观。险石突出在近山顶处，远处看去，似只容鹞子转变翻身。鹞，鹰。

人,见打倒了两个,却也管不得器械,顾不得性命,一齐飞奔下山,尽向那密树林中躲个没影。

这和尚便不去追赶,即向腰间解下一条绳子,把那两个捆做肉馄饨一般,将禅杖挑着,急忙忙飞奔下山,转到白云寺里,只见杨太守正与住持在那里眼巴巴望,这和尚近前来,厉声高叫道:"官家,洒家与那驿丞报仇来也!"杨太守见了,喜之不尽,急下阶迎接,道:"老师,诚世间异人也。今日擒了贼首,不唯雪二命之冤,且除了一方之害。"和尚道:"官家讲哪里话,杀不义而诛不仁,正洒家长技耳,何足道哉。"

杨太守吩咐众徒夫:"仔细认着,果是昨日这伙强人里边的么?"众徒夫答应道:"这两个就是杀死本官的贼首。"杨太守道:"且把索子松他一松着。"众徒夫道:"他口中气都断了。"原来那两个强人,方才被和尚打的时节,早已半死半活,后来又捆了一捆,便已命归泉世。

杨太守对住侍道:"我想这两个强人,毒如狼虎,不知断送了多少好人,今日恶贯满盈,一死固不足惜。"吩咐徒夫:"将他两个尸首,依旧撇在山岗旷野之处,待那乌鸦啄其心,猛犬噬其肉,方才雪彼两人之恨。"众徒夫领命,便将两具贼死尸,扛去撇在山岗底下了。杨太守又吩咐众徒夫:"快到黄泥岭去,奔那两口棺木,下山埋葬,立石标题。"有诗为证:

逆贼纵横劫士夫,酬恩驿宰恨呜呼。

若非再世花和尚,一杖能开险道途。

原来那和尚是个行脚僧人,凡经过寺院,只是暂住一两日,再不耽搁长久。但见他次日起来,竟到方丈里与杨太守作别。杨太守惊问道:"老师,为何登时便要起身?下官受此惊恐,驿官害了性命,若非老师尽力擒剿,生者之恨不消,死者之冤不雪,地方之害不除。心中感德非浅,正欲早晚领教,图报万一。突欲前往,况遭倾囊劫去,教下官何以为情?"和尚笑道:"官家说哪里话。洒家本是一个过路僧人,遇寺借宿,逢人化斋,随遇而安,要甚么用度?"

杨太守见他毫无芥蒂,知他是个侠气的和尚,便道:"老师此去,不知与下官还有相会的日子么?"和尚道:"小僧行游十方,踪迹不定。或有会期,当在五年之后。待小僧向巴江转来,回到少林寺中,便可相会。"杨太守便教住持整斋款待,两下分手,恋恋不忍。

杨太守在白云寺中一连住了十余日,未得赴任。一日,闲坐不过,遂问住持道："你这里有消遣的所在么？"住持道："我这白云寺原是山乡僻处，前后都是山岗险峻，除这一条大路之外，俱足迹所不能到，实无地可有消遣。只是本寺后面，随大路过西，转弯落北，不上一里路，有座三义庙。明日五月十三，是三界伏魔大帝关圣降生之辰，合乡居民都来庆寿。县里一班后生，来到正殿上串戏，却是年年规例。老爷若肯那步一往，也是逢场作戏，小僧谨当奉陪。"

杨太守道："我洛阳人敬神常有此事，你这里也是如此，岂非一乐。"便次早欣然起身，换了便服，不要一人跟随，只邀住持同行。慢慢的两个踱出寺门，走不一里，果有三义庙。进了庙门，只见殿前搭起高高一个戏台。四边人，坐的也有，站的也有，行的也有，玩耍的也有，笑话的也有。人千人万，不计其数。伸头引颈，都是要看戏的。杨太守执了住持的手，向人队里挨身进到大殿上，神前作了几个揖，抽身便到戏房门首仔细一看。

恰好一班小小后生，年可都只十七八岁。这几个装生装旦的，聪聪俊俊，雅致无双，十人看了九人爱。装外的少年老成。装大净的体貌魁伟，大模大样，恍如生成体相。其余那几脚，或是装一脚像一脚。这般后生敲锣的，打鼓的，品箫的，弄管的，大吹大擂，其实闹热。那看戏的，也有说要做文戏的，也有说要做武戏的，也有说要做风月的，也有说要做苦切的，各人所好不同，纷纷喧嚷不了。

只见那几个做会首的，与那个扮末的，执了戏帖，一齐同到关圣殿前，把阄逐本阄过，阄得是这一本《千金记》。众人见得关圣要演《千金》，大家缄口无言，遂不敢喧哗了。此时笙箫盈耳，鼓乐齐鸣，先做了《八仙庆寿》。庆毕，然后三通锣鼓，走出一个副末来，开了家门。第二龆做出《仙人赠书赠剑》，直做到《萧何月下追韩信》、《拜将登坛》，人人喝彩，个个称扬。尽说道："老积年做戏的，未必如他。"

殊不知那些山东本地串戏的，人物精妙者固有，但开口就是土音，原与腔板不协。其喜怒哀乐，规模体格，做法又与南戏大相悬截。是土人看之，都说道好，哪里入得南人眼中。

杨太守是个南人，颇好音律，便南戏中少有差池的，不能掩他耳目，况土人乎？只是闲坐不过，到此潇洒，一来叩拜神圣寿诞，二来假借看戏为名。也不说好，也不说歹，只扯了住持的手，东廊步到西廊，山门走到后殿，周围游耍，说些古今成败事迹，前后因果情由。又把创立本庙来历，关公显圣神通,备说一番。

忽见红日沉西,戏文完了,看戏的俱各散去。那寺中走出两三个小沙弥来,对住持说:"请老爷晚斋。"杨太守道:"今日神圣降生,今晚月明如洗。适才逢场作乐,此时正好慢慢步月回去,有何不可?晚斋尚容少缓。"大家从从容容,说说笑笑,步到寺门首,已是黄昏时候,本寺钟鸣。

住持带着笑脸便道:"老爷,小僧有一言告禀,未审肯容纳否?"杨太守道:"下官搅扰已久,就如一家,有甚见教,但说何妨。"住持道:"荒山原是唐朝到今。也名古刹,只是山乡幽僻之处,前有县,后有驿,来往官长,不过前面大路经行,并不到此少憩片时。今老爷在荒山盘桓数日,歼灭贼寇,清理道途,虽是万民感仰,实亦荒山有缘。向来清宴书斋,不敢烦渎。今宵步月,可无题咏,以为荒山荣扬?"杨太守道:"正合愚意。诚恐句拙,贻笑于人耳。"遂索文具,援笔赋诗四绝:

其一

清净山门尚半开,松阴竹影乱成堆。

山空日暮无人到,只有钟声满露台。

其二

大众堂中尽法身,香烟缭绕不生尘。

参禅打坐求真果,不似人间势利心。

其三

灿烂琉璃不夜花,端然此地即仙家。

白云堆里清幽处,一片尘心付落霞。

其四

徐观星斗灿明河,月正当空午夜过。

步履不烦人倍爽,谁知时序疾如梭。

写毕,便拱手道:"拙咏虽承尊命,幸勿见哂可也。"住持遂稽首下拜,道:"多蒙题咏佳章,自当留作镇山之宝。"便邀进客堂,吃了晚斋,各安寝不提。

这杨太守住了月余,恐怕凭限过期,况迎接人夫俱到,便要作别起身。住持从新备设齐整午斋饯行。杨太守道:"作扰多时,尚容赴任之后,差人奉酬。"住持道:"在此简慢,万勿见罪为荷。"两下送别启程。

毕竟不知去后,杨太守几时到得广西任所?又有什么异说?再听下回分解。

第 四 十 回

水陆道场超枉鬼　如轮长老悟终身

诗：

> 儒释原来理则同，弃儒从释易为功。
>
> 还将齐治丹心洗，好把焚修素愿充。
>
> 享用何曾如淡薄，虚空毕竟胜丰隆。
>
> 坚心念佛能成道，万法皈依五蕴①空。

　　说这杨太守，别了住持，离了白云寺，一路行了许多日子，方才到得广西任所。那府属地方的百姓，听见新太爷到了，慌忙准备香案，出城迎接。杨太守到了任，唯以抚黔黎②、省刑薄税为念。百姓们尽皆乐业，无不欢腾喜跃。莅任不满三四个月，遂尔口碑载道。有诗为证：

> 为政宽平只爱民，四郊乐业尽阳春。
>
> 口碑载道贤公祖，数月仁慈千载新。

　　一日，与众僚属会饮，将至酒阑，猛然间打了一个呵嗐③，倒头便向席上沉沉睡去。众僚属从黄昏等到次日天明，尽尽陪了一夜，哪里等得他醒，只得各自散去，便吩咐众衙役小心伺候。那些衙役又等了好一会儿，还不见个杨太守睡醒。大家猜疑不定，也有说他坐化的，也有说他打了长觉的，只是心头喜有一点温热。那众官得知这个光景，各各惊讶，连忙传报上司。霎时间，满城中百姓尽皆骇异。

　　你道这杨太守什么时候才得醒转？恰好睡了一日一夜，方才蒙蒙眬眬醒将转来。那些伺候的衙役，径去禀与各自的本官得知。

　　不多时，众官一齐来到，问道："府尊大人，缘何睡这样一个长觉？"杨

---

①　五蕴——佛教用语。关于身心修养的五种佛法教义。蕴，蕴集。

②　黔（qián）黎——黔首、黎民的合称。指百姓。

③　嗐（hàn）——同"鼾"（hān）。

太守回答道:"适才正与列位先生饮酒,忽然一阵冷风,向面上刮来,便睁睁①不定。正合眼去,见一个人手持信牌,上写着:'贪酷阳官一名杨琦。'学生恍恍惚惚,心中自想,从为官这几年并不曾亏了一个良民,徇了一毫私曲。此心正大光明,上可以对天地,下可以质鬼神。俯仰已无愧怍,即便随他去。不多一会儿,到了一个所在,却是一座城郭,写着'鬼门关'三字。那把关鬼卒,在生时节,原是山东盘山驿驿丞,名唤张秀,曾与我有旧。他见了我,猛然大吃一惊,遂问:'因何到这里?'我把拘拿情由与他说了。他便引我到第五殿阎罗天子案前,见那掌簿判官。原来那判官却就是我先父,把簿上仔细查了一查。我还有一十八年阳寿。遂着鬼使护送我出鬼门关,便得回来。"

众官问道:"那牌上与老大人同名的,却查得是哪一个?"杨太守道:"却是那泗州州判,也唤做杨琦,故把我来误拿了。"众官道:"那阴间的光景,与我阳世如何?"杨太守道:"阳世与阴间,总是一般。我记得正出鬼门关来,只见一路上哭哭啼啼,披枷带锁,纷纷都是蓬头散发模样。行走之间,又见东北角上,一道黑气腾腾。我当时就问鬼卒,那鬼卒道:'就是枉死城中冤魂的怨气。'我又问道:'怎么可以超度那些冤魂么?'鬼卒道:'这有何难。到阳世去建一坛七日七夜的水陆道场,一应冤魂,都可超度去了。'"

众官齐道:"果然阴司与阳世一般,我们向来听人说,未肯轻信。今日府尊大人亲身一往,目击其事,决是真实,谅非虚谬,安得不倾心听受。各人情愿捐出俸资,于出月初一日,募请几众高僧,就在城外善果寺中,起建一个七昼夜的水陆道场,把那冤魂超度一超度,也是一桩功德。"杨太守道:"列位先生,既有这个善念,就待学生创一个首,定于初一日为始。只等道场完毕,学生便要辞任去了。"

众官笑道:"府尊大人,若像我们做官,便死去也撇不下这顶纱帽。你今日重生转来,正该为官享福,终不然割舍得把这顶纱帽丢了不成?"杨太守道:"列位先生,不是这等说。我想富贵功名,总属虚幻。人生世间,免不得'无常'二字。有一日大限到来,那两只空拳,可带得甚么些儿去么?"众官道:"府尊大人,如今做官的人,火烧眉毛,只图眼下,哪里有

---

① 睁睁(zhèng chuài)——同"挣挫"。挣扎。

这样的远虑？"杨太守道："列位先生难道不曾读书过的？岂不闻,人无远虑,必有近忧。"

众官道："有理,有理。请问府尊大人,如今这个道场,不知要费多少钱粮？"杨太守道："连我也不晓得,要唤那僧人来计议,方知用度数目。"众官道："何不就去唤那善果寺的僧人来,问他一问。"杨太守当下便差人到善果寺,唤那住持和尚。

原来这座善果寺,原是古刹,只因这寺中先年有个住持和尚唤启聪,专一恋酒贪花,玷污清规,不事三宝①,不修戒行。那些大小僧人,没一个不曾被他害过。因此众僧一齐到府堂上,递了一张连名公举呈子。太守见了大怒,立刻差人把启聪拿来,重责四十大板。遂追没度牒②,逐出还俗,不许潜住本寺。仍将积下私囊,尽数分给被害众僧。从此以后,有了这个样子。寺中大小僧众,俱各谨守清规,并不敢为非做歹。凡有公事,大家轮流支值,因此不立住持。

这日,众僧正在法堂上拜礼梁皇宝忏,方才午斋了毕,大家同到金刚殿里走走。劈头撞着府堂上差来这个公差,众僧听说是新任太爷差人拘唤,只道有什么事发,俱默默无言。内中有几个胆小的,连忙闪过了。又有几个背地商议道："好古怪,我们寺中,自从那年启聪师父,在这里做了那一场没下稍的事以后,合寺僧众并没有一些破败。难道新任太爷来捉访察不成？"那些僧人,各各着忙,忧做一团。只得把经事撇开,慌忙把公差留到方丈里去,要探问他来意。

原来那个公差,虽是承杨太守差来,连他也不知其中就里。终究是衙门人的乖巧,见僧众奉承不了,只道他们寺里有些不楮当的事,便做作起来。僧众把酒肴馔时打点齐整,开了陈老酒,你一杯,我一杯,饮个不住。众僧便斗出五两银子相送,随即带了一个老和尚来出官。

原来杨太守与众官等了好一会儿,不见寺僧来到,只得各自散去。那公人带了老和尚伺候到晚,方才进去回话。杨太守也不问他何故来迟,连忙走将下来,将老和尚一把搀起问道："你就是善果寺的住持么？"老和尚

---

①　三宝——佛教对"佛、法、僧"的称谓。佛,指创教者释迦牟尼(也泛指一切佛);法,即佛教教义;僧,指继承、宣扬佛教教义的僧众。

②　度牒(dié)——封建时代政府对出家人出家审查合格得度后发给的证件。

听不明白,便点头,随口答应道:"是。"杨太守道:"我目下要建一个七昼夜的水陆道场,特唤你来商议,须要得多少钱粮使费?"老和尚欢喜道:"原来老爷是要建道场么? 敢问老爷,还是打点请几十众僧人?"杨太守道:"止用二十四众罢。"老和尚道:"这须得三百两才够。"

杨太守道:"三百两的道场,也还是将就的。只恐你善果寺中,那里得这许多有戒行的僧人?"老和尚道:"若是百姓人家的道场,还好寻几个搪塞得去,老爷这里可是当耍的? 若不是持斋受戒,决不敢轻易送上坛。"杨太守道:"你寺中可选得几个?"老和尚道:"本寺虽有百十余众僧人,能有几个做作正经? 老爷若要做这个道场,须待老僧到紫枫寺去请那如轮和尚才可。"

杨太守道:"紫枫寺在那里?"老和尚道:"就是本寺过西三里多路。"杨太守道:"那如轮和尚有些什么德行?"老和尚道:"那如轮和尚自出世来,就吃了一口胎素,今年已有七十余岁,一生谨持戒行,崇奉佛教,目不视恶色,耳不听淫声,潜心经典,着意焚修,真三宝门中第一个有德行的和尚。寺中徒弟徒孙,约有三十余众,个个都是看得经,礼得忏的。老爷若选那一日启建道场,待老僧去接他来就是。"杨太守道:"蒙各位老爷同发善念,就是初一日为始。你与我明日先请如轮来。"

老和尚应了一声,正待起身,杨太守唤住,道:"你且慢去,那一应斋供之类,须要两三日前预先打点齐备。我今日先取一百两银子,与你拿去。你与我悉心做事,道场完毕,还有重谢。"老和尚听说个银子,就站住了脚,道:"老爷若要追荐什么亡灵,伏乞开列名字,待老僧回去,便好早写文疏。"杨太守一面吩咐取出纹银一百两来,一面开了追荐亡灵名字,并荐枉死城中冤魂等众,打发老和尚回去。

当下就请众官到来,说了一会。见杨太守先捐了一百两,大家登时共凑银二百两。杨太守道:"这个本该学生出于独力,今喜列位先生同有善念,实是难得。"众官欣跃而退。诗曰:

　　冤魂拘禁未超升,怨气腾腾黑如漆。
　　太守垂怜祈佛恩,无边苦海从兹出。

说那老和尚,拿了这一百两银子,欢天喜地回到善果寺来。原来寺中大小僧人,个个都说是杨太守捉访察,哪里思想唤去做道场。见他回来,都问道:"恭喜,恭喜。见了新太守,没有甚说话么?"老和尚道:"新太爷别无话说,只问道:'你寺中有多少和尚?'我回答道:'只有老僧只身,再无一个徒弟徒孙。'新太爷道:'我看你这和尚,是个守本分的,赏你一锭银子,拿去做些身衣口食。'"众僧道:"如今银子在哪里?"老和尚望衣袖里拿将出来,道:"这不是银子?"

众僧都不快活起来,道:"我们白白供奉你,只道你是个好人,哪里晓得你是个损人利己的黑心和尚。难道新太守面前把我讲不得一声,可要了你的银子么?"老和尚道:"你们可不错怪了人。适才新太爷差人来唤的时节,你也不肯出头,我也不肯出头,把我这个老和尚推上前去搪塞。幸得天可怜见,因祸致福,得了这些银子回来。你又不吝气,我又不吝气,你们何不适才自去见了官呢?"

众僧背地里商量道:"他的话也说得有理。比如适才我们自去,赏得银子来,难道他来指望得着?如今只将几句好话骗他,要他拿出来,每人分得些儿也罢了。"转身就对老和尚道:"闲话不消说了,只是我们总成你去,得了这块银子,就该对分,也尽一个情。"

老和尚被众僧缠绵不过,只得把杨太守要做道场的话,老实与他们说知。众僧道:"好,好。你还是个好人,作成我们赚些斋衬钱。"老和尚道:"我还有一句话对你们说。新太守老爷虔诚作福,追荐亡灵,超拔冤魂等众,俱要道行法师。因着我到紫枫寺去请如轮师父,与他徒弟徒孙,共二十四众,启建七日七夜水陆道场。你们若依得我说,肯持七昼夜的斋戒,省得我借重别家的山门,看别人的嘴脸,我只接了那如轮师父来罢。"众僧道:"七昼夜的斋戒,都持不住,还要思量做什么和尚?可不笑破人口。"老和尚道:"说得有理。就是本寺的罢。只要你们替我争气。"当下便把文疏分派众僧书写,随即呼唤道人,把正殿洒扫洁净,把斋坛铺设起来,就去请了如轮长老。

到了初一日,本寺二十四众僧人,大开法筵。早已传遍满城中,那些百姓纷纷簇拥前来,观看道场。不多时,杨太守与众僚属,同来拈香参礼。老和尚带了二十四众僧人,在寺门外迎接。杨太守与众官到丹墀下了轿,取过净水沐手,遂同进正殿上。拈香礼拜已毕,老和尚就迎至后面茶轩里坐下。

杨太守便讨那追荐文疏过来,看了一遍,便问老和尚道:"那紫枫寺的如轮长老,可请得来么?"老和尚回答道:"已请来了,方才与众僧迎接老爷的领头那个老和尚就是。"杨太守道:"我却看不明白。待他经卷诵完,你去请来,与我相见一见。"

老和尚应声起身走去。不多一会儿,就同了如轮长老来到茶轩里,见了杨太守,连忙倒身跪下。杨太守扶不及的挽将起来,就逊他坐了。众官问道:"这位长老,莫非就是如轮师父么?"如轮和尚欠身道:"不敢。"众官道:"敢问老师父法腊几何?"如轮和尚:"今年虚度七十三岁。"众官道:"老师父如此迈年,何不安逸东堂,乃向这红尘中劳碌则甚?"如轮和尚微笑道:"列位老爷却不知道,非是老僧劳碌红尘,乃红尘劳碌老僧耳。"

杨太守见他这两句说话,有些玄幻,便加十分礼貌道:"老师父既说是红尘把人劳碌,可参得破这人生世间,是真是假?"如轮和尚道:"岂不闻人生百岁,总归一空,何尝是真? 老爷若不肯信,只看这水上浮沤①,眼前世事,皆可为果证。"

众官一齐道:"老师父既然参悟得到,请就把这世情略剖一剖。"如轮和尚道:"列位老爷,这是最易明白的事。你看这世途中,满眼风波险恶,俱人自溺于中,若能证悟得来,却不道苦海无边,回头是岸。"杨太守躬身道:"下官一时证悟不到,望老师父弘开法旨,启我迷途。"如轮和尚道:"老爷如果证悟不到,老僧就把荣华富贵说个比方。那富贵荣华,谁不羡慕的? 我想人生博得到手,正要朝欢暮乐,快活个长久。讵料无常一促,那极恩爱的好妻子,也不得常眷恋;那极厚大的好家筵,也不得常安享。"

杨太守急忙走到下面,深深唱喏道:"多承老师父数言,使下官闻之,尘念顿空,俗缘尽释,如身入大罗真境,超脱尘凡世界矣。下官意欲拜老师为师,寄迹空门,甘心披剃,齑盐②日月,淡薄终身,将'利名'二字,一笔都勾。不知老师肯容纳否?"如轮和尚笑道:"弃儒从释,也是好事。只是老爷今日身沉宦海,心溺爱河,诚恐一时抛撒不下,徒成画饼耳。"

众官道:"府尊大人,老师父这话着实讲得有理,为僧的不如为官的好。"杨太守道:"列位先生,我非不知为官好。只是眼前这些为官的,尸位素餐,苟图富贵,何曾替朝廷出分毫气力? 却不回想到身外去。倒不如早办慈航,先登彼岸,以远荣辱。"众官道:"府尊大人,既然立意已决,我

---

① 沤(ōu)——水泡。

② 齑(jī)盐——穷人素食。泛指粗食。

们安敢再三阻劝。只要成得正果,可证无上菩提。倘不成正果,怎如安享富贵?"

如轮和尚道:"老爷既要出家,只是法门中的戒律甚严,必须停嗔息怒,伴得暮鼓晨钟,捱得黄虀淡饭,方可应承。"杨太守道:"方才有言在先,一心情愿出家,自然遵依法门戒律,岂有虚诳之理?"如轮和尚道:"老爷有此真心,坚如金石,但凭选定吉日,来到荒山,待老僧与老爷披剃就是。"杨太守道:"这也不消择日,只待七昼夜道场圆满,下官就弃职从禅了。"当下各官一同出了寺门,入城各自回衙。

杨太守每日清晨,与众官到寺拈香。看看过了七个日子,道场已完。如轮和尚先回紫枫寺去,与众徒弟徒孙商议,打点净室安顿。杨太守就到上司去纳印辞官,上司见他要去出家,好生惊异,再三慰留。他再四辞谢,上司也只得随他主意。连忙回来,便请众官上堂辞别。众官见他前日虽然说个出家,尚未深信。至此见他辞了上司,纳了印绶,料来主意已定,决然苦劝不住,大家竟不多言,各自洒泪,直送到紫枫寺中。

那如轮和尚远来迎接,到了大雄宝殿,众僧向各官长先行了一个大礼。杨太守便要请如轮和尚上坐,拜为师父。如轮和尚道:"且慢。待披剃了,先皈依三宝,然后拜老僧未迟。"如轮和尚焚起香,点起烛,取一杯净水,令众僧诵了一卷经,与他披剃完了,就皈依了三宝。再请如轮过来,便拜为师,又与众僧行了一个礼。如轮和尚为取法名,唤做悟玄。本日便安排了一席合堂齐。众官斋罢,一齐作别回衙,那满城百姓纷纷称为奇事。

原来"出家"二字,出乎情愿,果然勉强不得人的。若是这个人该得成佛,便做到极品随朝,也少不得要脱却凡胎,方成正果。不想这杨太守原是罗汉化身,因其父杨亨员外在生时节,专行好事,大有阴骘,所以上天与他生出这样一个好儿子。中举中进士,清正为官,腰金衣紫,替父祖争气。后来误入冥府,深知生寄死归,弃职从禅,改名悟玄,在紫枫寺整整修了一十八年。

一日,与如轮长老同游庐山,忽见两朵祥云,从空而下。师徒二人,同升天界。后人有诗赞曰:

富贵前生定,焚修①宿世缘。

休官轻敝屣,削发效先贤。

淡薄从心愿,荣华执意捐。

看经不释卷,礼忏竟忘年。

举足思严戒,营心想妙禅。

帘前芳草碧,户外葛藤缠。

宝磬敲残月,祥云绕法筵。

修行成正果,白日上青天。

新镌通俗演义《鼓掌绝尘》月集终。

---

① 焚修——佛教徒焚香修行。此指个人修养,造化。